DROEMER

Über die Autorin:
Jo Leevers, geboren und aufgewachsen in London, schreibt seit vielen Jahren für zahlreiche Magazine vor allem über ihr Spezialgebiet Interior Design. Sie hat zwei erwachsene Kinder und lebt mit ihrem Mann und der Hündin Lottie in Kent.

JO LEEVERS

CAFÉ *Leben*

ROMAN

Aus dem Englischen
von Maria Hochsieder

Die englische Originalausgabe erschien 2023 unter dem Titel
»Tell Me How This Ends« bei Lake Union Publishing, Seattle.

Besuchen Sie uns im Internet:
www.droemer.de

Eigenlizenz Mai 2024

Ein Imprint der Verlagsgruppe
Droemer Knaur GmbH & Co. KG, München

Redaktion: Birgit Förster
Covergestaltung: Sabine Schröder
Coverabbildung: © Mariia Bobyreva / Alamy Stock Foto Images
Satz: Adobe InDesign im Verlag
Druck und Bindung: CPI books GmbH, Leck
ISBN 978-3-426-30902-5

2 4 5 3 1

Für meine Mutter Maureen.
In Liebe x

PROLOG

Dezember 1974

Zwei Tage lang liegt der ordentliche Kleiderstapel am Kanalufer, bevor jemand auf die Idee kommt, die Polizei zu informieren.

Es ist kurz vor Weihnachten, und alle haben zu tun: Geschenke kaufen, Besorgungen machen.

Ein paar Leute, die die Abkürzung am Kanal nehmen, bleiben kurz stehen, aber die Sorgfalt, mit der die Kleidungsstücke zusammengefaltet sind, hält sie davon ab, sie sich genauer anzusehen. Der Kleiderstapel wirkt so absichtsvoll, als wäre die Besitzerin nur kurz weggegangen und käme jeden Augenblick wieder.

Doch die Besitzerin kehrt nicht zurück.

Eine braune Wildlederjacke liegt ganz oben, die Ärmel zusammengelegt. Ein gestreifter Schal wurde daruntergesteckt, als wollte man ihn vor dem Regen schützen. Darunter ist gerade noch der Saum eines gelben Kleids zu erkennen. Ein kleines Stück weiter am Treidelpfad stehen zwei noch glänzende, neue Lederstiefel stramm nebeneinander.

Am zweiten Tag wird der Regen stärker. In den Falten der Jacke sammelt sich das Wasser, und der Pelzkragen wird platt gedrückt und schmutzig grau. Die Stiefel sind ruiniert.

Durch den Regen wird auch der gewöhnlich ruhig dahinfließende Kanal aufgewühlt. Das grüne Wasserlinsengeflecht, das auf der Oberfläche treibt, zerteilt sich in kleinere Stücke und offenbart den Schlick, der vom Grund heraufwirbelt.

Die Zeit vergeht. Der Schlamm sinkt wieder auf den Grund.

Und noch immer kommt niemand.

KAPITEL 1

Henrietta

Henrietta Lockwood entscheidet sich für eine Bank, die an der Kreuzung dreier Hauptstraßen steht. Man kann nicht gerade behaupten, dass es ein friedlicher Ort ist, aber er liegt günstig. Von hier aus dürfte es etwa eine Minute zu Fuß zur Rosendale-Beratungsambulanz sein, wo sie in zweiundzwanzig Minuten ein Bewerbungsgespräch hat. Um ganz sicherzugehen, wird sie in zwölf Minuten von der Bank aufstehen.

Es ist Ende Oktober und dementsprechend kühl, doch sie hat nicht die Absicht, für das Privileg, in einem Café zu sitzen, Geld auszugeben. Von ihrer Position aus hat sie ein Café im Blick. Es trägt den Namen Plant Life, was Henrietta für eine unkluge Wahl hält, und hätte sie nicht um zwei Uhr einen Termin, würde sie dem Inhaber auseinandersetzen, worin der Fehler liegt.

Trotz der Temperaturen spürt Henrietta, wie sich an einer Stelle am Rücken der Schweiß sammelt, also beugt sie sich nach vorn, damit er nicht in die Bluse sickert. Das kommt daher, dass sie den Rucksack konsequent auf dem Rücken behalten hat. Zugegeben, der einzige Mensch, der sie auch nur zur Kenntnis genommen hat, war eine schwermütig wirkende Frau, die zwei Chihuahuas ausführte – trotzdem, es gibt immer mehr Raubüberfälle. Henrietta weiß das, weil sie täglich darüber in den kostenlosen Anzeigenblättern liest.

Die Beratungsambulanz (warum nennt man es nicht einfach das Ich-habe-Krebs-Zentrum?, denkt Henrietta) befindet sich im westlichen Flügel eines Krankenhauses in einem exklusiven Teil Londons voller viktorianischer Plätze, Privatgärten und hoher Platanen. Von der Bank aus kann Henrietta das stattliche Gebäude mit der symmetrischen Fassade und den geriffelten Säulen rechts und links von der Glastür sehen. An einer Seite wurde eine Rollstuhlrampe angebracht, was sie wirklich schade findet, da es die Symmetrie stört.

Das Haus mag einen eleganten Eindruck machen, bei den Leuten aber, die ein und aus gehen, ist von allem etwas dabei. Eine spindeldürre Frau in Daunenjacke und sich bauschendem Rock müht sich die Rampe hinauf. Sie klammert sich an den Handlauf, ihr Körper ist merkwürdig gekrümmt. Als sie die Eingangstür erreicht, kommt ein älterer Mann im Kamelhaarmantel heraus und tritt wortlos zur Seite, um ihr Platz zu machen. Mit aschfahlem Gesicht nestelt er an seinen Knöpfen. Die Rosendale-Ambulanz scheint, so muss Henrietta erkennen, nicht gerade der vergnüglichste Arbeitsplatz zu sein.

Die Stellenanzeige war auf den letzten Seiten der Zeitschrift *London Review of Books* versteckt gewesen. Seit Henrietta unfreiwillig Müßiggang pflegte, hatte sie die vierzehntägliche Lektüre der Kleinanzeigen schätzen gelernt, nicht ohne die mangelnde Ernsthaftigkeit, die dort zur Schau gestellt wurde, zu missbilligen. Yoga oder Schreibworkshops in Griechenland. Leute, die eine Bekanntschaft suchten, um gemeinsam ihrem Interesse an Dichtung, Bergwanderungen »und möglicherweise mehr« nachzugehen. Doch dann hatte sie folgende Annonce entdeckt:

> ***Das Projekt Lebensbuch***
> Mitarbeiter für Interviews und deren Verschriftung an drei Tagen pro Woche einschließlich Samstag gesucht. Kenntnisse in Textverarbeitung und redaktionelle Fertigkeiten sowie Einfühlungsvermögen werden vorausgesetzt. Sechsmonatiger Vertrag mit möglicher Verlängerung vorbehaltlich der Finanzierung.

Natürlich ist ein befristeter Job alles andere als ideal, aber angesichts eines mit Lücken und abrupt endenden Arbeitsverhältnissen gespickten Lebenslaufs darf Henrietta nicht allzu wählerisch sein. Auch die Sache mit dem Einfühlungsvermögen ist etwas besorgniserregend, weshalb Henrietta in der vergangenen Woche vor dem Spiegel an ihrer Mimik gefeilt hat.

Unbeobachtet probte sie im Badezimmer ein breites Lächeln. Es sollte ihr Begrüßungsgesicht sein. Dann legte sie den Kopf schief, um Empathie zu signalisieren. Selbst in ihren eigenen Augen wirkten die Ergebnisse beängstigend. Ihr wurde bewusst, wie es dazu kommt, dass Affen als Akt der Aggression die Zähne blecken.

Glücklicherweise sind Henriettas Zähne angenehm ebenmäßig. Sie hat ein rundes Gesicht und schulterlanges Haar, eine Frisur, die ihr im Alter von elf Jahren zuteilwurde und die zu ändern sie nie Veranlassung hatte. Sie erlaubt sich keine Schminke. Selbst mit zweiunddreißig wirken ihre Versuche immer so, als habe sich ein Kind mit Wachsmalkreiden ausgetobt.

Da sie weiß, dass Kleider dabei helfen, einen guten Eindruck zu machen, verbrachte sie einen ganzen Abend damit, die Fusseln von der dunkelblauen Hose aus dem Kaufhaus British Home Stores zu entfernen, die ihr im alten Job gute Dienste geleistet hatte. Eine blaue Bluse, die sie vor ein paar Jahren auf eine Anzeige in der Fernsehzeitschrift hin bestellt hatte, ist ihrer Meinung nach angemessen förmlich und doch leger.

Die Zeiger ihrer Timex-Armbanduhr (ein Geschenk zum sechzehnten Geburtstag und immer noch voll funktionstüchtig) besagen, dass es Zeit ist, von der Bank aufzustehen. Henrietta schluckt den vertrauten Kloß im Hals hinunter, setzt ihr Begrüßungsgesicht auf und macht sich mit großen Schritten auf den Weg zur Rosendale-Beratungsambulanz.

* * *

»Also …« Etwas willkürlich schiebt die Frau im rosa Pullover Papiere auf dem Schreibtisch hin und her und lässt erkennen, dass sie schlecht vorbereitet ist. Endlich hebt der Rosa Pullover den Blick. »Aha. Henrietta Lockwood. Weshalb halten Sie sich für diese Arbeit für geeignet?«

Henrietta räuspert sich. »Ich bin aus verschiedenen Gründen für die Stelle geeignet. Erstens neige ich nicht zu Gefühlsausbrüchen oder Sentimentalität. Zweitens besitze ich ausgezeichnete Qualifikationen im Büromanagement und bin somit gut gerüstet, um die Lebensgeschichten rechtzeitig zu verschriften, bevor die Betroffenen sterben. Drittens mag ich es, eine Deadline zu haben.«

Es entspricht fast Wort für Wort dem, was Henrietta in ihrem Bewerbungsschreiben aufgelistet hat. Doch der Rosa Pullover – »Bitte sagen Sie Audrey« – scheint es nicht zu bemerken. Audrey betrachtet sie durch dicke Brillengläser, die ihr riesige, an einen Fisch erinnernde Glupschaugen verleihen.

»Es ist nicht immer so einfach«, seufzt sie und legt die Hände aneinander. »Aber, nun ja, hier im Projekt Lebensbuch kann emotionale Distanz von Vorteil sein.«

Sie dreht den Computerbildschirm zu Henrietta herum. »Der letzte Teil der Bewerbung ist ein Test zum Korrekturlesen. Es ist die Lebensgeschichte von Kenton, ich habe sie selbst aufgeschrieben. Er ist letzte Woche von uns gegangen, aber den größten Teil konnte ich noch zu Papier bringen. Seine Familie wünscht sich die gedruckten und gebundenen Exemplare seiner Autobiografie rechtzeitig zur Beerdigung. Das ist oft so. Außer wir werden unversehens überrascht …« Sie verstummt. »Wie auch immer, Sie haben fünfundvierzig Minuten. Kennen Sie die Funktion ›Änderungen nachverfolgen‹?«

Darum hätte sie sich keine Gedanken machen müssen, denn »Änderungen nachverfolgen« gehört zu Henriettas absoluten Lieblingstätigkeiten. Nichts macht sie glücklicher, als Zeichensetzung, Rechtschreibung und Fakten zu korrigieren und dabei ihr überragendes Wissen in Rot herauszustellen. Als Audrey das Zimmer verlässt, ist Henrietta bereits damit beschäftigt zu tippen, streicht Wörter durch und zieht die Stirn in Falten angesichts des schockierend dürftigen grammatischen Verständnisses.

Als Audrey sie zur Tür begleitet, zeigt sie Henrietta, wo sie die Interviews für die Lebensgeschichten führen wird, sollte sie die Stelle bekommen. Im ersten Augenblick ist Henrietta irritiert, weil sie sich ausgemalt hatte, in einem eigenen Büro zu sitzen, so ähnlich wie das von Audrey, nur mit Fenster. Und einer Zimmerpflanze. Möglicherweise auch mit einem dieser Duftzerstäuber. Doch Audrey deutet auf einen Ecktisch in dem kleinen Café der Ambulanz, gleich neben dem Foyer am Haupteingang.

»Die zwanglose Atmosphäre ist den Leuten lieber. Sie trinken gern ein Tässchen, während sie erzählen«, erklärt Audrey, als Henrietta an den automatischen Schiebetüren steht. Die Glasscheiben ruckeln, versuchen auf- und zuzugehen, und Henrietta ist sich unsicher, ob sie ins Freie oder zurück ins Warme treten soll, weil Audrey noch weiterredet.

»Alle nennen es Café Leben, auch wenn es hier oft ums Sterben geht.« Bei Audrey klingt es wie die Pointe eines Witzes, aber Henrietta hält es für besser, diese Bemerkung zu ignorieren. Ihrer Erfahrung nach sind Witze wie Bälle, die einem in hohem Tempo zugeworfen werden: schwer zu fangen und noch schwerer zurückzuspielen. Und Henrietta hatte noch nie viel für Ballspiele übrig.

»Ich kann mir vorstellen, dass das Ambiente im Café ein Gespräch erleichtert«, antwortet sie unbewegt und tritt hinaus auf die Steintreppe. »Ich freue mich darauf, in Kürze von Ihnen zu hören«, sagt sie zur geschlossenen Schiebetür.

Es ist eine Erleichterung, den Mief von Handdesinfektionsmittel, alten, ungewaschenen Kleidern und alten, ungewaschenen Menschen hinter sich zu lassen. Henrietta muss sich eingestehen, dass der heruntergekommene Eindruck der Rosendale-Ambulanz sie etwas enttäuscht. Nachdem sie gründlich recherchiert hat, weiß Henrietta, dass die Ambulanz die erste Einrichtung des Projekts Lebensbuch ist, das von Ryan Brooks finanziert wird, einem Popstar aus den Achtzigerjahren, dessen Frau an Eierstockkrebs gestorben ist. Sie hat sich das Video angesehen, in dem Ryan durch die Rosendale-Ambulanz führt, eine Runde High fives durch das Fernsehzimmer macht und dann mit ernsterem Gesicht von seiner Frau Skye erzählt, die in kürzester Zeit und viel zu jung gestorben war. »Wenn jemand Skye dabei geholfen hätte, ihr Leben aufzuschreiben, dann könnte unser kleines Mädchen es später einmal lesen«, sagt Ryan und schaukelt ein kahlköpfiges Baby mit zerknautschtem Gesicht in den Armen. »Jeder Mensch hat eine Geschichte – und diese Lebensgeschichte sollte erzählt werden.«

Da Henrietta momentan viel Gelegenheit hat, um Radio zu hören und tagsüber fernzusehen, überrascht es sie nicht, dass Ryan mit seiner Idee einen Nerv trifft. Es gibt Trauer-Podcasts, Blogs über die guten, die schlechten und die Chemotherapie-Tage von Krebskranken und Videoblogs über das Sterben und das Schreiben von Löffellisten. Henrietta findet das alles ein wenig ungebührlich, aber sie gehört damit offensichtlich zu einer Minderheit, denn andere Menschen überschlagen sich geradezu, wenn es darum geht, über ihre Trauer oder ihren bevorstehenden Tod zu reden, und Ryans Hashtags #LetzteWorte, #Lebensgeschichten und #TrauernmitRyan waren ein rasanter Erfolg.

Um sich für das überstandene Bewerbungsgespräch zu belohnen, leistet Henrietta sich einen Scone im Plant Life Café. Der Preis stiftet einige Verwirrung, doch allem Anschein nach hält man vier Pfund für ein Backwerk vom Konditor in dieser Gegend für völlig akzeptabel. Mutmaßlich vegan.

Sie trägt die Papiertüte zu der Bank, die sie nunmehr als »ihre« betrachtet, und isst den Scone in kleinen Stücken, die sie kaut und schluckt, bevor sie den nächsten Bissen abbricht. Für ihren Geschmack ist er ein bisschen trocken. Eine Taube bewegt sich ruckartig und mit Umwegen auf sie zu und sieht sie aus einem orange geränderten Auge von der Seite an. Schnell lässt Henrietta den Rest ihres Scones zurück in die Papiertüte fallen und faltet sie oben zusammen. Sie misstraut diesen dreisten, unberechenbaren Vögeln, aber sie will versuchen, sich von dieser Störung ihrer Privatsphäre die Stimmung nicht verderben zu lassen, denn die Sonne ist herausgekommen, und sie hat mit hoher Wahrscheinlichkeit eine neue Arbeit.

Tatsächlich hat Audrey ihr bereits eine Nachricht auf die Mailbox gesprochen, doch will sie abwarten, bis sie zu Hause und Dave an ihrer Seite ist, bevor sie sie abhört. Dave nimmt gerne Anteil an den Entwicklungen in ihrem Leben, ob zum Guten oder Schlechten, und hat sie schon einige Male durch schwierige Zeiten begleitet.

Als sie aufsteht, um sich auf den Weg zu machen, will sie die Bäckertüte in einem Abfalleimer entsorgen, doch sie überlegt es sich anders. Mit einem Blick vergewissert sie sich, dass sie nicht beobachtet wird, und kippt die übrig gebliebenen Krümel in einem kleinen Häufchen auf den Gehsteig. Als Bewohnerin von Chelsea findet die Taube vermutlich mehr Geschmack an veganen Scones als Henrietta.

* * *

Zurück in der Wohnung sitzt Henrietta auf dem Sofa und hört sich Audreys Nachricht mehrere Male an. Nach dem dritten Mal erlaubt sie sich das zarteste Glücksgefühl, das wie ein Bläschen in ihrem Innern nach oben steigt. Dave hat mittlerweile das Interesse verloren und wühlt sich in die Kissen neben ihr, wobei er eine Menge struppiges schwarzes und hellbraunes Fell verteilt. Er hechelt leicht, während er auf ihre Toastkrusten wartet, und sein Mundgeruch lässt einiges zu wünschen übrig. Sie liebt Dave wirklich sehr, aber es wäre doch schön, die Nachricht mit einem anderen zu teilen. Vermutlich könnte sie ihre Eltern anrufen, aber noch ist sie nicht bereit, dass jemand das Bläschen zerplatzen lässt.

Henrietta trottet in die Küche, steckt zwei weitere Scheiben

Weißbrot in den Toaster, und nachdem sie herausgesprungen sind, bestreicht sie sie dick mit Margarine. Sie isst sie im Stehen am Fenster und sieht auf die Straße hinaus. Nach einer Weile kommt die Frau von oben aus der gemeinsamen Haustür und macht sich eilig auf den Weg zur Bushaltestelle. Sie trägt ihren blauen Mantel, und Henrietta fürchtet, dass er viel zu dünn für diese Jahreszeit ist. Henrietta macht einen Schritt zurück hinter den Vorhang, nur für den Fall, dass sich die Nachbarin umdreht, doch das tut sie nie. Sie ist immer so in Eile.

Henrietta und die Frau von oben kommunizieren ausschließlich über Notizzettel oder Textnachrichten. Henrietta bevorzugt Erstere, die sie in sauberer Schreibschrift verfasst und unter der Wohnungstür durchschiebt. Die Frau von oben beantwortet sie per SMS. Die Nachrichten lauten in etwa: »Ihre Biotonne steht auf dem Gehweg. Kein schöner Anblick. Bitte umgehend entfernen« (Henrietta). Oder: »Ihr Hund klang einsam. Habe den Ersatzschlüssel benutzt, um ihn in den Hof zu lassen. Hoffe, das war okay« (Frau von oben).

Wie bestellt kommt Dave in der Hoffnung auf weitere Brotkrusten hereingetappt. Er hat definitiv wieder angefangen, schlecht zu riechen. Henrietta ist sich nicht sicher, ob es von den Ohren oder den Analdrüsen kommt. Sie seufzt. Wie auch immer, es ist Zeit für seinen Spaziergang. Henrietta schlüpft in ihre Crocs und bückt sich, um ihn anzuleinen. Es ist eine besondere, orangefarbene Leine mit dem Aufdruck TIERSCHUTZ auf der gesamten Länge. Das sichert ihnen manchen wohlwollenden Blick, wenn Dave bellend und schnappend die Straßen attackiert, weil er – in unbestimmter Reihenfolge – Radfahrer, Fußgänger, Kinderwagen, Skateboards, Katzen, Labradore und Deutsche Schäferhunde verabscheut. Genau genommen so gut wie alle Hunde. Als Nächstes zieht Henrietta ihm eine fluoreszierende Hundejacke über den Kopf und macht den Klettverschluss zu. Die Beschriftung hier lautet: BITTE NICHT BEACHTEN.

»Auf geht's, Gassi!«, trällert sie ohne Überzeugung. Dave

scharrt bereits mit den Krallen am Laminat, und in seiner Kehle baut sich ein tiefes Knurren auf. Als sie die Haustür aufzieht, hebt Daves wütendes Bellen an, ein Geräusch, das zweifellos mittlerweile jedem einzelnen Nachbarn vertraut ist. Das Bellen schwillt weiter an, als sie die Straße hinuntergehen – eine Frau und ihr Hund gegen den Rest der Welt.

Henriettas neue Stelle bedeutet einen Abstieg, aber sie wird ihr in vielerlei Hinsicht entgegenkommen. Es wird weder Teamziele noch Teambildungsmaßnahmen geben, und Tote können vom Grab aus immerhin keine offiziellen Beschwerden wegen »bedrohlichen und einschüchternden Verhaltens« einlegen. Die Menschen, denen sie begegnet, werden nicht mehr lange da sein – und Henrietta muss nichts tun, als ihre weitschweifenden, vermutlich einigermaßen ermüdenden Erinnerungen mitschreiben, sie in chronologische Reihenfolge bringen und ein Buch daraus machen. Die Beratungsambulanz macht ihr Geschäft mit dem Tod, und Henrietta ist ausgesprochen froh, dass das Geschäft boomt.

KAPITEL 2

Annie

Nachts, wenn die Schlaftabletten Annie in ihren samtenen Griff ziehen, kann sie vergessen, dass sie sterben wird. In mancherlei Hinsicht erscheint es ihr falsch – eigentlich sollte sie doch versuchen, wach zu bleiben, sollte sich oscarprämierte Filme ansehen, bedeutende literarische Werke lesen, sich Opern anhören. Nun, Letzteres wäre eine Premiere, denkt sie.

Sie weiß, dass ihr nicht viel Zeit bleibt, und trotzdem sehnt sie sich vom ersten Moment nach dem Aufwachen, bis es Zeit ist, ins Bett zu gehen, nach Schlaf. Sie weiß es zu schätzen, wenn der Dämmerzustand sie empfängt und sie kurz davor ist, ins Vergessen zu gleiten.

Mittlerweile verschreibt ihr der Arzt die Tabletten sehr großzügig. Als gäbe es kein Morgen, haha. Doch inzwischen empfindet Annie sogar ihre Träume als abgenutzt und ermüdend. Ihr Gehirn ist wie ein Plattenspieler, der immer wieder die alten Stücke abspielt, und gleich darauf holpert die Nadel über die Rillen und kehrt an den Start zurück.

Manchmal ist sie im Haus am Chaucer Drive, wo sie mit Terry gelebt hat, nachdem sie geheiratet hatten. Sie sieht die Holzmaserung an den Küchenwänden, den gelben Wasserkessel mit den Brandflecken an den Seiten. Oder sie träumt vom Wohnzimmer ihrer Eltern in der Dynevor Road mit dem zottigen Teppich, auf den man nicht treten durfte. Auf Zehenspitzen tippelten sie und Kath in ihren besten Sonntagssöckchen an den Rändern des Zimmers entlang.

Am häufigsten aber bestehen ihre Träume aus viel Wasser. Endlose Massen davon, schnell fließend und mit Algenfäden, die unter der Oberfläche treiben. Darunter ist dunkler, brackiger Schlamm. Die Erinnerung an all das reißende schmutzige Wasser bleibt haften, wenn sie aufwacht und ihr bewusst wird, dass sie noch lebt.

Um diese Zeit kurz vor dem Morgengrauen wird sie oft wach. Die Stimmung draußen ist stiller und weicher, und mittlerweile gibt es niemanden, der bemerken würde, wann sie aufsteht oder ob sie einen nassen Fleck auf der Matratze hinterlassen hat und ihr das Nachthemd an den Beinen klebt. Die Wasserträume machen die Sache nicht besser, denkt sie.

In der Küche knipst sie den Schalter am Wasserkocher an, und er erwacht zum Leben. Sie hängt einen Teebeutel in eine Tasse, reiht die Tabletten auf und wartet. Annie nimmt den Tee gern mit zurück ins Bett, das macht sie, seit Terry vor zwei Jahren gestorben ist. Oh, was war es für ein Gefühl von Freiheit, als sie die erste Nacht in ihrem brandneuen Bett Arme und Beine ausstrecken konnte, ohne Sorge zu haben, an seine harten knochigen Schienbeine und seinen unnachgiebigen Rücken zu stoßen.

Als sie diese kleine Wohnung bezog, waren Bett, Zimmer, das alles ganz allein ihres, unbefleckt von seiner Gegenwart. Was für ein Pech, dass sie sich nicht mehr lange daran freuen wird, auch wenn die Pflegerinnen ausweichende Antworten auf die Frage geben, wie viel Zeit ihr noch bleibt. Sie wollte doch nichts als eine grobe Schätzung – Wochen, Monate? – und nicht die Gewinnzahlen der Lotterie.

Mit beiden Händen umfasst sie die Teetasse und nippt vorsichtig. Sie hat das sichere Gefühl, dass heute ein wichtiger Tag ist, aber sie mag sich täuschen. Sie neigt den Kopf zur Seite. Ihr linkes Ohr, das schlechte, geht kurzzeitig auf, und sie hört die Müllabfuhr die Straße heraufrumpeln. Mittwoch also.

Es war einfacher, die Zeit herumzukriegen, als sie noch im Krankenhaus war und Untersuchungen gemacht wurden. »Nicht der beste Krebs«, hatte der Arzt gesagt, als habe sie auf ein schlechtes Pferd gesetzt. »Gehen Sie nach Hause, verbringen Sie Zeit mit den Menschen, die Ihnen am Herzen liegen, und machen Sie Ihren Frieden.« Um seinen Hals wand sich ein Stethoskop, das er ständig zur eigenen Vergewisserung betastete, und er schien den Tränen nahe. Es wäre ihr grausam vorgekommen, ihm zu erklären, dass zu Hause niemand wartete und sie als Einzige übrig geblieben war.

Jetzt, wo sie wieder in der eigenen Wohnung ist, denkt sie gern daran, wie es war, in dem reinlichen Weiß auf der Station aufzuwachen. Um sieben Uhr das Rattern der Servierwagen, dann das Geplauder und die quietschenden Schuhe auf den Korridoren, wenn die Pfleger kamen und gingen. Mia, die junge Frau, die das Café führt, brachte den Tee vorbei. In ihrem Sortiment hatte sie auch Schreibwaren: Notizblöcke, Grußkarten, Malbücher und Filzstifte. Mia war es gewesen, die ihr den Prospekt über die Sache mit den Lebensgeschichten gegeben hatte.

Anfangs hatte es Annie für eine alberne Idee gehalten, aber Mia hatte nicht lockergelassen.

»Annie, jeder Mensch hat eine Geschichte zu erzählen«, hatte sie gesagt, während sie auf Annies Bettkante saß. »Es geht doch auch um die Geschichte unserer Gesellschaft. Erzählen Sie, wie es wirklich war, in den Siebzigern in London jung zu sein! Waren Sie eine Glam-Rockerin oder ein Hippiemädchen? Eine Emanze?«

O doch, ich habe durchaus etwas zu erzählen, dachte Annie, aber sie war sich nicht sicher, ob es das war, was Mia im Sinn hatte. Sie hatte trotzdem ein Notizbuch gekauft, das kleinste, das Mia im Angebot hatte. Auf dem Umschlag sind Narzissen, und nun liegt es hier auf dem Küchentisch und wartet immer noch auf Annies Worte.

Der kostenlose Minibus, der sie zur Rosendale-Ambulanz bringen soll, kommt erst am Samstag, aber sie sollte wohl besser schon einmal anfangen. Sie hat die Dinge so lange für sich behalten und hofft, dass es ihr ein wenig Erleichterung bringt, wenn sie davon erzählt. Es ist an der Zeit, ein paar Wahrheiten auszusprechen, nicht alles vielleicht, aber genug, um ihr etwas von der Last zu nehmen. Sie sollte ihren Frieden machen, wie der Arzt gesagt hatte.

Später holt Annie die Fotoalben heraus, weil Mia erklärt hat, dass man auch Bilder in die Bücher mit aufnehmen kann. Sie beginnt mit dem alten Familienalbum der Doyles, das sie auswendig kennt. Es beginnt mit Schwarz-Weiß-Aufnahmen von der Hochzeit ihrer Eltern, auf denen alle wie Wachsfiguren aufgereiht sind, und endet mit verwackelten Bildern von ihr selbst und Kath, wie sie am Strand sitzen, während sich rechts von ihnen der Horizont gefährlich auftürmt.

Als Annie die letzte Seite umblättert, gleitet ein kleiner Umschlag auf ihren Schoß, einer von der Art, wie sie Blumenhändler in einen Strauß stecken, und für so etwas hält Annie ihn zunächst. Womöglich ist es ein besonderer Geburtstagsgruß, der aufgehoben wurde. Doch kaum hat sie den Umschlag geöffnet, ist klar, dass es nichts dergleichen ist.

Da steht die wunderbare Kath neben ihrem Fahrrad auf dem Gehweg zu dem Reihenhaus in der Dynevor Road. Sie hatte gerade die Stelle im Schuhladen bekommen und fuhr mit dem Fahrrad hin und her, um sich das Geld für den Bus zu sparen. Tick, tick, tick klickten die Räder jeden Morgen, wenn sie es auf den Gehsteig hinausschob. Und dann fuhr sie los, stellte sich in die Pedale, um es über die Hügelkuppe zu schaffen.

Auf der Rückseite des Fotos klebt ein offiziell wirkendes Formular. Annie faltet es auseinander. Die Handschrift kennt sie nicht, aber der Text ist ihr vertraut. In enger, sauberer Schrift steht da:

> Kathleen Doyle, 18 Jahre. Frische Gesichtsfarbe. Haar dunkelbraun bis schwarz. Hellbraune Augen. Bekleidet mit einer braunen Wildlederjacke mit Fellbesatz, einem gelben Kleid, gestreiftem Schal und schwarzen Lederstiefeln. Körpergröße 1,67 m. Zuletzt gesehen am 21. Dezember 1974 um 17 Uhr.

Die Polizei hatte dieses winzige Foto mitgenommen, daran erinnert sie sich. Sie hatten etwas für ihre Leute gebraucht, hieß es, eine Personenbeschreibung, die sie verbreiten konnten.

Kaths Kleider hatte man am Ufer des Grand Union Canal gefunden, ordentlich zusammengelegt und aufeinandergeschichtet. Erst viel später hatte man sie ihnen in einer braunen Papiertüte zurückgegeben; der flauschige Pelzkragen am Mantel war vom Schlamm verkrustet, der mittlerweile bröckelig und trocken war.

Annie erinnert sich nicht, wann man ihnen das Foto zurückgegeben hat, vielleicht war das erst Monate später geschehen, als die Suche offiziell aufgegeben worden war. Vermutlich hatte man es ihrem Dad überreicht, von Mann zu Mann, während Annie auf der Arbeit gewesen war und ihre Mutter einen ihrer schlechten Tage hatte.

Sie zieht das Formularblatt ab, schiebt das Foto zurück in den Umschlag und legt ihn wieder zwischen die brüchigen Zellophanseiten. Es kommt ihr vor, als wäre das alles erst gestern passiert, gleichzeitig aber Ewigkeiten her. Wenn Annie heute in den Spiegel sieht, wundert sie sich über das Gesicht, das ihr entgegenblickt. Das Haar ist völlig ergraut, die Haut von Linien durchfurcht, die alle nach unten weisen. Auf andere Leute wirkt sie vermutlich wie eine alte Frau. Eine mit herzerwärmenden Anekdoten, die sich lächelnd liebevollen, verschwommenen Erinnerungen hingibt.

Ihr ist bewusst, dass die Leute in der Rosendale-Ambulanz mit so etwas rechnen: die nette Geschichte einer netten alten Dame. Wenn ihr Leben doch nur so gewesen wäre, denkt Annie, voller Sonnenschein und Lächeln und in dem sich alles hübsch fügt.

Leider trifft das auf Annie Doyle nicht zu, also wird sie nächsten Samstag den kostenlosen Minibus zur Rosendale-Ambulanz nehmen und anfangen, ihre Geschichte so gut es eben geht zu erzählen.

KAPITEL 3

Henrietta

»Sollten Sie dabei sein, wenn es zu Ende geht, dann rechnen Sie nicht damit, dass es ist wie im Fernsehen«, sagt Audrey. Nur wenig ist so wie im Fernsehen, denkt Henrietta, doch das behält sie für sich. Die Frau redet gern, und solche Leute mögen es nicht, wenn man sie unterbricht.

Sie ist für »ein kleines Begrüßungsgespräch« in Audreys Büro, aber Henrietta wäre viel lieber unten im Café, um mit der Arbeit loszulegen. Seit sechs Uhr früh ist sie auf, um Dave auf einem Morgenspaziergang durch die dunklen nassen Straßen zu scheuchen, der nicht gerade erfreut war.

»Wir werden nicht oft ans Bett gerufen, aber hin und wieder bittet man uns auf die Station, um eine Geschichte fertigzustellen. Die letzten Worte, allerdings …« Audrey seufzt. »Sie sind nicht immer, was man sich erwartet.«

Audrey legt eine kurze Pause ein, verschränkt die Finger und beugt sich über den Schreibtisch. »Ein Mann trug der versammelten Familie Wettquoten vor. Eine Frau setzte sich im Bett auf und sagte: ›Ich habe ihn nie geliebt.‹ Das hat eine Menge Spekulationen und Ärger verursacht. Deswegen gibt es uns. Um alles klarzustellen und schwarz auf weiß festzuhalten, bevor es zu spät ist.«

Audrey, die heute einen anderen rosa Pullover trägt, der eher in Richtung Magenta geht, fügt hinzu: »Aber es kommt sehr, sehr selten vor, dass man ans Bett gerufen wird. Sie werden den größten Teil der Zeit im Café Leben sein, und die Klienten kommen zu Ihnen. Einige wenige sind Krankenhauspatienten, aber die meisten sind Tagesbesucher in der Ambulanz.«

In Henriettas Ohren klingt das alles etwas planlos, und sie fragt sich, ob sie vorschlagen sollte, ein System mit festen Terminen einzurichten. Ein Formular könnte den körperlichen Zustand, die Krebsstufe, Lebenserwartung et cetera abfragen, um Leute mit weniger Zeit zu priorisieren. Und jenen, die ein eher prosaisches Leben geführt hatten, könnte man kürzere Termine einräumen …

Doch Henrietta hat einen entscheidenden Wendepunkt in der Unterhaltung verpasst, denn Audrey steht auf, und es geht los. Henrietta tastet nach dem Rucksack unter dem Stuhl und folgt ihrer Chefin hinaus auf den Gang. Es ist nicht einfach, mit Audrey Schritt zu halten, die Profi darin ist, gleichzeitig zu gehen und zu reden.

»Manchmal werden wir vom Partner, von einem Sohn oder einer Tochter kontaktiert«, fährt sie fort und blickt über die

Schulter zu Henrietta, die ein paar hastige Hüpfer einlegt, um aufzuholen. »Manche haben Ryan Brooks im Fernsehen gesehen, oder sie sind regelmäßige Cafébesucher und haben von den Interviews mitgekriegt. Oft kommen Leute auch nur vorbei, um zu erfahren, worum es bei der ganzen Sache überhaupt geht«, erklärt sie fröhlich.

Plötzlich bleibt Audrey stehen, und Henrietta bemerkt, dass sie am Café angelangt sind. Auf einem Ecktisch steht ein laminiertes Schild mit dem Hinweis *Reserviert*. Ein weiteres glänzendes Pappschild hängt an der Wand, auf dem steht: *Lebensgeschichten – denn jeder Mensch hat eine*. Offensichtlich ist Audrey ein echtes Ass am Laminiergerät.

Um zu signalisieren, dass sie bereit ist, mit der Arbeit anzufangen, packt Henrietta ihren Rucksack aus. Er enthält ein Federmäppchen, eine Brotdose (ein Käsesandwich mit sauren Gurken, Chips und ein KitKat), ihre Thermosflasche mit Schottenmuster und das kostenlose Anzeigenblättchen von heute. Und seit eben einen Packen Fragebogen des Projekts, einen Notizblock und ein Diensthandy, um die Interviews aufzuzeichnen.

Audrey betrachtet die Gegenstände, räuspert sich und redet weiter. »Also, um es zusammenzufassen: Jedem Klienten stehen etwa sieben Sitzungen zur Verfügung, die jeweils ungefähr eine Stunde dauern. Manche wünschen sich mehr, andere schaffen es in weniger. Manche Klienten … nun ja, da müssen wir die Sache so gut es geht unter Dach und Fach bringen.«

»An den Vormittagen führen Sie die Interviews, und nachmittags verschriften und redigieren Sie die Texte und kopieren sie in die Buchvorlage. Die Vorlage hat vorgegebene Kapitelunterteilungen, damit alles seine Ordnung hat.« An dieser Stelle lässt Audrey ein knappes Lächeln sehen. »Alles klar?«

Henrietta ist mit allem, was sie gehört hat, einverstanden. »Vollkommen klar, danke. Ich kann es kaum erwarten, loszulegen.«

Zwanzig Minuten später sitzt sie immer noch allein am selben Fleck und kommt sich etwas dämlich vor. Ihr Terminkalender ist bis elf Uhr leer, und niemand ist einfach »hereingeschneit«, wie Audrey angekündigt hat. Wird diese Arbeit so eine Art Aneinanderreihung kurzer, gescheiterter Blind Dates? Nicht, dass sie jemals eines gehabt hätte. Es ist ihr ein immerwährendes Rätsel, warum irgendjemand sich freiwillig einer derart unangenehmen und zwecklosen Erfahrung aussetzt.

Auf dem Fernsehbildschirm an der Wand läuft in Endlosschleife ein Video von Ryan Brooks, unterbrochen von Werbespots für Bestattungsvorsorge und private Gesundheitsleistungen. Ein Spot, der für die Entfernung von Krampfadern wirbt, ist ganz besonders unappetitlich. Unterdessen preist Ryan weiter die Vorzüge des Lebensbuch-Projekts an. »Ihre Erinnerungen werden weiterleben und anderen Menschen Trost spenden. Suchen Sie eine Beratungsstelle in Ihrer Nähe auf«, regt er an. Die Londoner Zweigstelle allerdings scheint an diesem Samstagvormittag einen peinlichen Mangel an Kundschaft aufzuweisen.

Immer wieder hat Henrietta unauffällige Schlucke aus dem Kaffeebecher ihrer Thermosflasche genommen, doch als sie einen dünnen, großen Mann auf ihren Tisch zukommen sieht, schraubt sie den Deckel schnell wieder darauf. Zu ihrer Enttäuschung stellt sich heraus, dass er gar kein echter Klient ist; er ist nicht einmal krank.

»Ich habe eben meinen Bruder hier abgesetzt. Er hat oben einen Beratungstermin«, sagt der Mann und deutet auf die Aufzüge. »Aber ich weiß nie, was er dort so erzählt. Im Fernsehen habe ich die Sache mit den Lebensgeschichten gesehen und dachte, es wäre schön, wenn Cody ein Buch macht. Sie wissen schon, damit wir es uns … danach ansehen können.« Ihm bricht die Stimme, er wendet sich ab und bedankt sich noch nicht einmal für den Prospekt.

Eine ältere Frau hält das für den geeigneten Zeitpunkt, sich dem Tisch zu nähern. Sie hat schon eine Weile an einem Nachbartisch gesessen, eingewickelt in einen zu großen Morgenmantel, also vermutet Henrietta, dass sie stationäre Krankenhauspatientin ist. Doch auch sie will sich nicht hinsetzen. Stattdessen stützt sie sich mit der blau geäderten Hand auf dem Tisch ab und fixiert Henrietta. »Ich habe meine Geschichte mit dem Mädchen vor Ihnen gemacht«, zischelt sie. »Aber ich bin nicht zufrieden damit.«

Henrietta durchforstet ihr geistiges Archiv nach einer Antwort, aber dort ist kein passendes Beispiel zu finden, denn weder Audrey noch sie haben mit Stammkundschaft gerechnet. »Oh?«, ist alles, was sie herausbringt.

»Ja. Ist ja alles ganz hübsch mit der goldenen Schrift auf dem Umschlag, aber sie hat die Hälfte von dem, was ich erzählt habe, weggelassen. Hat nur die schönen Sachen aufgeschrieben, wie ein Märchen. Außerdem hat sie meinen zweiten Vornamen falsch geschrieben. Ich heiße Lesley mit ›y‹, nicht Leslie mit ›ie‹.«

Bei diesen Worten lächelt Henrietta erleichtert. »Ich verstehe Sie sehr gut«, sagt sie. »Solche Fehler sind nicht zu entschuldigen. Die eine ist die weibliche Version, die andere die männliche. Wie bei Leslie Phillips.« Henrietta greift nach einem Fragebogen. »Das können wir bestimmt richtigstellen. Zusammen können wir Ihre Lebensgeschichte aufschreiben. Noch einmal. Denn jeder Mensch hat eine.«

»Nein, nein, das geht nicht«, antwortet die Frau und zieht die Kordel an ihrem Morgenmantel fester zu. »Ich wollte es nur sagen. Und sie hat ununterbrochen geweint, das Mädchen vor Ihnen. Das hat mich runtergezogen, verstehen Sie?«

Sie wendet sich zum Gehen und kratzt sich am Kopf, als wolle sie diese verdrießlichen Gedanken fortwischen, und hält dann inne. »Es hat einfach überhaupt nicht nach mir geklungen, so wie sie es geschrieben hat.« Ihre Stimme wird wütend. »Es sollte doch etwas für meine Familie sein, damit sie wissen, wie es für unsere Generation war. Jetzt wünschte ich, ich hätte es gar nicht gemacht.« Und bevor Henrietta eine Antwort geben kann, ist sie fort.

Henrietta überlegt immer noch, wie eine passende Antwort lauten könnte, als sich die Schiebetüren öffnen und eine bunt zusammengewürfelte Gruppe hereinkommt – einer davon wird doch sicher ihr Elf-Uhr-Termin sein.

Der Erste ist ein junger Mann im Rollstuhl, der von einer Frau in lila Fleecejacke und mit verzücktem Gesichtsausdruck geschoben wird. Henrietta ist diesem Typ Mensch schon begegnet – als Ehrenamtliche in Wohlfahrtsläden und Wichtigtuerinnen beim Kuchenbasar der Kirche. Der Mann im Rollstuhl wirkt extrem wütend und trägt eine Wollmütze, die er über die Ohren gezogen hat. Henrietta dämmert, dass es vermutlich daran liegt, dass er darunter keine Haare mehr hat, und sie ist noch mit dieser Erkenntnis beschäftigt, als ihr bewusst wird, dass ein Paar karierte Hosen vor ihr steht.

Eine hochgewachsene strenge Frau ragt über ihr. Das weite weiße Leinenhemd hat sie mit einem Gürtel mit großer Schnalle zusammengefasst, und auf dem Kopf sitzt eine schwarze Baskenmütze mit abgewetzter Lederkante. Der Kleidungsstil hat etwas von einem Piraten; glücklicherweise trägt sie keine Augenklappe. Stattdessen sieht man zwei helle Augen, eingefallene Wangen und einen Lippenstiftstrich in einer unnatürlich leuchtenden Farbe.

Henrietta kann den Blick nicht von der Frau und ihrem Lippenstift abwenden, der von feinen Rissen durchzogen wird, als ihr Mund anfängt, sich zu bewegen.

»Hallo, ich bin Annie Doyle. Ihr Elf-Uhr-Termin«, verkündet sie.

Dankenswerterweise kommt in ebendiesem Moment die junge Frau, die das Café führt, herbei und beginnt, mit Tassen, Zuckerdosen und einem Bakewell-Törtchen herumzuhantieren. All das ist für jene Annie Doyle gedacht, doch machen sich

Teile des Geschirrs auf Henriettas Schriftstücken breit. Mit der Kante ihres Klemmbretts schiebt Henrietta die Tasse und den Teller ein paar entscheidende Zentimeter aus dem vorgesehenen Arbeitsbereich.

»Guten Morgen. Mein Name ist Henrietta Lockwood. Ich arbeite für das Projekt Lebensbuch. Wir werden gemeinsam Ihre Geschichte aufschreiben, denn jeder Mensch hat eine«, sagt sie hastig.

Annie seufzt. »Lesen Sie das von einem Skript ab?«, fragt sie. »Sie klingen wie aus einem dieser Prospekte.«

»Nein, so rede ich immer«, erwidert Henrietta. »Also. Unserer Erfahrung nach hat sich der Fragebogen als praktisches Gerüst erwiesen, um sich an die wichtigen Momente in Ihrem Leben zu erinnern.« Sie schiebt ein Blatt über den Tisch.

Nachdem sie die vorangegangene Stunde damit zugebracht hat, so zu tun, als sei sie in dieses Formular vertieft, kennt Henrietta die Fragen auswendig.

Wann und wo sind Sie geboren?
Haben/Hatten Sie Geschwister/Haustiere?
Erzählen Sie über Ihre Schulzeit. Was für Spiele haben Sie beispielsweise gespielt?
Welchen Beruf haben/hatten Sie?
Sind/Waren Sie verheiratet?
Haben Sie Kinder?
Gibt es Fotos, die ins Buch aufgenommen werden sollen?

Zugegeben, die Fragen sind nicht gerade inspirierend. »Ein praktisches Gerüst«, wiederholt Henrietta, diesmal nicht mehr ganz so überzeugt.

»Eigentlich habe ich mir selbst ein paar Notizen gemacht«, sagt Annie.

Aber Henrietta hat ein Formular auszufüllen. »Vielleicht können wir einfach mit diesen Fragen anfangen …«, setzt sie an. »Und nächste Woche können Sie dann ein paar Fotos mitbringen.«

Annie Doyle fährt die Fragen mit dem Finger ab und fängt an, ein paar Antworten herunterzuspulen. »Hm. Also dann. Geboren: ja, Hammersmith Hospital, 1955. Ja, eine Schwester. Schulzeit: ja. Arbeit: im Kindergarten. Verheiratet: ja, August 1975. Mittlerweile verwitwet, nach einem bedauerlichen Unfall. Kinder: nein. Fotos: Mal sehen, was ich finde.«

Sie schiebt den Fragebogen zurück über den Tisch und schenkt Henrietta ein ironisches Lächeln. »Jetzt, wo das erledigt ist, schlage ich vor, dass ich Ihnen vorlese, was ich vorbereitet habe. Immerhin ist es meine Geschichte.«

Das Letzte, was Henrietta an ihrem ersten Tag im Café Leben gebrauchen kann, ist, dass jemand eine Szene macht, also fügt sie sich. Zu einem späteren Zeitpunkt wird sie Gelegenheit finden, das Formular noch einmal unauffällig zur Sprache zu bringen. Sie platziert das Handy in der Nähe ihrer Interviewpartnerin und tippt auf den roten Kreis auf dem Bildschirm. »Wie Sie wünschen. Annie Doyle, heute ist Samstag, der 6. November, und das ist die Aufnahme der ersten Sitzung Ihrer Lebensgeschichte.«

Annie zieht einen Spiralblock mit gelben Narzissen auf dem Umschlag heraus, schlägt die erste Seite auf und fängt an vorzulesen.

»Ich bin in einem armen Stadtviertel von London aufgewachsen, das mittlerweile sehr reich geworden ist. Mein Vater Aidan war Ire, meine Mutter Deidre wurde in Kilburn als Tochter von Iren geboren. Ich bin nie in Irland gewesen und denke, jetzt ist es zu spät für mich. Es ist schade, dass ich es nie sehen werde.«

Sie hält den Notizblock dicht vors Gesicht, dann auf Armeslänge von sich gestreckt und kneift die Augen zusammen.

»Ich wurde im September 1955 geboren, und meine Eltern freuten sich über ihre Tochter. Sie hatten ein weiteres Mal

Glück, als elf Monate später eine zweite Tochter geboren wurde. Meine Schwester hieß Kathleen, und wir hatten eine ganz normale Kindheit. Wir gingen beide in die Grundschule St Mary's und besuchten dieselbe Klasse. Ich gewann einen Preis im Handarbeiten, Kath sang im Chor. Später wechselten wir an die neue Gesamtschule. Wir waren nicht schlecht in der Schule und machten beide einen O-Level-Abschluss. Wir mochten Musik, Mode und gingen gerne aus. Manche Leute hielten uns für Zwillinge, weil wir oft dieselben Kleider trugen.

Mit neunzehn heiratete ich Terry. Trauzeugin war meine Cousine Edie, weil Kath an Weihnachten zuvor leider gestorben war, mutmaßlich ertrunken. Nach unserer Hochzeit zogen Terry und ich in ein Haus aus dem sozialen Wohnungsbau im Chaucer Drive draußen in der Vorstadt. Terry war Handelsvertreter für eine Druckerei und beruflich viel unterwegs. Ich arbeitete in einem Kindergarten und wurde später die Leiterin. Wir hatten leider nicht das Glück, eigene Kinder zu haben.« Annie leckt an einem Finger und blättert zur nächsten Seite.

Langsam beugt sich Henrietta nach vorn und tippt auf dem Handydisplay auf Pause.

»Augenblick«, meint sie. »Ihre Schwester. Was, sagten Sie, ist passiert?«

KAPITEL 4

Annie

Die Schmerzen sind wieder da, strahlen von tief innen aus, doch Annie hält sich so aufrecht wie möglich, als sie das Café verlässt. Diese Neue, Henrietta, die mit ihren Formularen und dem Handy herumwedelt, hat wirklich keinerlei Manieren. Und diese Fragen! Mia hatte ihr nicht gesagt, dass es so sein würde. Verdammte Mia, mit ihren ewigen Teetassen und Bakewell-Törtchen. *Hatten Sie Geschwister? Haben Sie Kinder?* Oberflächlich betrachtet waren es ganz unverfängliche Fragen, aber für Annie gingen sie weit über die Schmerzgrenze hinaus.

Als Annie dann begonnen hatte, ihren eigenen Text vorzulesen, wurde es noch schlimmer. Wie erbärmlich, nach einem ganzen Leben nicht mehr vorweisen zu können, sagte die Miene der Frau mit ihrem leeren, verständnislosen Blick. Doch plötzlich hatte sie ohne Vorwarnung angefangen, sie über Kath auszufragen, und Annie war absolut nicht bereit gewesen, über diese speziellen Erinnerungen zu reden.

Also hatte sie erklärt, sie brauche frische Luft, und das war nicht gelogen, denn beim Aufstehen wurde ihr bewusst, dass sie es keine Minute länger in diesem Café mit dem abgestandenen Tee und all den traurigen Menschen aushielt. Deshalb steht sie jetzt draußen, doch bis der Minibus kommt, ist es noch Ewigkeiten hin, und ihr Herz rast, und sie hat wieder dieses schwindelerregende Klingeln in den Ohren.

Annie nimmt sich Zeit, als sie die Rampe hinuntergeht. Die Kälte verschlimmert die Magenschmerzen, und sie krümmt sich, um das Biest, das sich dort drinnen eingenistet hat, nicht aufzuschrecken. Es wäre nicht schlecht, sich hinzusetzen, auf der anderen Straßenseite steht sogar eine Bank, aber ihr ist klar, dass sie zu weit weg ist. Stattdessen lehnt sie sich an die Hausmauer und atmet tief ein und aus, so wie es die Yogalehrerin erklärt hat: »Atmet wie die Wellen auf dem Meer. Ein und aus.«

Später, als die Leute für den Minibus herausgetrudelt kommen, hat sich Annies Herzschlag beinahe normalisiert. Zuerst kommt Nora mit dem straff sitzenden Kopftuch. Dann Stefan, der immer noch von dieser rechthaberischen Bonnie in ihrer lila Fleecejacke geschoben wird. Er sieht schlecht aus heute, sein Gesicht glänzt, und er hebt grüßend die Hand, als er vorbeikommt. Er dürfte kaum älter als dreißig sein, denkt Annie.

Im dichten Verkehr muss der Minibus ständig abrupt abbremsen und anfahren und kommt neben Lieferwagen, Uber-Taxis und SUVs zum Stehen. Die meisten Leute telefonieren am Handy oder reden vor sich hin, also sind sie vermutlich ebenfalls am Telefon, nur dass sie nicht am Steuer damit herumhantieren. Annie sitzt im Bus immer hinten für sich. Das Polster der Armstütze reizt ihre Haut, und sie legt die Hände in den Schoß. Sie bemerkt, dass ihre Nägel abblättern, überall zeigen sich weiße Punkte. *Ich löse mich auf,* denkt sie.

In der Spur neben ihnen schiebt sich ein weißer Toyota Prius nach vorn, der Fahrer ist fast auf derselben Höhe wie Annie. Er ist jung, hat kurz geschnittenes Haar und einen spitzen kleinen Bart: Er ist ein gut aussehender Mann. Annie fragt sich, wie viel er in der Stunde verdient, ob es das wert ist, ob er eine Frau hat und ob er sie liebt. Der Mann sieht zu ihr herüber und wendet sich wieder ab: Hier gibt es nichts zu sehen.

Annie möchte den Kopf gegen die Scheibe schlagen und ihn anschreien: »In deinen Augen bin ich bloß eine alte Frau, aber früher haben sich die Männer nach mir umgedreht. Ich hätte jeden haben können. Jeden. Wenn ich mich nicht auf Terry eingelassen hätte.«

Natürlich tut sie nichts dergleichen. Sie macht die Augen zu und wartet, dass der Stau sich vorwärtsbewegt. Kein Wunder, dass diese Henrietta so enttäuscht von Annies Antworten war. Ihr Gesicht drückte aus, was Annie längst wusste: Es war ein vergeudetes Leben. Als sie jünger war, hätte sie nie damit gerechnet, dass es einmal so enden würde: dass sie einsam sterben würde, ohne Kinder, ohne Familie. An welchem Punkt war es derart schiefgegangen?

Annie hat plötzlich ein deutliches Bild vor Augen, wie Kath und sie selbst an der Schwingtür des Castle Pub stehen. Das Kupferblech am Türgriff, die glänzende braune Farbe. Sie haben die gleichen Kleider an, die gerade so bis zum Oberschenkel reichen. Das von Annie ist grün, das von Kath zitronengelb. Sie tragen Wildlederjacken mit Gürtel und Kunstpelzkragen und kniehohe Stiefel, die sie in Kaths Schuhgeschäft mit Rabatt bekommen haben. Annie erinnert sich an den Rauch, den Bierdunst und den auf sie hereinstürzenden Lärm, als sie die Schwingtüren aufschoben. An der Tür warteten sie immer einen kurzen Augenblick ab, damit die Leute aufsahen und sie bemerkten und den beiden Schwestern mit Blicken folgten, wenn sie sich ihren Weg zur Bar bahnten.

Sie hatten sich einen Namen gegeben: Annie und Kath, die Doyle-Mädchen, gerade mal elf Monate auseinander und beide bildhübsch. Als sie klein waren, hatte ihre Mutter ihnen identische Kleider mit Puffärmeln und Bubikragen genäht. Abwechselnd stellten sich die Schwestern auf einen Stuhl, während die Mutter, eine Reihe Stecknadeln fest zwischen die Lippen gepresst, Änderungen vornahm. Ihre Aufgabe war es, sich so langsam wie möglich im Kreis zu drehen, damit Mum sehen konnte, ob der Saum gerade war; wenn sie sich zu schnell drehten, handelten sie sich einen Klaps auf die Unterschenkel ein.

Annie gefiel es, die Mutter zur Abwechslung zu überragen. Sie blickte auf die schwarzen Locken hinab und konnte erkennen, dass sich still und leise die ersten weißen Ansätze zeigten. Kath hingegen war ungeduldig und stöhnte und machte einen krummen Rücken, mit dem Effekt, dass sie Klapse auf den Unterschenkel und ein Festtagskleid mit schiefem Saum bekam.

Als Teenager hatten sie die Tradition, zueinanderpassende

Kleider zu tragen, wieder aufleben lassen, jetzt aber waren die Säume kürzer, und sie nahmen eigenständig Änderungen vor. Manchmal teilten sie sich auch Kleider.

Doch hier schleicht sich eine schlechte Erinnerung ein, an jenes Mal, als Kath das gelbe Kleid auszog, es auf den Boden warf, fluchte und dagegentrat. Ihr Gesicht war verzerrt und die Frisur zerstört. »Ich hasse dieses Kleid. Warum sollen wir immer zusammenpassen? Ich mache das nicht mehr mit.«

Genau das ist das Problem mit Annies Erinnerungen: Bei jeder schönen Erinnerung, über die sie gern reden würde, schlüpft unversehens eine unangenehme herein und munkelt von den schlechten Tagen.

Als Erstes setzt der Minibus Stefan ab, und es ist ein ziemliches Hin und Her, bis Rampe, Rollstuhl und alles andere bereit sind. Während es rumpelt und scheppert, plaudert er mit Annie und Nora, als ginge ihn das, was unterhalb seiner Taille geschieht, gar nichts an. »Nun, meine Damen, sehen wir uns nächste Woche auf der Kaffeefahrt?«, fragt er. »Wenn wir dann noch da sind«, antworten beide mit demselben Witz wie immer, seit sie den kostenlosen Minibus benutzen.

Annie ist als Nächste dran. Ihre Wohnung ist ganz in der Nähe, aber der Busfahrer muss einen langen Umweg machen, durch ein Netz aus mit Bodenschwellen gespickten Einbahnstraßen. Zwar sieht sie immer wieder Tafeln mit Baugenehmigungen, aber sie nimmt sie nicht zur Kenntnis. Annie fährt nicht Auto, das hat sie nie getan, dafür war Terry zuständig, also hat sie die Einführung von Temposchwellen und Parkuhren nie gekümmert.

Heute allerdings stehen in Annies Straße die glänzenden panzerähnlichen Autos Stoßstange an Stoßstange, und der Fahrer muss vor ihrem Wohnhaus in zweiter Reihe stehen bleiben. Das niedrige Mehrfamilienhaus einer Baugenossenschaft stammt aus den 1970ern und wurde zwischen zwei hohe viktorianische Häuser gezwängt. Die vier Wohnungen im Erdgeschoss sind für Leute wie Annie vorgesehen. Sie verdankt das alles ihrem netten Hausarzt, der Mitleid mit ihr hatte, als Annie nach Terrys Tod für eine Weile nicht mehr alle Sinne beisammenhatte und man sie für einen längeren Aufenthalt auf die Briar-Krankenstation steckte.

Der Schock über Terrys Unfall hätte sie in diesen Zustand versetzt, sagte der Arzt. Es fielen Wörter wie »Zusammenbruch« und »gefährdet«. Möglicherweise hatte ihr Hausarzt einen gewissen Verdacht, was Terry anging, und fühlte sich schuldig, dass er nicht früher eingegriffen hatte.

Annie weiß noch, wie die Frau von der Wohnungsbaugenossenschaft sagte, dass sie »sehr großes Glück« gehabt habe, eine so schöne Wohnung zu bekommen. Sie hat nicht das Gefühl, besonders großes Glück zu haben, aber es tut gut, wieder in dem Viertel zu wohnen, in dem sie aufgewachsen ist, bevor Terry sie von hier fortholte. Die Atmosphäre, die Verkehrsgeräusche, all das ist vertraut.

Als sie die Wohnungstür hinter sich zuzieht, empfängt sie Stille, doch das stört sie nicht – sie empfindet den Anblick ihrer eigenen vier Wände, leer und exakt so, wie sie sie verlassen hat, immer als wohltuend. Die Wohnung ist klein, und ihr Mobiliar stammt vom billigen Ende des Portobello Market und aus Wohlfahrtsläden, weil sie nichts aus der ehelichen Wohnung mitnehmen wollte. Hier ist alles erfreulich unberührt von der Vergangenheit. Wenn überhaupt, erinnert es sie an ein Bed-&-Breakfast-Zimmer, das sie einmal bewohnt hat. Damals hatte sie es fertiggebracht, drei Nächte fortzubleiben, bevor sie zu Terry zurückkehrte und die Sache ausbaden musste.

Da niemand da ist, der ihr das ausreden könnte, geht Annie ohne Umschweife ins Bett und steckt die Beine unter die Decke, ohne die Hose auszuziehen. Sie wünscht sich sehnlichst, einzuschlafen, aber der Schlaf will nicht kommen. Sie war davon ausgegangen, dass dieses Buchprojekt mit ihrer Lebensgeschichte wesentlich einfacher werden würde – sie würde ein paar Geschichten erzählen und ein, zwei Fotos aussuchen, und das wär's. Aber schon jetzt erscheint es komplizierter als gedacht.

Endlich spürt Annie, dass ihre Augenlider schwer werden. Sie schlingt die Arme um den Oberkörper, zieht die Decke bis ans Kinn und wartet, dass der Schlaf sie in die Tiefe zieht. Manchmal hilft der alte Trick, sich das Elternhaus in der Dynevor Road Stück für Stück auszumalen. Das Holzgatter, an dem man rütteln musste, damit es richtig zuging, der Backsteinweg und die Haustür mit der Milchglasscheibe und dem unzuverlässigen Sicherheitsschloss, das sich mit dem Schlüssel drehte, wenn man zu viel Druck ausübte.

Dann kam die Diele mit dem Telefontischchen und dem cremefarbenen Telefonapparat mit Wählscheibe, in die man den Finger steckte und bei der man warten musste, bis sie wieder an den Anfang zurückgekehrt war, bevor man die nächste Ziffer wählen konnte. Der Teppich mit den orangefarbenen, braunen und goldenen Wirbeln war an der Tür schon ganz abgetreten, sodass man das Kreuzmuster der Fäden darunter erkennen konnte. Wenn es Zeit fürs Abendessen war, roch es nach Pellkartoffeln.

Es war kein besonders fröhliches Zuhause, aber sie kann sich ohne große Mühe jede Ecke ins Gedächtnis rufen. Diesmal kommt sie gerade mal bis zum Schlafzimmer, als sie einnickt, aber die Leitungen im Hirn verheddern sich, und knisternd erwacht eine andere Erinnerung zum Leben. Ein kurzes Aufleuchten des gelben Kleids, das Seidenfutter. Eine Wildlederjacke, doch am Pelzkragen klebt jetzt dunkler Schlamm.

Annie schreckt hoch, ihr Magen krampft sich zusammen. Das Nachdenken über dieses Buch mit der Lebensgeschichte bringt all die schlimmen Erinnerungen zurück. So lange hat sie versucht, sie zu ignorieren, aber kaum wird sie unachtsam, sind sie wieder da, zwicken sie und zerren an ihr, drängen sich um sie wie hungrige Kinder. Aber mittlerweile ist Annie zu müde, ihr fehlt die Kraft, sie zur Ordnung zu rufen.

Vielleicht muss sie einfach aufhören, es zu versuchen. Stattdessen könnte sie die Erinnerungen der aufdringlichen Henrietta überantworten, die unbedingt alles ganz genau wissen will, und sie kann die Sache in die Hand nehmen und die Erinnerungen für immer und ewig zwischen zwei Buchdeckel sperren. Und vielleicht, nur vielleicht, kommt Annie dann zur Ruhe.

Annie setzt sich im Bett auf, weil der bittere Geschmack wieder da ist und ihr die Kehle hochsteigt. Als sie dem Arzt das erste Mal den Schmerz zu erklären versuchte, hörte sie sich sagen, es habe sich angefühlt, als habe jemand die ganze Nacht neben ihr gesessen und braunen Schlick in ihren Mund geschaufelt, ihr die Zunge damit zugepfropft und die Ohren verstopft. Kein Wunder, dass der Arzt ein wenig beunruhigt wirkte. Das sei absolut unmöglich, hatte er gesagt.

Trotzdem fühlt es sich genau so an: als wären ihre Innereien verschlammt und die saure Fäulnis käme ihr durch die Kehle hoch. Reflux, ermahnt sie sich, als sie wieder wegdämmert. Das hat ihr der Arzt unzählige Male erklärt. Es kann unmöglich Schlick sein.

KAPITEL 5

Henrietta

Alles in allem muss Henrietta sich eingestehen, dass der erste Samstag im Café Leben kein Bombenerfolg war. Sie hatte damit gerechnet, dass alles sehr geradlinig vonstattengehen würde – dem Interviewpartner ein Formular zum Ausfüllen geben, in der Handy-App auf »Aufnahme« drücken, ein paar Notizen machen. Aber die Sache hat sich als etwas komplizierter erwiesen.

Anfangs musste sie mit einer wenig euphorischen ehemaligen Kundin fertigwerden, und diese komisch gekleidete Frau – Annie Doyle, 66, Pankreaskrebs im Endstadium – war auch nicht wesentlich unkomplizierter gewesen. Sie hatte wenig Lust auf das Formular gehabt, und als Henrietta ihr eine vollkommen vernünftige Frage gestellt hatte, hatte sie ganz dichtgemacht. Offen gestanden war Henrietta erleichtert gewesen, als Annie, ohne sich auch nur zu bedanken, ihren Mantel zugeknöpft hatte und aus der Tür marschiert war.

Dieser kleine Zwischenfall war zwangsläufig nicht unbemerkt geblieben. Die junge Frau vom Tresen hatte sich, den feuchten Lappen unaufhörlich kreisend, in der Nähe herumgetrieben und sicher jedes Wort mitbekommen. Unvermeidlich arbeitet sie sich jetzt zu ihr vor, während sie mit viel Aufheben Blumenvasen auf alle Tische stellt.

»Sie sind neu, oder?« Das Mädchen mit der Schürze platziert einen Strauß Plastiknelken in der Mitte von Henriettas Tisch. Mit ihrem perfekten Make-up und dem hohen geflochtenen Zopf wirkt sie eher wie eine, die Schminktipps auf YouTube gibt, und Henrietta fragt sich, wie das Mädchen ausgerechnet hier gelandet ist.

»Guten Morgen. Mein Name ist Henrietta Lockwood, ich werde jeden Dienstag-, Donnerstag- und Samstagvormittag hier sein.« Sie schiebt die Nelken auf die Seite. Immerhin ist das ihr offizieller Arbeitsplatz. »Ich werde den Menschen dabei helfen, ihre Lebensgeschichte zu erzählen. Denn jeder Mensch hat eine.«

»Hi, Hen. Ja, darüber weiß ich schon Bescheid«, sagt die junge Frau und deutet auf das laminierte Schild über dem Tisch. »Ich bin Mia. Hier kennt mich jeder.« Sie streicht sich über das Haar, das der geflochtene Zopf fest im Griff hat, und beugt sich vor. »Hen, Sie sind doch keine Heulsuse, oder? Die Letzte war eine, und das hat niemandem gutgetan.«

Den ganzen Vormittag über hatte Henrietta Mia halb im Blick, während die am Tresen herumwerkelte, Tee in weiße Tassen mit dem Aufdruck »Rosendale-Beratungsambulanz« einschenkte und unnötig geräuschvoll Kaffee an der Maschine zubereitete. An einem Ende der Theke befindet sich eine Vitrine, in der alle möglichen nostalgischen Kuchensorten hübsch aufgereiht sind: Bakewell-Törtchen, Battenburg-Biskuittorten, Tunnock's Baiserpralinen in roter Aluminiumfolie. Mia füllt den Bestand regelmäßig auf – offensichtlich ist er ihr ganzer Stolz.

Doch Henrietta wird Mia nicht damit behelligen, sie um eine Stärkung oder ihren Rat zu bitten. Still beglückwünscht sie sich selbst, dass sie die eigene Thermoskanne mitgebracht hat, und beschließt, beim nächsten Mal auch eine richtige Tasse einzupacken. Außerdem muss sie dem Spitznamen »Hen« dringend Einhalt gebieten – es ist die Kurzform, die ihr am wenigsten lieb ist, zudem hält sie es für das Beste, ein förmliches Verhältnis zu wahren.

Ohne eine Einladung abzuwarten, setzt sich Mia auf den Stuhl gegenüber. »Ich weiß, der Anfang ist hart, Hen. Ich würde ja sagen, dass man sich daran gewöhnt, aber das wäre doch auch fürchterlich. Wenn man gar kein Mitgefühl mehr hätte.« Mia blickt auf ihren Schoß hinunter, wo sie ein Wischtuch abwechselnd in ordentliche Vierecke faltet und dann wieder glatt streicht. »Monatelang sehe ich die Patienten und ihre Familien kommen und gehen, und dann sind sie weg, und ich weiß nie, ob das ein gutes oder ein schlechtes Zeichen ist. Manchmal beklagen sie sich bei mir, dass der Tee zu stark ist oder zu schwach oder dass der Tisch klebrig ist. Aber es ist klar, dass sie eigentlich über etwas ganz anderes wütend sind.«

Henrietta lässt sich diesen Gedanken durch den Kopf gehen. »Das ist wahr, Mia. Mir ist auch schon aufgefallen, dass die Leute oft etwas ganz anderes sagen, als sie tatsächlich meinen.«

Mia streckt die Hand aus, um die Nelken so zu arrangieren, dass die Blüten in dieselbe Richtung weisen wie die an den Nebentischen. »Bei manchen merkt man schon, dass sie es kaum schaffen, sich zusammenzureißen«, sagt sie. »Man weiß, dass man sie nur anlächeln muss, und sie brechen in Tränen aus. Oder sie fangen an zu erzählen und können gar nicht mehr aufhören. Dann müssen sie reden, um es loszuwerden.« Mia steht auf und fängt an, Tassen von den Tischen abzuräumen.

»Wie lange arbeiten Sie schon hier, Mia?«, fragt Henrietta.

»Ich habe als Ehrenamtliche angefangen, Hen, das war vor drei Jahren. Ich hatte so viele Stunden hier zugebracht, als mein Verlobter Brice zur Behandlung da war.« Mia hält ein Bündel Tassen umklammert und presst sie sich an die Brust. »Die Pfleger hier sind toll, sie helfen einem, das durchzustehen. Erst nachher hat es mich so richtig erwischt, als ich versucht habe, mich wieder an das normale Leben zu gewöhnen. Es kam mir so sinnlos vor, einen ganz alltäglichen Job zu machen, verstehen Sie?«

Henrietta nickt; sie kennt sich gut aus mit sinnlosen, enttäuschenden Jobs.

»Was ich meine, ist, anfangs fragen dich deine Freunde noch, wie es dir geht. Aber nach einer Weile erwarten sie von dir, dass du drüber wegkommst und wieder mit zum Feiern gehst. Deswegen habe ich mich hier beworben, weil die Leute hier das verstehen.«

Wieder nickt Henrietta, obwohl »Freunde« und »Feiern« weniger vertraute Terrains für sie sind. Ihr fällt auf, dass Mia jünger und auch etwas verloren wirkt, wenn sie nicht gerade mit Plastikblumen und Kuchenstücken hantiert. Möglicherweise ist das nicht der beste Augenblick, um Mia dafür zu maßregeln, dass sie sie »Hen« nennt.

Stattdessen beschließt Henrietta eine Frage zu stellen, die an ihr nagt. »Diese Annie schien nicht besonders gewillt zu reden. Glauben Sie, dass sie wiederkommt?«

»Das hoffe ich«, antwortet Mia. »Ich weiß, dass der armen Frau nicht mehr viel Zeit bleibt.«

»Nicht mehr viel Zeit?«, wiederholt Henrietta.

»Nach allem, was ich weiß, wird sie Weihnachten wohl nicht mehr erleben.«

Schnell rechnet Henrietta nach. Annie hatte erst eine Sitzung, und bis Weihnachten sind es nur mehr sechs Samstage. Auch wenn Henrietta ein Faible für Deadlines hat, in diesem Fall könnte es eng werden, noch dazu angesichts des nicht gerade vielversprechenden Starts, den sie hatten.

Mia richtet sich auf und strahlt wieder die alte Zähigkeit aus. »Trotzdem, wenn Annie ihre Geschichte nicht erzählen will, ist es doch ihre Sache.«

***

An der Bushaltestelle gibt es eine Warteschlange, und Henrietta stellt sich ans Ende, was bedeutet, dass sie ganz knapp nicht mehr unter dem Vordach steht. Auf diese Weise ist sie dem beständigen Novemberregen ausgesetzt und zusätzlich dem Wasser aus der Regenrinne. Vermutlich könnte sie sich ins Wartehäuschen stellen, wie es einige andere getan haben, sodass ein ziemlich chaotisches Gedränge entsteht, aber eine Warteschlange ist, was sie ist, und sollte eingehalten werden.

In der Ferne taucht als verschwommener roter Fleck der Bus auf, und als er näher kommt, löst sich die Warteschlange auf, und alle drängen zu den Türen. Nachdem sie als Einzige die Regeln eingehalten hat, steigt Henrietta als Letzte ein und muss folglich die ganze Fahrt über stehen, während ihr die harte Taschenkante eines anderen Passagiers jedes Mal in die Seite gerammt wird, wenn der Bus eine Kurve nimmt. Da wären wir, denkt Henrietta. Das ist die Geschichte meines Lebens.

Als sie Dave am Abend ausführt, gerät Henrietta ins Sinnieren. Das ist riskant, denn es empfiehlt sich, immer in Alarmbereitschaft zu sein, wenn sie mit Dave draußen ist, immer auf der Hut, ob am Horizont Menschen oder Tiere auftauchen, an denen Dave Anstoß nehmen könnte. Doch Henriettas Gedanken schweifen zu ihrer ersten Klientin Annie Doyle, und sie fragt sich, was es mit deren sorgfältig gewählten Worten auf sich hatte.

Diesmal muss es mit der neuen Stelle unbedingt klappen, denn die Brüche in ihrer Berufslaufbahn sind Henrietta nur zu bewusst. Als sie mit ihrem erstklassigen Abschluss frisch von der Uni gekommen war, hatte man sie in einer wissenschaftlichen Bibliothek angestellt, wo sie von neun bis fünf in einer Arbeitsnische voller Bücher saß und rätselhafte Dissertationen katalogisierte. Wenn sie sich sehr anstrengte, konnte sie aus der nächsten Nische manchmal den sanften Luftzug umgeblätterter Buchseiten hören, ihre belesenen Kollegen aber bekam sie nur selten zu Gesicht.

Als die anfänglich gehegten Hoffnungen auf eine steile berufliche Karriere nachzulassen begannen, ging Henrietta dazu über, sich in verborgene Ecken im Magazin der Bibliothek zu verdrücken, ihre Strickjacke zu einem Kissen zu falten und, umgeben von verstaubten, ungelesenen Büchern, ein Nachmittagsschläfchen zu halten. Sie mochte es, wenn die Metallregale unter dem Gewicht der schweren Bände ächzten, es klang wie ein mitleidiges und gelangweiltes Seufzen.

Das alles nahm ein jähes Ende, als ein neuer Chef eingesetzt wurde, der Henrietta zu einem »Mitarbeitergespräch« einberief, wie er es nannte. Entsetzt hatte Henrietta seinen Erläuterungen über die Implementierung eines neuen Systems von Abteilungszielen und Produktivitätszahlen gelauscht. Und darüber, dass Henriettas Katalogisierungsleistung des vergangenen Monats seiner Schätzung nach zusammengenommen den Umfang von weniger als einem Arbeitstag ergab.

Also kaufte sie sich eine neue Bluse, füllte ein Formular aus und bewarb sich als Korrektorin bei der Hauszeitschrift eines Petrochemieunternehmens. Auch das war nicht gut ausgegangen. Es war nie ihre Absicht gewesen, bedrohlich zu wirken, als sie mit der Schere in der Luft herumgefuchtelt hatte, sie wollte nur ihren Standpunkt erläutern. Wer hätte gedacht, dass die korrekte Kommasetzung derartig heftige Gefühle auslösen konnte?

Egal, was die ehemaligen Kollegen und deren Anwälte denken, Henrietta Lockwood mag es, eine Aufgabe zu erledigen. Es stimmt, die Nachmittagsschläfchen in der Bibliothek waren ein Versehen, aber sie resultierten aus schierer Langeweile. Annie Doyle hingegen zu nötigen, mehr über ihre Lebensgeschichte preiszugeben, ist eine weitaus weniger langweilige Aussicht. Es ist eine Herausforderung, und Henrietta Lockwood ist einer Herausforderung durchaus gewachsen. Ihr erstes Buch soll mit Sorgfalt fertiggestellt werden und die wichtigsten Episoden im Leben ihrer Klientin behandeln. Sie wird weitere Fragen stellen und Widersprüche ausräumen müssen. Denn Henrietta wird es nicht tolerieren, ein Lebensbuch vorzulegen, das diesen anspruchsvollen Maßstäben nicht genügt.

Seit ihrer Schulzeit ist Henrietta immer am besten gefahren, wenn es klare Vorgaben, Regeln und einen messbaren Erfolg gab, die sie abhaken konnte. Wäre Audrey leistungsorientierter und hätte ein Formular zur Arbeitsplatzevaluierung bereitgestellt (was sie natürlich nicht getan hat), dann würde Henrietta in die Spalte mit den persönlichen Zielen schreiben: »erste Lebensgeschichte fertigstellen«. Unter die Leistungsparameter würde sie schreiben: »eine Chronologie der wichtigsten Lebensereignisse erarbeiten«. Und in der dritten Spalte wäre natürlich die Deadline: »25. Dezember«.

Weniger leicht in Worte fassen – ganz zu schweigen von einer imaginären Tabelle – lässt sich die Tatsache, dass Henriettas Gedanken ständig zu einer ganz bestimmten Bemerkung von Annie zurückkehren. Als sie beinahe nebenbei erwähnt hatte, dass ihre Schwester gestorben war, »mutmaßlich ertrunken«, hatte sich ein heißes Kribbeln auf Henriettas Kopfhaut ausgebreitet. Die Formulierung war ihr immer wieder in den

Sinn gekommen, während sie mit Mia geredet hatte, als sie zur Bushaltestelle gelaufen war, und in regelmäßigen Abständen auf der Heimfahrt. Diese Tatsache kann sie nicht länger ignorieren.

Wie altmodische Dias durch einen Projektor irrlichtert eine Reihe von Bildern durch ihren Kopf, und jedes ist schlimmer als das vorangegangene. Allerdings sieht sie nicht die Schwester von Annie ertrinken, sondern einen kleinen Jungen, der an seinen spindeldürren Armen aus dem Wasser gezogen wird. Sein nackter Rücken rumpelt über die heißen Kiesel, und die Füße ragen in die Luft. Überall ist Geschrei, während sie reglos im seichten Wasser steht und zusieht, was passiert.

Noch heute weiß sie, dass ihr an diesem heißen Nachmittag vor allem auffiel, dass die Wellen weiterhin kamen und gingen und in regelmäßigem Rhythmus sanft an ihre Unterschenkel schlugen, als wäre nichts geschehen. Die Erde drehte sich weiter, und die Sonne schien noch, aber ihr Leben sollte sich für immer ändern.

Audreys Bemerkung, dass es im Leben selten zugeht wie im Fernsehen, ist richtig. Henriettas Erfahrung nach sieht ein toter Körper im echten Leben viel schlimmer aus als auf dem Fernsehbildschirm. Sie hat keine Ahnung, warum Annie Doyle sich geweigert hat, über den Tod ihrer Schwester zu reden, aber eine Sache weiß sie sicher: Ein Tod durch Ertrinken ist nichts, was man so leicht vergisst.

KAPITEL 6

Annie

Sie wird von einem Klopfen geweckt. Es scheint vom Fenster zu kommen, wie Äste, die an die Scheibe schlagen, aber das kann nicht sein, denn Dad hat im letzten Sommer den Baum gefällt. Es ist so mühsam, die Augenlider auseinanderzuzwingen und das Gesicht vom Kissen zu lösen. Sie nimmt einen Wecker wahr, ein Glas und eine wunderschöne weiße Rose. Nein, keine Rose. Ein zerknülltes Papiertaschentuch. Jetzt fühlt sich das Schlafzimmer leer an, angefüllt mit kalter Luft, als würde jemand fehlen.

Erst als sie auf der Toilette sitzt, wacht sie richtig auf und erkennt, dass alles in Ordnung ist, dass sie sich hier in ihrer eigenen Wohnung befindet und nicht im Haus ihrer Eltern oder im Chaucer Drive. Schon seit zwei wunderbaren, selbstbestimmten Jahren nicht mehr. Sie pinkelt und atmet erleichtert aus. Die Dusche tropft wieder, tap, tap, tap. Das war es wohl, was sie gehört hat.

Bevor auch die Schmerzen erwachen, sollte sie möglichst schnell ihre Tabletten nehmen. Danach sollte sie anfangen, sich ein paar Notizen für morgen zu machen, wenn sie wieder mit Bonnies Vergnügungsbus zur Beratungsambulanz fährt. Sie kann sich nicht recht vorstellen, wer ihre Geschichte – abgesehen von Mia aus dem Café – überhaupt lesen will. Dennoch hat sie das Gefühl, dass sie alles aufs Papier bringen muss, um einen Schlussstrich darunter zu ziehen. Annie stellt es sich so ähnlich vor, wie wenn man das Haus gründlich ausmistet.

Nach Terrys Tod überraschte sie die Nachbarn im Chaucer Drive damit, dass sie genau das tat. Sie mietete einen Container, und mit einer Schubkarre ging es hin und her; sie schaffte seine Stereoanlage mit den riesigen braunen Lautsprechern fort, Kartons voller LPs, seine Anzüge, das Rudergerät, die Hanteln und schlüpfrige Zeitschriftenstapel aus seinem Gartenschuppen. Als sie fertig war, kam ein Lastwagen und zog den großen gelben Container mit einer Seilwinde hinauf, und als er in der Luft schaukelte, hatte Annie einen Hoffnungsschimmer verspürt; vielleicht würde das Gewicht der Vergangenheit von ihr genommen. Zwar hatte jener Nachmittag im Chaucer Drive 53 nicht die erhoffte Wirkung, aber möglicherweise ist das Buch Annies zweite Chance. Auf jeden Fall wird es ihre letzte sein.

Henriettas Fragen am letzten Samstag hatten sie überrumpelt, und selbst jetzt weiß Annie noch nicht so recht, wo sie anfangen soll. Was sie sagen und was sie weglassen soll. Sie wird nicht darum herumkommen, über Kath zu reden, das ist ihr klar, aber letzte Woche schien es zu früh, um dieses Thema direkt anzugehen.

Sie könnte damit beginnen, Henrietta von schöneren Dingen zu erzählen – der Arbeit im Kindergarten vielleicht. Oder eine Geschichte aus der Zeit, als Kath und sie klein gewesen waren, von jenem Urlaub, in dem die Sonne schien und schien und sie jeden Tag am Strand verbrachten. In letzter Zeit aber entziehen sich ihr derartige Erinnerungen.

Es ist genau wie damals mit dem Grabbelsack auf dem Schulfest. Sie hatte die zwei Pennys bezahlt und so tief in das Fass gelangt, dass die Sägespäne am Pulloverärmel haften blieben. Sie wollte bis zum Boden kommen, wo bestimmt die besten Geschenke waren, aber Mrs Sims forderte sie auf, sich zu beeilen, und sie war erschrocken und hatte das Erstbeste gegriffen, das sie zwischen die Finger bekam. Es war etwas Billiges und Nutzloses gewesen. Kath hingegen hatte natürlich eine Puppe bekommen, mit blonden Haaren und blauen Augen, und Mrs Sims hatte gesagt: »Oh, gut gemacht, Kathleen!«

Jedenfalls fühlt es sich ganz ähnlich an, wenn sie nach alten Erinnerungen gräbt: So weit wie möglich streckt sie die Hände aus, um die frühesten, glücklichsten zu erreichen, aber sie kann sie nicht finden. Bei jedem Versuch schließen sich ihre Finger um etwas Scheußliches, das dichter an der Oberfläche ist. Heutzutage sind selbst die schönsten Erinnerungen von dem verdorben, was später geschah oder was die ganze Zeit unter der Oberfläche geschwelt hatte. Sogar die herrlichsten Momente mit Kath – wenn sie Arm in Arm ins Castle Pub gegangen waren, an der Jukebox getanzt und einander im Dunkeln Geheimnisse zugeflüstert hatten – haben einen bitteren Nachgeschmack.

Eifersucht ist ein hässliches Gefühl, aber Annie musste von frühester Kindheit an damit leben. Sobald ihre kleine Schwester Kath laufen und sprechen konnte, wurde sie besonders behandelt. Selbst wenn sich Annie in der Schule meldete, schweifte der Blick der Lehrer über ihren Kopf hinweg auf der Suche nach der jüngeren Schwester. Und zu Hause wurden keinerlei Anstrengungen unternommen, um zu verbergen, dass Kath der Liebling war. Kath durfte die Teigreste aus der Schüssel kratzen, das Geschirr abtrocknen, anstatt abzuwaschen, und sie wickelte ihren Dad um den kleinen Finger.

Aidan Doyle sang ihr oft ein altes irisches Lied vor, *I'll Take You Home Again, Kathleen,* und Mum verdrehte die Augen und lächelte. Niemals, nicht einmal im Scherz, sang er darüber, dass er Annie irgendwohin mitnehmen würde.

Bei jedem Kindergeburtstag, Schultheater und Sportfest schwärmten die Leute für Kath, und Annie lernte, dass es das Beste war, danebenzustehen und zu lächeln. »Ist sie nicht bildhübsch?« »Bezaubernd.« »Sie müssen so stolz auf sie sein.« Also lächelte sie, bis die Wangen schmerzten, und verstaute das heiße, dunkle Gefühl in ihrem Innern, bis sie zu Hause waren und sie mit Kath allein im Schlafzimmer war.

Denn manchmal musste man Kath einen Dämpfer verpassen, und außer ihr würde es keiner tun. Außerdem war es doch normal, dass sich Geschwister hin und wieder stritten.

Aber dann kam jene schreckliche Dezembernacht, und Kath

war für immer fort. Annie hätte jedes böse Wort, jede gehässige Bemerkung und jeden heimlichen Knuff zurückgenommen, wenn sie nur ihre Schwester wiederbekommen hätte.

Annie seufzt und legt den Stift weg, spürt, wie die Schmerzspirale sich tiefer in ihren Magen gräbt und für den Tag einnistet. Sie ist nicht so naiv, dass sie sich Absolution erhofft, dafür ist es zu spät. Es geht eher darum, die Worte auszusprechen und die Welt mit reinem Gewissen zu verlassen. Wenigstens so rein, wie es unter den gegebenen Umständen möglich ist.

KAPITEL 7

Henrietta

Am nächsten Samstag erreicht Henrietta die Rosendale-Beratungsambulanz in einem etwas aufgelösten Zustand. Der Morgen begann wenig verheißungsvoll mit einem Vorfall zwischen Dave und einem Jogger im Park. Mit deutlichen Worten machte Henrietta dem Mann in dem schwarzen Lycra-Gewand klar, dass es »keinerlei Körperkontakt« gegeben hatte, doch zugegebenermaßen war das Bellen extrem gewesen, selbst für Daves Verhältnisse.

Sie muss sich beeilen, um einen Packen Fragebogen aus dem Büro zu holen, und setzt sich schwer atmend an den Tisch im Café. Genau genommen ist das Letzte, wonach ihr der Sinn steht, mit irgendjemandem eine Unterhaltung zu führen.

Noch bevor Henrietta sie sieht, hört sie Bonnie, die Helferin vom Minibus, die Gruppe durch die Schiebetüren hereinführen. Zuerst kommt der Mann mit der Wollmütze und einer Miene voller Ingrimm, während Bonnie das Geschehen kommentiert – »Na, da wären wir! Jetzt geht's durch die Tür!« –, als wäre er ein Kleinkind. Danach folgt eine Frau im Kopftuch, und die Nachhut bildet Annie Doyle.

Henrietta trinkt einen Schluck Wasser und bemerkt, dass ihre Hand etwas zittert. Diesmal, so sagt sie sich, muss sie Annie die Befangenheit nehmen, also setzt sie ihr empathisches Gesicht auf und neigt den Kopf zur Seite.

Plötzlich steht Annie da, streift den Mantel ab, lässt einen großen Bastkorb auf einen Stuhl plumpsen und schiebt die Gegenstände auf Henriettas Tisch herum, um Platz für ihre Teetasse zu schaffen. Sie hält inne und betrachtet Henrietta verwundert. Dann legt auch sie den Kopf zur Seite. »Geht's Ihnen gut? Haben Sie einen steifen Hals? Versuchen Sie es mal mit Tigerbalsam, das funktioniert immer«, sagt sie. »Oder vielleicht kann Mia eine Paracetamol für Sie auftreiben.«

Aber Mia ist nicht da; stattdessen steht ein korpulenter Mann am Tresen, der die Unterlippe nach vorn stülpt, als er voller Konzentration aus einer riesigen Kanne Tee ausschenkt.

Heute hat Annie Doyle einen dunkelblauen Overall an, wie ihn ein Klempner tragen würde. Allerdings hat sie einen breiten Gürtel um die Taille gebunden, und an den Füßen trägt sie spitze Stiefel mit großen Schnallen, die Henrietta an ein Kinderbuch mit Elfen und einem Schuhmacher erinnern. Sie ist noch dabei, den merkwürdigen Kleidungsstil auf sich wirken zu lassen, als Annie zu reden beginnt.

»Nun, ich habe seit letzter Woche ein bisschen nachgedacht«, sagt sie, »und bin zu einem Entschluss gekommen.«

Da wären wir, denkt Henrietta. Sie will die Geschichte doch nicht machen. Das bringe auch nur ich fertig, eine Klientin zu verlieren, noch bevor sie stirbt.

»Ich fülle keinen Fragebogen aus«, erklärt Annie.

»Das ist völlig in Ordnung. Es ist Ihr gutes Recht. Ich werde die erste Aufnahme löschen, damit ist es, als wäre nichts geschehen.« Henrietta schiebt ihre Unterlagen zusammen und klopft mit dem Papierstoß auf den Tisch, um die Kanten auszurichten.

»Es kann schmerzhaft sein, sich die Vergangenheit in Erinnerung zu rufen.«

Annie, die damit beschäftigt war, eine Minipackung Kekse aufzureißen, sieht auf. Über der Teetasse hält sie mit dem Vanillekeks inne, den sie eben eintauchen wollte. »Hä?« Mit einer schnellen Bewegung tunkt sie ihn in den Tee, sperrt den Mund weit auf und steckt ihn hinein. »Verstehen Sie, ich habe wirklich genug Formulare für Sozialarbeiter und Ärzte ausgefüllt. Ich will meine Geschichte erzählen, aber ich muss es auf meine Weise machen. Das, was ich sagen muss, hat nichts mit Haustieren oder Spielen auf dem Pausenhof zu tun.«

Annie greift nach einem weiteren Keks. »Wie wäre es also, wenn ich einfach über die Sachen rede, die mir wichtig sind, so wie sie mir einfallen. Und Sie setzen das Ganze für das Buch so zusammen, wie Sie es für richtig halten. Die organisatorischen Fragen interessieren mich nicht, ich werde eh nicht mehr dazu kommen, es zu lesen.«

»Aber was ist mit der Chronologie und der Mustervorlage? Wie sollen wir das alles in eine Ordnung bringen?« Henrietta hört die leise Panik in ihrer Stimme.

»Das Komische ist …« Annie macht eine Pause und trinkt einen Schluck. »Wenn du auf dein Leben zurückschaust, dann hat es keine geordnete Form. Es sind eher Schnappschüsse, wie in einem Fotoalbum. Und manchmal fällt es schwer, sich an die Teile dazwischen zu erinnern, daran, was in dem Moment passiert ist, bevor das Foto aufgenommen wurde, oder gleich danach. Verstehen Sie, was ich meine?«

Einerseits ist Henrietta erleichtert, dass Annie das Buch doch noch machen will, aber die Vorstellung eines Durcheinanders von losgelösten Geschichten beunruhigt sie zutiefst. Allerdings sind bereits sieben Minuten der ihnen zustehenden Stunde verstrichen. Jede Lebensgeschichte muss in sieben Sitzungen erzählt sein, und für Annie gilt noch dazu die unausgesprochene Deadline an Weihnachten – bis dahin sind es gerade mal sechs

Samstage. Henrietta klickt die Mine des Kugelschreibers heraus und tippt auf den roten Kreis auf dem Handy. Diese unstrukturierte Herangehensweise ist alles andere als ideal, aber fürs Erste bleibt ihnen nichts anderes übrig. »Also gut. Annie Doyle, hiermit beginnt Sitzung zwei Ihrer Lebensgeschichte. Heute ist Samstag, der 13. November.«

Annie lächelt, legt die Hände um die Teetasse und beginnt. »Hätten Sie in den Siebzigern in unserem Teil von Westlondon gelebt, dann hätten Sie von mir und meiner Schwester Kath gehört – im guten Sinne, meine ich. Wenn irgendwo eine Party stattfand, fragten die Leute als Erstes: ›Gehen die Doyle-Mädchen hin?‹ Waren wir nicht dabei, dann war es die Sache gar nicht erst wert.«

Sie sieht Henrietta in die Augen. »Ich weiß, heutzutage kann man sich das kaum vorstellen, aber es ist die Wahrheit. Wir waren brave Mädchen, nicht falsch verstehen, wir fingen erst an, ins Pub zu gehen, als Kath achtzehn war. Doch als wir das erste Mal das Castle betraten, wurde uns klar, dass es sich um eine völlig neue Liga handelte – ganz was anderes als der Jugendklub.«

»Das Castle?«, fragt Henrietta.

»Das war ein Pub in der Nähe von Ladbroke Grove. Damals ziemlich bekannt. Freitags gab es manchmal Livemusik. Die ganz Großen kamen dahin. Dr. Feelgood, Joe Strummer, Van the Man. Dylan gab an einem Sonntagmittag mal ein Konzert.«

Henrietta notiert sich die Namen von Annies Freunden und bedeutet ihr mit einem Nicken, fortzufahren.

»Wir hatten wenig Geld, also teilten wir uns ein kleines Bier und stellten uns neben die Jukebox. Es war eine richtig gute Musikbox, mit dem ganzen tollen Zeug drin. *Mama Told Me Not To Come. Telegram Sam. All The Young Dudes. Starman.* Wir kannten sie alle auswendig. Und weil wir dort standen, kamen die Typen rüber, um Musik aufzulegen, und das waren richtige Kerle. Nicht wie die katholischen Jungs im Jugendklub. Es waren Männer, die sich ihr Geld selbst verdienten, die Koteletten hatten und ausgestellte Jeans trugen, die an den richtigen Stellen eng anlagen. Kath war ungenierter als ich, sie bat immer um eine Zigarette oder einen Drink, aber es hatte für sie nichts zu bedeuten. Sie nahm ihre Rum-Cola entgegen und ließ die Typen mit offenem Mund stehen. Und sie kam immer damit durch. Abends machten wir uns also Arm in Arm auf den Weg, nachdem wir uns vorher mit Lockenwicklern die Haare chic gemacht hatten, sodass wir sie toll herumwerfen konnten. Ins Pub zu gehen war richtig aufregend damals. Die Musik, der Rauch, das Gedränge an der Bar. Wir trugen die gleichen Sachen, um zu zweit aufzufallen. Wenn Kath Jeans trug, dann tat ich es auch. Wollte ich ein Kleid anziehen, dann zog sie auch eins an …«

Annie verstummt und blickt sich um, als überrasche es sie, sich hier wiederzufinden, unter den grellen Neonröhren im Café, mit zerknitterten Kekspackungen und schmutzigen Tassen, und ihr gegenüber Henrietta, die mit dem Kugelschreiber in der Luft innegehalten hat. Die Schiebetüren am Eingang ruckeln auf und zu und lassen einen kalten Luftzug herein, und Annie scheint sich wieder zu fassen. Sie sieht auf das Handy, dann hebt sie den Blick zu Henrietta und wendet ihn wieder ab.

»Natürlich habe ich an dem Abend, als Kath verschwand, als Allererstes dort gesucht«, sagt sie schließlich, ihre Stimme ist jetzt leiser. »Weil Weihnachten war, war die Bar gesteckt voll, doch der Barkeeper meinte, sie sei nicht da gewesen. Ich habe überall gesucht, aber der Regen hat in dieser Nacht überhaupt nicht mehr aufgehört. Es war so schwer, im Dunkeln etwas zu erkennen …«

Henrietta wagt nicht, eine Bemerkung zu machen, weil es mit hoher Wahrscheinlichkeit das Falsche wäre. Ihr Leben ist gespickt mit Missgeschicken und Fehltritten, die für alle außer sie selbst sofort offensichtlich sind. Ein falsches Wort, und sie riskiert, dass Annie wieder davonläuft und sie niemals über ihre Schwester reden werden.

Zwischen ihnen auf dem Tisch ticken die roten Zahlen auf der Handyuhr weiter und nehmen das lange Schweigen auf. Rundherum ist das leise Gemurmel von Unterhaltungen zu hören. Stühle werden zurückgeschoben, die Kaffeemaschine zischt und faucht.

Schließlich schüttelt Annie den Kopf. »Vielleicht ist das doch keine so gute Idee.« Die Stimmung ist umgeschlagen, ihr Gesichtsausdruck hat sich verändert. So wie die Rollläden, die am Ende des Tages am Tresen scheppernd herunterrasseln, und all die bunten Verpackungen und Kuchen verschwinden aus dem Blick.

Henrietta hält die Luft an. Was Annie Doyle nicht zu verstehen scheint, ist, dass in den Lebensgeschichten die wichtigen Eckpunkte behandelt werden müssen, auch die schwierigen. Fundamentale Ereignisse wie ein Tod durch Ertrinken, das sind die Dinge, die ein Leben nachhaltig beeinflussen können.

Die Uhr zeigt 11:30 an, und Henrietta ist bewusst, dass Annie die Zeit davonläuft – nicht nur, was die heutige einstündige Sitzung angeht, sondern auch die Anzahl der Wochen, die ihr zum Leben bleiben, ob sie es weiß oder nicht. Henrietta kann unmöglich ein Buch aus ein paar dürftigen Erinnerungen an eine Jukebox und Lockenwicklerfrisuren machen. Das wird nicht reichen. So was kommt davon, wenn die Leute sich nicht an die Regeln halten und ohne Kontext und Chronologie wahllos Anekdoten zum Besten geben.

Sie beschließt, es darauf ankommen zu lassen. »Annie, wir haben eine begrenzte Anzahl an Sitzungen, um Ihre Lebensgeschichte aufzuschreiben, also ist Zeit von entscheidender Bedeutung. Wir bevorzugen eine chronologische Reihenfolge, aber wenn Sie unbedingt wollen, kann Ihr Buch, wie soll ich sagen, einen ›Episodencharakter‹ haben. Doch ich brauche Material. Ich hole uns jetzt eine Kleinigkeit zu essen, und wenn ich wiederkomme, würde ich gern mit einem zentralen Ereignis weitermachen. Dem Tod Ihrer Schwester.«

KAPITEL 8

Annie

Um die Wahrheit zu sagen, ist Annie gar nicht so scharf auf Bakewell-Törtchen, doch kaum sieht sie die glänzende weiße Glasur, ist sie wieder hungrig. Außerdem ist es ein schönes Gefühl, dass sich ausnahmsweise mal jemand um sie kümmert.

»Danke, Hen. Irgendwie kriege ich nichts anderes mehr runter als Zucker«, sagt sie und schiebt mit zitternden Fingern die marmeladigen Krümel zusammen. Sie wird nicht recht schlau aus dieser jungen Frau, aber Annie empfindet ihre nüchterne Art als angenehme Abwechslung. Sie hat die Therapeuten und deren besorgtes Mitleid satt, mit ihrem milden Lächeln und der Angewohnheit, Annies Worte wie ein Echo zu wiederholen. Wenn irgendjemand ihr dabei helfen kann, diese Geschichte loszuwerden, dann vielleicht diese Henrietta mit dem langen Schweigen und dem ausdruckslosen runden Gesicht.

»Also gut, Henrietta Lockwood, dann erzähle ich Ihnen von meiner Schwester und der Nacht im Jahr 1974, als sie nicht mehr nach Hause kam.«

Henrietta kommt in Bewegung und tippt auf den roten Knopf. Und Annie beginnt.

»Kath war achtzehn, und ich war neunzehn. Es war der letzte Samstag vor Weihnachten. Kath hatte den ganzen Tag im Schuhladen gearbeitet, und wir hatten ausgemacht, abends auszugehen. Aber es wurde sechs Uhr, und von Kath war keine Spur. Anfangs war ich sauer, weil ich dachte, dass sie mit den Kolleginnen aus dem Schuhladen irgendwohin gegangen war und mich vergessen hatte. Meistens kamen wir gut miteinander aus, aber Kath konnte auch mal ein bisschen hinterhältig sein.« Sie hebt den Blick und sieht Henrietta an. »Sie wissen ja, wie das ist unter Schwestern.«

Möglicherweise weiß Henrietta das nicht, denn die starrt sie ungerührt an, also macht Annie weiter.

»Ich hatte keine anderen Pläne für den Abend. Zu der Zeit traf ich mich nicht so regelmäßig mit Terry, außerdem war er mit seinen Kumpels aus der Druckerei unterwegs, und das war mir auch ganz recht so. Während ich auf Kath wartete, sah ich mit meinen Eltern fern. Ich weiß noch, dass in der Quizshow *The Generation Game* ein Mann mit riesigen Koteletten mitmachte, der furchtbar schlecht war – er konnte sich keinen einzigen Gegenstand merken, der auf dem Fließband gewesen war. Noch nicht einmal das Stofftier. Wir lachten ihn ziemlich aus, sogar mein Dad musste schmunzeln.«

Annie hat das blecherne Lachen vom Band noch im Ohr – ihr Dad drehte den Ton immer sehr laut auf. »Wenn ich schon fürs Fernsehen bezahle, dann will ich auch was für mein Geld bekommen«, sagte er immer. Doch trotz des Lärmpegels lauschten sie mit einem Ohr die ganze Zeit auf das Geräusch von Kaths Schlüssel im Schloss.

Als um halb zehn *Kojak* anfing, lächelte ihr Dad nicht mehr. Er ging im Zimmer auf und ab und schimpfte darüber, dass Kath so lange ausblieb und dass er ihr den Marsch blasen würde, wenn sie nach Hause käme. Mum trat ans Fenster und schob den Vorhang einen Zentimeter zur Seite, bereit, jeden Augenblick zu sagen: »Schau, Aidan, da ist sie.« Aber das geschah nicht. Als es zehn Uhr war und Dad den klobigen Knopf am Fernseher auf Aus drückte, wusste Annie, dass die Lage ernst war.

»Ich tat, als würde ich ins Bett gehen, aber dann stahl ich mich aus dem Haus«, erzählt sie Henrietta. »Zu diesem Zeitpunkt dachte ich noch, dass Kath ohne mich ihren Spaß hatte, und war wütend. Ich malte mir aus, wie sie im Pub mit irgendeinem neuen Typen flirtete und keinen Gedanken daran verschwendete, mich vom Münztelefon aus anzurufen und zu sagen: ›Na los, komm her.‹ Zuerst ging ich ins Castle, aber da waren nur furchtbar viele Leute, Musik und kreischendes Gelächter, und der Barkeeper meinte, er habe Kath den ganzen Abend nicht gesehen. Ich probierte es noch in einem anderen Pub in der Nähe, aber auch da war sie nicht.«

Annie war sogar am Schuhgeschäft vorbeigegangen und hatte ins Schaufenster gespäht. Sie weiß nicht, wonach sie dort suchte – nach irgendeinem Hinweis –, aber natürlich war es abgesperrt, und alles war dunkel.

»Danach lief ich einfach weiter und weiter durch den Regen und hielt Ausschau nach Kath. Ich machte die Türen von ein paar Pubs auf, kam an einer großen Privatparty am Powis Square vorbei, die gerade losging, und blieb eine Weile draußen vor dem Haus stehen, aber ich hatte nicht den Mut, allein hineinzugehen.«

Genau könnte Annie nicht mehr sagen, welche Straßen sie in jener Nacht abgelaufen war, sie war einfach weiter durch den Regen und die Dunkelheit gegangen – als wäre sie betrunken auf irgendeiner Mission, nur dass sie stocknüchtern war. Woran sie sich allerdings deutlich erinnert, ist, wie sie zurück ins Haus geschlichen war und unter der Wohnzimmertür einen gelben Lichtstreifen gesehen hatte.

»Offensichtlich war Dad aufgeblieben und wartete im Wohnzimmer, und ich vermutete, dass Mum ins Bett gegangen war. Als ich vor unserer Schlafzimmertür stand, dachte ich einen winzigen Augenblick, wie wunderbar es wäre, wenn ich sie aufmachte und Kath dort zugedeckt im Bett läge. Ich stellte mir vor, dass ich ihr die Decke wegreißen und sie eine blöde Kuh schimpfen würde, weil sie ohne mich ausgegangen war. Aber als ich das Licht einschaltete, war Kaths Bett genauso unberührt und leer wie zuvor.«

Annie hält inne, um Luft zu holen, und blickt zu Henrietta auf, deren Miene undurchdringlich ist. Sie lässt sich weder Verurteilung noch Mitleid anmerken, während Annie diese schrecklichen Dinge erzählt, und genau das gibt ihr den Mut, weiterzumachen.

»Erst am Sonntagmorgen fiel mir ein, dass ich bei Debbi, einem der Mädchen aus dem Schuhladen, anrufen sollte. Dad stand daneben, als ich die Nummer wählte, und beugte seinen Kopf dicht an den Hörer, sodass er den Klingelton hören konnte und dann, wie Debbis Mutter abnahm.«

Annie hatte es falsch gefunden, dass Dad ihr die Regie überließ. Seine Wange war stoppelig, die Kleider zerknittert, und sein Atem roch säuerlich, doch in diesem kurzen Moment, als sie Kopf an Kopf am Telefonhörer standen, hatte sie eine unerwartete Zärtlichkeit für ihn empfunden.

»Debbi erzählte, dass Kath darum gebeten hatte, früher zu gehen – eher gegen fünf –, und beklagte sich ausdauernd darüber, wie ungerecht das war, weil sie ganz allein hatte zurechtkommen müssen. Ein paar Leute kauften Hausschuhe und wollten, dass Debbi sie als Geschenk verpackte, und eine Frau konnte sich ewig nicht entscheiden, welche Stöckelschuhe sie nehmen sollte. Als ich den Hörer auflegte, wünschte ich, ich wäre Debbi, weil sie sich über nichts anderes aufregen musste als darüber, dass sie am Samstag vor Weihnachten einen harten Arbeitstag gehabt hatte. Dann sagte ich zu Dad, er sollte besser zur Notting-Dale-Polizeiwache gehen, und Mum und ich sahen ihm dabei zu, wie er seine besten Schuhe zuschnürte und sich auf den Weg machte. An diesem Sonntag war keine Rede davon, in die Kirche zu gehen.«

Erst Stunden später kehrte Aidan Doyle nach Hause zurück. Er erklärte, dass sie ihn auf der Polizeiwache lange hatten warten lassen, aber sein Atem verriet, dass er auf dem Heimweg auf ein paar Biere ins Pub gegangen war.

»Als Dad hereinkam, war er furchtbar wütend – er war überhaupt ein launischer Mensch. Die Polizei hatte ihn fortgeschickt, ihn praktisch ausgelacht. Er trat gegen die Küchentür, sagte, sie seien faule Säcke und sollten sich schämen. Aidan Doyle war auch davor schon kein großer Freund der örtlichen Polizei gewesen, und umgekehrt galt dasselbe. Am Montagmorgen entdeckte der Geschäftsführer des Schuhladens Kaths Fahrrad im Warenlager, angelehnt an Kartons mit alter Ware; er sagte, dass er ihr oft erlaubt hatte, es dort abzustellen, wenn sie das Fahrradschloss vergessen hatte. Für mich war das ein Zeichen, dass sie nicht direkt nach Hause kommen wollte, sondern geplant hatte, irgendwohin zu gehen, wo sie das Rad nicht gebrauchen konnte.«

Bis zu diesem Zeitpunkt hat Henrietta nicht weniger stumm gelauscht als die Aufnahme-App und nur ihre Notizen auf dem Block gemacht, doch jetzt beugt sie sich nach vorn. »Und wann hat die Polizei erkannt, dass es ernst war, und eine Fahndung eingeleitet?«

Ach, wie naiv diese Frau mit ihren ordentlichen Notizen und Aufnahmen ist. Sie kapiert immer noch nicht, wie es damals zuging. »Ich glaube nicht, dass sie das jemals getan haben«, antwortet Annie langsam. »Debbi sagte, dass sie gesehen hatte, wie Kath ihre Jacke zugemacht hatte und hinaus auf die Straße getreten war. Danach war nichts, keine Spur. Damals gab es noch keine Überwachungskameras, und ich vermute, die Polizei hat in den darauffolgenden Tagen niemanden befragt. Sie hätte alle Busfahrer ansprechen können, die Dienst hatten, oder den Mann am Fahrkartenschalter der U-Bahn-Station oder auch den Kioskbesitzer, bei dem Kath sich Zigaretten kaufte. Es müssen Hunderte von Leuten für Weihnachtseinkäufe unterwegs gewesen sein, die Badeschaum und Taschentücher und Pralinenschachteln besorgt haben, wo es doch nur noch vier Tage bis Weihnachten waren. Man hätte die fragen können, eine Suchmeldung veröffentlichen können …«

Annie verstummt, und der winzige Funken Hoffnung erlischt, als sie sich darauf besinnt, wo sie ist – hier, in diesem Café – und dass das alles sehr lange her ist. Sie zupft an einem losen blauen Faden an ihrem Overall und zieht so lange, bis er abreißt.

»Egal. Dann kam Weihnachten, und wegen der freien Tage

und der üblichen Trinkerei und der Diebstähle unternahm die Polizei nicht viel. Der einzige Hinweis, den sie hatten, waren Kaths Kleider, die unter einer Brücke am Grand Union Canal gefunden wurden. Man erklärte uns, dass sie vermutlich mit einem Jungen abgehauen war und wieder hereinschneien würde, wenn sie ihren Spaß gehabt hatte. Aber nichts dergleichen passierte. Kath wurde nie wieder gesehen. Nach Neujahr wurden Plakate aufgehängt, aber kein Zeuge meldete sich je. Sie befragten ein paar Leute, doch das war nichts als Show – alle hatten ein Alibi. Daraufhin fing der zuständige Polizist an, von ›Unfalltod‹ zu sprechen, davon, dass sie vermutlich auf einer Party gewesen sei, eine Abkürzung nach Hause genommen hatte, ins Wasser gefallen und ertrunken war.«

Annie denkt an die Gerüchte, die in der Nachbarschaft kursierten, geflüsterte Bemerkungen, die bei einem Glas Bier, in der Warteschlange an der Supermarktkasse oder nach dem Gottesdienst fielen. Dass Kath ganz gern getrunken hatte und schon immer ziemlich wild gewesen war. Dann gab es noch die Version, dass sie sich hatte schwängern lassen und sich ertränkt hatte, um der Familie die Schande zu ersparen.

»Als sie dann anfingen, von Selbstmord zu reden, gab es meiner Mutter endgültig den Rest. Sie erholte sich nie mehr richtig.« Kurz ist Annie wieder dort in dem Haus, in dem die Luft schwer vor Kummer war, sitzt am Bett ihrer Mutter, während unten der Vater wütet. Das waren die düstersten Tage.

»In den Monaten und Jahren danach ging ich an meinen freien Nachmittagen regelmäßig am Kanal entlang. Ich musste es sehen, mir das Schlimmste vorstellen, und auf schreckliche Weise brachte es mich ihr näher. Aber ich wünschte, ich hätte das nicht gemacht, weil ich das Bild nie mehr aus dem Kopf verscheuchen konnte. So viel schlammiges schwarzes Wasser …«

Mittlerweile überstürzen sich die Worte, kommen schnell und atemlos heraus. »Ich träume davon, Hen. Dauernd. Und ich halte es nicht mehr aus. Dass sie dort unten gestorben ist, allein zwischen dem Schlick und den Schlingpflanzen.«

Jetzt starrt Henrietta sie merkwürdig an, und Annie wird bewusst, dass sie zu viel gesagt hat. Sie stützt den Kopf in die Hände und versucht tief ein- und auszuatmen. Aber vielleicht sorgt sich Henrietta gar nicht, dass Annie zwischen den Bakewell-Tortenkrümeln und den abgestandenen Teeresten die Fassung verlieren könnte. Die Versäumnisse der polizeilichen Ermittlungen scheinen sie mehr zu beunruhigen.

»Das ist wirklich bedauerlich«, meint sie. »Je länger sie die Sache schleifen ließen, desto geringer war die Wahrscheinlichkeit, einen Hinweis zu finden.«

Annie seufzt und hebt den Blick. »Wie gesagt, unser Fall galt nicht als dringlich. Wissen Sie, was man an jenem Sonntagvormittag zu meinem Vater gesagt hat, als er auf die Wache kam?«

Henrietta schüttelt den Kopf.

»Sie sagten: ›Mr Doyle, wenn Sie Ihre Teenagertochter nicht im Griff haben, ist das nicht unser Problem.‹«

Eingehend betrachtet Annie ihr Gegenüber im darauffolgenden Schweigen. Aus dieser Henrietta wurde man wirklich nicht so leicht schlau. »Wie alt sind Sie, Hen? In den Zwanzigern?«

»Ich bin zweiunddreißig.«

Damit hatte Annie nicht gerechnet. Sie hatte die Ausdruckslosigkeit in Henriettas Augen für Unschuld gehalten, aber jetzt fragt sie sich, ob etwas ganz anderes dahintersteckt.

»Sie sind viel zu jung, um das erlebt zu haben, aber 1974 herrschte in London höchste Alarmstufe wegen der Bombenanschläge der IRA. Es beschäftigte die Menschen, und wenn man dann auch noch einen irischen Akzent hatte, na ja …«

»Ihr Vater war darin verwickelt?«

»Neeein!«, widerspricht Annie spöttisch. Dieses Mädchen nimmt wirklich alles wörtlich. Keinerlei Sinn für die feinen Nuancen.

»Aidan Doyle war ein kleines Würstchen, der hatte auch gar

nicht genug Grips für eine politische Haltung. Was ich meine, ist, dass sich die Polizei nicht gerade ins Zeug legte, um die Tochter eines Iren zu suchen, die abends zu lange fortgeblieben war. Die Antwort, Henrietta, ist also: Nein, niemand hat jemals herausgefunden, was in dieser Nacht im Jahr 1974 passiert ist. Und seither hat sich auch keiner die Mühe gemacht, sich den Kopf darüber zu zerbrechen.«

Es ist kurz vor zwölf, Annies Zeit ist beinahe um. Sie spürt, wie das Gewicht ihrer Worte in der Luft Gestalt annimmt, als sie beide über das Gesagte nachdenken. Henrietta scheint kurz davor, eine Bemerkung zu machen. Ihre Hand schwebt in der Luft, beinahe streckt sie sie nach Annie aus, aber dann gibt es Unruhe an der Glastür – Bonnie winkt mit den lila Fleecearmen, als weise sie ein Flugzeug zur Landung ein –, und der Moment ist vorbei.

Annie steht auf, und als sie an Henrietta vorbeigeht, tätschelt sie ihr die Schulter, als habe sie, und nicht Annie, gerade eine schwere Aufgabe hinter sich gebracht. Erst als sie im Minibus sitzt, reißt sich Annie nicht länger zusammen. Sie lehnt die Stirn ans beschlagene Fenster; ihre Tränen fühlen sich dünn und staubig an, als seien sie nach all der Zeit versiegt. Sie weint um Kath, um ihrer selbst willen, sie weint über den ganzen verfluchten Mist. Und beim Weinen spürt sie, wie sich ein Knoten in ihrer Brust zu lösen beginnt.

Letztendlich war es gar nicht so schlecht, Henrietta diese Sachen zu erzählen. Bei dem Mädchen scheint der Schalter mit der Funktion »Gefühle« ausgeschaltet zu sein, da ist nichts als ein ausdrucksloses Gesicht und ein Paar flinke Hände, die Notizen machen und auf den Handy-Bildschirm tippen. Das hat das Reden leichter gemacht. Doch dann überläuft Annie ein kalter Schauer, als ihr eine Ahnung kommt, was hinter dieser Ausdrucksleere stecken mag.

Womöglich fiel es ihr deswegen so leicht, Henrietta von sich zu erzählen, weil sie Annie an sich selbst erinnert – nicht etwa an die heutige Annie und auch nicht an die naive Neunzehnjährige, die samstagabends einfach bloß Spaß haben wollte. Vielmehr erinnert sie an jene Annie in den langen, lähmend leeren Jahren nach der Heirat – die Frau, die eine Schwester verloren, einen brutalen Kerl geheiratet hatte und hinaus in die Vorstadt gezogen war, wo sie feststellte, dass die beste Überlebensstrategie war, sich möglichst kleinzumachen und still zu verhalten.

Und eines Tages, viele Jahre später, hatte sie in den Spiegel gesehen und erkannt, dass das Leben still und leise an ihr vorbeigezogen war. Die grauen Haare, die Schmerzen in den Knien und das dumpfe Gefühl im linken Ohr würden nicht mehr weggehen. Über dem Geschirrspülen, dem Abendessenkochen für Terry und dem Putzen kleiner Kindernasen war sie alt geworden.

Henrietta trägt keinen Ehering, also wartet auf sie zu Hause vielleicht kein Mann wie Terry, aber Annie ist sich ziemlich sicher, dass es jemanden im Leben dieses Mädchens gibt, der sie hat spüren lassen, dass sie nichts taugt, der ihr gesagt hat, dass sie den Mund halten und brav sein soll. Die ganze Fahrt über stützt Annie die Stirn an die kühle Scheibe und hält die Augen fest geschlossen, bis sie spürt, wie der Minibus über die erste Bodenschwelle rumpelt, und sie weiß, dass sie fast zu Hause ist.

KAPITEL 9

Henrietta

Nachdem Annie und ihre Gefährten aus der Tür sind, sammelt Henrietta systematisch ihre Sachen zusammen und macht sich auf den Weg zur Damentoilette. Sie muss allein sein, fort von dem Trubel, dem Geräuschpegel und der falschen Fröhlichkeit des Cafés.

Lange Zeit steht sie am Waschbecken und hält beide Hände unter den Wasserstrahl. Es ist einer dieser Wasserhähne, die einen Sensor haben, also muss sie hin und wieder mit den Fingern wackeln, damit das Wasser weiterläuft. Stopp, weiter, stopp, weiter – es funktioniert so perfekt, wäscht alles fort, egal, welche Gefühle die Leute quälen, die hier stehen: Trauer, Schwermut, Einsamkeit, Angst. Vielleicht ja auch Erleichterung und Freude, wer weiß. Der Wasserhahn macht einfach weiter, und genauso sieht Henrietta auch sich selbst gerne: effizient und unerschütterlich.

Irgendwann hebt sie den Blick zum Spiegel und ist überrascht, dass sie exakt so aussieht wie heute früh, als sie die Wohnung verlassen hat. Unbeeindruckt, ein wenig blass vielleicht, aber ganz bestimmt ist ihr nichts von dem Aufruhr anzumerken, der in ihrem Inneren brodelt. Ja, äußerlich wirkt sie vermutlich völlig gleichmütig, tatsächlich aber fühlt sie sich geschwächt, als habe man sie in Stücke gehackt und willkürlich wieder zusammengesetzt, sodass die Teile nicht mehr richtig zusammenpassen.

Solange sie sich erinnern kann, war Henrietta immer sehr geschickt darin, die Kontrolle zu behalten. Es ist Teil ihrer generellen Leistungsfähigkeit, wie sie findet, genau wie bei diesem erstklassigen modernen Wasserhahn. Sie macht immer weiter. Sie wahrt den Schein.

Dazu gehört auch der Gesichtsausdruck, den sie in Stresszeiten annimmt – sie nennt es ihre Maske der Gleichgültigkeit. Manchmal spürt sie sogar, wie sie sich Zentimeter für Zentimeter aufbaut, so wie eben mit Annie. Während die ältere Frau davon erzählte, wie ihre Schwester ertrunken war, merkte Henrietta, dass sich ihr eigenes Gesicht verhärtete wie schnell trocknender Putz.

Sie hatte das Richtige sagen wollen – vielleicht etwas Mitfühlendes. Sie hätte einfach »Mein Beileid« sagen können, aber sie brachte kein Wort über die Lippen. Tatsächlich fiel ihr nur die völlig unangemessene Bemerkung ein, die ihr Vater vor vielen Jahren gemacht hatte. »Es heißt, ertrinken sei eine recht friedliche Art zu sterben«, hatte er gesagt, während er auf den Fersen vor und zurück wippte, als hielte er eine Vorlesung. »Wenn das Wasser nach und nach in den Mund und dann in die Lunge sickert, schaltet das Gehirn ab, und man verspürt keinerlei Schmerzen.«

Immerhin war sie nicht so töricht gewesen, Annie gegenüber mit diesen Worten herauszuplatzen, denn sie hatte diese Aussage nie für wahr gehalten. Sie war weder mit neun Jahren darauf hereingefallen, als sie zugesehen hatte, wie die Lippen eines kleinen Jungen die Farbe eines Hämatoms angenommen hatten, während seine Augen weit aufgerissen und gleichzeitig schrecklich leer waren. Und heute glaubt sie erst recht nicht daran. Stattdessen kann sie sich sehr gut die stumme Panik vorstellen, wenn man den Mund aufmacht, weil man dringend atmen muss, und nicht Luft, sondern Wasser hereinströmt. Und sie ist sich ziemlich sicher, dass auch Annie sich diesen Augenblick ausgemalt hat.

Schließlich muss sie den Schutz der Damentoilette doch verlassen und macht sich auf den Weg zum Aufzug, der sie zu Audreys Büro hinaufbringen wird. Als sie durch das Café geht, ist der mürrische Mann gerade dabei, ihren Tisch abzuräumen, und Henrietta hebt grüßend die Hand, doch er wischt weiter, als habe er sie gar nicht bemerkt. Das passiert Henrietta oft.

Kein Grund, sich darüber den Kopf zu zerbrechen. Sie hat genug anderes zu tun. Heute Nachmittag muss sie die Druckfahnen einiger Lebensgeschichten Korrektur lesen und E-Mails beantworten, bevor sie nach Hause fährt, einen Spaziergang mit Dave macht und sich dann dem Samstagabendprogramm im Fernsehen widmet und sichergeht, dass ihre Gedanken nicht abschweifen. Sie wird sich die größte Mühe geben, sich nicht auszumalen, was sich in den letzten Lebensminuten von Kath Doyle abgespielt hat. Die Panik, als sie Luft holen wollte, die taube Benommenheit, als die Kräfte sie verließen. Als Henrietta den Aufzug betritt, sieht sie schwarzes Wasser vor sich, verquere, glitschige Gliedmaßen, ein Kleiderbündel am Ufer. Unwirsch schüttelt sie den Kopf und drückt auf den Knopf nach oben.

* * *

Als sie am Abend mit Dave durch die menschenleeren Straßen des Industriegebiets trottet, versucht Henrietta sich auf die anstehenden Aufgaben zu konzentrieren. Diese einsame Strecke ist ihre Lieblingsroute, seit sie im örtlichen Park *persona et canis non grata* geworden sind. Ursprünglich, als sie Dave in letzter Minute aus dem Tierheim gerettet hatte, hatte sich Henrietta eine ganz andere Zukunft für sie beide ausgemalt. »Er hat ein soziales Problem«, hatte die Frau mit der Leine gesagt. »Keine Sorge, mit so etwas kenne ich mich aus«, hatte Henrietta entschlossen erwidert.

Dave war eine nicht näher spezifizierbare Terriermischung, plump, mit drahtigem Fell, das sich jedem Versuch, es zu bürsten, widersetzte, und seine Ohren waren zu groß für den Kopf. Seine angegraute Schnauze deutete darauf hin, dass er älter war, die Art Hund, die normalerweise übersehen wurde, aber Henrietta wusste, er wäre genau der Richtige für sie. Da war der

Schlüssel zur fröhlichen Runde von Hundebesitzern, die am Parkcafé zusammenkamen.

Den ganzen Sommer über hatte sie die Frauen und ihre Hunde aus sicherer Ferne beobachtet. Sie hatte gehört, wie die Leute Hundeneuigkeiten austauschten, darüber sprachen, dass der Labradoodle Monty »dringend zum Friseur müsste« oder dass Dackelhündin Luna »geradezu besessen sei von ihrem Tennisball«. Sie hatte zugesehen, wie die Hunde sich höflich beschnupperten und dann lossprangen, um friedlich und vergnügt miteinander zu balgen. Und danach riefen sich die Frauen fröhliche, unkomplizierte Dinge zu wie: »Wir sehen uns im Fitnessstudio« oder »Denk dran, dass sich der Lesekreis heute Abend trifft!«.

Mit federnden Schritten hatte Henrietta sich auf ihren ersten Ausflug in den Park begeben. Sie konnte es nicht erwarten, Dave seinen neuen Freunden vorzustellen – und sich dabei möglicherweise selbst eine ganz neue Welt zu erschließen. Leider wartete Dave die Vorstellung nicht ab, sondern schoss zielgenau auf die Lhasa-Apso-Hündin Trinny zu und grub die Zähne in ihren flauschigen Nacken. Glücklicherweise erwischte er nur einen Mundvoll Fell, doch ihnen wurde unmissverständlich klargemacht, dass Dave als Neuzugang in der lustigen Runde nicht willkommen war. Und Henrietta ebenso wenig.

Als sie heute Abend an den geschlossenen Rollläden der Garagen und den verlassenen Parkplätzen vorbeikommen, kehren Henriettas Gedanken unvermeidlich zu Annie Doyle und den beunruhigenden Aspekten in ihrer Geschichte zurück. In allererster Linie die Tatenlosigkeit der Polizei. *Niemand hat jemals herausgefunden, was in dieser Nacht im Jahr 1974 passiert ist,* hatte Annie gesagt. *Und seither hat sich auch keiner die Mühe gemacht, sich den Kopf darüber zu zerbrechen.* Henriettas Ansicht nach ist eine gründlichere Ermittlung überfällig. Sie kann unmöglich in Betracht ziehen, eine Lebensgeschichte zu schreiben, in der ein derartiger Vorfall verbrämt und als Fußnote abgetan wird.

Offenbar waren *ein paar Leute* befragt, aber keine weiteren Maßnahmen ergriffen worden, und die Suche nach Kaths Leiche klingt im besten Fall halbherzig. Wie konnten Annie und ihre Familie es hinnehmen, dass die Polizei unbekümmert einen »Unfalltod« konstatierte? Und das war noch nicht einmal die Feststellung eines Kriminalbeamten. Henrietta muss die Stränge in Annies Geschichte dringend entwirren und ordentlich nebeneinanderlegen, damit sie Sinn ergeben.

Außerdem stellt sich die Frage, wie weit sie den Erinnerungen von Annie Doyle vertrauen kann, sei es, weil Annie die Vergangenheit vielleicht nicht ans Licht holen will (was Henrietta verstehen kann) oder weil man ihr im Alter von neunzehn Jahren nicht die volle Wahrheit über den Fall erzählt hat. Wie dem auch sei, Henrietta hat das Gefühl, dass sie von Annie nicht die ganze Geschichte erfährt. Um zur Ruhe zu kommen, braucht Henrietta knallharte Fakten.

Die beste Informationsquelle wäre natürlich die Polizei, aber ihr ist klar, dass sie nicht einfach dort anrufen und darum bitten kann, Einsicht in die Akte einer Person zu bekommen, die vor Ewigkeiten als vermisst gemeldet wurde. Henrietta hat eine ordentliche Anzahl Cold-Case-Fernsehkrimis gesehen und kann sich vorstellen, wie Kathleen Doyles Akte mittlerweile aussehen dürfte: eine verstaubte braune Mappe, auf deren Umschlag der Name steht, und innen ein Bündel Papiere, die von einer verrosteten Klammer zusammengehalten werden, getippte Aussagen, der Druck verwischt und verblasst.

Wahrscheinlich hat sie die besten Erfolgsaussichten, an die Akte zu kommen, wenn sie mit der ursprünglichen Polizeiwache Kontakt aufnimmt und auf einen wohlwollenden Beamten trifft.

Dave und sie erreichen die Halbzeit ihres Spaziergangs, die Stelle, an der sie normalerweise umdrehen und wieder nach Hause gehen. Es ist die Autowaschanlage, in die Henrietta einmal im Monat fährt, um ihrem Nissan Micra eine »Intensivpflege extra« zu gönnen. Heute Abend suchen drei Männer unter dem Vordach Schutz vor den ersten Regentropfen und teilen sich eine Zigarette. Machen sie Überstunden?, fragt sich Henrietta, oder verlassen sie diesen Ort einfach nie? Schweigend reichen sie sich die Zigarette hin und her, und einer von ihnen hebt den Blick. Es ist der Jüngste, der den Lufterfrischer mit Tannenduft an ihrem Rückspiegel befestigt – eine persönliche Note, die sie zu schätzen weiß.

Sie zögert, ist kurz davor zu winken, bremst sich aber. Sei nicht dumm, sagt sie sich. Er erkennt dich doch gar nicht. Alles, was er sieht, ist eine einsame Frau im Dufflecoat, die ihren asozialen Hund im Regen ausführt.

Henrietta gibt Daves Leine einen sanften Ruck, und sie machen sich auf den Heimweg. Ihre Gedanken wandern wieder zu Kathleen Doyles längst vergessener Polizeiakte. Die muss sie finden, und langsam bildet sich eine Idee heraus, wie sie an sie herankommen könnte.

* * *

Eine Stunde später erkennt Henrietta, den Laptop auf dem Schoß, dass ihr großartiger Plan einen grundlegenden Fehler hat. Die Polizeiwache Notting Dale, in der Aidan Doyle an einem Sonntagvormittag im Jahre 1974 seine Tochter als vermisst meldete, wurde längst an einen Bauunternehmer verkauft, und die nächste Polizeistation in Notting Hill ist auf dem besten Weg, dasselbe Schicksal zu ereilen. Schon jetzt gibt es dort keinen Empfang mehr, da, wie es auf der Website heißt, »zweiundneunzig Prozent der Anfragen per Telefon oder online eingehen«.

Genau genommen ist das womöglich sogar von Vorteil, denkt Henrietta. In ihren Augen ist eine mit Bedacht formulierte E-Mail einem weitschweifenden, unvorhersehbaren Telefongespräch grundsätzlich vorzuziehen. Sie ist dankbar, als sie eine zentrale Website der Metropolitan Police entdeckt, auf der man um »Auskunft über eine andere Person« bitten kann. Sie klickt das entsprechende Kästchen an und wartet ab, wie es weitergeht.

Doch nun wird sie zu einer Seite weitergeleitet, die weitaus weniger angenehme Auswahlmöglichkeiten bietet. Nein, bei ihrer Anfrage handelt es sich nicht um Auskünfte im Zusammenhang mit einer Klage vor dem Familiengericht. Ebenso wenig möchte sie in Erfahrung bringen, ob ihr Lebensgefährte wegen häuslicher Gewalt oder eines Sexualdelikts gegenüber Minderjährigen vorbestraft ist. Es ist nicht wirklich überraschend, dass es kein Kästchen gibt für diejenigen, die sich für einen unaufgeklärten Fall aus den 1970ern interessieren, der sie streng genommen nichts angeht.

Dave drückt ihr die Nase in die Seite, und sie krault ihn unter seiner grauen Schnauze und wandert dann zum verfilzten Fell an seinem Bauch. Sie klickt weiter, bis sie etwas entdeckt, was sich »Vermisstenstelle« nennt. Mit Flattern im Bauch trägt sie Kaths Namen, Alter und das Jahr 1974 in die Suchmaschine ein. Das ist perfekt: Auf diese Weise werden die Informationen, die sie von Annie hat, bestätigt oder widerlegt.

Aber Henriettas Begeisterung verfliegt, als sie die kurze, morbide Reihe mit Ergebnissen auf dem Bildschirm sieht. Nur drei ungeklärte Fälle werden aufgelistet, und die Leichen der Frauen sind derart verwest oder versehrt, dass die einzige Hoffnung auf eine Identifizierung ihre Kleider sind. Flüchtig betrachtet sie die Aufnahmen eines grauen Kapuzenpullovers, der zerlumpt und schmutzig ist. Ein schlammverkrusteter Turnschuh. Ein billiges Armband mit silbernen Anhängern.

Nichts davon gehört Kath. Alle drei Fälle datieren aus den letzten fünfzehn Jahren, und Henrietta kommen Zweifel, ob die Datenbank überhaupt bis in die 1970er zurückreicht. Sie denkt an die jüngste der drei Frauen, die sich ihren Kapuzenpullover anzog, von zu Hause fortging und niemals wiederkehrte. Und dass sich bis heute, fünfzehn Jahre später, noch immer kein Mensch gemeldet hat, um nach ihr zu fragen. Behutsam klappt Henrietta den Laptopdeckel herunter. Sie ist sich nicht sicher, ob sie den Mut hat, ihre Recherchen in dieser Richtung weiterzuführen.

Es ist eine ernüchternde Erfahrung. Henrietta kann sich sehr genau vorstellen, was passieren würde, wenn sie morgen auf einer Polizeiwache aufkreuzen würde. »Ms Lockwood, Sie möchten also Einsicht in eine Akte nehmen, die knapp fünfzig Jahre alt ist. Womit genau begründen Sie Ihren Anspruch? Haben Sie neue Hinweise? Gehören Sie zur Familie? Sind Sie die gesetzliche Vertreterin?«

Nein, nichts von alledem. Sie ist nichts weiter als eine gescheiterte Bibliothekarin, die zu übertrieben heftigen Reaktionen neigt und lernen sollte, sich besser zu beherrschen. Das Beste, was Henrietta machen kann, ist, Annie weiter zum Reden zu bewegen und zu hoffen, dass sie mehr über den Fall preisgibt.

Wenn sie es sich recht überlegt, wäre es vielleicht eine gute Idee, Annie nach dem Ableben ihres Mannes zu fragen, der einem »bedauerlichen Unfall« zum Opfer fiel. Wie hoch ist die Wahrscheinlichkeit, nicht nur einen nahestehenden Menschen, sondern gleich zwei durch einen tragischen Unfall zu verlieren?

Ihr Vater wüsste das. Bei Edmund Lockwood kann man darauf zählen, dass er kaum bekannte Statistiken oder Wahrscheinlichkeitsberechnungen für die meisten Aspekte des Lebens parat hat. Und des Todes. Morgen wird sie ihre Eltern in Tunbridge Wells besuchen – die keineswegs tot sind, wenn auch tief in der Provinz begraben. Denn einmal in der Woche, nämlich sonntags, fährt Henrietta nach Hause zum Mittagessen und lauscht ihrer Mutter und ihrem Vater bei der Post-mortem-Analyse des enttäuschenden Lebens der Henrietta Lockwood.

Als sie den Fernseher einschaltet, ertönt gerade die Erkennungsmelodie der Tanzshow *Strictly Come Dancing*. Sie möchte schon den Sender wechseln, als ausgerechnet Ryan Brooks auf dem Bildschirm auftaucht, das Gesicht des Lebensbuch-Projekts höchstpersönlich, der in einem paillettenbesetzten hellblauen Ganzkörperanzug übers Parkett walzt. Er macht es sich leicht, denkt sie. Erst fordert er alle Leute auf, ihre Lebenserinnerungen zu erzählen, und dann tänzelt er im wahrsten Sinne des Wortes davon, ohne sich über die Folgen Gedanken zu machen. Denn Henrietta beginnt zu ahnen, dass es durchaus gefährlich sein kann, in der Vergangenheit zu graben.

Sie schaltet ab, und der ganze Glitter, das übertriebene Lächeln und Gejohle verschwindet auf einen Schlag und lässt Henrietta allein in der quälenden Stille zurück. An Henrietta nagt ein beunruhigendes Gefühl. Irgendetwas ist faul an Annie Doyles Geschichte. Nur ist ihr nicht recht klar, welcher Aspekt sie am meisten beunruhigt – und was sie in der Sache unternehmen soll.

KAPITEL 10

Annie

Ganz so habe ich mir meine Samstagabende als frischgebackene alleinstehende Frau nicht vorgestellt, denkt Annie. Sie sitzt schon seit Stunden in dem Sessel, in den sie sich hat hineinfallen lassen, nachdem Bonnies Minibus sie zu Hause abgesetzt hatte, und ihr fehlt immer noch die Energie, um aufzustehen. Nein, Annie Doyle lässt heute Abend nicht gerade die Puppen tanzen.

Genau genommen döst sie immer wieder ein und schreckt dann auf, wenn sie an die Dinge denkt, die sie Henrietta erzählt hat. Heute Vormittag hat sie mehr über Kath geredet als in all den vorangegangenen Jahren zusammengenommen, und da ist noch so viel mehr, was gesagt werden muss. Henrietta hat etwas in ihr freigesetzt, und jetzt brodeln die Worte unter der Oberfläche und warten nur auf die Gelegenheit, herauszuquellen.

Ihr Innerstes ist aufgewühlt, und das Bakewell-Törtchen von heute Vormittag hat die Sache nicht besser gemacht. An manchen Tagen kommen ihre Eingeweide zum Erliegen, als hätten sie vergessen, wie das Ganze funktioniert, und Annie malt sich die verstopften Röhren und Schläuche aus, schwarz und schwer wie der Schlick aus ihren Träumen. An anderen Tagen verwandelt sich alles ganz plötzlich in Flüssigkeit, und sie muss aufs Klo rennen und ausharren, bis die Krämpfe endlich nachlassen. Sie rechnet damit, dass heute einer dieser Tage ist und dass sich auf vielerlei Art Schreckliches aus Annie Doyle ergießen wird.

Es gibt noch so viel über Kath zu erzählen, doch wenn sie an die Abende im Castle Pub zurückdenkt, dann mischen sich ständig Bilder von Terry darunter, der an den Rändern der schönen Zeiten herumlungert und die Erinnerung vergiftet. Sie weiß noch nicht, ob sie Henrietta schon jetzt mit Terry Vickerson belasten darf, aber auch ihn muss sie loswerden, so viel ist sicher.

Vielleicht könnte sie Henrietta erzählen, wie sie Terry kennengelernt hat, und es etwas aufhübschen, damit es ein bisschen romantischer klingt. Denn es war nicht gerade Liebe auf den ersten Blick. Terry war bloß einer der Kerle im The Castle, der sie auf einen Drink einlud und sein Glück versuchte. Der einzige Unterschied war, dass er an diesem ersten Abend Annie ins Visier nahm, und nicht etwa Kath. Mittlerweile weiß sie, warum – sie war das leichtere Ziel –, damals aber hatte es ihr geschmeichelt.

»Wart ihr zwei nicht eine Klasse unter mir?«, hatte er gefragt. »Ein hübsches Gesicht vergesse ich nicht so schnell.« Dann hatte er von Annie zu Kath gesehen. »Oder zwei.«

Er hatte ein wenig geschwankt, so viel weiß Annie noch, und

sein Atem roch nach Bier, als er sich abstützte und nach vorn beugte. Drahtiges rotes Haar spross aus dem Ausschnitt seines T-Shirts und suchte sich einen Weg nach draußen. Kath und Annie hatten sich vielsagend zugelächelt.

»Gibst du uns einen aus? Na los.« Kath, die es gewohnt war, ihren Willen zu bekommen, war wie immer vorgeprescht.

So hatte es angefangen. Terrys Kumpel Brian schloss sich ihnen an, sodass sie eine Vierergruppe bildeten. Sie waren keine Pärchen, sondern hingen freitagabends bloß zusammen ab. Terry hatte meist ein dickes Bündel Fünfpfundscheine bei sich (er behauptete, er habe sie beim Hunderennen im White-City-Stadion gewonnen, doch keiner glaubte ihm), und Brian lief wie sein Schatten mit, hatte immer das Feuerzeug parat und wurde hauptsächlich deswegen toleriert, weil er ein Auto besaß.

Wenn sie nach der Sperrstunde im Pub nicht als geschlossene Gesellschaft bleiben konnten, dann kauften sie sich manchmal zwei Tüten Pommes und setzten sich in Brians Vauxhall Viva. Annie knutschte mit Terry und Kath mit Brian, aber keine von ihnen ließ es zu weit kommen. Anfangs war es ein netter Spaß. Aber dann kam der Abend, als es kein Spaß mehr war und Annie erkennen musste, dass Terry nichts Gutes bedeutete.

Im Castle wurde die letzte Runde ausgerufen, doch keiner von ihnen hatte Lust, nach Hause zu gehen. »Der Vater von meinem Kumpel Leon ist Hausmeister in einer Schule«, sagte Terry. »Seine Mutter hat die Düse gemacht, und sein Dad ist eh nie da. Leon will uns in die Klassenzimmer lassen – das wird witzig.«

Als sie dort ankamen, waren sie schon betrunken, und Kath hielt sich an Annies Arm fest. Die Schule sah genauso aus wie ihre ehemalige Grundschule: ein viktorianisches Backsteingebäude mit hohen Fenstern, und auf dem Asphalt davor war ein Tor aufgemalt. Terry holte ein paar Münzen aus der Hosentasche und zielte mit ihnen auf ein Wohnungsfenster oberhalb der Klassenzimmer.

Das Geräusch der auf dem Glas auftreffenden Pennys erschien ihnen ohrenbetäubend. »Terry, du machst das Fenster noch kaputt«, flüsterte Annie, doch sie wusste, dass er nicht auf sie hören würde.

Terry legte die Hände trichterförmig um den Mund. »Leon! Hey, Kumpel!«

Ein Fenster wurde aufgemacht, und ein verschlafen wirkender Junge sah heraus, rieb sich die Augen und blinzelte, bis er die Gestalten unten erkennen konnte. »Ich habe geschlafen«, sagte er.

»He, ich bin's, Kumpel. Terry. Weißt du noch? Lass uns rein.«

Das Fenster wurde zugemacht, und wenig später tauchte der Junge an einem Seiteneingang auf. Sein Haar war vom Schlaf zerzaust, er war ein dünner Kerl, und seine langen Beine steckten in einer zu kurzen Turnhose. Er wirkte nervös, doch in einer Hand baumelte ein Schlüsselbund.

»Ah, na klar, Terry, Brian. Lange nicht gesehen.« Leon hatte eine Brille aufgesetzt, ein Kassengestell mit schwarzem Rahmen. Er tat Annie leid, und sie fragte sich, was so schlimm gewesen sein mochte, dass seine Mutter sich aus dem Staub gemacht und die Kinder zurückgelassen hatte.

»Dein Dad ist doch weg, oder?«, fragte Terry, zündete sich eine Zigarette an und gab auch Leon eine.

»Ja, der ist wie üblich bei seiner Freundin. Nur ich und mein kleiner Bruder sind da. Wir haben geschlafen«, sagte Leon noch einmal. Der Geruch nach Schlaf hing noch an ihm, und er zog tief an der Zigarette, um die er die Hand gelegt hatte, wie es die alten Männer taten. Daran, wie der Rauch aus seinem Mund herausquoll, erkannte Annie, dass er nicht inhalierte.

Leon führte sie durch den Seiteneingang in das Schulgebäude, und als würden sie sich bestens auskennen, fingen Terry und Brian an, die Lichter einzuschalten, klick, klick, klick, bis alles viel zu grell erleuchtet war.

Annie und Kath sahen sich um. Alles war so winzig, dass sie

sich vorkamen wie unbeholfene Riesen. Klitzekleine furnierte Stühle, niedrige Resopaltische. Sogar die Tafel wirkte kleiner als in ihrer Erinnerung. Es gab eine Leseecke mit Kissen am Boden und Bücher auf den Regalen, die sie von früher kannten. Es kam ihnen merkwürdig vor, hier zu sein, und auch gefährlich.

»Alles klar, jetzt kommt die Musik!«, sagte Brian und öffnete einen Schrank hinter dem Lehrerpult, in dem eine Stereoanlage zum Vorschein kam. »Leon, bring doch mal die Platten von deinem Dad runter.«

Leon stand einen Augenblick da und schien sich zu fragen, ob es irgendeine Möglichkeit gäbe, Nein zu sagen. Seine Zigarette war heruntergebrannt, und Annie sah zu, wie ein Stück Asche auf die Lesematte fiel.

»Und was von dem Rum.« Terry legte Leon den Arm um die Schulter und führte ihn zur Tür.

Leons Vater hatte einen guten Musikgeschmack, seine Plattensammlung ging zurück in die Sechziger. Die Lautstärke war so hoch aufgedreht, dass es vor jedem neuen Stück laut knisterte. Sie hörten alte Sachen wie *My Boy Lollipop* von Millie Small, dann James Brown, Curtis Mayfield, Marvin Gaye und die Rolling Stones. Es war anderes Zeug als das in der Jukebox im Pub, aber man konnte toll dazu tanzen.

Eine Flasche dunkler Rum tauchte auf, und bald tanzten alle, sogar Leon mit seinen schlaksigen Beinen und der schiefen Brille. »Wow, schaut euch Leon an!«, brüllte Brian. Leon grinste, als könne er sein Glück kaum fassen, unvermutet eine Party mit Freunden zu machen. Dann stand Kath auf, um zu tanzen, und sie bewegte sich dabei so, wie sie es immer tat, wiegend und sexy. Mit offenem Mund traten die Jungs einen Schritt zurück und beobachteten sie. »Deine Schwester macht das echt hübsch«, sagte Terry langsam. »Tanz du doch auch mal so.« Annie hatte bloß gelächelt und mit den Schultern gezuckt.

Aber dann war alles wieder gut, weil Annie und Kath losgezogen waren, um die Mädchentoilette zu suchen. Sie konnten beide nicht aufhören zu lachen, als sie auf den Miniklos saßen und die Knie beinahe ans Kinn stießen. Es war sogar dasselbe transparente Toilettenpapier wie früher, als sie klein gewesen waren.

»Weißt du noch, wie Mrs Sims das Klopapier rationiert hat?«, fragte Kath und zog einen langen Streifen von der Rolle.

»Ja, wir bekamen nur zwei Blatt pro Mal. ›Wenn ihr mehr als drei braucht, seid ihr nicht gesund genug für die Schule‹ – das war ihre Regel. Was für eine blöde Kuh!«

Mit einem Schlachtruf warf Kath einen Haufen Papier über die Trennwand der Kabine. Daraufhin begannen sie beide, an den Rollen zu ziehen und zu ziehen, und rannten dann, die Arme voll mit Klopapier, zurück ins Klassenzimmer.

Für die Jungs war es das grüne Licht, um loszulegen. Sie waren zu lange allein gewesen, und es war langweilig geworden, Platten zu hören. »Schluss mit dem alten Scheiß«, sagte Terry und riss die Nadel von der Otis-Redding-LP.

Leons Lächeln verblasste, und er wartete auf Terrys Zeichen, dass es nur ein Witz war. Aber Terry wandte Leon den Rücken zu, nahm die LP, hielt sie mit beiden Händen und schleuderte sie dann durch die Luft Richtung Brian. Der Rest ist verschwommen, aber Annie erinnert sich an das Krachen, als das Bücherregal umstürzte. Die ordentlich aufeinandergestapelten Stühle wurden umhergeworfen. Fingerfarbenbilder wurden von der Wand gerissen.

Irgendwann pinkelte Terry auf die Lesematte, das Schlimmste aber war die Sache mit den Goldfischen. Es brauchte beide, Terry und Brian, um das große Aquarium hochzuheben. Man hatte es eine ganze Weile nicht mehr sauber gemacht, die Scheiben waren grün und trüb. Als sie es umkippten, schien sich alles in Zeitlupe abzuspielen. Eine Sintflut, die nicht enden wollte, ergoss sich in ihre Richtung – viel mehr, als man in diesem einen Aquarium erwartet hätte.

Leuchtend rote Fische schnappten nach Luft und zuckten auf

dem Parkettboden, während das Wasser weiter herausschwappte und sich mit den Glasscherben, Kreidestücken, Büchern und dem nassen Klopapier vermischte. Ein paar Fische landeten auf der Lesematte, verzweifelt öffneten und schlossen sich ihre Kiemen. Kath versuchte, einen zu retten, nahm ihn auf die Hand und rannte zurück zu den Waschbecken der Mädchentoilette, aber der sich windende Fisch erschreckte sie, und sie ließ ihn kreischend auf den staubigen Boden im Korridor fallen.

Noch Wochen später hatte Annie das Bild der zappelnden Fische im Kopf, die sich mit weit aufgerissenen Augen nach dem Wasser umsahen, das sie retten würde. Und von Leon, der, die nackte Panik im Gesicht, mit schlaff herabhängenden Armen dastand und die Fäuste im Angesicht dieses Unrechts ballte und wieder öffnete. »Mein Dad bringt mich um, der bringt mich wirklich um«, murmelte er unaufhörlich.

Als sie aufbrachen, gab Terry Leon einen spielerischen Klaps auf den Hinterkopf. Er griff nach der Rumflasche und hielt sie hoch in die Luft, als sie in die Nacht hinaustaumelten. Die kalte, klare Luft wirkte befreiend nach der ganzen Schweinerei.

Später stellte sich Annie gerne vor, dass sie anders reagiert hätte. Dass sie an der Tür des Klassenzimmers stehen geblieben wäre und Kath zurückgerufen hätte. Dass Kath und sie in aller Ruhe die Fische gerettet, die Glasscherben aufgekehrt und sich mit Leon eine Geschichte über einen Einbruch ausgedacht hätten. Sie spielte diese Version im Geiste so oft durch, dass sie beinahe selbst glaubte, sie hätte das Richtige getan. Aber das hatte sie nicht.

Danach versuchten Annie und Kath, nicht mehr so viel Zeit mit den beiden Jungs zu verbringen.

»Ich denke, wir sollten ein bisschen auf Abstand gehen zu denen«, meinte Kath, als sie am Sonntag nach dem Mittagessen den Abwasch machten. Wie immer spülte Annie, und Kath trocknete ab.

»Ja, den ganzen Ärger sind die beiden gar nicht wert«, erwiderte Annie und reichte ihrer Schwester einen Teller, an dem die Seifenlauge herabtropfte.

»Es war nicht Brians Schuld«, sagte Kath. »Terry hat das alles angefangen. Du solltest dich in Acht nehmen, der Typ bedeutet Ärger.«

Doch, Kath hatte sie warnen wollen, aber ein paar Monate nach jener Nacht bei Leon war Kath tot und Annie ganz allein. Und allein hatte man keine Chance gegen Terry.

Annie findet diese Geschichte zu beschämend, um Henrietta davon zu erzählen – schlimmer als die Sachen, die nach der Heirat passierten, weil sie in der Nacht noch die Chance gehabt hätte, von Terry fortzugehen. Hätte sie von Anfang an erkannt, was für ein Mensch er war, wäre ihr Leben ganz anders verlaufen.

Trotzdem ist Annies Hoffnung, dass beim Erzählen all die Geschichten, die sie so lange fest in ihrem Innern verschlossen hatte, an die Oberfläche gespült werden und entweichen. Sie spürt bereits, wie die Worte sich auf den Weg machen, um nach oben zu treiben wie Blasen aus tiefem Wasser, und sich schimmernd und klar vom trüben Untergrund abheben. Es ist noch unklar, wie viel an die Oberfläche kommen wird und was dort unten vergraben bleiben muss, aber sie wird weiter erzählen und das Beste hoffen.

Draußen hört Annie das Zischen der Autoreifen auf der nassen Straße: Es ist Samstagabend, und die Menschen gehen ins Kino oder in ein schickes Restaurant. Das Bett ist so weit weg, also bleibt sie vielleicht einfach noch ein bisschen hier im Sessel sitzen. Der Schlaf macht sich an den Rändern ihres Bewusstseins zu schaffen und fängt an, sie mit sich zu ziehen, also bemüht sie sich, an schöne Dinge zu denken – an Sonnenschein und Strände und Sandburgen. Annie hofft, dass die sonnigen Gedanken sie auf den richtigen Kurs bringen und den einen Traum abwehren, den allerschlimmsten, in dem Kath unter der schwarzen Wasseroberfläche versinkt und sich der Kanalschlamm wie eine Wolke um sie bauscht, dann langsam wieder absetzt und in den Furchen auf ihrer Haut und den Windungen der Ohrmuscheln zum Liegen kommt, bis ihre Schwester endgültig darunter verschwindet.

KAPITEL 11

Henrietta

Nachdem Tunbridge Wells in entgegengesetzter Richtung zur örtlichen Polizeiwache liegt, bleibt Henrietta erspart, auf der Fahrt zu ihren Eltern an die ungeheuer dämliche Idee erinnert zu werden, sich bei der Polizei um Akten zu bemühen und alte Vermisstenfälle zu recherchieren. Tatsächlich hat sie sich vorgenommen, diese ganze verdrießliche Sache mit Annie Doyle für diesen Tag zu vergessen.

Am Steuer ihres Nissan Micra fühlt sich Henrietta immer wie die Königin der Straße; sie hält das Lenkrad auf zehn vor zwei, die Ellbogen weisen nach außen. »Das ist doch kein Panzer, Ms Lockwood«, pflegte ihr Fahrlehrer zu sagen.

Aufgrund von Daves übel riechender Veranlagung muss sie das Fenster einen Spalt öffnen. Als Henrietta an einer Ampel stehen bleibt, überquert ein Mann mit einem übermütigen Cockerspaniel die Straße. Der Geruch des vorbeigehenden Hundes erreicht Dave in seinem Käfig auf der Rückbank, und mit einem Satz gerät er in Bewegung, die Zähne gebleckt, wobei der Transportkäfig bei jedem Sprung gegen den Sitz rumpelt. »Entschuldigung«, formt sie stumm mit den Lippen, aber es ist zu spät, Daves jüngste Opfer haben längst die Flucht ergriffen.

Als Henrietta und Dave in Tunbridge Wells ankommen, hat ein beständiger Nieselregen eingesetzt. Doch das spielt nicht wirklich eine Rolle, denn The Pines gehört zu jener Art Häuser, die kein Sonnenstrahl je erreicht und die sich eher für gedämpfte Düsternis anbieten als für heitere Stimmungslagen. Dem Arts-and-Crafts-Stil nachempfunden, mit verspielten Gauben und Bleiglasfenstern, versteckt sich das Haus hinter einem Wall aus glatt schimmernden Rhododendren, die kaum je zu blühen wagen.

In dieses Haus war die Familie gezogen, nachdem die Arbeit ihres Vaters als Missionar in Papua-Neuguinea geendet hatte. Von ihrem fünften bis zum neunten Lebensjahr hatte Henrietta ein von manchen Leuten vermutlich als ungewöhnlich empfundenes Leben geführt. Ihr Vater war zum Direktor der Masura Missionary School in Papua-Neuguinea bestimmt worden und hatte seine Familie mitgenommen, ein Einfall, der ihm eher nachträglich gekommen war. Edmund Lockwood hatte damit gerechnet, auf unbestimmte Zeit in Masura zu bleiben – »Es ist eine Berufung, kein Beruf«, sagte er gerne. Doch ein unglücklicher Vorfall kürzte die Amtszeit vorzeitig ab, und die Lockwoods kehrten nach England zurück. Das Haus The Pines hatte ihnen praktischerweise Großonkel Malcolm vermacht. »Der Herr sorgt für die Seinen«, hatte ihr Vater erklärt. Viele Male.

Also war Henrietta mit neun Jahren aus dem Hochland der Masura-Missionsstation in die zahmeren Gefilde von Tunbridge Wells verfrachtet worden, wo die Luft zu kalt zum Atmen war und ihre Zähne nicht aufhörten zu klappern. Das dunkle Labyrinth aus Zimmern war bereits möbliert – »Gottes Güte ist grenzenlos!« –, ausnahmslos dunkles, poliertes Holz. Die Tischlampen hatten riesige, mit goldenen Kordeln gesäumte Schirme, die kühl und schwer auf dem Arm auflagen, wenn man sich hineinzufassen traute, um die Glühbirne einzuschalten. Auf dem Boden lagen Teppiche mit komplizierten rot-braunen Mustern, in deren Kringeln sich riesige Augen und Drachenmäuler verbargen.

Für Henrietta läutete der Umzug den Wechsel ein von einer Kindheit unter der heißen Sonne im Freien zu einem düsteren, gedämpften Leben wie vor hundert Jahren, das ihr bis heute aufs Gemüt schlägt. Die Grafschaft Kent, der sogenannte Garten Englands, bleibt für sie immer ein Ort mühsam unterdrückten Gähnens, tickender Standuhren und übermächtiger Schuld. Es wird nie ein Wort darüber verloren, aber jeder Augenblick, den sie in diesem Haus verbringt, erinnert sie an den Grund ihrer hastigen Abreise aus Masura.

Henrietta parkt vor dem Haus und zieht die Handbremse ein bisschen zu früh an, sodass das Auto den üblichen Satz macht. Argwöhnisch öffnet Dave auf der Rückbank ein Auge. Henrietta bemüht sich, ihn bei Laune zu halten. »Na los, wir besuchen Mummy und Daddy.«

Virginia Lockwood steht schon auf der Veranda. »Henrietta, du hast es geschafft!«, ruft sie atemlos, als berge die Fahrt aus dem Süden Londons ähnliche Gefahren wie die Durchquerung des Hochlands Neuguineas. Aufmerksam mustert sie Henriettas Gesicht und sucht nach Hinweisen auf Verfehlungen und Misserfolge, an denen sie sich gütlich tun kann. Dann verzieht sie die Miene und sagt: »Oh, du siehst erschöpft aus.«

Dave zerrt an der Leine, scharf darauf, ins Haus zu kommen und die Gerüche zu erkunden. »Den Hund hast du auch mitgebracht«, fügt ihre Mutter hinzu, bei der man sich stets darauf verlassen kann, dass sie das Offensichtliche konstatiert. Gemeinsam folgen sie Dave in die gewohnt kalte Diele und gehen in die Küche, wo ihre Mutter, genau wie Henrietta es geahnt hat, dabei war, Karotten zu schälen.

»Da bist du ja!«, kommt von hinten die dröhnende Stimme ihres Vaters, und Henrietta schreckt zusammen. Als ewiger Lehrer trägt er eine beigefarbene Hose und ein kariertes Hemd, aber keine Krawatte – sein Zugeständnis an das Wochenende und eine legerere Kleiderordnung.

»Ja, da bin ich. Hallo, Daddy.« Henrietta dreht sich zu ihm

um und streicht sich das Haar hinter die Ohren, um sich ordentlich zu präsentieren.

»Hm. Die Stelle hast du noch, hoffe ich?«, fragt er.

»Ja, Daddy. Es läuft sogar recht gut.«

»Gott sei Dank. Wir schwimmen nicht gerade im Geld«, meint ihre Mutter.

Die Karotten köcheln vor sich hin. »Soll ich den Tisch decken?«, fragt Henrietta so wie bei jedem Besuch, und wie immer winkt ihre Mutter sie fort. »Alles erledigt. Dir bleibt gerade noch Zeit, um dich frisch zu machen.«

Henrietta war nicht bewusst, dass sie so offensichtlich schmutzig von der Reise ist, doch pflichtschuldig macht sie sich auf den Weg nach oben, wobei ihre Beine mit jedem Schritt schwerer werden. Sie hat das Gefühl, wieder neun Jahre alt zu sein. Am oberen Treppenabsatz bleibt sie stehen. Auch der Geruch hier hat sich nicht verändert, eine muffige Mischung aus alten Kleidern, Mottenkugeln und Möbelpolitur aus einer anderen Epoche. Gehorsam wäscht sich Henrietta die Hände, spritzt sich Wasser ins Gesicht und trocknet sich an einem fadenscheinigen orangefarbenen Handtuch ab, das sie beim Einzug mit übernommen hatten. Gelobt sei, wieder einmal, Onkel Malcolm.

Seufzend tritt sie auf den Korridor. Den Teil des Hauses hat sie nie gemocht. Die roten Wände machten ihr auf vorhersehbare Weise Angst (natürlich hatte sie *Jane Eyre* gelesen), hauptsächlich aber waren es die Hohlräume kalter Luft, die man beim Entlanggehen spürte.

Als Henrietta diese Luftzüge erstmals bemerkte, musste sie daran denken, wie sie im Meer schwimmen gelernt hatte und die Zehen plötzlich eine kältere, tiefere Strömung gestreift hatten. Dann hatte sie gewusst, dass es höchste Zeit war, kräftig auszuholen und ans Ufer zurückzuschwimmen. Doch hier im Haus hatte sie den kalten Bereichen nicht entkommen können, egal, wie leise oder eilig sie auf Zehenspitzen in ihr Zimmer geschlichen war. Manchmal hauchte ihr die Kälte schnaufend in den Nacken, schwappte an ihre Beine und zog sich dann wieder zurück.

Kein Wunder, dass Henrietta im Schulalter Schwierigkeiten hatte, einzuschlafen. Abends lag sie reglos im Bett und lauschte, bis ihre Eltern heraufkamen. Zunächst ihre Mutter, ein leises Tapsen hierhin und dahin, bis die Schlafzimmertür klappte. Später der Vater, schwerer, der, ein Kirchenlied summend, die Zähne putzte und dann tosend urinierte, was Henrietta selbst im Dunkeln erröten ließ. In diesen Nächten lag sie wach, von den Gedanken an das gequält, was in Masura geschehen war. Wie ein kleiner Junge ertrunken und es allein Henriettas Schuld gewesen war.

Unten klingelt Virginia Lockwood jetzt mit dem silbernen Glöckchen, das die Form einer Melkerin hat, als Zeichen, dass das Mittagessen fertig ist.

* * *

»Glaubst du an Geister, Daddy?«, fragt sie, während ihr Vater den toten Vogel in ordentliche Tranchen schneidet und diese fächerförmig auf drei Tellern verteilt. Sie hat das Gefühl, dass sie dieselbe Frage vor vielen Jahren kurz nach ihrem Einzug schon einmal gestellt, aber keine zufriedenstellende Antwort erhalten hat. »Ich habe mir nur Gedanken darüber gemacht, weil ich in dem neuen Job jeden Tag Menschen kennenlerne, die nicht mehr lange zu leben haben. Deswegen beschäftigt mich das«, fügt sie hinzu und nimmt sich von den Karotten und den Erbsen.

Edmund Lockwood entfaltet seine Serviette, breitet sie auf dem Schoß aus und strafft die Schultern, bereit zu einem spontanen Vortrag. Aber Virginia kommt ihm zuvor. »Bist du sicher, dass dir diese Arbeit guttut?«

»Ja, sie hat das Potenzial für eine hohe Arbeitszufriedenheit, da Trauer eines der wesentlichen Traumata ist, denen man im Leben begegnet, und die Bücher mit den Lebensgeschichten den Angehörigen helfen können, die Trauer zu verarbeiten«, antwortet Henrietta.

Wider besseres Wissen kann sie sich nicht bremsen und redet weiter. »Darüber hinaus wirft diese Beschäftigung einige interessante Fragen auf. So blicken manche der Klienten auf ein relativ geradliniges Leben zurück, wohingegen andere ein größeres Maß an Schicksalsschlägen erlebt haben. Ich habe eine Person kennengelernt, die sowohl ihre Schwester als auch ihren Mann durch tödliche Unfälle verloren hat, und ich habe mich gefragt, wie hoch die Wahrscheinlichkeit ist, so viel Pech zu erleiden.«

Es scheppert unerwartet, als ihre Mutter das Messer fallen lässt, doch ihr Vater nimmt keine Notiz von der Unterbrechung. »Das ist eine interessante Fragestellung«, meint er, denn Edmund Lockwood nimmt für sich in Anspruch, ein Experte auf dem Gebiet der Statistik zu sein. »Männer werden mit einer sechzig Prozent höheren Wahrscheinlichkeit Opfer eines tödlichen Unfalls als Frauen, also bei Unfällen im Straßenverkehr und dergleichen. Männer laufen Frauen außerdem den Rang ab, wenn es um einen selbst herbeigeführten Tod geht.«

Henrietta hebt den Blick.

»Selbstmord«, sagt ihr Vater knapp und legt Messer und Gabel ab. »Wobei Frauen wiederum häufiger in den Tod springen.« An dieser Stelle zeichnet sein Finger einen Bogen durch die Luft, der immer weiter über dem Esstisch aufsteigt und schließlich zum Gewürzständer hin abstürzt. »Von Klippen oder Ähnlichem.«

Virginia Lockwood hat genug davon, sich von derartigen Themen das sonntägliche Mittagessen verderben zu lassen, und wendet sich mit eisigem Lächeln an Henrietta. »Hast du bei deiner neuen Arbeit nette Leute kennengelernt?«

Henrietta weiß genau, was die Frage zu bedeuten hat: Ihre

Mutter will in Erfahrung bringen, ob etwaige junge Männer in Betracht kommen, Henrietta einmal sonntags zum Mittagessen nach Tunbridge Wells zu begleiten. Das ist erst ein einziges Mal vorgekommen, am Ende von Henriettas zweitem Studienjahr. Er war Medizinstudent, und es war der Morgen nach einer körperlichen Zusammenkunft, die man, wenn Henrietta es richtig versteht, One-Night-Stand nennt. Mit Stehen hatte es allerdings nichts zu tun gehabt, vielmehr hatte sie auf dem Rücken gelegen, während er ihren Körper irgendwie unbeteiligt erkundet und ihre Gliedmaßen in verschiedene Richtungen hin und her gewendet hatte. Seither hat sie keinerlei Neigung verspürt, diese Erfahrung zu wiederholen. »Nein, ich denke nicht, dass ich jemanden kennengelernt habe, den du für nett erachten würdest«, antwortet sie.

Doch dieses eine Mal ist sie ihrer Mutter dankbar, das Gespräch auf vertrauteres Terrain gelenkt zu haben. Sie möchte nicht, dass ihr weitere Einzelheiten aus Annie Doyles Leben entschlüpfen und sie ihr Vertrauen missbraucht, ausgerechnet in diesem Haus, in dem nie auch nur ein Wort über Dinge verloren wird, die wirklich von Belang sind.

Ihre Eltern würden Annie mit ihrem exzentrischen Kleidungsstil und den traurigen Geschichten niemals verstehen. Noch weniger würden sie verstehen, warum Henrietta selbst jetzt über den Hühnerknochen und der abgekühlten Bratensoße nicht aufhören kann, an Annies ertrunkene Schwester zu denken – und daran, wie ungerecht es ist, dass Annie nach all den Jahren nicht weiß, was genau passiert ist, während ihre eigene Zeit verrinnt.

Bevor sie aufbricht, geht Henrietta noch einmal nach oben, doch diesmal sucht sie das Gästezimmer auf mit dem akkurat gemachten Einzelbett und einer Mahagonivitrine, in der sich eine Gesamtausgabe der Encyclopædia Britannica und die Fotoalben der Familie Lockwood befinden.

Von frühester Kindheit an hatte man Henrietta deutlich zu

verstehen gegeben, dass sie kein fotogenes Kind sei, infolgedessen neigt sie nicht dazu, Fotos von sich zu betrachten. Das Lebensbuch-Projekt aber hat sie darüber nachdenken lassen, mit welchen Bildern sie ihre eigene Lebensgeschichte illustrieren würde, wenn es so weit wäre.

Sie sitzt auf dem harten Bett und schlägt das Album auf, das mit der Ankunft in Papua-Neuguinea beginnt. Da sind sie, blinzeln mit weißen Gesichtern ins grelle Sonnenlicht, als sie aus einem klapprigen Flugzeug in die flirrende Hitze steigen. Ein paar Seiten weiter gibt es ein Foto von einem Kirchenausflug, auf dem Henrietta im ausladenden Schatten eines Regenbaums an einem Maiskolben knabbert, der vom Feuer leicht verkohlt ist; auf ihrem Kopf sitzt ein Hut. Daraufhin folgt eine Reihe von Lücken im Album, die gespenstischen viereckigen Leerstellen mit Fotoecken abgesteckt.

Plötzlich erinnert sie sich daran, durch hüfthohes scharfkantiges Gras zu laufen, wobei die blauen Flipflops gegen die Fersen schlagen, hinter sich das Geräusch kleinerer Schritte. In der Trockenzeit war die Luft manchmal beinahe zu heiß zum Atmen, und alle sehnten sich danach, dass der Sturm losbrach. Wenn es dann tatsächlich so weit war, trommelte der Regen derart laut auf das Wellblechdach, dass man sein eigenes Wort nicht verstand. Manchmal fiel durch den Regen mitten in der Nacht der Strom aus, und ihre Mutter ging von Zimmer zu Zimmer und zündete Kerzen an als Zeichen, dass sie wach waren. Es war schön, zum nächstgelegenen Haus hinüberzublicken, in dem Esther wohnte, und auch dort in den Fenstern Kerzenschein zu sehen.

Esther war genauso alt wie Henrietta, und sie gingen immer gemeinsam von der Schule nach Hause. Manchmal sahen sie zu den Flughunden auf, die ebenfalls auf dem Heimweg waren und den Himmel mit ihren teuflisch schwarzen, gummiartigen Flügeln verdunkelten. Sie erfüllten die Luft mit Kreischen, bis sie ihren Schlafplatz gefunden hatten, sich kopfüber zur Ruhe begaben und von den Ästen des Gummibaums ihr Rattenlächeln herablächelten.

Esther war Henriettas beste Freundin gewesen. Sie bemüht sich, nicht allzu oft an Esther und Masura zu denken, doch hin und wieder weckt etwas ihre Erinnerungen: der Geruch des Regens, der auf die trockene Erde trifft, oder das Brummen eines Motorrads, das klingt wie das sich beschleunigende Flugzeug am Tag der Abreise.

Sie mussten schnell rennen, um das kleine Flugzeug zu erreichen. Grob zerrte die Mutter Henrietta hinter sich her, sodass ihre Füße kaum noch den Boden berührten. Da war eine Dringlichkeit, das Flugzeug zu erreichen, in dem ihr weniges Hab und Gut bereits verstaut war. Dann hatte Henrietta durch das Fenster auf die rote Erde, die Palmen und die Wellblechdächer hinabgesehen und hatte das alles für immer hinter sich gelassen.

Als sie zurück in England waren, hatten sie Masura nur selten erwähnt. Insbesondere hatten sie kein Wort über jenen Tag verloren, an dem sie zum Flugzeug gerannt waren, weil Henrietta etwas Schreckliches verbrochen und ein kleiner Junge sein Leben verloren hatte. Sie hatte keine Gelegenheit gehabt, sich von Esther zu verabschieden.

Mit den Fingerspitzen fährt Henrietta auf dem Weg nach unten gedankenverloren durch den größten Hohlraum mit kalter Luft. Dieser Tag erscheint ihr beinahe wie ein alter Freund.

KAPITEL 12

Annie

Annie hätte darauf geschworen, dass Henrietta der überpünktliche Typ ist, aber nun wartet sie schon seit mehr als zehn Minuten an dem unbesetzten Tisch des Café Leben in Gesellschaft des laminierten Schilds und einer Thermosflasche mit Schottenkaros. Schließlich öffnen sich die Aufzugtüren, und sie sieht Henrietta herüberkommen. Ihr Gang ist merkwürdig schwerfällig, als wate sie durch Wasser, und der synthetische Hosenstoff macht ein unangenehmes, schabendes Geräusch. Die blaue Hose ist eine ungewöhnliche Wahl für jemanden in Henriettas Alter, unwillkürlich malt sich Annie aus, um wie viel besser ein weiter Schnitt und eine höhere Taille zu den braunen Schnürschuhen passen würden. In Kombination mit einer weißen Hemdbluse wäre es so eine Art Katharine-Hepburn-Look, und Henrietta würde positiv auffallen.

Schließlich lässt sich Henrietta auf ihren Stuhl plumpsen. »Es tut mir so leid, dass ich mich verspätet habe, Annie. Audrey, meine Chefin, hat mich aufgehalten.« Dann nuschelt sie irgendetwas von Mitarbeiterbeurteilung, womit Annie nicht viel anfangen kann, aber ihr fällt auf, dass Henriettas linker Augenwinkel leicht zuckt, wann immer sie das Wort ausspricht.

»Aber das ist noch eine Weile hin. Noch bin ich nicht gefeuert!« Henrietta lacht nervös, und da ist es wieder, das Zucken am Auge. Geduldig wartet Annie ab, bis Henrietta Stifte, Block und Handy fein säuberlich aufgereiht hat, so wie sie es immer tut.

Endlich scheint Henrietta ruhiger zu werden. »Entschuldigen Sie nochmals. Wenn es recht ist, würde ich nun gerne an der Stelle fortfahren, an der wir stehen geblieben waren. Es gibt da eine Reihe offener Fragen, die ich nicht überprüfen konnte.«

Annie seufzt. Sie hofft, dass Henrietta nicht vorhat, wieder auf den Fragebogen herumzureiten. »Ich habe in der letzten Woche ein paar Sachen aufgeschrieben«, erwidert sie und kramt nach dem Notizbuch in ihrer Tasche. Sie muss das Handgelenk ein paarmal schütteln, weil sie ihr gestreiftes Lieblingshemdkleid aus den Siebzigerjahren trägt, an dem sie so hängt, auch wenn die weiten Ärmel manchmal etwas im Weg sind.

Doch Henrietta scheint sie gar nicht gehört zu haben, sie hat ihre eigenen Pläne. »Ich konnte nicht feststellen, ob die Polizei ordentliche Ermittlungen angestrengt hat, um den Tod Ihrer Schwester zu untersuchen. Ihren Worten zufolge klingt es so, als sei das versäumt worden. Aber warum haben Sie und Ihre Familie das nicht eingefordert? Und welche Verdächtigen wurden überhaupt befragt?«

Urplötzlich steigt die Hitze in Annie hoch, und das liegt nicht nur daran, dass Henrietta sie hat warten lassen. »Ich glaube, Sie verstehen nicht, wie mein Leben damals aussah«, empört sie sich. »Wie gesagt, die Polizei hat meinen Vater links liegen lassen. Meine Mutter war eine gebrochene Frau, und ich war gerade mal neunzehn – denken Sie, die hätten mir zugehört? Als ich dann mit Terry verheiratet war … na ja, da wurde mein Leben ganz anders. Da war es noch unmöglicher, in der Polizeiwache aufzukreuzen und Antworten einzufordern.«

Annie schlägt das Notizbuch auf und blickt auf die in unterschiedlichen Kugelschreiberfarben bekritzelten Seiten hinunter. Im Laufe der vergangenen Woche hat sie sich immer wieder mitten in der Nacht darangesetzt, wenn sie nicht schlafen konnte und die Erinnerungen ungeordnet, aber allzu plastisch hochkamen. Sie muss sie ans Licht zerren und das verdammte Zeug endlich loswerden, es Henrietta aushändigen, damit sie Ordnung hineinbringt.

»Henrietta, damals war das alles nicht so einfach. Wenn ich Ihnen erzähle, wie Kaths Tod die Familie zerstört hat, dann verstehen Sie mich vielleicht besser.«

Betreten tippt Henrietta auf das rote Aufnahmesymbol. »Nun

gut. Annie Doyle, das hier ist die dritte Sitzung Ihrer Lebensgeschichte. Es ist Samstag, der 20. November.«

An den oberen Rand des Blatts hat Annie geschrieben: *Januar 1975, Dynevor Road*. Sie wirft einen Blick auf ihre Notizen und beginnt zu erzählen.

»In den Tagen, nachdem Kath verschwunden war, war unser Haus ständig voller Leute. Der Pfarrer besuchte uns ein paarmal, und die Nachbarn gingen ein und aus. Manche stellten uns etwas zu essen vor die Tür, irgendwie war es jedes Mal Fischpastete, keine Ahnung, warum. Noch heute wird mir übel, wenn ich an Fischpastete denke. Dann kam Weihnachten, und die Leute mussten sich um ihre eigenen Familien kümmern. Auntie Rita kaufte für uns ein und übernahm auch mal das Staubsaugen, aber ab Neujahr blieben die meisten Leute weg.«

Es tut weh zu sagen, was jetzt kommt, aber es ist die Wahrheit. »Von Rita abgesehen, war Terry der Einzige, der uns sonst noch besuchte. Ich hatte ihn ewig nicht gesehen, aber natürlich hatte er gehört, was passiert war. Im Januar fing er an, in seinen Mittagspausen vorbeizukommen. ›Wollte nur mal kurz reinschauen‹, sagte er. Er hob die Post von der Fußmatte auf und brachte die Milch herein.«

Annie erinnert sich an das dumpfe Klackern, wenn Terry die Flaschen auf dem Küchentisch abstellte, immer noch vier Halbliterflaschen, weil niemand daran gedacht hatte, die Bestellung zu ändern. Dann das zischende Streichholz, wenn er das Gas unter dem Wasserkessel anzündete.

»Man konnte die Uhr nach ihm stellen. Er gab uns einen Grund, aufzustehen und weiterzumachen.« Terry kochte eine Kanne Tee und drückte Annie die erste Tasse in die Hand, damit sie sie ihrer Mutter hinaufbrachte.

»Meine Mutter verkraftete Kaths Verschwinden nicht«, erklärt sie für die Aufnahme. Sie fügt nicht hinzu, dass Deidre Doyle sich am Weihnachtsabend ins Bett gelegt und seither geweigert hatte, es wieder zu verlassen. Und sie redet auch nicht davon, wie sie Gläser voll Limonade und Tassen mit schwachem Tee hinauftrug, nur um sie jeden Abend wieder einzusammeln und den Inhalt in den Ausguss zu kippen. Wie sie die Bettlaken der Mutter wechselte und so zusammenknüllte, dass die Nachbarn im Waschsalon die Flecken nicht sehen konnten, und ihrer Mutter dann ein Bad einließ. Wie sie die Schultern ihrer Mutter sanft mit dem Schwamm abrieb und den Blick abwandte, wenn die Mutter sich unbeholfen hochhievte, nichts als Haut und Knochen und Angst im Gesicht. Diese Dinge mussten nicht aufgezeichnet und in einem Buch festgehalten werden. Doch das war über viele Monate hinweg Annies Leben gewesen.

»Terry wusste, wie mein Leben in der Dynevor Road aussah. Das Haus schnürte mir die Luft ab. Trotzdem, das muss man ihm lassen, kam er weiterhin zu Besuch, und vermutlich war ich ihm deswegen wieder freundlicher gesinnt. Vor Kaths Verschwinden war es zwischen uns ein Hin und Her gewesen, wenn Sie mich verstehen. Ich hatte gehofft, dass die Sache im Sande verläuft. Er war definitiv nicht der Mann fürs Leben, wie Kath und ich es genannt hätten.«

Unwillkürlich lächelt sie, als sie an die Nächte denkt, in denen sie mit Kath im Dunkeln lag und sie sich flüsternd ausmalten, wie es wohl sein würde, wenn man dem »Richtigen« begegnete. Aber als sie Henrietta anblickt, ist die damit beschäftigt, mitzuschreiben, wobei sie den Arm wie in einer Prüfung um das Papier krümmt, und Annie fragt sich, wie viel Henrietta überhaupt über Männer und deren Gewohnheiten weiß.

»Eigentlich war es ziemlich aus zwischen uns gewesen, aber nachdem wir Kath verloren hatten, war Terry für mich da. Zum Beispiel auf der Beerdigung. Es war eigentlich keine richtige Beerdigung, weil es keine Leiche für den Sarg gab und uns die Kirche keinen Trauergottesdienst gestattete. Also übernahm Auntie Rita das Ruder. Sie sagte: ›Die können uns mal, dann machen wir das eben selbst‹, und lud alle zu sich ins Wohnzimmer ein, wo sie etwas veranstaltete, das sie eine Feier des Lebens nannte. Auntie Rita war ganz schön fortschrittlich. Dad und ich brauchten ewig, bis wir Mum angezogen und aus dem Haus geschafft hatten. Bei Rita saß sie nur in der Ecke, während die Nachbarn vorbeidefilierten und ›Mein Beileid‹ sagten. Na ja, ich wusste schon, dass Terry nicht perfekt war, aber er half mir, diesen Tag zu überstehen. Er hielt mich immer auf eine bestimmte Art am Ellbogen fest und führte mich durch das Zimmer mit all den schwarz gekleideten Leuten. Damals gefiel es mir, wie er die Kontrolle übernahm. Es gab mir ein Gefühl von Sicherheit.«

»Und wann fand diese Zeremonie statt?«, fragt Henrietta und blättert in den Seiten ihres Notizblocks.

Was hat es dieses Mädchen nur mit ihren Daten und Fakten? Das hier soll meine Lebensgeschichte werden, kein Polizeibericht, denkt Annie. Ihre Arbeit in der Rosendale-Ambulanz ist reine Vergeudung, die Metropolitan Police sollte sich um Henrietta bemühen. »Das war im Juni«, sagt Annie geduldig. »Juni 1975. Sechs Monate nachdem wir sie verloren hatten.«

»Also fand Ihre Hochzeit zwei Monate nach der Trauerfeier statt.«

Annie fährt mit dem Finger über den Rand der Teetasse und wischt den Lippenstifthalbmond fort. »So ist es«, antwortet sie leise. »Tatsächlich hat mich Terry kurz nach der Trauerfeier gefragt, ob ich ihn heirate. Damals dachte ich, dass ich ihm leidtue.«

Annie bringt es nicht über sich, Henrietta zu gestehen, wie unromantisch sein Antrag gewesen war. Wie üblich war er in der Mittagspause vorbeigekommen, doch diesmal hatte er sie überredet, mit ihm aus dem Haus zu gehen. »Lass uns frische Luft schnappen«, hatte er gemeint. Also hatten sie im Park auf der Wiese gesessen, Annie hatte träge an den harten, trockenen Grashalmen gezupft, und Terry hatte sich ihr zugewandt und gesagt: »Oben in Dollis Hill gibt es ein paar Häuser von der Gemeinde. Lass uns heiraten und eins davon nehmen.« Das Wort »heiraten« war irgendwo zwischen den anderen versteckt gewesen, eine dahingeworfene Bemerkung, aber es war eine Rettungsleine, und Annie hatte danach gegriffen.

Die roten Ziffern auf Henriettas Handy ticken weiter, und Annie findet die Vorstellung, dass ihr Bericht von diesem Gerät aufgezeichnet wird, irgendwie beruhigend. Außerdem ist sie froh, dass sie von Kaths armseliger Pseudobeerdigung erzählt hat, denn man hätte sie niemals vergessen dürfen, und nun wird sie wenigstens in diesem Buch vorkommen, ihr Name schwarz auf weiß dastehen.

»Wie gesagt, meine Cousine Edie war Trauzeugin. Sie war ein Brocken von einem Mädchen, und das orangefarbene Kleid hat ihr nicht gerade geschmeichelt. Wobei ich in meinem Kleid auch nicht viel besser ausgesehen habe.«

Annie lässt ein raues Lachen hören, als sie an die billige, kratzige Spitze denkt, den zu engen Ausschnitt und daran, wie das Kleid knisterte, als sie den kurzen Weg im Standesamt nach vorn ging. Sie hatte kaum gewagt, nach links zu blicken, weil es Spitz auf Knopf gestanden hatte, ob ihre Eltern überhaupt auftauchen würden. Letztendlich waren sie gekommen, doch Aidan Doyle war nicht an ihrer Seite gewesen, um sie zu Terry und ihrem Eheleben zu geleiten.

»Leider war mein Vater gegen die Heirat«, erzählt Annie. »Genau genommen war er richtig aufgebracht, als ich ihm sagte, dass wir uns verlobt hatten. Er meinte, er hätte schon eine Tochter verloren, dass mein Platz zu Hause sei und ich mich um meine Mutter zu kümmern hätte. ›Wenn du gehst, dann bist du für mich gestorben.‹ So sagte er es.«

Annie hält inne. Es ist wichtig, dass Henrietta versteht, warum Annie das Risiko mit Terry einging, obwohl ihr von Anfang an klar war, dass es keine Liebe war. Sie musste diesem Haus entkommen. Henriettas weit aufgerissene Augen sind voller Anteilnahme, und die Tatsache, dass ihr endlich jemand zuhört, verleiht Annie die nötige Kraft, um fortzufahren.

»Meine Eltern waren auf der Hochzeit, aber sie brachen auf,

kaum dass die offizielle Zeremonie vorbei war. Sie blieben nicht einmal fürs Foto. Später erzählte mir Auntie Rita, dass Dad in dem Augenblick, als ich mit dem Gelübde fertig war, sie und Mum zum Gehen drängte und ein Taxi für den kurzen Heimweg herbeiwinkte. Ich wette, Aidan Doyle konnte an einer Hand abzählen, wie oft im Leben er in einem Taxi gesessen hatte.«

Annie versucht zu lächeln, aber Henriettas Gesichtsausdruck erinnert sie daran, dass es nicht wirklich lustig war, also bemüht sie sich nicht weiter, einen Spaß daraus zu machen, und fährt fort – bis zum bitteren Ende.

»Auntie Rita erzählte mir, dass Dad kein Wort sprach, als sie nach Hause kamen. Er ging geradewegs hinauf in unser altes Zimmer und klaubte alles zusammen, was ich zurückgelassen hatte, und auch ein paar von Kaths Sachen. Er nahm alles, meine alten Schulbücher, die ganzen alten Puppen und Teddybären, ein paar Kleider und Make-up-Reste, und warf sie in den Garten. Dann nahm er einen Kanister Feuerzeugbenzin und zündete das Ganze an. Ich denke, man kann sagen, dass Aidan Doyle sich nicht leicht damit tat, zu verzeihen.«

KAPITEL 13

Henrietta

Das Schweigen dehnt sich, und Henrietta tippt mit dem Finger auf den roten Kreis am Handy. »Es aktualisiert gerade, aber ich denke, wir haben alles«, sagt sie leise. Als sie einen Blick auf Annies Notizbuch wirft, kann sie erkennen, dass da noch Seiten über Seiten voller Wörter sind, durch die Annie blättert; sie macht einen aufgewühlten Eindruck.

»Da ist noch mehr«, sagt sie. »So viel mehr. Ich muss alles

aufschreiben, bevor ich es vergesse. Mir kommt es so vor, als fange ich gerade erst an, mich an die Sachen zu erinnern, die ich so lange verdrängt habe.« Annie hebt die Hand an den Kopf, als spürt sie, wie sich die unangenehmen Gedanken einen Weg nach draußen suchen, und Henrietta fällt auf, dass Annies Kleid eine gründliche Wäsche vertragen könnte. Die flattrigen langen Ärmel sind schmuddelig, und am Saum ist ein Teefleck, ein Anblick, der Henrietta mit unerklärlicher Traurigkeit erfüllt. Jemand sollte sich um diese Frau kümmern, denkt sie, ihr helfen.

Beim Aufstehen heute Morgen war Henrietta fest entschlossen gewesen, Antworten von Annie einzufordern: über die Ermittlungen, ob eine richtige Suche mit einem Bagger im Fluss stattgefunden hatte und wie viele Verdächtige befragt worden waren. Sie hatte sich vorgenommen, genauso methodisch vorzugehen wie ihr Vater, der Lehrer Edmund Lockwood. Jetzt aber hat sie das ungewohnte Bedürfnis, die Hand nach Annies Arm auszustrecken.

Wie aus der Ferne beobachtet sie, dass sie es tatsächlich tut, und stellt fest, dass die Haut der älteren Frau überraschend geschmeidig und warm ist. Noch einmal tätschelt sie Annies Arm, um klarzustellen, dass es kein Versehen war. Doch langsam wird es ein bisschen zu viel des Guten, also macht Henrietta, was jeder vernünftige Mensch unter diesen Umständen tun würde: Sie steht auf, um ihnen beiden eine schöne Tasse Tee zu holen.

Vom Tresen aus betrachtet sie Annie, die so ganz allein am Tisch sitzt. Vielleicht liegt es an dem viel zu weiten Kleid oder an der Anstrengung, das alles zu erzählen, doch heute erscheint ihr Annie kleiner als zuvor, als habe sie etwas von ihrer wesentlichen Füllmasse verloren. In Henriettas Brust regt sich ein merkwürdiges Gefühl. Es erinnert ein bisschen an Heimweh, eine Mischung aus Bedauern und Wärme. Ist es das, was man landläufig Empathie nennt?

»Da wären wir«, sagt Henrietta und setzt das Tablett ab, und im selben Augenblick wünscht sie, sie hätte es bleiben lassen, weil sie klingt wie diese Singsang-Leute, die alles verharmlosen und so tun, als sei die Welt in Ordnung.

»Danke, den kann ich jetzt brauchen.«

Henriettas Uhr zufolge bleiben ihnen noch fünfzehn Minuten, und das bringt sie in eine Zwickmühle. Sie würde das Gespräch gern auf die ungeklärten Fragen zurücklenken. Wer waren die Leute, die zur Befragung vorgeladen wurden? Was war mit den Männern, die Kath am Freitagabend im Castle Pub auf einen Drink eingeladen hatten? Und was war mit dem Geschäftsführer des Schuhladens, der so viel über Kaths Gewohnheiten zu wissen schien? Dann würde sie gern noch einmal die Frage nach den Zeugen stellen, denn irgendjemand musste doch an jenem Samstagabend unten am Kanal etwas gesehen oder gehört haben.

Sie ist noch dabei, zu überlegen, wie sie diese Fragen angehen soll, als die Aufzugtüren sich öffnen und der junge Mann mit der Strickmütze herausrollt und zur Cafétheke kommt. Zu Henriettas Bestürzung ruft ihn Annie an ihren Tisch und winkt mit den Händen, sodass die Ärmelaufschläge wie zerlumpte Flügel auf und ab flattern. »Stefan! Komm her! Das ist Henrietta, sie macht die Sache mit den Lebensgeschichten«, sagt sie und wischt sich ein paar Kekskrümel aus den Mundwinkeln. Stefan vollführt eine 360-Grad-Drehung und gleitet herüber. »Hallo, Annie, hallo, Henrietta.« Nacheinander nickt er ihnen beiden zu. »Darf ich mich zu den Damen gesellen, während wir auf den Minibus warten?«

Henrietta befindet sich in einer schwierigen Lage. Einerseits möchte sie mit ihren Fragen fortfahren, andererseits hat Annie eine Einladung ausgesprochen, und es wäre unhöflich, darüber hinwegzugehen. »Natürlich«, antwortet sie und hofft, dass von ihr nicht erwartet wird, auch ihm einen Tee zu holen. Aber die Frage klärt sich schnell, weil der traurige Mann vom Tresen schon an ihren Tisch gekommen ist und einen Stuhl beiseiteschiebt, sodass Stefan in eine Lücke am Tisch rollen kann.

»In Ordnung, Kumpel. Ein Tee für dich, Stefan?«

Stefan blickt zu ihm auf und lächelt. »Das wäre toll, Mike, danke.« Dabei erhascht Henrietta einen Blick auf etwas metallisch Glänzendes in Stefans Mund. Einer seiner Vorderzähne ist golden, und sie fragt sich, ob es ein modisches Statement ist oder die Folge langjähriger nachlässiger Zahnhygiene.

»Ist Mia heute gar nicht da?«, fragt Stefan und lässt den Blick durchs Café schweifen, als wäre es denkbar, dass sie sich hinter einer Topfpflanze oder unter einem Tisch versteckt hat. Anders als ihre Mutter war Henrietta nie der Meinung, dass es als Unterhaltung zählt, offensichtliche Tatsachen zu konstatieren, und beschließt, nicht darauf zu reagieren. Glücklicherweise kommt Mike mit dem Tee zurück, und Stefan und er unterhalten sich eine Weile über Fußball. Sogar Annie beteiligt sich und wirft etwas ein über »die Glückspilze von Arsenal London«, und Stefan lacht und sagt: »Wie immer, Annie, wie immer.«

Da ist es wieder, denkt Henrietta, dieses altbekannte Gefühl, nicht zum Klub zu gehören und festzustellen, dass alle anderen schon seit Ewigkeiten voll zahlende Mitglieder sind, während sie selbst noch versucht, die Regeln zu durchschauen.

Sie rückt ihren Stuhl näher an den Tisch. »Kommen Sie schon lange hierher?«, wendet sie sich an Stefan, darum bemüht, ihre Schlüsselrolle in dieser Zusammenkunft zu behaupten. Immerhin sitzen sie rund um ihren Tisch.

Er hört auf zu lachen und mustert sie. »Seit drei Jahren, mit Unterbrechungen. In der Mitte ein Jahr Remission«, antwortet er. »Und was ich gelernt habe, ist …« Er beugt sich vor, und Henrietta tut es ihm nach, bereit, seine Lebensweisheiten zu empfangen. »Dass man sich die Tunnock's-Pralinen nicht entgehen lassen darf. Keinesfalls.«

Das führt zu weiterer Heiterkeit zwischen Stefan und Annie. Sogar auf Mikes Gesicht liegt ein Lächeln. Sie lachen immer noch, als die in lila Fleece gewandete Bonnie am Eingang auftaucht.

»Achtung, da kommt die violette Gefahr. Wir sollten aufbrechen«, sagt Annie, und Henrietta spürt Panik in sich hochsteigen. »Aber Annie … Ihre Geschichte. Die Sache mit Ihrer Schwester. Es gibt noch so viel zu besprechen.«

Schon wieder ist eine Sitzung vorbei, die dritte von sieben, und Henrietta hat noch so viele unbeantwortete Fragen. Und heute hat sie Zeit vergeudet, weil sie sich von sinnlosen Gefühlen und Geplauder über Fußball, ausgerechnet, ablenken ließ. Nein, nein, so geht das nicht. Sie umklammert die Armstützen und versucht, ruhig zu bleiben, aber Annie und Stefan machen sich zum Aufbruch bereit, während Bonnie hinter der Glastür von einem Fuß auf den anderen hüpft, darauf bedacht, pünktlich loszukommen.

Annie dreht sich noch einmal zu Henrietta um, und ihre Miene wird sanfter. »Keine Sorge, Hen. Nächsten Samstag komme ich wieder. Da warten noch eine ganze Menge Geschichten.« Und damit sind sie fort und hinterlassen nichts als einen kalten Luftzug.

Mike kehrt an den Tresen zurück, wobei er den Kopf schüttelt über irgendeinen letzten Witz über einen Schiedsrichter, der dringend eine Brille braucht. Im Café Leben wird es merkwürdig still, ohne Annie wirkt es plötzlich so viel leerer.

Die Abschrift soll eigentlich ausschließlich an den Nachmittagen stattfinden, aber Henrietta hat das Bedürfnis, sich etwas von der heutigen Aufnahme anzuhören, nur um sicherzugehen, dass sie sich das alles nicht bloß eingebildet hat. Mit einem verstohlenen Blick nach rechts und nach links versichert sie sich, dass Audrey nicht in der Nähe ist, wickelt dann das Kabel ihrer Kopfhörer auseinander und steckt es am Handy an. Da ist Annies Stimme wieder, laut und deutlich spricht sie Wort für Wort.

Bislang hatte Henrietta nicht aufhören können, sich Kath

beim Ertrinken auszumalen, die Panik in ihren Augen, als sich der schwarze Fluss über ihrem Kopf schloss und ihr das Wasser in die Kehle strömte. Nach der heutigen Sitzung aber bleibt in Henriettas Kopf vor allem das Bild eines Mannes haften, der so von seiner Wut beherrscht war, dass er von der Hochzeit seiner Tochter nach Hause ging und jede Erinnerung an sie verbrannte.

* * *

Am Nachmittag beginnt Henrietta, Annies Erzählung abzutippen, doch sie kann ihr wachsendes Unbehagen nicht verleugnen – nicht nur über den Inhalt, sondern auch über die Tatsache, dass Audrey von ihr erwarten wird, all das wortgetreu in einem Buch wiederzugeben, während der Fall Kathleen Doyle aus ihrer Sicht noch lange nicht abgeschlossen ist.

Von Annie kennt sie nur die Minimalversion, doch sie spürt, dass mehr dahintersteckt und Annie ihr Informationen vorenthält. Sie hätte mehr Fakten von Annie einfordern sollen, aber dann war Stefan hereingeplatzt, und prompt war die Zeit herum gewesen. Nun muss sie eine ganze weitere Woche warten, bis Annie wiederkommt.

Henrietta betrachtet ihre rechte Hand, die sie auf Annies Arm gelegt hatte, und denkt an das überraschende Gefühl von Wärme. Doch dann überschwemmt sie heiße Scham, als sie den Zustand ihrer Fingernägel bemerkt, zerklüftet und abgebissen wie bei einem kleinen Mädchen, und sie fragt sich, ob sie Annie aufgefallen sind. Eine schlechte Angewohnheit, das weiß sie, ihre Mutter hat das immer verabscheut. Sie ballt die Hand zur Faust, entschlossen, nicht an zu Hause zu denken, und wendet sich wieder dem ungelösten Fall Kathleen Doyle zu.

Die Idee, bei der Polizei Auskünfte einzuholen, hat sich als Sackgasse erwiesen, also muss Henrietta an anderer Stelle nach zuverlässigen und verifizierbaren Informationen suchen. Ihr ist durchaus bewusst, dass Hintergrundrecherchen nicht zur Stellenbeschreibung gehören, aber, so argumentiert sie sich selbst gegenüber, man kann sie dem *Geist* ihrer Arbeit zurechnen, der ja lautet, die Lebensgeschichten der Klienten so akkurat wie möglich nachzuzeichnen.

Den restlichen Nachmittag macht Henrietta ausgiebig Gebrauch von Audreys superschnellem Breitbandanschluss und dem extragroßen Bildschirm. Sie fängt damit an, Kathleen Doyles Namen bei Google einzugeben – erste Anlaufstation jedes Amateurdetektivs. Sie hat wenig Hoffnung: Wie es scheint, hat der Fall schon im Jahr 1974 kaum Interesse geweckt, also ist es äußerst unwahrscheinlich, dass er es ins Internet geschafft hat. Trotzdem muss sie diesen Ermittlungsansatz von ihrer To-do-Liste abhaken.

Es überrascht sie nicht, dass Kathleen Doyle ein ausgesprochen häufiger Name ist, ihre anfängliche Suche ergibt mehr als sechzehntausend Treffer. Darunter sind Professorinnen, Schriftstellerinnen, Zahnärztinnen und zahlreiche Schülerinnen, viele in Irland und Amerika. Es finden sich außerdem diverse Traueranzeigen für Frauen namens Kathleen Doyle, aber keine davon klingt nach Annies Schwester.

Während Henrietta die Ergebnisse ihrer Suche durchgeht, hört sie Stimmen auf dem Flur. Eine Gruppe Pflegerinnen lacht und ruft einander zu, wohin sie heute Abend gehen und ob sie es rechtzeitig zur Happy Hour schaffen. Es ist Samstagabend, wird ihr bewusst. Sie stellt sich vor, wie sie einander freundlich knuffen und dass sie sich vermutlich sehr betrinken werden, und am Ende wird sich eine von ihnen übergeben, und ihre Freundin wird ihr die Haare aus dem Gesicht halten, und kurz fühlt sich Henrietta in ihre erste Woche an der Uni zurückversetzt.

Sie hatte diese Woche allein in ihrem Zimmer ausgeharrt, die Ohren mit Watte verstopft, während ihre Altersgenossen die Treppen hinauf- und hinuntertobten, sich mit Sprühsahne bespritzten, Tequila tranken und dann ins Spülbecken der Gemeinschaftsküche kotzten. Sie blieb während des gesamten Studiums im Wohnheim wohnen, mit dem Effekt, dass sie den Einzug der Erstsemester noch zwei weitere Male ertragen musste – nur dass dann niemand mehr von ihr erwartete, sich zu beteiligen.

Ihr fällt auf, dass die Pflegerinnen auf dem Gang genauso wenig wie damals die Studenten wissen, dass sie hier ist, und sie kehrt mit neuem Eifer zurück an ihre einsame Aufgabe. Die Arbeit in der Bibliothek hat vermutlich wenig dazu beigetragen, ihre sozialen Kompetenzen zu fördern, aber immerhin hat sie ihr ein grundlegendes Verständnis vermittelt, wie man auf Archive zugreift, und sie registriert sich für eine kostenlose Probezeit im Archiv der Britischen Zeitungsverlage. Anschließend tippt sie »Dezember 1974«, »Grand Union Canal«, »ertrunken« und »Doyle« ins Suchfeld.

Wunderbarerweise erscheint eine Liste mit Zeitungsberichten aus der mittlerweile eingestellten *Kensington News & Post* auf dem Bildschirm. Sämtliche Artikel sind kurz, und nur der erste beinhaltet ein Foto, die Schwarz-Weiß-Aufnahme einer jungen Frau, die stolz ein Fahrrad am Lenker hält.

Es ist ein körniges Bild, aber Henrietta kann erkennen, dass sie dunkles, dichtes Haar hat und die Form ihres Kinns ein bisschen an das von Annie erinnert, obwohl es etwas schmaler ist. Ihr Lächeln ist ebenfalls ähnlich, wenn auch schelmischer. Das mag jedoch auch daran liegen, dass Annie heutzutage nicht mehr allzu viel Grund zum Lächeln hat. Die junge Frau auf dem Bild wirkt, als habe sie es eilig, als habe sie wichtige Dinge vor, Ziele, die sie erreichen müsse, ohne die geringste Ahnung, was mit ihr geschehen wird. »In der Blüte des Lebens«, würden die Leute beim Anblick dieses Fotos sagen.

Henrietta macht einen Screenshot der kurzen Nachricht, die in der unteren rechten Ecke der Titelseite abgedruckt ist.

Verkäuferin an Weihnachten vermisst

Kathleen Doyle, 18, wird in ihrem Elternhaus in der Dynevor Road vermisst. Zuletzt wurde sie am Samstag, dem 21. Dezember, beim Verlassen ihrer Arbeitsstelle gesehen, bekleidet mit Jeans und einem Wildledermantel mit Pelzbesatz. Miss Doyle arbeitet bei Ravel Shoes in der Kensington High Street. »Wir warten verzweifelt auf Nachricht von unserer Tochter«, sagte der Vater des Mädchens, Mr Aidan Doyle. Er fügte an, es sei ausgesprochen untypisch für Miss Doyle, allein irgendwohin zu gehen, ohne die Eltern über ihre Pläne zu informieren.

Die Polizei setzt die Suche fort. »Es ist eine sehr arbeitsreiche Jahreszeit, aber wir tun unser Möglichstes, um die vermisste Person ausfindig zu machen«, erklärte Detective Chief Inspector Williams von der Polizeiwache Notting Dale. »Wir haben große Hoffnung, dass Miss Doyle sich bei Freunden aufhält und einfach vergessen hat, ihre Familie zu unterrichten.« Mitbürger, die Informationen haben, werden gebeten, die Polizei zu kontaktieren.

Die Ausgabe der *Kensington News & Post* stammt vom 27. Dezember. Den Rest der Titelseite beansprucht ein riesiges Foto eines alten Mannes, der sich als Weihnachtsmann verkleidet hat; sein falscher Bart hängt schief, und auf seinem Schoß sitzt ein unglücklicher kleiner Junge im Anorak. »Es ist Weihnachten!«, lautet die einfallslose Überschrift.

Die nächste Ausgabe vom 2. Januar ist besonders dünn geraten. Die Titelstory besteht aus dem Foto einer Frau, die ein neugeborenes Baby im Arm hält; beide sehen aus, als müssten sie sich dringend ordentlich ausschlafen. Die Bildunterschrift lautet: *Willkommen im Jahr 1975! Die lebhafte Michelle Louise wurde in den frühen Morgenstunden des 1. Januar geboren und wog 3,6 kg. Stolze Eltern sind Mandy und Mark Dowler. Mutter und Tochter sind wohlauf. »Sie ist das schönste Neujahrsgeschenk, das man sich nur wünschen kann«, sagte Mandy.*

Henrietta ärgert das. Wer hat je von einem Neujahrsgeschenk gehört? Der Korrektor war wahrscheinlich im Halbschlaf oder betrunken, als er die Nummer durchwinkte. Die Geschichte über die vermisste Tochter von Mr und Mrs Doyle (immerhin war sie auch einmal ein lebhaftes Baby) wurde ohne viel Federlesens auf die Seite fünf verbannt.

Fund im Fall des vermissten Ladenmädchens, lautet die Überschrift. Angewidert schüttelt Henrietta den Kopf darüber, dass Annies Schwester »Ladenmädchen« genannt wird, als habe sie keinen Namen. Sie überfliegt die kurze Nachricht, aber dort steht nur, dass ein paar Kleidungsstücke am Treidelpfad am Kanal gefunden wurden, die mutmaßlich Kathleen Doyle gehören.

Drei Wochen später folgt ein abschließender Bericht.

Suche nach vermisstem Ladenmädchen abgebrochen

Die Suche der Polizei nach Miss Kathleen Doyle aus der Dynevor Road blieb ohne Erfolg. Miss Doyle wird seit Samstag, den 21. Dezember, vermisst. Gegenstände aus ihrem Besitz wurden am Grand Union Canal unter der Brücke von Ladbroke Grove aufgefunden.

»Trotz unserer Bemühungen konnten wir keine Spur von Miss Doyle entdecken«, sagte Detective Chief Inspector Williams. »Aufgrund der arbeitsreichen Weihnachtstage und der rauen Wetterverhältnisse waren wir zum gegebenen Zeitpunkt nicht in der Lage, eine umfangreiche Suche am Kanal durchzuführen. Unglücklicherweise haben sich keinerlei Hinweise als zielführend erwiesen.«

DCI Williams fügte hinzu, dass Miss Doyle der Polizei bislang nicht bekannt gewesen war und einen guten Leumund zu haben schien. »Wir fordern jeden, der den Kanal besucht, dringend auf, sich vom Wasser fernzuhalten, da dort Gefahren bestehen, die auf der Oberfläche nicht immer auszumachen sind. Leider müssen wir an den Feiertagen eine Zunahme an

Selbstmorden feststellen – auch das kann hier nicht ausgeschlossen werden«, sagte DCI Williams.
Einige Mitbürger haben die Polizei bei ihren Ermittlungen unterstützt, wurden jedoch ohne Anklage entlassen. Familie Doyle war für eine Stellungnahme nicht zu sprechen.

»Die Polizei bei den Ermittlungen unterstützen.« Als Henrietta diese Formulierung als Kind das erste Mal hörte, hatte sie sich ein fröhliches Szenario ausgemalt, bei dem selbstlose Bürger der örtlichen Polizeistation einen Besuch abstatten, um den Beamten mit Rat und Tat zur Seite zu stehen. Mittlerweile weiß sie, dass damit das Gegenteil gemeint ist: dass bei Leuten an der Tür geklopft wird und sie zur Befragung auf die Wache mitgenommen werden, ohne dass man ihnen eine echte Wahl lässt.

Annie hat kaum etwas zu den Verdächtigen gesagt – nur dass »ein paar Leute« befragt und dann nach Hause geschickt worden waren –, doch eines hat sie richtig wiedergegeben: Die Polizei hatte nicht mehr als das absolute Minimum an Mühe in die Aufklärung gesteckt. Als sie auf das Kleiderbündel gestoßen waren, hatten sie trotzdem weder eine Suchaktion durchgeführt noch Zeugen aufgestöbert. Es muss doch jemanden gegeben haben, der etwas gehört oder gesehen hat: ein Platschen, als Kath ins Wasser fiel, oder einen Hilferuf.

Wenn Henrietta dieses Buch machen soll, dann wird sie es richtig machen, mit Daten, Fakten und Informationen, die darlegen, ob Kath einem Mord oder einem Unfall zum Opfer fiel. Sie betrachtet noch einmal das schwarzkörnige Foto der achtzehnjährigen Kathleen Doyle mit dem aufgeschlossenen Lächeln und einem Gesicht, das Annie so ähnlich und gleichzeitig so anders ist. Während Henrietta durch die gescannten alten Zeitungsseiten blättert, kann sie sich beinahe vorstellen, wie jene Weihnachtstage im Jahr 1974 ausgesehen haben, als Annie und ihre Eltern dasaßen und auf Nachricht warteten. Mit jedem

Tag ohne ein Lebenszeichen muss die Hoffnung ein wenig mehr geschwunden sein.

Noch einmal liest sie die Zeitungsberichte auf der Suche nach etwas, das sie übersehen hat. Ihr fällt die Zeile mit dem klein gedruckten Namen der Verfasserin unter den Artikeln in der *Kensington News & Post* auf. Es ist derselbe Name, der regelmäßig in *Country Days*, der Lieblingszeitschrift ihrer Mutter, auftaucht. Jeden Monat schreibt die Kolumnistin Sharon Sharpe über die Höhen und Tiefen des englischen Dorflebens, und jeden Monat gibt Virginia Lockwood ihrer Tochter diese Erlebnisse beinahe Wort für Wort wieder. Henrietta ist demzufolge bestens unterrichtet über Sharons Zwerghühner (die immer wieder ausbrechen und Chaos stiften) und ihre aufkeimende Romanze mit dem örtlichen Tierarzt.

Henrietta war davon ausgegangen, dass Sharon Sharpe und ihre Provinzeskapaden reine Fantasiegebilde eines Ghostwriters seien, doch womöglich existiert tatsächlich eine Frau dieses Namens, die vor vielen Jahren als Debütantin bei der *Kensington News & Post* erste journalistische Erfahrungen gesammelt hat.

* * *

Auf dem Heimweg im Bus stellt Henrietta fest, dass Sharon nicht nur leibhaftig existiert, sondern dass sie und ihre Zwerghühner eine loyale Fangemeinde in den sozialen Netzwerken besitzen. Der neueste Post, in dem sie in aller Ausführlichkeit vom Besuch eines Gnadenhofs für Esel berichtet, hat sechstausend Likes und neunundachtzig Kommentare. Trotz der weißblonden Strähnen und der verdächtig straffen Stirn schätzt Henrietta sie auf mindestens Mitte sechzig, womit durchaus möglich ist, dass sie ihre Karriere im Jahr 1974 in den mühseligeren Breiten des Lokaljournalismus begonnen hat.

Bislang hat Henrietta nie den Drang verspürt, in den sozialen Netzwerken mitzuwirken (zumal weder das »Soziale« noch das

»Liken« zu ihren Stärken gehören), doch als sie am Ende ihrer Busfahrt angelangt ist, hat sie ein Profil unter dem Benutzernamen @gescheitertebibliothekarin erstellt. Noch bevor sie die Haustür erreicht, hat sie einen Kommentar unter Sharons Beitrag hinterlassen. »Meine Mutter findet Ihre Kolumne äußerst amüsant.«

Offenbar hat Sharon an einem Samstagabend nichts Besseres zu tun, denn als Henrietta sich auf dem Sofa niederlässt, ist bereits eine Antwort da. »Hi @gescheitertebibliothekarin. Das ist toll! Im nächsten Monat spielt Junghahn Roland wieder seine Streiche!«

Henrietta hält inne, um Dave zu begrüßen und ihn wie üblich am Bauch zu kraulen. Es ist an der Zeit, zum Kern der Sache vorzudringen. Mit einer Hand tippt sie eine neue Nachricht. »Sharon, haben Sie als Journalistin 1974 zufällig über eine stümperhafte Polizeiermittlung zum Tod von Kathleen Doyle in Westlondon berichtet?«

Als sie das nächste Mal auf ihr Handy sieht, ist etwas Merkwürdiges passiert. Sie hat keine Antwort erhalten, und als sie Sharons Profil anklickt, taucht die Meldung »Benutzer nicht gefunden« auf.

Sharon Sharpe hat Henrietta soeben blockiert.

Henrietta schürzt die Lippen. Das ist absolut nicht hinnehmbar. Nicht nur, dass man sie blockiert hat (Henrietta hat ausreichend Erfahrung damit, zurückgewiesen zu werden); weitaus beunruhigender ist das Ausmaß der Inkompetenz, das sie hier aufdeckt. Die Polizei hat 1974 mit allergrößter Wahrscheinlichkeit grob fahrlässig ermittelt, und jetzt zeigt sich, dass eine Jungreporterin sie noch nicht einmal dafür verantwortlich gemacht hat.

Annie Doyle hat es verdient zu erfahren, warum keine gründliche Suche im Kanal stattgefunden hat. Und Henrietta will wirklich gern wissen, wer die Verdächtigen waren und womit rechtfertigt wurde, sie ohne Anklage zu entlassen.

Sie blickt auf den Kalender. Nur mehr vier Samstage bis Weihnachten – der unverrückbaren Deadline, bis zu der Annie Doyles Lebensgeschichte vollendet sein muss. Noch ist Henrietta nicht fertig mit Sharon Sharpe.

KAPITEL 14

Annie

Das hohle Gefühl im Bauch ist wieder da, das sich wie Hunger anfühlt, aber jeden Moment in Übelkeit umschlagen kann. Vor Annies innerem Auge entsteht das Bild einer perfekten Scheibe Toast, zartbraun, mit einem kleinen Buttersee obendrauf, und sie hofft, das wird die Lösung sein. Wunderbarerweise befindet sich ein übrig gebliebener Kanten im Brotkasten, und der Geruch ist herrlich, als er im Toaster röstet. Als sie sich damit hinsetzt, ist ihr bewusst, dass sie zu schnell isst, sie stopft das letzte Stück mit dem Handrücken in den Mund, aber es ist zu spät. Bitte, denkt sie, mach, dass es drinbleibt. Lass mich dieses Mal davonkommen.

Sie hat Henrietta von der Hochzeit erzählt, aber schwerer ist es zu erklären, warum Terry nach der Nacht bei Leon immer noch Teil ihres Lebens war. Dabei hatte sie versucht, ihn loszuwerden, wirklich. Sie rief nicht zurück, und Kath und sie gingen nicht mehr freitags ins Castle, sondern donnerstags, weil sie wussten, dass Terry dann beim Hunderennen im White-City-Stadion war.

Ein paar wenige Wochen schien es, als habe er den Wink verstanden, und beinahe hätte sie Terry und seinen Kumpan Brian vergessen. Es war eine Art Galgenfrist, eine Zeit der Glückseligkeit, als nur Kath und sie zusammen waren, genau wie früher.

Sie holte Kath von der Arbeit ab, und manchmal stieß auch Debbi aus dem Schuhladen dazu. Sie gingen in ein winziges, schmales Café, in dem der Piratensender Radio Caroline lief, und tranken Kaffee mit einer Schaumhaube, während die Gitarrensoli von Led Zeppelin und Cream knisternd durch den Raum wogten.

Abends saßen sie einander gegenüber auf einem ihrer Betten und schminkten sich gegenseitig, wobei sie die Styling-Tipps aus Zeitschriften nachahmten, mit breiten Schwüngen blau glitzernden Lidschattens und dicken Schichten Wimperntusche. Eingehend betrachtete Annie jeden Zentimeter von Kaths Gesicht, während sie mit den Pinseln tupfte und wischte. Sie musterte die kleine schmetterlingsförmige Narbe an der Stirn und den Bogen ihrer Oberlippe, die das entscheidende bisschen voller war als bei Annie. Diese Augenblicke waren so kostbar, weil sie Kath ganz für sich allein hatte. Weder flirtete Kath mit irgendwelchen Jungs, noch lachte sie über irgendetwas mit Debbi oder fuhr auf dem Fahrrad davon zur Arbeit.

Annie mochte es nicht, wenn Kath ohne sie unterwegs war. Dann schien etwas zu fehlen, so als wäre man bei kaltem Wetter ohne Schal aus dem Haus gegangen und könnte an nichts anderes denken als daran, wie viel besser alles wäre, wenn man nur den schönen warmen Schal um den Hals trüge. In jenen Wochen aber war das Leben exakt so, wie es Annie gefiel. Warm und gemütlich, Kath an ihrer Seite. Nur sie beide, zwei Schwestern. Genau genommen so gut wie Zwillinge.

Alles wurde an jenem Sonntag anders, als Terry wieder in ihr Leben platzte. Der Tag hatte schon verkehrt angefangen, als Kath sich geweigert hatte, aufzustehen und in die Kirche zu gehen. Das Laken hochgezogen bis zum Kinn, hatte sie im Bett gelegen. »Nein, Mum, es geht nicht. Diesmal ist meine Periode wirklich richtig schlimm, ganz ehrlich. Ich blute dem Pfarrer noch vor die Füße, wenn ich zur Kommunion nach vorn gehe.«

Angeekelt von dieser Ausdrucksweise machte Annies Mutter

ihre Handtasche mit einem resoluten Klicken zu und scheuchte Annie aus dem Haus. Annie wusste natürlich, dass Kaths Ausrede eine dreiste Lüge war, und bockig lümmelte sie auf der Kirchenbank, sauer, dass ihre Schwester sich wieder einmal durchgesetzt hatte.

Auf dem Heimweg schritt ihr Vater eilig voran, damit er sich vor dem Mittagessen noch auf ein Bier ins Pub verdrücken konnte. »Der Hund geht nicht allein Gassi«, rief er Annie und ihrer Mutter über die Schulter zu, aber alle wussten, dass der Spaziergang mit dem Hund nur aus dem kurzen Weg zum Pub bestehen würde.

Die Haustür stand weit offen, als Annie und ihre Mum ankamen, und es war klar, dass irgendetwas anders war. Zum einen hörte sie ihren Dad mit kraftvoller, donnernder Stimme reden, noch dazu im Wohnzimmer, das besonderen Gelegenheiten vorbehalten war.

Sie mussten Besuch haben. Sie hatten nie Besuch. Annie und ihre Mum spähten hinein und kamen sich vor wie Eindringlinge in ihrem eigenen Zuhause. Die Sofagarnitur wurde von männlicher Körpermasse eingenommen; da war nicht nur ihr Dad, da war auch Terry, mit glatt gegeltem Haar, und grinste, als sei ihm ein unglaublich lustiger Streich gelungen. Es fühlte sich ganz und gar falsch an, dass er da war, er gehörte nicht zwischen die Schonbezüge und Mums Gobelinstickereien.

Auch Kath war da und versuchte, sich aus dem Zimmer zu stehlen. »Dad, das ist Annies Freund Terry«, sagte Kath leise, bemüht, sich klein zu machen und schnell nach oben zu verdrücken.

In diesem Augenblick wusste Annie, dass etwas Schlimmes geschehen würde. Ohne genau zu verstehen, warum, hatte sie das Bedürfnis, Kath an der Hand zu packen und wegzurennen. Sie beide könnten die Straße hinunterrasen, immer weiter, und erst zurückkehren, wenn sie sicher sein konnten, dass ihr Vater Terry losgeworden war.

Aber es war bereits zu spät, ihr Dad machte nicht die geringsten Anstalten, im Gegenteil, er plusterte sich auf und gab den großzügigen Gastgeber. »Wie haben einen Gast, Deidre«, verkündete er. »Vielleicht deckst du einfach einen Teller mehr. Mögen Sie Bier, Terry?«

Schließlich stand Annie Terry gegenüber, diesem Freund, der nicht wirklich ihr Freund war, und in ihrem Innern verflüssigte sich etwas. Er grinste noch immer, als sei dies der größte Spaß aller Zeiten. »Aha, Annie.« Er musterte sie von oben bis unten. »Lange nicht gesehen.«

Sie musste es ihm lassen, Terry gab eine gute Vorstellung für die Familie Doyle ab. »Ich arbeite mich in der Druckerei hoch«, sagte er beim Mittagessen und nahm sich noch einen Klecks Pfefferminzsoße. »Ich lerne noch. Aber eines Tages will ich mein eigenes Geschäft haben. Wie steht es mit Ihnen, Mr Doyle?«, fragte er. »Sind Sie Geschäftsmann?«

Terry wusste ganz genau, dass ihr Vater nichts dergleichen war. Seit er 1952 aus Irland gekommen war, hatte er als Briefträger gearbeitet; er machte seine Runden hier im Stadtviertel.

»Öffentlicher Dienst. Im Postdienst«, antwortete Aidan Doyle und kaute energisch. »Die Post wird man immer brauchen.«

»Und zwei kluge Töchter dazu«, fügte Terry an.

Das war dünnes Eis, dachte Annie, womöglich hatte er den Scherz zu weit getrieben. Aber nein, ihr Vater nahm den Faden gerne auf. »Da kommen sie ganz nach ihrer Mutter, muss ich zugeben, Terry. In dieser Familie haben die Frauen das Köpfchen.« Gemeinsam lachten sie laut und lang über diesen Unsinn.

Annie hatte die Schule mit fünfzehn verlassen und arbeitete seither im örtlichen Kindergarten. Sie putzte Kinderpopos ab, holte Spielzeug heraus, räumte es wieder fort. Sie kratzte durchweichten Zwieback von Plastiktellern, spülte Becher und klebte Pflaster auf aufgeschürfte Knie. Die Kinder waren in Ordnung, aber aus der Nähe rochen sie nach Pipi, und Annie konnte es nicht leiden, wenn sie mit ihren unbeholfenen Fersen und Ellbogen auf ihr herumkletterten. Sie schienen sich nicht vorstellen zu können, dass Annie nicht scharf darauf war, dass sich ein feuchter Po auf ihrem Schoß niederließ; sie setzten Zuneigung und Liebe voraus. In ihrem eigenen Elternhaus war Annie nie derart anmaßend gewesen.

Kaths Arbeit im Schuhladen war ganz in Ordnung. Die Kunden mochten sie, und der Geschäftsführer brachte ihr die Grundlagen der Buchhaltung bei.

»Unsere Kathleen hat einen Sinn für Zahlen«, sagte Dad und schenkte sich und Terry nach. Ach, was lachten sie über diesen Scherz.

Anschließend verschwand Kath oben in ihrem Zimmer, und die Aufgabe, Terry zur Bushaltestelle zu begleiten, blieb an Annie hängen.

»Hat dir mein Überraschungsbesuch gefallen?«, fragte er und legte seinen massigen Arm um ihre Schulter.

»Eigentlich nicht. Mir war nicht klar, dass du weißt, wo wir wohnen«, erwiderte sie. Sie gingen weiter. Wenige Meter vor der Bushaltestelle zog er Annie mit einer schnellen Bewegung an sich und drückte sie an eine Rauputzmauer. Sein Atem ging schwer, eine Mischung aus Zigaretten, dem Bier ihres Vaters und Lammbraten.

»Ich habe meine Annie vermisst«, presste er zwischen zusammengebissenen Zähnen hervor. »Brian und ich haben euch zwei ewig nicht gesehen.«

Er zwängte ein geübtes Knie zwischen ihre Beine, saugte sich mit den Lippen an ihrem Mund fest und begann, ihre Brüste zu kneten. Es erinnerte Annie an die Bewegungen ihrer Mutter beim Brotbacken auf dem bemehlten Küchentisch, wenn sie den Teig vor und zurück rollte, dann in Form klopfte und mit zwei schnellen Schnitten ein Kreuz auf die Oberfläche zeichnete. Dieser Tagtraum aber hatte sie Aufmerksamkeit gekostet, mittlerweile war Terry einen Schritt weiter und fummelte unter ihrem Kleid. Oben, unten, oben, unten. Es war unmöglich, beide Hände gleichzeitig abzuwehren. Sie entschied sich für unten.

»Terry, Liebling, nicht jetzt«, sagte sie und drehte den Kopf zur Seite.

Es war nicht wie im Vauxhall Viva, wo Brian und Kath vorn saßen und alle den Anstand wahrten.

»Ich habe meine Periode«, platzte sie heraus und nahm sich das Beispiel ihrer Schwester zum Vorbild.

Das bremste ihn. »Schon gut, muss man ja nicht gleich überall herumerzählen.« Aus nächster Nähe sah sie Terrys Adamsapfel auf und ab hüpfen und die beiden sich leicht überlappenden Vorderzähne. Aus der Ferne gefiel er ihr besser.

Dann kam sein Bus um die Ecke gerumpelt, und Terry entließ Annie aus seinem Griff und hob die Hand – die eben noch unter ihrem Kleid gewesen war –, um den Bus anzuhalten. »Wir sehen uns im Castle. Hab meine Freundin vermisst.«

Erschüttert kehrte Annie nach Hause zurück. Ein Mann hatte sie seine Freundin genannt. Sie sollte sich geschmeichelt fühlen, aber sie empfand nichts als eine tief sitzende Furcht.

Als Annie ins Wohnzimmer kam, tat er, als lese er die Zeitung, aber sie wusste, was jetzt kommen würde.

»Auf ein Wort, mein Fräulein«, sagte er. Aidan Doyle mochte in den Londoner Jahren seinen irischen Akzent abgeschliffen haben, doch die Vorstellung, wie sich seine Töchter zu benehmen hatten, war immer noch recht altmodisch.

Annie hörte ihre Mutter in der Küche abspülen und den blechernen Klang von Kaths Radio aus dem Obergeschoss. Es war zwecklos, zu versuchen, sich herauszuwinden, sie würde das Unvermeidliche nur aufschieben.

Sorgfältig faltete ihr Vater die Zeitung zusammen und legte sie neben sich. »Also, wie lange triffst du dich schon mit diesem Terry?«

»Nicht so lange. Ehrlich gesagt kenne ich ihn kaum.«

»Dafür schien er dich aber verdammt gut zu kennen, Mädchen«, erwiderte ihr Vater. »Hast ihm deine Adresse gegeben. Was hast du ihm denn sonst noch so gegeben?«

»Manchmal teilen wir uns eine Tüte Pommes frites«, antwortete Annie und wusste im selben Moment, dass es klang, als wolle sie sich lustig machen.

Der Schlag traf ihr linkes Ohr mit voller Wucht, und Annie wusste nicht, was schlimmer war, der heiße, schwarze Schmerz oder die Tatsache, dass das Ohr plötzlich klingelte und dumpf war. »Du mieses Flittchen. Wenn du oder deine Schwester euch ein Kind andrehen lasst, dann setz ich euch auf die Straße. Und jetzt geh mir aus den Augen.«

Annies linkes Ohr war danach nie mehr ganz in Ordnung und ist bis heute etwas dumpf. Nicht, dass es heutzutage einen großen Unterschied macht, nun, da der zähe, teerartige Schmerz in ihren Eingeweiden tobt und verhindert, dass sie mehr als ein paar durchweichte Kekse und süßen Tee mit Milch hinunterbringt. Und die ewigen Bakewell-Törtchen von Mia.

Was würde Henrietta dazu sagen?, fragt sie sich. Diese junge Frau ist eine merkwürdige Mischung aus Gegensätzen. Einerseits wirkt sie vollkommen unschuldig, ein Mädchen, das mit der modernen Welt nicht Schritt halten kann, geschweige denn mit der Mode. Andererseits aber strahlt sie einen Lebensüberdruss aus, als habe sie schon zu viel durchgemacht. Was ist in der Lebensgeschichte der Henrietta Lockwood vorgefallen, dass es sie so undurchdringlich gemacht hat?

Nach den wöchentlichen Gesprächen fühlt Annie sich immer ein wenig leichter. Vielleicht würde es ja auch Henrietta helfen. Natürlich hatte Annie nie eine eigene Tochter. Hätte sie eine gehabt, dann hätte sie sie ganz bestimmt nicht in brave Kleidchen gesteckt und ihr gesagt, sie solle bildschön aussehen. Annie hätte sie vor Männern wie Terry gewarnt. Nächsten Samstag wird sie eine Geschichte erzählen, die Henrietta ein mahnendes Beispiel sein soll, sodass sie, sollte sie je einem Mann wie Terry begegnen, die Beine in die Hand nimmt und rennt.

KAPITEL 15

Henrietta

Die Tatsache, dass Sharon Sharpe Henriettas Instagram-Nachrichten blockiert, bestärkt diese nur in ihrer Entschlossenheit, die Frau aufzuspüren: Zweifellos hat sie etwas zu verbergen. Nachdem Henrietta den Montagvormittag größtenteils zwischen den Zeitschriftenregalen bei WH Smiths zugebracht hat, macht sie die Entdeckung, dass Sharons E-Mail-Adresse in der Zeitschrift *Country Days* gelistet ist, und macht sich daran, eine Reihe von E-Mails an sie zu schreiben.

Sie scheinen mich irrtümlich blockiert zu haben, versucht sie es vorsichtig in der ersten E-Mail. Als sie bei der fünften Nachricht ist, wird sie schon mutiger. *In Anbetracht Ihrer eher beschaulichen journalistischen Arbeit heutzutage ist offensichtlich, Ms Sharpe, dass nüchterne Kriminalberichterstattung nicht gerade Ihre Stärke war.*

Ihre sechste E-Mail ist versöhnlicher, mit einem Hauch Melodramatik. *Ich bin dabei, die Lebenserinnerungen von Annie Doyle aufzuschreiben, der Schwester von Kathleen Doyle, die im Jahr 1974 mutmaßlich ertrank. Ich habe keinen Zugang zu den Polizeiakten. Sie haben damals über den Fall berichtet und sind meine einzige Hoffnung, an weitere Informationen zu kommen. Ich bitte Sie inständig, mir zu helfen.*

* * *

Vierundzwanzig Stunden später hat sie noch immer keine einzige Antwort erhalten. Es ist von Vorteil, dass sie heute zur Arbeit muss, denn etwas Abwechslung wird ihr guttun.

An Dienstagen kommen andere Typen ins Café Leben, Leute, die nicht mit dem Minibus herangekarrt werden, sondern die kommen und gehen können, wie es ihnen beliebt. Der Erste ist Neil Marshall, er ist in Remission, doch ist er weiterhin Stammgast im Café. Er behauptet, dass er wegen »Mias verflucht gutem Tee« herkommt.

Er war ihr Neun-Uhr-Termin, aber um elf Uhr redet er immer noch, was streng genommen gegen die Abmachungen ist. Doch heute ist wenig los, also hört Henrietta weiter zu und nimmt alles auf. Womöglich hat das auch sein Gutes, denn Mr Marshall scheint es nicht eilig zu haben, seine Lebensgeschichte fertig zu erzählen. Er hat bereits sechs Sitzungen mit Henriettas rätselhafter Vorgängerin hinter sich, und auch in den heutigen zwei Stunden sind sie noch nicht einmal im Teenageralter angelangt.

Vermutlich wäre Audrey nicht begeistert von dieser Abweichung vom vorgegebenen Zeitplan, aber Henrietta kann sich der Erzählung von Mr Marshall nicht entziehen. Er hat ein hervorragendes Gedächtnis für Einzelheiten. Er erzählt davon, wie seine Mutter ihn den Hügel hinunterschickte, um beim Pferdefuhrwerk des Milchmanns frische Milch zu holen, und wie er mit seinem Bruder ganze Sommertage im Wald verbrachte, wo sie ihr Lager aufschlugen und Brombeeren pflückten und mit lila Flecken auf den Zähnen zum Abendessen nach Hause zurückkehrten.

Aus den Unterlagen weiß sie, dass er in den Achtzigern ist, aber in mancher Hinsicht erscheint ihr Neil Marshall wie ein Kind. Er hat nur ein dünnes weißes Haarbüschel auf dem Kopf, rosige Wangen, und auf seinem Gesicht liegt stets ein Ausdruck von Verwunderung. Dabei hatte er es nicht leicht. Das ganze vergangene Jahr konnte er abschreiben wegen der Chemo, erklärt er ihr. »Aber es hat keinen Zweck, sich über die Ungerechtigkeit des Lebens aufzuregen. Ich bin einfach froh, noch da zu sein. Jeden Tag versuche ich etwas zu finden, was mir Freude macht. Die Frau vom Sozialdienst hat mir das vorgeschlagen – ich soll ein Tagebuch der schönen Dinge schreiben, für die ich dankbar bin. Ich weiß, das klingt sehr amerikanisch. Aber wissen Sie, was? Das ist gar keine schlechte Sache.«

Angestrengt überlegt Henrietta, welche schöne Begebenheit ihr heute widerfahren ist. Sie ist vor Sonnenaufgang mit Dave durch die Straßen gegangen, der Bus zur Arbeit ist im Stau stecken geblieben, und jetzt sitzt sie in der Ecke des Cafés und versucht, Mr Marshalls Erzählung ihre Aufmerksamkeit zu widmen und dem zunehmend stärker werdenden Bedürfnis nicht nachzugeben, auf dem Handy nachzusehen, ob Sharon Sharpe geantwortet hat.

Jetzt, wo Henrietta wieder an ihrem Tisch im Café Leben sitzt, ist Annies Geschichte beunruhigend nah und drängend. Sie hat vor Augen, wie Annie am Samstag dasaß, und auf unerklärliche Weise berührt Henrietta die Erinnerung an die herabbaumelnden Ärmel mit den Teeflecken. Sie muss unbedingt herausfinden, was Annies Schwester in jener Nacht zugestoßen ist. Wie wunderbar wäre es, denkt sie, wenn sie die losen, vergessenen Enden der Geschichte aufnehmen und sie in einem zufriedenstellenden, lückenlosen Lebensbuch zusammenführen könnte, das rechtzeitig zu Weihnachten fix und fertig und ordentlich gebunden ist.

Mr Marshall, der nichts von Henriettas aufwühlenden Gedankengängen ahnt, wird nicht müde, von den Vorteilen eines Tagebuchs der schönen Dinge zu schwärmen. »In meinem gestrigen Eintrag habe ich darüber geschrieben, wie ich zum Postamt gegangen bin. Ich bin an einem griechischen Café vorbeigekommen, und aus der Tür drangen einen paar Takte Musik heraus. Prompt musste ich an unsere Urlaube auf Korfu denken, als die Kinder noch klein waren«, erzählt er begeistert.

»Und als ich mich heute ins Auto gesetzt habe, ist mir bewusst geworden, wie sehr ich es liebe. Es ist eine Citroën DS von 1973.« Henrietta blickt ihn verständnislos an, und er zieht ein Foto aus dem Geldbeutel. »Sie springt nie an, und die Reparaturen kosten mich ein Vermögen. Aber der Geruch der

Ledersitze, das Gefühl, wenn ich auf der Straße bin – die reinste Freude!«

»Ich habe auch ein Auto«, antwortet Henrietta. »Der Name ist Nissan Micra, es ist gelb.« Sie wünscht, sie hätte auch ein Foto, um es ihm zu zeigen.

Mr Marshalls Begeisterung hat etwas Ansteckendes, und als Mia ihm eine Tasse Tee bringt, zieht sie einen Stuhl heran, um ihnen Gesellschaft zu leisten. Henrietta ist kurz davor, sie zu ermahnen, dass der Tisch von neun bis zwölf ihr Arbeitsplatz ist, aber dann sieht sie Mr Marshalls freudiges Lächeln und beschließt, es noch ein wenig auf sich beruhen zu lassen. Wenn Mia in zehn Minuten noch dasitzt, wird sie etwas sagen müssen. An Regeln muss man sich halten.

Mr Marshall strahlt sie beide an. »Na, so was, Mia!«, sagt er, als begrüße er eine alte Freundin. »Sie strahlen ja geradezu!« Mia errötet und macht eine seltsame Geste, wobei sie eine Locke, die sich aus dem Pferdeschwanz gelöst hat, immer wieder um den Finger wickelt, was Henrietta bei jemandem, der im Dienstleistungssektor mit Nahrungsmitteln und Getränken zu tun hat, als etwas unhygienisch empfindet.

Dann wendet sich Mr Marshall Henrietta zu. »Und Sie, meine Liebe, sehen heute bezaubernd aus. Hab ich nicht recht, Mia?« Plötzlich ist auch Henrietta um Worte verlegen und senkt schüchtern den Kopf.

»Das ist wahr«, sagt Mia und betrachtet sie von oben bis unten. »Der Pullover ist wirklich toll, Hen.«

Henrietta strahlt vor Stolz. Es ist ihr Lieblingsstück: ein hellblaues Sweatshirt mit einem riesigen Eisbärenkopf, der so naturgetreu ist, dass der Künstler die schwarze Bärennase sogar mit ein paar Schneeflocken versehen hat. »Oh, danke, das ist nett. Falls Sie daran interessiert sind, ein ähnliches Sweatshirt zu kaufen, kann ich Ihnen die Adresse des Verkaufsstands in Südlondon geben.«

Sie strafft die Schultern und zieht den Pullover am Saum

nach vorn, damit der Eisbär für Neil und Mia seine volle Wirkung entfalten kann. Ihre Bewunderung macht sie geradezu sprachlos, also erklärt Henrietta ihnen, dass der Stand eine ganze Reihe von Wildtieren im Sortiment hat. »Ich überlege, ob ich mir als Nächstes den Elch kaufe, aber der Koala reizt mich auch. Wobei sich so ein australisches Beuteltier vielleicht eher für ein sommerliches T-Shirt eignet.«

Das erinnert Mia daran, dass sie ihren Nichten etwas zu Weihnachten besorgen sollte, andererseits sind sie »undankbare Fräuleins«, wie sie sagt, also schenkt sie ihnen vielleicht einfach ein paar Gutscheine oder Geld. »Seit ich meinen Verlobten Brice verloren habe, ist Weihnachten ein bisschen mühselig geworden. Ich schmücke das Haus und helfe Mum beim Kochen, damit es alle schön haben, trotzdem könnte ich manchmal … schreien. Aber man muss wohl einfach weitermachen. Nach vorn schauen.«

Mr Marshall nickt. »Sie haben so viel durchgemacht, Mia. Sie dürfen nicht vergessen, auf sich selbst achtzugeben. Aber es ist ja nicht mehr lang bis Samstag – bis Ihr Lieblingskunde wiederkommt«, sagt er augenzwinkernd.

Mia gibt ihm einen Klaps aufs Knie. »Oh, seien Sie still. Er ist nur ein Freund.«

Henrietta scheint irgendwie den Faden verloren zu haben, aber es wirkt alles sehr vergnügt und unbeschwert, also setzt sie ihr lächelndes Begrüßungsgesicht auf.

Doch dann bemerkt sie, dass Mr Marshall und Mia aufhören zu lachen und ihr einen merkwürdigen Blick schenken.

»Geht es Ihnen gut, meine Liebe? Sie haben doch hoffentlich keine Migräne.«

Dankenswerterweise wartet Mr Marshall ihre Antwort nicht ab, sondern erzählt ihnen stattdessen, dass er es einfach nur genießen wird, Weihnachten mit seiner Frau, den Kindern und Enkeln zu verbringen, weil es möglicherweise seine letzten Weihnachten sein werden. Eigentlich ist es eine traurige Feststellung, doch er lächelt. Und ehe sie sichs versieht, ist es zwölf Uhr und an der Zeit, die Sachen zusammenzupacken und sich in Audreys Büro an die nachmittägliche Schreibarbeit zu machen. Erst als sie in den Aufzug steigt, wird Henrietta bewusst, dass sie eben eine ausgesprochen angenehme Unterhaltung mit zwei Menschen geführt hat, die mit dem Arrangement genauso zufrieden wirkten wie sie selbst – eine neue und erfreuliche Erfahrung.

* * *

Henrietta hat sich, was das Verschriften, Tippen und Korrekturlesen angeht, in einer gut funktionierenden Routine eingerichtet, wobei es einige Zeit erforderte, bis sie im Büro alles korrekt organisiert hatte. Audrey hat Henrietta noch gar nicht dafür gedankt, dass sie den Bürostuhl justiert, die Symbole auf dem Desktop umgruppiert, die umfangreiche Browser-Chronik gelöscht und die eingehenden E-Mails in vierzehn verschiedene Unterverzeichnisse sortiert hat.

Als Henrietta heute ins Büro kommt, ist Audrey schon im Mantel und auf dem Weg hinaus. »Ich muss zu einer Besprechung, es geht darum, dass wir eine Marke entwickeln«, sagt sie. »Wir planen Tassen, Anstecker, Aufkleber, Kugelschreiber, solche Sachen. Ich habe ein paar tolle Ideen für das Logo …« Audrey knöpft den Mantel zu. »Der Vormittag lief gut? Klappt alles so weit?«

Henrietta nickt.

»Ich habe Ihnen das neue Projekthandbuch hingelegt. Eigentlich hätte es schon in Ihrer Begrüßungsmappe sein sollen, aber es war nicht rechtzeitig fertig.«

Henrietta tritt an den Schreibtisch und sieht ein dickes Buch mit Spiralbindung und laminiertem Deckblatt. Ein schwungvoller Schriftzug mit den Worten *Leitfaden für das Projekt Lebensbuch* prangt über dem Clipart-Bild eines Bücherstapels. Audrey war fleißig.

»Bitte sehen Sie sich das an, insbesondere Kapitel drei über das Wahren der professionellen Distanz«, sagt Audrey. »Bei unserer Arbeit bekommen wir problematische Geschichten zu hören, die uns manchmal emotional beschäftigen oder unsere Neugier anstacheln. Denken Sie daran, dass die Rosendale-Ambulanz über ausgebildete Psychologen verfügt, sollten unsere Klienten das Bedürfnis verspüren, beunruhigende Ereignisse aus ihrer Vergangenheit zu besprechen.«

Henrietta spürt ein Zucken am linken Auge herannahen. Hat Audrey ihr nachspioniert? Oder ist Henrietta am letzten Samstag ein Fehler unterlaufen, und sie hat eine verräterische Spur ihrer Internetrecherche nach Kathleen Doyle hinterlassen? Doch Audrey wechselt bereits zum nächsten Thema, das kaum weniger besorgniserregend ist.

»... Dann schicke ich Ihnen nächste Woche die Themenliste«, sagt sie.

Henrietta ist bemüht, so auszusehen, als läge ihr eine vernünftige Antwort auf der Zunge. »Themenliste?«

»Für das Mitarbeitergespräch, Sie wissen schon. Wir haben darüber gesprochen, ich habe den Termin in den Kalender geschrieben. Da liegt er, neben dem Handbuch.« Mit diesen Worten rauscht Audrey mit einem letzten purpurroten Aufleuchten aus dem Zimmer.

Das Mitarbeitergespräch. Nein, diesen ausgesprochen unerfreulichen Termin hat Henrietta durchaus nicht vergessen. Sie wartet, bis das Klackern von Audreys Absätzen verhallt und das Klingeln der Aufzugtüren ertönt. Dann nimmt Henrietta das Handbuch in beide Hände und wägt sein Gewicht ab. Sie riskiert einen Blick hinein: Wie befürchtet sind die Blätter beidseitig mit kleiner Schrift bedruckt, und es beinhaltet kaum Illustrationen. Eine fett gedruckte Stelle fällt ihr ins Auge: »Eine Lebensgeschichte sollte nicht mehr als sieben Sitzungen beanspruchen. Acht, falls der Kunde ein langsamer Sprecher ist.«

Es ist eine weitere unliebsame Erinnerung daran, dass sie mit

Annie Doyles Lebensgeschichte beklagenswert im Verzug ist. Wenn sie jetzt auch noch anfängt, sich durch Audreys Leitfaden zu arbeiten, dann, so beschließt sie, verliert sie nur noch mehr Zeit. Nein, sie darf sich heute nicht verzetteln – es gibt weitaus Wichtigeres zu tun, als Audreys Anweisungen zu studieren.

Schon wieder hat sich jemand an der Sitzhöhe des Drehstuhls vergriffen, und so muss sie kostbare Zeit darauf verwenden, ihn wieder auf die richtige Höhe einzustellen. Sie überfliegt die Eingangspost, markiert die wichtigeren E-Mails und legt sie in den neu eingerichteten Unterordnern ab. Mehreren Leuten, die um Informationen bitten, schickt sie ein PDF ihrer Broschüre, zwei Familien benachrichtigt sie, wann ihr Buch ausgeliefert wird, und anschließend löscht sie ein paar recht unappetitliche Spam-Mails, deren angeblicher Absender ein Mann namens XXXL Larry ist.

Ihre nächste Aufgabe ist es, Mr Marshalls Sitzung von heute Vormittag zu verschriften. Bestürzt muss sie feststellen, dass die zweistündige Aufnahme zwar jede Menge fröhliches Geplauder enthält, aber überraschend wenig dabei ist, was sie seinem Buch hinzufügen kann. Ganz offensichtlich muss sie an ihrer Interviewmethode arbeiten.

Obwohl es nicht auf ihrer Aufgabenliste für den heutigen Tag steht, kann Henrietta nicht widerstehen und ruft Annie Doyles Datei auf. Nur um sich zu vergegenwärtigen, wie weit sie gekommen sind, sagt sie sich. Doch schwarz auf weiß auf dem Bildschirm lässt sich nicht übersehen, dass diese Lebensgeschichte in großen Schwierigkeiten steckt.

In der Dokumentenvorlage für die Lebensgeschichten gibt es voreingestellte Überschriften, angefangen bei den »Jugendjahren«, weiter zu »Familienleben«, »Persönliche Erfolge«, »Partnerschaft und Ehe« bis zum »Herbst des Lebens«. Bislang hat Henrietta sich bemüht, Annies ungeordnete Erinnerungen in dieses Format zu pressen, aber beim Durchblättern merkt sie, dass das Ganze ziemlich verstörend wirkt. Im Kapitel »Familienleben« springen ihr wahllos Sätze ins Auge: *Kath wurde nie wieder gesehen. Er warf alles in den Garten.* Unter »Partnerschaft und Ehe«: *Wenn du gehst, dann bist du für mich gestorben.* Und beim »Herbst des Lebens« blickt ihr nur eine lange, leere Seite entgegen.

Mit ziemlicher Sicherheit entspricht das hier nicht Audreys Erwartungen.

Das alles wird ihr gerade ein bisschen zu viel. Sehnsüchtig denkt Henrietta an den KitKat-Riegel in ihrem Rucksack und fragt sich, ob es zu früh für eine Pause ist. Stattdessen erlaubt sie sich, noch einmal auf dem Handy nachzusehen, und zu ihrer Überraschung findet sie nicht nur eine, sondern sogar zwei neue E-Mails im Eingangsordner. Die erste stammt von *Alles fürs Büro,* in der Jane sie netterweise über die neuesten Angebote von Druckerpatronen informiert. Die zweite ist von Sharon Sharpe.

Sie wirft einen Blick auf das Handbuch, das sicherlich voller nützlicher Ratschläge ist, wie sich professionelle Distanz wahren lässt und klare Grenzen gesetzt werden können. Henrietta glaubt fest an Regeln, aber manchmal muss man eher dem Geist einer Regel folgen. Sie klickt auf die E-Mail.

Liebe Henrietta,
es ist offensichtlich, dass Sie sich nicht mit einem Nein zufriedengeben werden. Vielleicht sollten Sie sich zur Kriminalberichterstatterin umschulen lassen, fraglos besitzen Sie die nötige Hartnäckigkeit. Ja, es stimmt, ich habe 1974 über den Fall berichtet, und um ehrlich zu sein, hat dieser Fall mich über die Jahre gedanklich immer wieder beschäftigt. Denn Sie haben recht, Henrietta, als Journalistin war es nicht meine Sternstunde. Ich hatte drei Tage zuvor meine Ausbildung bei der Kensington News & Post angefangen. Es war Weihnachten, und mein Chef tauchte im Pub unter und überließ mir die Berichterstattung der Strafsachen.
Der zuständige Beamte DCI Williams war kein angenehmer

Mensch. Er war vom alten Schlag und war es nicht gewohnt, dass eine dahergekommene Reporterin, noch dazu eine Frau, neugierige Fragen stellte. Von ihm erfuhr ich nichts als die bloßen Tatsachen, dann händigte er mir ein Foto des vermissten Mädchens aus und forderte mich auf, mich zu trollen und ihn nicht mehr zu behelligen.
Ich war durchaus darum bemüht, an mehr Informationen zu kommen, Henrietta. Ich fragte, wann die Polizei eine umfangreiche Suche starten würde, ich fragte nach Verdächtigen, ob es ähnliche Fälle gegeben habe und ob sich Zeugen gemeldet hätten. Doch immer wurde ich abgeblockt.
Nach meiner Zeit dort setzte ich die Ausbildung bei der überregionalen Presse in der Fleet Street fort, wo ich mir ein dickes Fell anschaffte und schnell lernte, wie man mit Furcht einflößenden Polizisten und chauvinistischen Chefs umgehen musste. Mittlerweile genieße ich meine Altersteilzeit in den Cotswolds. Ich hoffe, Sie und Annie Doyle finden, wonach Sie suchen.

Sie hatte Ms Sharpe unrecht getan, denkt Henrietta. Wenn sie den Rest ihrer beruflichen Laufbahn in der Fleet Street gearbeitet hat, dann ist es ihr gutes Recht, die späten Jahre damit zuzubringen, Zwerghühner zu hegen und beim Dorffest in der Jury für den größten Kürbis zu sitzen.
Sie riskiert eine letzte E-Mail.

Liebe Sharon, für Ihre Antwort bin ich Ihnen sehr dankbar. Eine letzte Frage noch: Wer waren die Verdächtigen, die von der Polizei befragt wurden? Ich mache mir Gedanken über einen Freund oder womöglich sogar den Geschäftsführer des Schuhladens.

Die Antwort kommt postwendend, und beim Lesen entfährt Henrietta ein Keuchen.

Nein, es gab nur einen ernsthaften Verdächtigen. Der Vater des Mädchens.

Henrietta geht an den Computer und überfliegt Annie Doyles Bericht. Sie hält an der Stelle inne, an der Annie davon redet, dass sie sich in der Nacht vom 21. Dezember aus dem Haus gestohlen und nach Kath gesucht hat. Und davon, dass ihre Mutter schon im Bett war, als sie nach Hause zurückkehrte, doch der Lichtstreifen unter der Wohnzimmertür anzeigte, dass ihr Vater noch auf war und voll Sorge auf seine Tochter wartete.

Ein Licht, das die ganze Nacht hindurch brennt, ist noch lange kein handfestes Alibi. Wenn Annie stundenlang draußen im Regen unterwegs war, wie konnte sie sich dann sicher sein, dass ihr Vater in dieser Zeit zu Hause war? Henrietta scrollt weiter, bis sie den Satz findet, nach dem sie gesucht hat. *Aidan Doyle tat sich nicht leicht damit zu verzeihen.*

KAPITEL 16

Henrietta

Es ist Mittwoch, Henriettas freier Tag, und sie hat fest vor, sich auf die bevorstehende Aufgabe zu konzentrieren, den Wocheneinkauf bei Poundland. Wenn sie einkaufen geht, legt Henrietta Wert darauf, das Haus pünktlich um zwölf zu verlassen, und noch ist es erst elf Uhr dreiundvierzig, also wartet sie, die Taschen ordentlich auf dem Schoß gefaltet, auf dem Sofa sitzend ab, dass die Minuten verstreichen. Sie freut sich auf die Symmetrie, wenn beide Zeiger der Armbanduhr auf der Zahl zwölf überlappen und an einem Mittwoch, der Mitte der Woche, die Mitte des Tages anzeigen.

Aus der über ihr liegenden Wohnung hört sie das Kratzen eines Stuhls. Die Frau von oben arbeitet von zu Hause aus, meist schweigend, abgesehen von gelegentlichen einseitigen Telefonaten. Sie scheint die Radiodramen am Nachmittag zu mögen, und abends wird der Parkettboden hin und wieder energisch bearbeitet, was Henrietta anfänglich in Unruhe versetzte, bis ihr klar wurde, dass es sich um eine Trainings-DVD mit Davina handelte.

Henriettas Mutter würde sagen: »Gute Zäune machen gute Nachbarn.« Wobei der Lieblingsspruch ihrer Mutter lautet: »Je weniger man sagt, desto schneller heilen die Wunden.« Das ist so eine Art (unausgesprochenes) Familienmotto, aber Henrietta hat angefangen, an der Weisheit des Spruchs zu zweifeln. Nachdem sie mit Annies komplizierter Lebensgeschichte konfrontiert wurde, fällt es ihr zunehmend schwer, ihre eigenen problematischen, wässrigen Erinnerungen so erfolgreich auszublenden wie zuvor. Zu ihrer Arbeit gehört zwar, die offenen Fragen im Leben anderer Menschen aus dem Weg zu räumen und ihrem Leben eine ordentlich gebundene Form zu geben, bevor sie sterben, doch Henrietta ist sich mehr denn je dessen bewusst, dass auch sie selbst ein paar unbewältigte Angelegenheiten hat.

Wie dem auch sei, es ist elf Uhr neunundfünfzig, also gleich an der Zeit, aufzubrechen. Sie versteckt etwas von Daves streng riechendem Leber-Trockenfutter zwischen den Sofakissen, um ihn bei Laune zu halten, während sie fort ist, und steckt die Einkaufsliste in die Tasche ihres Dufflecoats. Sie hat immer eine Einkaufsliste dabei – jede Woche dieselbe –, damit sie ihre Einkäufe schnell und effizient erledigen kann. Ihr fällt auf, dass die Liste an den Rändern mittlerweile ein wenig zerfleddert ist, und kurz spielt sie mit dem Gedanken, Audrey zu fragen, ob sie ihr die Benutzung des projekteigenen Laminiergeräts erlaubt.

Sachte zieht sie die Wohnungstür hinter sich zu und tritt ins Treppenhaus. Ein besorgniserregendes Geräusch lässt sie erstarren. Die Tür der Frau von oben fällt zu, darauf ertönen leichte, schnelle Schritte. Selbst wenn sie sich sehr beeilt, wird Henrietta nicht rechtzeitig aus der Tür sein. Irgendeine Form der Interaktion wird unvermeidlich sein. Sie umklammert die Einkaufstaschen und presst sich an die Wand.

»Hallo«, sagt die Frau von oben und lächelt breit. »Gehen Sie aus?«

Oje, noch jemand, der sich nicht verkneifen kann, das Offensichtliche zu konstatieren. Die Frau von oben trägt Joggingbekleidung und tippt auf einer glänzenden Armbanduhr herum, die eine Reihe schriller Pieptöne von sich gibt. Dann rollt sie die Schultern mal in die eine, dann in die andere Richtung. »Ich gehe nur kurz laufen«, fügt sie unnötigerweise hinzu. »Damit die guten alten Endorphine in Schwung kommen.«

Die beiden Frauen stehen einander gegenüber, und die Diele ist nicht breit. Alles an dieser Frau ist so verwirrend sauber und gesund, dass Henrietta sie kaum anzusehen vermag. Sie ist ihr so nah, dass sie das würzige Deodorant ihrer Nachbarin riechen kann, und prompt fangen ihre eigenen Achselhöhlen an, unangenehm zu jucken. Beschämt wird sich Henrietta ihrer ungewaschenen Haare, des abgetragenen Dufflecoats und der vernünftigen Schuhe bewusst.

Sie macht ein paar kleine Schritte Richtung Haustür und öffnet den Riegel mit einer Hand, während sie verzweifelt überlegt, was sie sagen kann. Trotz jahrelanger intensiver Beobachtung ihrer Mitmenschen ist Henrietta völlig verloren, wenn es um Small Talk geht. »Dann mache ich mich mal auf den Weg. Zeit für den Wocheneinkauf«, probiert sie. Etwas Besseres bringt sie nicht fertig? Sie hatte fröhlich klingen wollen, doch es kam schroff heraus.

Aber die Frau von oben scheint das nicht zu kümmern. »Sehr gut«, sagt sie, gesellt sich zu Henrietta auf die Türschwelle und macht zum Aufwärmen noch ein paar Drehungen. »Ich wünschte, ich wäre besser organisiert. Ende der Woche muss ich mir dann immer was zu essen bestellen. Ich weiß schon, das ist schrecklich.«

»Das ist mir schon aufgefallen«, sagt Henrietta, die jeden Freitagabend das Tuckern des Mopeds vom Lieferdienst hört.

»Ha, ha, ertappt. Nun, war nett, mit Ihnen zu plaudern. Ich bin übrigens Melissa. Oder Mel. Wir sehen uns.« Sie hebt die Hand und joggt beschwingt davon.

Henrietta sieht ihrer Nachbarin hinterher und beobachtet, wie der glänzende Pferdeschwanz von einer Seite zur anderen schwingt. Melissa, wiederholt sie in Gedanken. Oder Mel. Die mich wiedersehen wird.

Vom Bus aus sieht sie auf die Hauptstraße hinunter. Ein vertrauter Anblick: der Zeitungsladen mit den verblichenen Zetteln im Schaufenster, auf denen Reinigungsdienste oder alte Möbel angeboten werden, die niemand haben will; das grellrote Reklameschild für Pizza Pizzazz, das rund um die Uhr offen zu sein scheint. Sie fragt sich, ob Melissa ihre Freitagabendlieferung von dort bekommt, und unwillkürlich hat sie ein Bild vor Augen, von ihr selbst und Melissa, die lachend eine extragroße Pizzaschachtel aufmachen. In Henriettas Vorstellung ist es eine Pizza Hawaii, aber dann fällt ihr ein, dass Melissa womöglich die vegetarische lieber wäre und dass sie damit gerne einverstanden wäre, denn auch auf der sind Mais und Ananas. Jetzt aber geht ihr Temperament mit ihr durch, und Henrietta schüttelt den Kopf über diese Dummheiten.

Als sie sich der üblichen Haltestelle vor dem Discounter nähern, steht Henrietta auf und drückt rechtzeitig auf die Haltewunschtaste. Doch in dem Moment, als der Bus in die Haltebucht vor dem Discounter fährt, geschieht etwas Merkwürdiges. Langsam setzt Henrietta sich wieder hin und sieht den anderen Leuten dabei zu, wie sie aus den Türen drängen. Der Bus fährt an, und sie sitzt noch da, auf dem Oberdeck eines Busses der Linie 2, der auf dem Weg ins Londoner Stadtzentrum ist. Sie denkt nicht mehr an ihre Einkäufe, noch nicht einmal an Melissa. Sie denkt an Annie Doyle und die samstäglichen Sitzungen, die nie lang genug sind, um all die Fragen von Henrietta zu beantworten. In ihrem Kopf entsteht ein neuer Plan.

Es fühlt sich gefährlich und auch aufregend an, aus der gewohnten Routine auszubrechen. Abgesehen vom Arbeitsweg – eine unkomplizierte Fahrt, die sie noch vor der Stellenbewerbung ausarbeitete –, wagt sie sich nur ungern über die Grenzen ihres Südlondoner Bezirks hinaus. Während der Bus nun weiter Richtung Norden fährt, blickt Henrietta durch das beschlagene Fenster auf die Menschenknäuel und -ströme, die in weniger vertraute Geschäfte hinein- und wieder hinausdrängen. Auf den meisten Mienen liegt unerbittliche Entschlossenheit, die darauf hindeutet, dass jetzt, in der letzten Novemberwoche, die Weihnachtseinkäufe ernstlich in Angriff genommen werden.

In Brixton passieren sie ein hell erleuchtetes Geschäft, das Unmengen an funkelndem Geschenkpapier, aufblasbare Weihnachtsmänner und überdimensionierte Grußkarten verkauft. Aus dem Laden schallt Musik – *Walking in a Winter Wonderland* –, eine Melodie, die eine unerwartet erbauliche Wirkung auf Henrietta hat. Mit dem Fuß klopft sie den Takt, was mehr Anstrengung erfordert als gedacht, weil sie ihre Lieblingswanderstiefel von Millet trägt.

Es ist wahr, dieses impulsive Verhalten fällt aus dem Rahmen, aber immerhin handelt es sich hier um außergewöhnliche Umstände, sagt sie sich. Mag sein, dass sie Audreys Projektleitfaden nicht von vorn bis hinten durchgearbeitet hat, aber Henrietta hat das sichere Gefühl, beweisen zu können, dass sie die beste Mitarbeiterin ist, die das Projekt jemals hatte: eine, die bereit ist, weit über die Pflicht hinauszugehen. In ebendiesem Moment erfordert ein Ereignis in ihrem ersten Buch zusätzliche Hintergrundrecherchen. Feldforschung, sozusagen.

Der Stau zieht sich quälend langsam hin, also hat sie unterwegs ausgiebig Gelegenheit, sich die Sache anders zu überlegen.

Falls aber nicht, dann bringt sie dieser Bus bis zum Bahnhof London Victoria, von wo aus sie den Bus 52 nehmen kann. Und selbst dann kann sie jederzeit auf die Haltewunschtaste drücken und an der nächsten Haltestelle aussteigen. Für den Fall aber, dass sie diesen nächsten Bus besteigt, wird er sie laut Nahverkehrs-App rund um Hyde Park Corner durch Knightsbridge und Notting Hill Gate und schließlich bis Ladbroke Grove führen, wo er den Grand Union Canal überquert. Unter ebendieser Brücke wurde Ende Dezember 1974 ein Kleiderbündel gefunden, die letzte dokumentierte Spur von Kathleen Doyle.

Neunzig Minuten später steht Henrietta am Kanalufer und späht in das grüne Wasserlinsengeflecht auf der Oberfläche. Seit sie die Artikel in der *Kensington News & Post* gelesen hat, hat sie sich diesen Ort vorzustellen versucht, doch vor ihrem geistigen Auge war er immer weit dunkler und einsamer. Zugegebenermaßen hat sich diese Gegend sicher gewaltig verändert, seit Kath Doyle hier stand und seit Annie ihre nachmittäglichen Spaziergänge am Treidelpfad entlang machte und vergeblich nach Lebenszeichen oder Todesbeweisen Ausschau hielt. Heute, an diesem Mittwochnachmittag Ende November, wirkt diese Wasserstraße weder besonders bedeutsam noch unheilvoll.

Ein beständiger Strom von Menschen zieht an ihr vorüber: Radfahrer, Jogger, eine Horde Schulmädchen und ein älterer Mann mit einem steifbeinigen Hund. Sie alle widmen sich ihren Alltagsgeschäften. Henrietta geht zu einer Stelle, an der ein paar Kanalboote festgemacht sind, einige davon alt und schäbig und zwei, die mit glänzend roter Farbe und karierten Vorhängen aufgehübscht wurden. Bei einem sorgt ein winziger Christbaum mit blinkenden Lichtern auf dem Deck für weihnachtliche Stimmung. Sie fragt sich, ob auch 1974 schon Boote hier anlegten. Falls ja, war Kath von jemandem gesehen worden? Vielleicht hätte man erfahren können, ob sie allein oder mit einer anderen Person hier war, oder sogar, ob ihr jemand hierher gefolgt war.

Am anderen Ufer steht ein Wohnblock, der vermutlich erst

in den letzten zwanzig Jahren erbaut wurde. Es wäre interessant zu wissen, ob an dieser Stelle auch früher schon ein Haus stand, wobei die Chance relativ gering sein dürfte, jemanden zu finden, der dort im Jahr 1974 in einer Regennacht aus dem Fenster gesehen hat.

Unter den Eisenträgern und schweren Bolzen der Brücke ist es dunkel und feucht, und das Echo ihrer Schritte ist hier weitaus unheimlicher. Die Wände sind mit nicht entzifferbaren Wörtern besprüht, und das Skelett eines weggeworfenen Fahrrads liegt am Boden, ohne Reifen und Sattel, für niemanden mehr brauchbar. Ist das die Stelle, an der Kaths Kleider gefunden wurden?

Heute ist es klirrend kalt, und die Sonne scheint, doch in einer Regennacht Ende Dezember muss es sich hier ganz anders angefühlt haben. Henrietta kann sich vorstellen, wie kalt das dunkle Kanalwasser in einer solchen Nacht gewesen sein muss, wenn man hineinfiel, ausrutschte – oder hineingestoßen wurde.

Sie geht ein Stück weiter. Wind kommt auf und weht einen Pizzakarton auf die Wasseroberfläche. Hinter dem Karton bemerkt Henrietta ein paar Ziffern an der Kanalmauer. Der grüne Wasserspiegel liegt knapp unter der Zahl Vier. Nachdem sie für diese Exkursion nur unzureichend ausgerüstet ist, hat sie zwar einen Stift, aber abgesehen von ihrer Einkaufsliste kein Papier bei sich. Es ist schade darum, aber Henrietta hat keine Wahl, also schreibt sie in sehr kleiner Schrift »Tiefe 4 m« an den unteren Rand. Sie steckt die Liste wieder ein und geht zurück zur Straße, um eine der beiden Buslinien nach Hause zu nehmen – die leeren Einkaufstaschen immer noch am Arm.

* * *

Dave, der nicht zu überschwänglichen Begrüßungen neigt, macht ein Auge auf, als Henrietta zur Tür hereinkommt, und schließt es wieder. Ein herzlicher Empfang wäre nett gewesen nach dieser langen und abenteuerlichen Reise durch ganz London. Sie hat ihre Komfortzone verlassen, und wenngleich es nicht ganz einfach war (nicht umsonst nennt man es Komfortzone), ist sie doch wohlbehalten zurückgekehrt. Außerdem, das hat sie sich auf der beschwerlichen Fahrt immer wieder in Erinnerung gerufen, ist eine gründliche Recherche von wesentlicher Bedeutung. Editorische Sorgfalt ist nicht verhandelbar.

Nachdem sie es nicht zu Poundland geschafft hat, teilen sich Dave und Henrietta zum Abendessen eine einfache Thunfisch-Mahlzeit aus der Dose, und anschließend holt Henrietta ihren altertümlichen Laptop. Es haben sich ein paar neue Hinweise ergeben, denen sie nachgehen muss. Während die Kohleattrappen der Gasheizung sich aufwärmen und einen nicht unangenehmen Geruch nach angesengtem Staub und altem Hund im Wohnzimmer verbreiten, findet Henrietta ohne Mühe, wonach sie gesucht hat.

Eine heimatkundliche Website schreibt, dass der Wohnblock, den Henrietta am Kanalufer gesehen hat, in den 1980ern auf dem Grundstück eines heruntergekommenen Pubs namens The Admiral errichtet wurde. Im Jahr 1974 überblickte also ein Pub und kein Wohnhaus jenen Ort, an dem Kath Doyle ein Kleiderbündel zurückließ und ins Wasser ging, ob aus freien Stücken oder nicht.

Als Nächstes wendet sich Henrietta offizielleren Informationsquellen zu: einer Untersuchung des Amts für Gesundheitsschutz und Sicherheit über die durchschnittliche Dauer, die man in offenen Gewässern überleben kann, und die Homepage der Kanal- und Flussaufsicht, die dankenswerterweise die unterschiedlichen Tiefen sämtlicher Wasserstraßen im Inland auflistet. Die Information dürfte unerlässlich sein, um sicherzustellen, dass die Kanalboote nicht auf dem Trockenen stranden. Henrietta erfährt, dass manche Kanäle ganze elf Fuß tief sind, städtische Passagen hingegen weniger einfach zu navigieren und viel seichter sind. Der Flussarm des Grand Union Canal, an dem sie heute entlanggegangen ist, ist selten tiefer als vier Fuß zehn.

Sie klappt den Laptop zu. Wie konnte sie nur so dumm sein? Die Zahlen an der Kanalmauer bemaßen die Wassertiefe in Fuß, nicht in Metern. Vier Fuß zehn, das entspricht einem Meter fünfundzwanzig. Und das bedeutet, dass ein durchschnittlicher Erwachsener außergewöhnlich großes Pech haben musste, um in diesem Abschnitt des Kanals zu ertrinken.

Henrietta zufolge gibt es vier Möglichkeiten, weshalb Kathleen Doyle ihre Kleider am Treidelpfad ablegte, sich in das relativ seichte Wasser begab und nie wieder herauskam. Nummer eins: Sie war betrunken, fiel hinein und ertrank aus Versehen. Nummer zwei: Sie war betrunken, sprang aus Jux hinein – Henrietta ist sich bewusst, dass derartiger Unfug in der Weihnachtszeit nicht so ungewöhnlich ist – und ertrank unbeabsichtigt. Nummer drei: Wie von DCI Williams damals leichtfertig unterstellt, hatte Kathleen sich auf irgendeine Weise mit einem Gewicht beschwert und sich das Leben genommen. Möglichkeit Nummer vier aber, dass Kath von einer oder mehreren Personen unter Wasser gedrückt wurde, erscheint in Anbetracht der Wassertiefe zunehmend wahrscheinlicher.

Natürlich gibt es auch die Möglichkeit Nummer fünf, die besagt, dass Kath sich niemals nasse Füße holte, sondern ihre Kleider als Ablenkungsmanöver ablegte und in der Dunkelheit verschwand. Vielleicht wollte sie ihrem Vater entkommen, oder sie hatte einen heimlichen Freund, von dem Annie nichts wusste.

Henrietta fällt eine Bemerkung ein, die Annie in der allerersten Sitzung gemacht hat: *Manche Leute hielten uns für Zwillinge, weil wir oft dieselben Kleider trugen.* Wer sagt, dass Kath den ordentlichen Kleiderstapel am Treidelpfad zurückließ? Genauso gut hätte Annie eine falsche Fährte legen können, als sie in der Nacht aus dem Haus schlich und sich vermeintlich auf die Suche nach ihrer Schwester machte. Hält Annie womöglich genau das zurück: dass sie mehr über die Ereignisse des 21. Dezember 1974 weiß, als sie zugibt? Vielleicht steckten die Schwestern von Anfang an unter einer Decke, und Kath lebt gesund und munter in einem Beamtenhäuschen in Milton Keynes und schickt Annie jedes Jahr eine Weihnachtskarte.

Aber dann denkt Henrietta daran, wie unendlich verloren und einsam Annie am letzten Samstag wirkte und was sie bislang erzählt hat. Tatsache ist, dass der Verlust der Schwester den Lauf, den Annies Leben nahm, grundlegend veränderte, sie zu einer überstürzten Heirat veranlasste, womit sie den Kontakt zu ihrer Familie verlor. Nein, dieses Szenario ist völlig undenkbar. Hätte Annie ihrer Schwester geholfen, in ein neues Leben zu entschwinden, dann würde Henrietta mit Sicherheit einer glücklicheren Lebensgeschichte lauschen.

Als sie sich die unterschiedlichen Möglichkeiten ausmalt, wie Kath im Wasser landete, hat sie eine Vielzahl von Szenarien vor Augen. Beinahe kann sie sehen, wie Kath keucht, als das kalte Wasser sie plötzlich umfängt. Sie stellt sich vor, wie sie versuchte, sich an der glitschigen Mauer festzuklammern, und wie der Schlick selbst im seichten Wasser überraschend tief und schwer an ihr zog. Vielleicht wollte sie sich an den Wasserpflanzen festhalten, aber die glitschigen, schleimigen Dinger entglitten ihren Händen. An diesem Punkt musste die Panik sie endgültig erfasst haben.

Es fällt Henrietta viel zu leicht, sich all das auszumalen, weil sie über Jahre hinweg darüber nachgedacht hat, was dem kleinen Jungen namens Christopher vor langer Zeit an jenem Strand in Masura, Papua-Neuguinea zugestoßen ist. Sie erinnert sich daran, wie das Wasser in Rinnsalen an seinem Körper herabrann und die ausgeleierten Shorts an seinen dünnen Beinen klebten. Die Strandkiesel waren so heiß, dass die dunkle Meerwasserspur fast augenblicklich verdunstete. Der Schwimmreifen blieb im Wasser und trieb hinaus auf See, ein grelloranger Punkt im Blau, der immer kleiner wurde, bis er gänzlich verschwand.

Bis Samstag sind es noch drei Tage, aber für Annies nächste Sitzung will Henrietta besser vorbereitet und organisiert sein, um die Zeit möglichst effektiv zu nutzen. Sie wird eine Reihe von Fragen parat haben und sich diesmal nicht von Geschichten über Kleider, Abende neben der Jukebox und verbrannte Schulbücher ablenken lassen. Henrietta muss alles, woran Annie sich aus jener Nacht erinnert, und alles über ihren Vater wissen. Denn sie hat den schrecklichen Verdacht, dass Aidan Doyle, der so streng zu seinen Töchtern war und zu Wutanfällen neigte, die Wahrheit über Kaths Tod mit ins Grab genommen hat.

KAPITEL 17

Annie

Heute ist Freitag, und Annie macht sich fertig für ihren wöchentlichen Ausflug zum Secondhand-Stand in der Portobello Road. Sie hat schlecht geschlafen, die Innenseiten ihrer Augenlider sind rau und trocken, aber sie ist fest entschlossen, die Anstrengung auf sich zu nehmen. Sie hat sich für eines ihrer Lieblingskleider entschieden – ein wunderschönes tiefblaues Teil von Jean Muir mit winzigen stoffüberzogenen Knöpfen und ausladenden Ärmeln, die am Bündchen zusammengefasst sind. Es ist wunderbar bequem, sobald sie die Fummelei mit den Knöpfen hinter sich gebracht hat.

Von dem Augenblick an, als sie es zum ersten Mal sah, liebte Annie dieses Kleid. Sie stellt sich vor, dass die ehemalige Besitzerin ungeheuer mondän war und in den späten Siebzigern auf den Cocktailpartys in Kensington herumstolzierte, während Annie fünf Meilen weiter eine Schürze trug und Schweinekoteletts für einen Mann briet, vor dem sie Angst hatte, und Kindern, die noch nicht einmal ihre eigenen waren, die Nasen und den Po abputzte.

Heute Vormittag aber fühlt sich noch nicht einmal ihr Lieblingskleid richtig an, und prompt malt sie sich aus, wie Kath darin ausgesehen hätte. Ihre Schwester ist schon so lange fort, doch Annie tut es jedes Mal wieder, wenn sie sich etwas Neues kauft. Es ist wohl eine lebenslange Gewohnheit – die zwei Mädchen einander gegenüberzustellen und zu vergleichen. Denn die Wahrheit ist, dass die Doyle-Mädchen sich zwar von Weitem ähnlich sahen, aus der Nähe die Unterschiede allerdings schnell auszumachen waren. Es war, als sei Annie der Probelauf gewesen; als Kath elf Monate später auftauchte, war alles verfeinert und perfektioniert worden. Ihre Nase war eine Spur kleiner, das Kinn weniger kantig, und die Augen hatten ein hübscheres Braun.

Hör auf, ermahnt sie sich und konzentriert sich auf die letzten winzigen Knöpfe. Wenn ihre Hände nur nicht so zittern würden. Sie muss sich sputen, wenn sie es rechtzeitig für die Schnäppchen zum Markt schaffen will.

Der Freitagsmarkt an der Portobello Road war eine Offenbarung, als Annie vor zwei Jahren zurück in dieses Stadtviertel zog, nachdem sie Terry los und endlich frei war. Sie durchstöbert gern die Kleiderständer der Secondhand-Händler, streicht mit den Händen über die Vintage-Kleider oder knappen Oberteile und stellt sich vor, was sie getragen hätte, wenn das Schicksal anders verlaufen wäre. Heute aber ist die Auswahl an ihren Lieblingsständen mager. Selbst Chantal, die nette Händlerin in der Nähe der Straßenüberführung, die für Annie oft Kleider zur Seite legt, hat heute nichts Interessantes. »Jetzt geht die Feiersaison los, Annie«, erklärt sie. »Kaum hänge ich etwas auf, ist es schon weg. Und die zucken nicht mal mit der Wimper, wenn ich den Preis nenne.«

Annie mag Chantals Vierzigerjahre-Hochsteckfrisur, den roten Lippenstift und die wollene Wickeljacke mit den großen Knöpfen. Im Sommer trägt sie Kleider mit Abnähern, die am Oberkörper eng anliegen und wie angegossen sitzen. Es ist jammerschade, dass Annie im nächsten Sommer nicht mehr da sein wird, um Chantal in ihren Kleidern zu bewundern.

Nachdem Annie ein Leben lang die sterbenslangweiligen Kleider getragen hatte, die Terry für angemessen hielt, hat sie eine Menge Sachen bei Chantal gekauft – und dabei galt die Devise, je weniger angemessen, desto besser. Funkelnde Paillettenoberteile, Röcke mit Fransen und Rüschen, eine silbergrüne Kunstpelzjacke, mit der man sich wie in einer Umarmung fühlte. Manchmal stieg sie in den 23er-Bus zur Oxford Street und kaufte sich ein kesses Jäckchen oder etwas, das sich Mom-Jeans nannte, und eine komplette Garnitur neuer Unterwäsche in einem Geschäft namens New Look, die ihr angebracht erschien.

Nicht alle Anschaffungen waren ein Erfolg. Ein goldenes Glitzerhemd mit Kragen erwies sich als unerträglich kratzig, und sie hörte auf, das gestreifte bretonische Oberteil zu tragen, als sie feststellte, dass es so eine Art Uniform unter den Müttern war, die zu Schulbeginn und zur Abholzeit in SUVs durch die Straßen kurvten. Die »Mom-Jeans« zwickte in der Taille, also ersetzte sie die durch eine feste Leinenhose, die Chantal als »Arbeitskleidung mit französischem Chic« bezeichnete.

Derart schamlose Extravaganz war in Kaths und ihrer Jugend undenkbar gewesen. Auf Kleidung musste man sparen, es sei denn, ihre Mutter nähte ihnen identische Trägerkleidchen mit der Nähmaschine. Schon damals war der Unterschied zwischen den Mädchen unübersehbar. »Annie gibt sich alle Mühe, aber sie kann Kath einfach nicht das Wasser reichen«, hatte sie Mum einmal zu Auntie Rita sagen hören. Das hatte man wohl davon, wenn man an geschlossenen Türen lauschte.

Natürlich fiel nicht nur den Eltern auf, dass Kath ihre Schwester in den Schatten stellte. Die Jungs, Lehrer, Mütter von Freundinnen, sogar Schwester McGhee im Jugendklub – sie alle verfielen Kath mit ihrem strahlenderen Lächeln und dem unbeschwerten Lachen. Mit fünfzehn hatte Kath ihr hell klingendes Lachen vervollkommnet, das alle liebten, nur Annie ging es furchtbar auf die Nerven, weil sie es tausendmal gehört hatte.

Aber Annie fand ihre eigene Methode, damit umzugehen, wenn sie und Kath allein im Zimmer waren. Sie weiß nicht genau, wann es losging mit den Raufereien, aber der Narbe zufolge musste es irgendwann in der Grundschulzeit gewesen sein. Damals war Annie etwas zu weit gegangen.

Sie hatte es nicht vorgehabt, doch als sie spürte, wie ihre Fingernägel in die Haut zwickten, konnte sie nicht widerstehen, noch ein bisschen fester zuzukneifen, nur um zu sehen, was passieren würde. Sie wollte auch wissen, ob Kath den Schweigekodex brechen und aufschreien würde. Aber sie blieb ganz still. Unter Annies Fingernägeln quoll Blut hervor, und Kath presste weiter die Lippen fest aufeinander. Nichts außer ihr hastiges, heißes Atmen war zu hören, während sie die Köpfe im Kampf aneinanderdrückten. Danach hatten sie gemeinsam auf dem Bett gesessen und sich überlegt, wie sie Kaths Haar über die Stirn kämmen mussten, damit man die Wunde nicht sah.

Die heimlichen Rangeleien begannen immer mit einem hinterhältigen Schubs. Es folgten gegenseitiges Triezen und ein Hin und Her, bis eine von beiden zuschlug; dann ging es richtig los, ein geräuschloses, erbittertes Gerangel, das am Boden endete. Annie zwickte am liebsten, Kath riss gern büschelweise Haare aus. Annie verdrehte ihrer Schwester den Arm, bis er brannte, und Kath biss an Stellen zu, die man nicht sehen konnte. Ein Schlag oder ein Kneifen ins Ohr, bis eine von beiden flüsterte: »Du hast gewonnen.«

Die Kämpfe gingen in absoluter Stille vonstatten. Niemand durfte sie hören, am wenigsten ihr Vater, der an die Decke gegangen wäre, wenn er davon erfahren hätte. Er sah es als sein gutes Recht an, gegen die Frauen in seinem Haushalt die Hand zu erheben, aber ihnen war bewusst, dass ihre Scharmützel auf verquere Weise sein Gefühl für Anstand verletzt hätten. Doch er bekam nie etwas davon mit. Beinahe beschwingt bürsteten sie sich nach jedem Kampf das Haar, strichen einander die Kleider glatt und tippelten rechtzeitig zum Abendessen in weißen Söckchen nach unten.

Ja, es war nicht immer leicht, eine Schwester wie Kath zu haben. Aber dann war Kath für immer fort, und ohne die Schwester wurde Annies Leben um so vieles schrecklicher, und schon bald wurde ihr klar, dass nicht Kath, sondern sie selbst all die Jahre das Problem gewesen war.

Die Strafe für die Jahre voller Eifersucht war ihre Ehe mit Terry. Nach ein paar Jahren mit ihm blickte sie beinahe mit Zärtlichkeit auf die geschwisterlichen Rangeleien zurück. Sie waren nichts als Kindereien gewesen. Im Vergleich zu Terry waren Kath, Annie und selbst ihr Vater in puncto Grausamkeit reine Amateure gewesen.

Annie ist fast zu Hause, aber der Weg scheint heute länger zu dauern als gewöhnlich. Das Sodbrennen ist wieder da. So hatte ihre Krankheit begonnen, wie eine schreckliche Magenverstimmung, ein Brennen, das niemals nachließ, egal, ob sie sich hinlegte, aufsetzte oder die ganze Nacht auf und ab ging. Sie kramt in der Tasche und holt einen Blister mit Rennie-Tabletten heraus. Sie hat jetzt immer mehrere Packungen vorrätig, die überall in der Wohnung verteilt sind, in ihrer Handtasche und in allen Mantel- und Jackentaschen, damit sie immer schnell eine Pille parat hat. Es gab Zeiten, da haben sie ihr geholfen, aber inzwischen tun sie das weniger.

Morgen, wenn sie Henrietta trifft, muss sie darüber reden, wie sich ihr Leben veränderte, nachdem sie Kath verloren hatte. Als Terry herabschoss wie eine Krähe, die ein totgefahrenes Tier ausgemacht hatte, Annies Überreste aufkratzte und in die Vorstadt schaffte. Nach einigen Jahren im Chaucer Drive hatte Annie jedes Gefühl für sich selbst verloren, sie war ein stiller Schatten, der ohne jede Empfindung von einem aufgeräumten

Zimmer ins nächste glitt. Es waren ihre leeren Jahre. Teilweise rührte die Taubheit von den Tabletten her, die ihr der Arzt verschrieb, hauptsächlich aber ging sie auf Terry zurück.

Als Kath so jung starb, sagten alle: »Was für eine Tragödie.« Aber was war mit Annie? Annie lebte weiter, atmete, zog sich morgens die Schuhe an, ging zur Arbeit, kochte und putzte. Doch das war kein Leben, das war bloß Vegetieren, das Abhaken von Tagen und Jahren. Zählt das nicht auch als Tragödie? Es ist typisch, denkt Annie, dass es Kath sogar im Tod noch gelang, alles Mitgefühl abzubekommen.

In unerwarteten Momenten der vergangenen Woche, wenn sie aus dem Küchenfenster sah und beim Radiohören darauf wartete, dass die Dämmerung hereinbrach, malte sich Annie aus, all das Henrietta zu erzählen. Jemand in ihrer Lage sollte sich nicht wünschen, dass die Zeit schneller vergeht, aber sie freut sich auf Samstag. Tatsächlich verschwendet sie so viele Gedanken an Henrietta, dass sie sich am Mittwoch sogar einbildete, ihr fahles Mondgesicht vom Oberdeck eines 52er-Busses herausstarren zu sehen, aber sicher hat ihr das Gehirn einen Streich gespielt.

Zu Hause legt Annie den Mantel ab und fängt an, das Kleid aufzuknöpfen, und dabei fällt ihr auf, dass das Kleid sie komischerweise überleben wird. Sie sollte jemandem davon erzählen, damit es nicht einfach im Müll landet. Und dieses Teil von Ossie Clark, das sie sich zum Geburtstag geleistet hat, dürfte auch ein paar Schillinge wert sein. Ja, auch davon muss sie Henrietta erzählen: von den Secondhand-Kleidern, warum sie sie so liebt und dass sie aus dem bisschen Zeit, das ihr bleibt, so viel Spaß rausholen will wie möglich. Sie will Henrietta außerdem sagen, dass es auch für sie höchste Zeit ist, damit anzufangen, weil man im Leben keine zweite Chance bekommt.

KAPITEL 18

Henrietta

Heute werden sie nicht mit Teetassen und Bakewell-Törtchen herumhantieren. Sie haben sechzig Minuten, die zwangsläufig eher auf fünfundfünfzig Minuten hinauslaufen, bis Annie sich hingesetzt hat, und Henrietta ist fest entschlossen, die Zeit optimal zu nutzen.

Mit großer Sorgfalt hat sie gestern Abend einen Fragenkatalog getippt und jede Frage mit einem Aufzählungspunkt versehen. Das Blatt liegt vor ihr auf dem Tisch, und sie wirft einen letzten Blick darauf, um den nötigen Mut zu sammeln.

Fragen an Annie Doyle:

1. Zeugen?
2. Bspw. im Admiral Pub?
3. Verdächtiger – Mr Doyle?
4. Kaths Männerfreundschaft(en)?
5. Wie lange im Wasser? (vgl. Tabelle)
6. Warum Kleider abgelegt?

Endlich ist Annie eingetroffen, doch ärgerlicherweise bewegt sie sich noch langsamer voran als sonst. Es macht die Sache nicht leichter, dass sie ausgesprochen unpraktische Stiefel mit zahlreichen Schnallen und baumelnden Riemen trägt und dazu einen silbrigen Kunstpelz, der sie aussehen lässt wie ein angetauter Schneemann. Henrietta beobachtet, wie Annie sich abmüht, den Arm aus dem Ärmel zu ziehen, und dabei stecken bleibt, sodass sie mit halb ausgezogenem Mantel an Henriettas Tisch steht.

»Entschuldigen Sie, meine Liebe, können Sie mir helfen?

Um ehrlich zu sein, ist er mir ein bisschen zu klein, aber ich konnte einfach nicht widerstehen. Der Mantel ist so wunderschön …«

Seufzend steht Henrietta auf und hält den Mantel an den Schultern fest, sodass Annie ihn abschütteln kann. Unter dem silbernen Flaum spürt sie Annies dünne Vogelknochen, die an unerwarteten Stellen spitz herausragen.

»So ist's besser.« Annie ist noch damit beschäftigt, den Mantel über der Stuhllehne zu arrangieren, und gibt Mia einen Wink und formt mit den Fingern ein »T«, als hätten sie alle Zeit der Welt. Aber Henrietta muss sehen, dass sie vorwärtskommen. Ungeduldig drückt sie die Kugelschreibermine heraus, überfliegt noch einmal ihre Liste und tippt auf den roten Punkt an der Aufnahme-App.

»Also, machen wir uns an die Arbeit. Annie Doyle, heute ist Samstag, der 27. November, und wir zeichnen Sitzung Nummer vier Ihrer Lebensgeschichte auf.«

Annie scheint die Dringlichkeit der anstehenden Aufgabe noch immer nicht bewusst zu sein. »Ich habe mir überlegt, dass ich heute über meine Ehejahre erzähle«, sagt sie. Henrietta fällt auf, dass Annie einen neuen Lippenstift trägt, ein kitschiges Achtzigerjahre-Pink, das überraschend gut mit ihrem grauen Haar harmoniert, aber sie darf ihren Auftrag nicht aus dem Blickfeld verlieren.

»Ich fürchte, es gibt da noch ein paar ungeklärte Fragen, bevor wir mit neuem Material weitermachen«, erwidert Henrietta schroff. »Diverse Details im Zusammenhang mit dem Tod Ihrer Schwester passen einfach nicht zusammen. Ich habe ein wenig Hintergrundrecherche betrieben, und für mich steht fest, dass ein Verbrechen dahintersteckt.«

Annies Gesicht fällt in sich zusammen, und aus ihren Wangen weicht alle Farbe. »Verbrechen?«

»Allerdings.« Henrietta blickt auf ihre Liste. »Zunächst einmal ist schwer zu glauben, dass es keinerlei Zeugen gab. Am Kanal war ein Pub, The Admiral, in dem am fraglichen Abend sicherlich reger Betrieb herrschte. Kannten Sie diese Gaststätte?«

Annie seufzt. »Nein, das Admiral gehörte nicht zu der Art Pub, in die wir gingen. Wie gesagt, wir waren brave Mädchen. Und nein, es haben sich keine Zeugen gemeldet.«

»Überhaupt keine?« Henrietta will absolut sichergehen.

»Stellen Sie sich das einmal vor, Hen. Es war der letzte Samstag vor Weihnachten, und es regnete. Kein Mensch hatte etwas anderes im Sinn, als die Einkäufe zu erledigen und danach was trinken zu gehen.«

Annie wird der Tee gebracht, und sie schaufelt Zucker hinein.

Es ist wichtig, dass Henrietta die nächste Frage mit Bedacht stellt, denn sie kennt die Antwort bereits, aber sie darf darüber nicht hinweggehen.

»Und die Verdächtigen? Gab es da jemand Bestimmten?«

Annie rührt im Tee. »Ach, das war nie ein Geheimnis.« Sie klopft den Löffel am Tassenrand ab. »Das war unser Vater. Aber lassen Sie sich davon nicht zu sehr beeindrucken, das war nichts als Schikane. Wie gesagt, die Polizei war auf Aidan Doyle nicht besonders gut zu sprechen, also bestellten sie ihn ein. Und vergeudeten Zeit, in der sie eigentlich nach Kath hätten suchen sollen.«

Henriettas Kugelschreiber schwebt über ihrem Blatt. Sie ist noch lange nicht bereit, Aidan Doyles Namen von der Liste zu streichen. »Wurde er ausführlich befragt?«, lässt sie nicht locker.

»So kann man es auch nennen. Sie haben ihn ordentlich in die Mangel genommen. Aber unser Dad war die ganze Nacht zu Hause. Sein einziges Verbrechen war, dass er Ire war.«

Henrietta schreibt das auf. Sie ahnt, dass sie fürs Erste die offensichtliche Schwachstelle in dieser Aussage nicht ansprechen sollte, nämlich, dass Annie selbst nicht die ganze Nacht zu Hause war. Und dass ihre Mutter Deidre Doyle, eine Frau, die vermutlich geübt darin war, zu sagen, was man ihr auftrug, ebenfalls keine zuverlässige Zeugin war. Henrietta inspiziert ihre Liste. »Wurde sonst noch jemand verhört?«

»Ja, schon. Aber da spielten dieselben antiirischen Vorurteile rein. Sie bestellten zwei Kumpel von meinem Dad ein, aber ließen sie bald wieder laufen. Sie hatten lückenlose Alibis.«

»Die Freunde Ihres Vaters also ...« Diese neue Information könnte von Bedeutung sein, womöglich sogar wesentlich, aber Annie macht eine wegwerfende Handbewegung, als sei ihr das alles lästig wie eine Fliege.

»Das war Blödsinn, nichts als Gerede«, sagt sie. »In den Wochen nach Kaths Verschwinden machten alle möglichen Gerüchte die Runde. Dass Kath eine Trinkerin war, dass sie sich umgebracht hatte. Der reinste Unsinn. Dass mein Vater aufbrausend war. Das stimmte zwar, aber niemals hätte er so etwas gemacht. Er vergötterte Kath, sie war sein Liebling. Irgendwann fingen die Leute an, über Dads Kumpel zu reden. Es hieß, er hätte sich Ärger mit ihnen eingehandelt, weil er seinen Pflichten nicht nachgekommen war.«

Henrietta schweigt, um Annie zum Weiterreden zu ermuntern.

»Mein Dad war Briefträger, wissen Sie, und manchmal fiel ihm auf, dass ein hübsches Haus leer stand, vielleicht weil die Familie im Urlaub war. Also erwähnte er das gegenüber seinen Kumpeln. Und falls die zwei zufällig mal nachts an dem Haus vorbeikamen, dann sahen sie es sich möglicherweise genauer an. Verstehen Sie mich?«

Henrietta versteht Annie sehr gut, und dieser Aidan Doyle gefällt ihr zunehmend weniger. Ihre Wertschätzung für Dave wächst, der die Angewohnheit hat, im Fenster zur Straße zu sitzen und unterschiedslos jeden anzubellen, der sich der Haustür nähert.

Annie fährt fort. »Offenbar hatte mein Vater aufgehört, diesen Typen Hinweise zu geben. Nicht etwa aus Nettigkeit, nein, sondern nur, weil seine Vorgesetzten Wind davon bekommen hatten. Es wurde also gemunkelt, dass diese Kumpel meinen Vater an seine Verpflichtungen erinnern wollten. Sie wussten, wo Kath arbeitete, und hätten ihr nach der Arbeit aufgelauert und sie zum Kanal geschafft, um ihr Angst einzujagen – als Botschaft an meinen Dad. Und dann wäre die Sache schiefgegangen.«

»Ist die Polizei der Spur nachgegangen?«

»Die Polizei hat gar nichts gemacht. Wie gesagt, die suchten noch nicht einmal die Gegend richtig ab, bis es zu spät war. Alles, was ihnen einfiel, war, meinen Vater und dann zwei seiner Kumpel zu verhören, aber die hatten Alibis. Dads Freunde waren den ganzen Abend bei einem Darts-Wettbewerb in Kilburn, und mein Vater war mit mir und Mum zu Hause.«

Wieder hat Henrietta das undeutliche Gefühl, dass jetzt nicht der richtige Moment ist, um diese Darstellung zu hinterfragen, denn Annie betrachtet das Blatt Papier, das auf dem Tisch liegt. Plötzlich streckt sie die Hand aus und schnappt es sich.

»Was soll das? *Wie lange im Wasser? Warum Kleider abgelegt?*« Monoton liest Annie die Worte vor, dann schlägt sie so heftig mit der Hand auf den Tisch, dass Henrietta zusammenzuckt.

»Meinen Sie nicht, dass ich mich genau das seit Jahren frage?« Ihre Stimme schwillt an, jetzt brüllt sie beinahe. Die Leute unterbrechen ihre Gespräche, und Mia blickt zu ihnen herüber und überlegt, ob sie einschreiten soll. »Immer wieder habe ich mir bis in jede Einzelheit vorgestellt, wie meine Schwester ertrunken ist. Und jetzt stolzieren Sie hier rein und tun so, als sei das so eine Art Detektivspiel. Als könnten Sie das Rätsel lösen und kriegen dann … was? Ein goldenes Abzeichen? Das ist kein Spiel. Es ist der Albtraum, mit dem ich leben muss, seit ich neunzehn war.«

Henrietta hat es wieder getan. Sie hat zum falschen Zeitpunkt das Falsche gesagt und Annie verletzt, diese zerbrechliche Frau, die nicht mehr lange zu leben hat und Henrietta schon so viele traurige Geheimnisse von sich erzählt hat. Sie hat sich verrannt und einen Menschen verletzt, der ihr vertraut hat.

Wieder sticht Annie mit dem Zeigefinger auf die Liste ein. »Was ist das für eine Tabelle? Sagt mir die, wie lange meine Schwester gelitten hat?«

»Ich habe sie im Internet gefunden«, sagt Henrietta. »Da wird abgeschätzt, wie lange ein Mensch im kalten Wasser überleben kann.« Das Klappern von Tellern und Tassen und das Fauchen der Kaffeemaschine haben wieder eingesetzt, aber Henrietta wünschte, die Geräusche wären lauter, damit sie ihre Worte übertönen.

»Und?«, blafft Annie.

»Das ist abhängig vom sogenannten Windchill-Effekt und von der Wassertemperatur. Liegt die Wassertemperatur bei fünf Grad, und es herrscht kein Wind, dann kann ein Mensch mit durchschnittlicher Statur fünfundvierzig Minuten überstehen. Mit einer leichten Brise wäre es weniger, womöglich unter einer halben Stunde.« Sie sollte aufhören zu reden. »In normaler Kleidung, also nicht im Neoprenanzug.« Schluss jetzt, Henrietta, ermahnt sie sich. In ihrem Kopf hatte es nicht so schlimm geklungen.

Schweigend sitzen sie da. Henrietta traut sich nicht, noch ein weiteres Wort zu sagen, und sieht zu, wie die Zahlen auf dem Handydisplay weiterticken. Im Nachhinein erkennt sie, dass ihre Fragen möglicherweise geschmacklos wirken. Sie kann Annie unmöglich von den weiteren Recherchen erzählen, oder dass sie vor gerade mal drei Tagen am Ufer des Grand Union Canal gestanden und ins dunkle Wasser gestarrt hat. Vielleicht sollte sie aufhören, Annie einem Kreuzverhör zu unterziehen, und sich ihre eigenen Motive genauer ansehen und überlegen, wessen Gewissen sie hier eigentlich besänftigen will. »Es tut mir sehr leid. Das war gefühllos von mir«, sagt sie.

Annie seufzt. »Um ehrlich zu sein, ist auch das nichts, worüber ich mir nicht selbst schon Gedanken gemacht habe. Was die anderen Fragen angeht: Ihr Freund war ein Niemand. Einer von Terrys Kollegen aus der Druckerei, ein fader Kerl. Brian Neville. Ein paar Jahre später hat er eine Frau aus der Buchhaltung geheiratet. Zwei Kinder. Aber es war eh nichts Ernstes, Kath war für was Ernstes nicht zu haben.«

»Haben Sie sich nie gefragt, ob sie noch einen anderen hatte? Von dem Sie nichts wussten?«

Jetzt macht Annie etwas, das Henrietta überrascht. Seelenruhig lächelt sie. »Das ist völlig ausgeschlossen«, meint sie. »Kath und ich haben einander alles erzählt. Wenn sie einen Freund gehabt hätte, auch nur einen Verehrer, dann hätte ich es gewusst. Wir hatten keine Geheimnisse voreinander.«

Noch einmal betrachtet sie Henriettas Fragenkatalog. »Was die Sache mit den Kleidern angeht und warum sie sie dort hingelegt hat: Auch ich habe mich gefragt, ob sie sie ausgezogen hat, um dann hineinzuspringen. Aber wie gesagt: Kath hätte mir das niemals angetan. Sie hätte mich nicht absichtlich alleingelassen.«

Annie beugt sich nach vorn, als sei ihr soeben ein Einfall gekommen. »Ich musste Dad begleiten, um die Kleider zu identifizieren. Wissen Sie, was man dort zu uns gesagt hat?«

Henrietta schüttelt den Kopf.

»Sie haben gesagt, dass die Kleider nicht notwendigerweise ein ›Hinweis auf ein Verbrechen‹ seien. Dann haben sie meinem Vater ins Gesicht gesagt, dass ›Kathleen Doyle vielleicht einfach Spaß daran hatte, sich auszuziehen‹. Sie haben gekichert wie Schuljungen.«

Henrietta denkt an Sharons Bemerkung über DCI Williams und die Einstellung der Polizei damals, und es fällt ihr nicht schwer, Annies Bericht Glauben zu schenken.

»Verstehen Sie, ich bin all diese Möglichkeiten durchgegangen. Eine Weile habe ich sogar gehofft, dass sie vielleicht doch überlebt hat und eines Tages überraschend hereinschneit und mich aus meiner Ehe rettet. An jedem Geburtstag, jede Weihnachten, habe ich auf sie gewartet, nur für den Fall. Aber sie ist nie gekommen.«

Sie blickt Henrietta direkt in die Augen. »Natürlich gab es schwierige Zeiten zwischen mir und Kath. Aber wenn Kath noch am Leben wäre, dann hätte sie es mich wissen lassen. Nie und nimmer hätte sie mich all die Jahre alleingelassen.«

Annie verschränkt die Arme. »Wenn Sie also fertig mit Ihren Detektivspielchen sind, Henrietta, dann gäbe es durchaus etwas, worüber ich reden wollte – meine Ehe«, sagt sie. »Wenn Sie mir zuhören, werden Sie verstehen, wie es dazu kam, dass ich nach meiner Heirat nicht in der Lage war, bei der Polizei aufzukreuzen und Antworten einzufordern.«

Vielleicht ist das eine Möglichkeit, die Sache wiedergutzumachen, denkt Henrietta. Sie schämt sich so sehr. Annie hat recht – das hier ist kein Detektivspiel. In erster Linie ist es Annies Lebensgeschichte, und die Zeit, sie zu erzählen, wird knapp.

»Selbstverständlich. Wir haben noch zwanzig Minuten.« Das Blatt mit den Fragen knüllt sie zu einem festen Ball. »Wie Sie bei der ersten Sitzung ganz richtig festgestellt haben: Es ist Ihre Geschichte.«

KAPITEL 19

Annie

Sie will, dass Henrietta zuhört, dass sie zuhört und daraus lernt. Dieses linkische Mädchen, das sich ständig vergaloppiert, ohne die Sache zu Ende zu denken – sie ist nervtötend, aber gleichzeitig wirkt sie so unschuldig. Sie klingt wie aus der Zeit gefallen, als habe man sie, ohne einen Blick in einen Sprachführer, geschweige denn in eine Modezeitschrift, im einundzwanzigsten Jahrhundert abgesetzt. Mit ihrer Spiegelstrichliste kommt sie so geschäftsmäßig daher, doch unter der Oberfläche hat sie etwas Weiches und fast unerträglich Verletzliches an sich. Sie ist genau der Typ, der von anderen ausgenutzt wird, genau wie Annie.

»Vielleicht haben Sie sich das ohnehin schon gedacht, Henrietta, aber mein Vater war der typische Schlägertyp, ein Kleingeist, der zu Hause mit Ohrfeigen, Tritten und Hieben regierte. Als Kath nicht mehr da war, wurde alles noch schlimmer. Ich hielt die Ehe für meine Chance, dort rauszukommen, aber mit Terry lernte ich eine völlig neue Dimension der Schikane kennen. Mein Dad war immerhin berechenbar – war er wütend, dann schlug er zu. Wenn man also merkte, dass sich Ärger zusammenbraute, dann verhielt man sich still und legte rechtzeitig die Arme über den Kopf. ›Nicht ins Gesicht, Aidan‹, sagte meine Mutter immer. Terry war schlauer. Anfangs hielt ich es für ein merkwürdiges Zeichen von Liebe und redete mir ein, dass er seine Gefühle eben nicht in Schach halten könnte. Jetzt aber ist mir klar, dass es nie um etwas anderes als Kontrolle ging.«

Annie bemerkt, dass sich Henriettas Miene verändert hat, auf jeden Fall hört sie zu, und das ist gut. Denn solche Dinge können sich in dein Leben schleichen, bis es dir fast schon egal ist.

»Wenn ich ein paar von den Sachen beschreibe, die er gemacht hat, dann klingt es zunächst gar nicht so schlimm. Bei jeder Mahlzeit langte er über den Tisch und streute Salz auf mein Essen. Das klingt ganz okay, oder? Sogar liebevoll. Aber es ging noch weiter: Wenn er schlecht gelaunt nach Hause kam, dann schüttete er so viel Salz über mein Essen, dass es nicht mehr genießbar war. Aber ich musste es aufessen, weil er ja arbeiten ging, damit Essen auf den Tisch kam.«

Praktischerweise hatte das Esszimmer eine dunkle Tapete mit einem Muster aus Blumen und Farnkräutern, denn im Laufe der Jahre landete eine ganze Reihe von Tellern an den Wänden. Eine Schüssel Vanillepudding, der ihm zu kalt gewesen war, hinterließ einen gelben Fleck unter einem verzweigten Rosenstrauch. Und ein Spritzer Bratensoße (die als zu dünn befunden wurde) fügte sich überraschend gut ein. Am schlimmsten war das Warten darauf, dass es losging.

»Dann waren da die Kleider, die er mir kaufte. Auch das klingt nett, nicht wahr? Aber es bedeutete, dass ich genau drei schäbige Alltagskleider besaß, die er für mich im Katalog ausgesucht hatte, und ein Kleid für besondere Anlässe. Also, Mia, wenn du das jemals lesen solltest: Nein, leider kann ich keine Geschichten über Einkaufstouren zu Biba erzählen, und ich hatte weder Minikleider von Mary Quant noch Hotpants und Pailletten. Kaum dass ich verheiratet war, zog ich mich an wie eine Frau in mittleren Jahren und frisierte mein Haar zu einem vernünftigen Dutt.«

Sie steckt die Hände in die Taschen der steifen Arbeitshose, die Chantal ihr ausgesucht hat, streckt den Fuß aus und lässt die Stiefelschnallen klimpern. »Ich merke schon, wie Sie meine Kleider ansehen.« Sie lächelt, um Henrietta die Mühe zu ersparen, höflich zu widersprechen. »Das ist in Ordnung, Sie sind nicht die Einzige. Aber ich will einfach die verlorene Zeit aufholen, Spaß haben, solange es noch geht. Denn eines muss ich Ihnen sagen, Henrietta, die Zeit rast schneller, als Sie denken.«

Annie hört auf, mit den Stiefeln zu klimpern. Das, was jetzt kommt, muss sie richtig darstellen, damit die junge Frau sie wirklich versteht. »Er ließ mich nicht aus den Augen, Hen. Sogar wenn ich badete, kam er rein und setzte sich zu mir. Nach einem Arbeitstag im Kindergarten sehnte ich mich nach einem ausgiebigen entspannten Schaumbad wie in der Badedas-Werbung. Stattdessen saß ich in wenigen Zentimetern Wasser und musste mich unter seinen Augen mit einem Waschlappen waschen. ›Na los, rein mit dir, wasch dir deine muffige Fotze, Annie. Du stinkst.‹ Solche Sachen sagte er zu mir. Fotzen-Annie, so nannte er mich, wenn wir unter uns waren.«

Bei diesen Worten werden Henriettas graue Augen größer, und Annie wird von Scham überschwemmt. Sie zögert, fast will sie aufhören. Aber sie hat lange genug geschwiegen.

»Wobei wir kaum Leute trafen. Und was die Familie anging – na ja, mein Dad brach den Kontakt ab, als ich auszog. Wie gesagt: Als wir Kath verloren, ging unsere Familie zugrunde.«

Jetzt sieht ihr Henrietta direkt in die Augen. »Es ist schlimm«, sagt sie leise, »wenn man niemanden zum Reden hat.«

»Ich glaube nicht, dass die Nachbarn etwas ahnten. Von außen wirkte alles perfekt: die Blumenkästen, das Auto in der Einfahrt. Terry bestand darauf, immer die neuesten Sachen anzuschaffen. Er kreuzte irgendetwas im Argos-Versandkatalog an, und ich lächelte und sagte: ›Wie schön, was für ein Luxus.‹ Die dreiteilige Couchgarnitur, die Warmhalteplatte, das elektrische Bratenmesser. Aber nichts davon machte es besser. In diesen hallenden Räumen würde ich mich nie zu Hause fühlen. Natürlich war das Haus auch deswegen leer, weil wir keine Kinder hatten.«

Dreimal hatte sie einen leisen Hoffnungsschimmer verspürt, und dreimal hatte sie das schreckliche Verlustgefühl erlebt, als die Babys aufgaben und mit dem Blut davongeschwemmt wurden.

»Die längste Schwangerschaft hielt zehn Wochen an. An dem

Tag, als es passierte, musste ich arbeiten, und ich hoffte, die Blutung würde aufhören, wenn ich einfach nicht daran dachte. Ich war dabei, den Kindern von der Raupe Nimmersatt vorzulesen, als ein Junge mich am Ärmel zog und sagte: ›Miss, Sie haben sich geschnitten. Das ganze Kleid ist voll Blut.‹«

Henrietta wird noch ein bisschen blasser, und sie blinzelt mehrmals heftig.

»Als ich es Terry erzählte, sah er mich voller Enttäuschung an. Wobei es genau genommen eher Verachtung war. Aber wahrscheinlich hätte ein Baby alles noch schlimmer gemacht. So ein kleines Kind beansprucht viel Zeit, wissen Sie, und Terry wollte meine volle Aufmerksamkeit. Nein, er war deswegen enttäuscht, weil ich als Ehefrau versagt hatte. Beim dritten Mal geriet er außer sich. Er stürmte aus dem Haus, brüllte, was zum Teufel er den Kumpeln auf der Arbeit sagen sollte. Nev, Smithy, Wills, Mikey, die ganzen Drucker freuten sich darauf, auf das Baby anzustoßen. Aber vielleicht wusste das Baby es besser. Es sah ja, was es erwartete, und beschloss zu verzichten – nein, danke, in dieser Familie will ich nicht aufwachsen.«

Was für eine Ironie, denkt Annie, dass diese Zellhäufchen, kaum dass sie zusammengefunden hatten, so leicht aus ihr herausglitten, während es den Krebszellen so viel besser gelang, sich einzunisten und zu vervielfältigen, bis sie mit ihr fertig waren.

Annie spürt, dass Henrietta die Frage auf der Zunge liegt: Warum hat sie ihn nicht verlassen?

»Nun, ich habe zweimal versucht, ihn zu verlassen. Ich musste es schlau anstellen, weil mein ganzes Gehalt auf sein Konto ging und er mir nur das Haushaltsgeld gab. Ich musste genau aufschreiben, was ich einkaufte, und wenn ein paar Pence Wechselgeld übrig geblieben waren, dann hielt er wortlos die Hand auf und wartete. Auf dem Markt aber war das Obst und Gemüse billiger, und man bekam dort keinen Beleg. Also legte ich ein paar Pence auf die Äpfel drauf, rundete den Preis für die

Kartoffeln auf, hier ein bisschen und dort ein bisschen. Beim ersten Mal brauchte ich ein Jahr, um genug zusammenzusparen, und ging dann zu Auntie Rita. Aber es dauerte nicht lange, bis er herausfand, wo ich war. Rita sagte ihm gründlich die Meinung, aber er zog sie auf seine Seite, so wie er es immer machte. Er war am Boden zerstört, weinte und bettelte, dass sie ihn hereinließ, erzählte ihr, wie sehr er mich liebte und dass er ohne mich nicht leben könnte. Also kehrte ich zu ihm zurück. Beim zweiten Mal erzählte ich keiner Menschenseele etwas. Ich mietete mich in einem billigen Bed and Breakfast in Paddington ein – mit dem Geld aus der Portokasse des Kindergartens, wofür ich mich noch heute schäme. Aber nach drei Nächten wurde mir klar, dass ich nicht wusste, wie es weitergehen sollte. Ich hielt es nicht mehr aus, in dem kleinen Zimmer wach zu liegen und darauf zu warten, dass er mit seinen großen Pranken an die Tür klopft. Denn es wäre so gekommen – er wusste einfach immer alles, überall hatte er seine Leute.«

Sie wirft einen Blick auf die Wanduhr. Es ist fast Mittag, Bonnie wird gleich dastehen und winken, und sie alle werden in den Minibus steigen, und wieder wird sie Henrietta eine ganze Woche lang nicht sehen.

»Ja, Henrietta, ich bin geblieben. Es war einfacher, klein beizugeben und dorthin zurückzugehen, wo ich mich auskannte. Immerhin hatte ich ein schönes Haus. Und die Kinder im Kindergarten machten mich glücklich, wenn auch auf eine traurige Art.«

Offenbar sind ihre Wangen feucht. Schweigend reicht Henrietta ihr ein Taschentuch. »Oh, Annie«, sagt sie. »Es tut mir so leid.«

KAPITEL 20

Henrietta

Es ist ein Dienstag, also hatte Henrietta ausreichend Gelegenheit, über die letzte Samstagssitzung nachzudenken: darüber, was Annie gesagt hat, aber auch über ihren eigenen beschämenden Versuch, Annie zu interviewen. *Verhören* trifft es wohl eher, gesteht sie sich ein. Andererseits hat Henrietta Lockwood nie von sich behauptet, soziale Kompetenz zu besitzen. Sie ist eher der wissenschaftliche Typ, der die Mitmenschen von außen beobachtet. Und jetzt, im neuen Job, ist sie eine unparteiische und gründliche Protokollantin der Lebensgeschichten anderer Menschen.

Das Problem ist allerdings, dass sie sich zunehmend parteiischer fühlt, je besser sie Annie kennenlernt. Sie bewundert Annie dafür, Woche für Woche die Kraft aufzubringen, über schwierige Dinge zu sprechen. Henrietta war noch nie in der Lage, sich anderen Menschen gegenüber zu »öffnen«, und sie wurde ganz bestimmt nicht zu einem derartigen Verhalten ermuntert. Solange sie denken kann, sind Geheimnisse die tragenden Säulen im Familienleben der Lockwoods.

Im Café Leben packt sie ihre Kugelschreiber, das Diensthandy und die Thermosflasche aus, platziert sie auf dem Tisch und macht sich bereit für ihren ersten Klienten. Doch sie ist immer noch nicht recht in Stimmung. Zum x-ten Mal heute fährt sie mit der Hand über ihren Kopf und versucht, den krausen Schopf, der über Nacht entstanden ist, glatt zu streichen. Der Anblick von Melissas weizenblondem Haar hatte Henrietta dazu angestiftet, in ein neues Shampoo zu investieren. Aber sie scheint die falsche Sorte erwischt oder irgendeinen Arbeitsschritt übersehen zu haben, denn ihr üblicherweise strähniges Haar hat sich plötzlich zum doppelten Volumen aufgebläht.

Ständig sieht sie es im Augenwinkel herumwehen, und es fällt ihr schwer zu entscheiden, ob das eine gute oder eine schlechte Sache ist. Jedenfalls ist es ganz und gar nicht Henrietta-artig.

Es ist eine willkommene Ablenkung, als sich der erste Klient des Tages an den Tisch setzt und eine erfreulich geradlinige und undramatische Lebensgeschichte zu erzählen beginnt. Samuel Gregory, achtzig Jahre alt, Lehrer im Ruhestand, hat sich bereits zum Kapitel »Familienleben« vorgearbeitet und berichtet wortgewandt von seinen Zugreisen durch Europa in den Achtzigerjahren. Er zeigt ihr Fotos, auf denen ein drallerer Samuel mit seiner Frau Beverly von Eisenbahnwaggons in Paris und Mailand herunterlächelt oder auf verschneiten Bahnsteigen in Lausanne und Innsbruck steht. »Dann ging es weiter nach Wien und Budapest – was für ein Abenteuer!«

Im Anschluss hat sie einen Termin mit Eric, der ihr gesteht, dass er sein Berufsleben am Fließband bei Ford in Dagenham zugebracht hat, aber insgeheim immer ein anderes Ziel hatte: Künstler zu werden. »Ich musste gleich nach der Schule arbeiten gehen, meine Eltern wollten mir nicht erlauben, Kunst als Prüfungsfach zu wählen«, erzählt er. »Ich habe gemacht, was von mir erwartet wurde, aber ich habe es immer bereut. Für Sie klingt das wahrscheinlich ein bisschen lächerlich.«

»Um ehrlich zu sein, sind mir familiäre Verpflichtungen keineswegs fremd«, antwortet sie. »Insofern habe ich größtes Verständnis.«

Die Stimmung wird heiterer, als Eric Henrietta davon berichtet, dass er sich einen Satz Ölfarben zugelegt hat. »Ich kann gar nicht aufhören mit dem Malen, ich träume sogar in Farben und Formen.«

»Wenn Sie Fotos von Ihren Werken machen, dann können wir sie in das Buch aufnehmen. Machen Sie so viele Bilder, wie Sie wollen«, fordert sie ihn auf, und Eric verspricht ihr, das zu tun.

»Was für eine schöne Vorstellung – ein Buch mit meiner

Kunst. Und nur ein paar Worte über mein Leben, wenn das recht ist. Danke, meine Liebe.«

Den Nachmittag verbringt sie in ruhiger Abgeschiedenheit in Audreys Büro, wo sie einige Lebensgeschichten Korrektur liest, bevor sie an die Druckerei geschickt werden. Diese Aufgabe ist hervorragend dazu geeignet, ihre Gedanken zu beschäftigen und davon abzuhalten, in trübere Gewässer abzudriften. Annie Doyle ist nicht ihre einzige Klientin, ruft sie sich ins Gedächtnis, und sie sollte allen Aspekten ihrer neuen Arbeit genug Aufmerksamkeit widmen, damit ein Erfolg daraus wird.

Das letzte Buch auf dem Korrekturstapel ist ein Nachdruck, und Henrietta erkennt die Geschichte sofort, weil es die von Kenton Hancock ist, die sie bei ihrer Bewerbung als Test bearbeiten sollte. Wie sich zeigt, war Kenton beliebter, als seine Frau vermutet hatte, als sie um eine bescheidene Auflage von zehn Stück bat. Ohne ihr Wissen war Kenton regelmäßiger Gast im örtlichen Fitnessstudio, und sämtliche Gewichtheberkollegen – zwanzig an der Zahl – haben um ein Exemplar gebeten.

Henrietta öffnet Kentons Datei und versucht die schmerzliche Erinnerung an all die Passivkonstruktionen und falschen Bezüge in Relativsätzen zu verdrängen, die sie im Bewerbungsgespräch ausgemerzt hat. In Audreys endgültiger Version entdeckt sie allerdings noch ein paar mehr. Außerdem sieht sie, dass ganz am Ende eine ungenutzte leere Seite ist, auf der problemlos ein weiteres Foto eingefügt werden könnte. »Wenn schon, denn schon …«, murmelt sie und geht zu dem klobigen grauen Aktenschrank in der Ecke.

Hier bewahrt Audrey die Dokumente auf, die gescannt in die Bücher mit den Lebensgeschichten eingefügt und anschließend zurück an die Angehörigen geschickt werden. Die Hängeregister sind schwer, dicht reihen sich die Mappen aneinander, und als Henrietta sie herauszieht, rumpelt und klappert es fröhlich.

Beim Durchblättern fallen Henrietta Briefe, Zeugnisse und Fotos ins Auge, die Überbleibsel vergangener Leben.

Sie sucht Kenton Hancocks Akte heraus und entdeckt schon bald ein bislang ungenutztes Foto, auf dem Kenton mit einem anderen Vogelbeobachter zu sein scheint. Kenton sieht recht glücklich aus, und Henrietta versteht nicht, warum Audrey das Bild nicht ins Buch aufgenommen hat. Sie scannt das neue Foto und fügt es auf der letzten Seite ein. Dann macht sie sich daran, Kenton Hancocks Geschichte ein letztes Mal Korrektur zu lesen.

Sie hat noch nicht einmal das Kapitel über die Jugendjahre hinter sich, doch schon jetzt ist überdeutlich, dass es sich um reine Fiktion eines zutiefst verblendeten Erzählers handelt. Aus jedem Satz spricht selbstgefällige Wichtigtuerei.

Meine Intelligenz wurde schon in jungen Jahren erkannt, und ich erhielt ein Stipendium am Helmsford-Internat. Es dauerte ein paar Monate, bis ich mich dort eingelebt hatte, doch die Lehrer führten ein strenges Regiment. Schon bald wurde ich von meinen Klassenkameraden geliebt und geschätzt.

Darauf folgen die Militärakademie von Sandhurst, zwei Auslandseinsätze, dann eine lange, ungeklärte Lücke, bevor er sich ehrenamtlich bei der Boys' Brigade engagiert. Es gibt eine Ehefrau, Irene, und zwei Söhne, Euan und Roland. Schließlich der Umzug nach Ipswich, wo Kentons Geschichte mit einem Absatz über seine Altershobbys endet.

Ich war ein begeisterter Segler und Vogelbeobachter. Auf meinen Fahrten in die Norfolk Broads wurde ich oft von Colin begleitet, meinem Freund aus Sandhurst-Tagen. Irene teilte meine Interessen nicht, versorgte mich aber mit einem warmen Abendessen, wenn ich nach einem Wochenendausflug nach Hause zurückkehrte.

Weil Kentons Erzählung ein abruptes Ende genommen hatte, war sein ältester Sohn Euan eingesprungen, um das letzte Kapitel zu schreiben.

Meinem Vater fiel die Rückkehr in ein Leben als Zivilist und Familienvater nicht ganz leicht, insbesondere, als mein Bruder und ich noch klein und ungestüm waren, und so nahm unser Vater am Familienleben nur wenig teil. In den späteren Jahren entdeckte er seine Liebe zur Natur, und ich denke, er empfand sie als beruhigend. Ich bin froh, dass er zum Lebensende die Kameradschaft fand, die er suchte, und hoffe, dass er so etwas wie Frieden gefunden hat.

Nicht gerade ein überschwänglicher Tribut an den Vater, doch auch dafür hat Henrietta Verständnis. Sie hat die Zeichensetzung korrigiert, ein paar Absätze und ein zusätzliches Foto eingefügt, doch was, fragt sie sich, steht zwischen den Zeilen von Kentons Geschichte?

Hätte sie ihn selbst interviewt, dann hätte sie ihn gedrängt, von seinen Erlebnissen im Internat im zarten Alter von acht Jahren zu erzählen, um herauszufinden, ob er sich nicht schrecklich einsam gefühlt hatte. Sie hätte ihn gefragt, wie viele Menschen er in seiner Zeit beim Militär getötet hatte und wie er über diese Toten dachte, nun, da sich sein eigenes Lebensende näherte. Vielleicht hätte er seine Haltung überdacht, ob er nicht mehr Zeit mit den heranwachsenden Söhnen hätte verbringen sollen.

Und dann diese Ausflüge mit Colin zum Vögelbeobachten. War das ein Fall von: Was in den Broads passiert, bleibt in den Broads? Diese Fragen hätte Henrietta nicht aus unangemessener Neugier gestellt, sondern allein um ihrer Sorgfaltspflicht Rechnung zu tragen. Denn ihrer Ansicht nach mangelt es Kentons Geschichte an Wahrhaftigkeit – und worin liegt der Zweck, eine Lebensgeschichte aufzuschreiben, wenn sie nicht der Wahrheit entspricht?

Als sie die überarbeitete Datei an die Druckerei schickt, beglückwünscht sich Henrietta zu ihrer Eigeninitiative, mit der sie Kentons Buch so viel besser gemacht hat. Sie darf nicht vergessen, Audrey in dem anstehenden Mitarbeitergespräch davon zu erzählen.

Pünktlich um siebzehn Uhr verlässt Henrietta die Ambulanz und stülpt sich die Kapuze an ihrem Dufflecoat über den Kopf. Während sie an der Bushaltestelle steht, bemüht sie sich, den kalten Wind und die ungeordnete Warteschlange zu ignorieren und sich die erbaulichen Lebensgeschichten ins Gedächtnis zu rufen, die sie dokumentiert: Neil, der sich an den kleinsten Dingen erfreuen kann, der ehemalige Bahnreisende Samuel und Eric, der endlich seine künstlerische Ader ausleben kann. Aber immer wieder kehren ihre Gedanken zur Geschichte von Annie Doyle zurück.

Ihr kommt ein beunruhigender Gedanke. Womit würde sie die Seiten des Lebensbuchs von Henrietta Lockwood füllen? Es wäre ein schmales Buch, denn bestimmte Erinnerungen würde sie lieber auslassen. Insbesondere jenes Ereignis, das sich vor dreiundzwanzig Jahren an einem erdrückend heißen Tag in Masura zutrug, über das weder ihre Eltern noch Henrietta jemals sprechen und das doch bei jedem Sonntagsessen als unsichtbarer Gast mit am Tisch sitzt. Es war der Grund für das plötzliche Ende der glanzvollen beruflichen Karriere ihres Vaters und für die leeren Vierecke im Familienalbum. Der Grund, weshalb sie zum Flugzeug rennen mussten, das sie aus Papua-Neuguinea trug, zurück nach England, in die reglosen, dunklen Zimmer von The Pines.

Dieser Tag ist außerdem der Grund, warum Henrietta seit ihrem neunten Lebensjahr nicht mehr am Meer war. Was schade ist, denn sie liebte das Wasser. Einer der Lehrer an der Missionsschule bot an, einigen der älteren Kinder Schwimmunterricht zu geben. Er führte sie an den kleinen Hafen, stellte sie im seichten Wasser in einer Reihe auf und zeigte ihnen, wie sie mit

Armen und Beinen ausholen mussten. Henrietta erinnert sich an den dichten weiß gelockten Haarteppich auf der Brust von Pater Jacob. »Kikim lek blo yupla osem ol frog – kickt mit den Beinen wie die Frösche«, rief er, und Esther und Henrietta strampelten ihm entgegen und kreischten, wenn ihnen das Salzwasser in die Nase spritzte.

Das Picknick, bei dem alles so schrecklich schiefging, ereignete sich erst später, an einem jener heißen Tage, an denen der Deckenventilator kaum die Luft durchschneiden konnte und man es im Haus nur schwer aushielt. Ihre Mutter hatte die Idee, einen Ausflug an einen anderen Strand ein Stück weiter weg zu machen.

Als sie dabei waren, den Picknickkorb, die Handtücher und Henriettas orangefarbenen Schwimmreifen in den Kofferraum zu packen, kam das Nachbarsmädchen Esther heraus und sah ihnen zu.

»Oh, sieh mal, Henrietta«, sagte ihre Mutter. »Möchtest du deine Freundin mitnehmen?«

Schüchtern lächelnd kam Esthers Mutter Flora die Stufen herunter. Sie unterrichtete die älteren Mädchen an der Schreibmaschine und in Stenografie, und alle mochten sie. »Danke«, sagte sie. »Das ist sehr freundlich.«

Als Esther mit ihrem Handtuch wiederkam, hüpften die beiden Mädchen aufgeregt auf und ab, und Christopher, der gerade mal vier Jahre alt war, machte mit. Dann kletterten die Kinder auf die Rückbank und nahmen Christopher in die Mitte. Wie ein heißer Föhn blies ihnen die Luft ins Gesicht. Henrietta und Esther unterhielten sich über seinen Kopf hinweg, kicherten und sangen alberne Liedchen. Selbst in diesem Moment hatte sie keinen Gedanken an den armen Christopher verschwendet.

Von England aus hatte sie Esther einmal schreiben wollen, um sich für das, was Esther an jenem Tag erlebt hatte, zu entschuldigen. In ihrer schönsten Handschrift hatte sie den Brief geschrieben, aber die Frau auf dem Postamt hatte ihr erklärt, dass sie eine besondere, teurere Briefmarke dafür benötigte, weil Papua-Neuguinea sehr weit weg war. Als sie ihren Vater um Geld dafür gebeten hatte, hatte er den Brief genommen, zerrissen und in den Mülleimer geworfen. Dann hatte er gesagt, sie solle Esther, Masura, und was Henrietta dort angerichtet hatte, nie wieder erwähnen.

Nach Esther beschloss Henrietta, keine Freundschaften mehr zu schließen, und Annie ist der erste Mensch, bei dem sie sich überhaupt vorstellen könnte, von Christopher zu erzählen. Sie ahnt, dass Annie, die ihre eigene langjährige Trauer und Verlustgeschichte hat, sie verstehen würde.

Henrietta trifft einen Entschluss. Beim nächsten Treffen möchte sie sich revanchieren und Annie ihre eigene Geschichte erzählen. Vielleicht verzeiht ihr Annie dann ihre Gefühllosigkeit und die Patzer und versteht, warum Henrietta seit jenem Tag in Masura das Bedürfnis hat, alles genauestens unter Kontrolle zu haben. Ihr Leben lang ist sie am Rand geblieben, hat eher beobachtet als sich beteiligt. Sie lebt nach ihren eigenen festen Regeln und hält sich strikt an eine Alltagsroutine, die ihr Sicherheit gibt und jegliche Überraschung unterbindet.

Vermutlich war das ein Grund, warum sie sich für eine Arbeit beworben hat, bei der sie nur alte, kranke Menschen kennenlernt, die nicht mehr lange zu leben haben: Sie füllen ein Formular aus und besinnen sich auf die schönen Zeiten – irgendwie rührend und doch geordnet. Die Gefahr, dass Henrietta sich zu sehr auf diese Menschen und ihre Geschichten einließe, schien gering. Doch das war, bevor sie Annie begegnete.

KAPITEL 21

Annie

Am Mittwoch steht Annie vor einem Gemälde in einer neuen Kunstgalerie an der Portobello Road. Jedenfalls glaubt sie, dass es ein Gemälde ist. Möglicherweise ist es auch ein Stück Fußboden, das jemand an die Wand gehängt hat, denn es besteht aus Holzbohlen mit einer Menge Farbspritzer und Kaffeeflecken und etwas, das ziemlich sicher ein getrockneter Kaugummiklumpen ist. Das dazugehörige Schildchen hilft kein bisschen weiter. »*Ziemlich kaputt.* Materialcollage. £ 6000.«

Sie kann sich Kaths Gesicht vorstellen, wenn sie das gesehen hätte. »Wie bitte? Ein schmutziges Stück Fußboden für sechstausend Pfund? Die wollen uns verarschen!« Dann hätten sie sich beide vor Lachen gekringelt. Waren sie einmal am Kichern, dann gab es kein Halten mehr, sie krümmten sich vor Lachen, bis sie Bauchweh hatten. Und wenn eine Schwester endlich aufhörte, musste sie die andere nur ansehen, und schon ging es wieder los. Sie trieben ihre Mum in den Wahnsinn.

In der Galerie ist es warm, und ein fruchtig-würziger Geruch hängt in der Luft. Annie geht weiter zum nächsten Ausstellungsobjekt, einer Skulptur in der Form eines Brückenträgers, allerdings ist er knallorange. Mit dreitausend Pfund ein Schnäppchen. Sie presst ihre Handtasche dicht an den Körper, weil sie Sorge hat, gegen ein Kunstwerk zu rempeln. Das Auf und Ab von Stimmen dringt aus dem rückwärtigen Teil der Galerie, wo eine Frau in einem engen schwarzen Overall auf einer Tischkante sitzt und in ein ernstes Gespräch mit einem ebenfalls schwarz gekleideten Mann vertieft ist. Beide wischen ununterbrochen auf ihren Handys herum, unterbrechen das Gespräch dabei aber nicht.

Annie ist bewusst, dass sie nicht mehr lange hier drinnen

bleiben kann, weil demnächst einer der beiden auf sie zukommen und sie hinausscheuchen wird. Das linke Ohr, das schlechte, ist wieder ganz dumpf, und gewohnheitsmäßig legt sie den Kopf schief. Es geht wieder auf, und als die reine Luft geräuschvoll hereinströmt, entfährt Annie ein Keuchen. Die Frau von der Galerie starrt herüber, als habe sie Annie eben erst bemerkt.

»Entschuldigen Sie. War gerade mit den Gedanken woanders«, sagt sie und steckt die Hände in die Manteltaschen, damit sie kein Unheil anrichten. Die Galeriebesitzerin fixiert Annie und versucht zu erkennen, ob die merkwürdigen Kleider sie als jemand von Bedeutung kennzeichnen oder ob sie bloß eine der exzentrischen Gestalten in Ladbroke Grove ist, also beschließt Annie, dass es Zeit zum Gehen ist. Sie drückt die Tür auf und freut sich, dass ihre Finger ein paar Tapser auf dem Glas hinterlassen. Die strohdürre Frau wird etwas Muskelschmalz einsetzen müssen, um sie zu beseitigen.

Der Fußweg nach Hause dauert Ewigkeiten, weil sie ständig stehen bleiben muss, damit der Schmerz, der sich wie ein strammer Gürtel um ihren Leib legt, ein bisschen nachlässt. Zu Hause nimmt sie ihre Tabletten und schlüpft ins Bett, und als der Schlaf sie einholt, ist er glücklicherweise tief, ohne die Träume von Schlick und Schlamm.

Sie erwacht, als die Zentralheizung klackernd und ächzend in Gang kommt. Also ist es fünf Uhr. Ihre Beine fühlen sich schwer an, und zunächst fürchtet sie, dass es ein weiteres Symptom ihres Verfalls ist, doch dann sieht sie, dass jemand die ganzen alten Fotoalben auf dem Bett verteilt hat. Ach ja, das war sie selbst, fällt ihr ein. Kurz vor dem Einschlafen hat sie die Fotos herausgeholt, weil sie versprochen hatte, Henrietta am nächsten Samstag welche mitzubringen.

Langsam und vorsichtig setzt sie sich auf. Obwohl sie es auswendig kennt, kann sie nicht widerstehen, durch das alte Familienalbum zu blättern. Es ist wie bei einem kaputten Zahn, an dem man ständig mit der Zunge herumspielt, um festzustellen, ob der Schmerz noch da ist.

Ihr Lieblingsbild stammt aus einem der raren Strandurlaube, Kath war damals dreizehn und sie selbst vierzehn. Sie beide wirken schüchtern in ihren neuen Badeanzügen, aber schon damals war Kath schöner, ihr Körper schlanker, und die Hüfte hatte sie keck angewinkelt. Sie sieht geradewegs in die Kamera, wohingegen die pummelige Annie mit ihrem Babyspeck den Blick zu Boden senkt.

Das nächste Foto muss von einem zufälligen Passanten aufgenommen worden sein, denn auf ihm sind alle vier zu sehen: Ihre Mutter trägt einen breitkrempigen Hut, der ihre Augen beschattet, und auf Dads Gesicht liegt der übliche grimmige Ausdruck. Ach, Aidan Doyle, freu dich doch mal! Hättest du geahnt, was dir noch bevorsteht, denkt Annie. Und ihre arme Mum, die der Meinung war, solange sie ihre Töchter nur jede Woche zum Sonntagsgottesdienst schleppte, wären sie auf der sicheren Seite.

Annie betrachtet die körnige Aufnahme und erinnert sich daran, wie es war, Kaths Schwester zu sein. Die Erstgeborene, aber immer an zweiter Stelle. Liebe und Groll waren die Zwillingsfäden, aus denen das Band zwischen den Schwestern bestand. Doch in den Wochen vor Kaths Tod war das Band ständig zu straff gespannt oder zu lose, dazwischen gab es nichts. Im einen Moment gab es diese wunderbar warme Innigkeit, und im nächsten Augenblick zog Kath sich beinahe angewidert zurück, als könne sie Annies Nähe nicht ertragen.

Sie wollte auch nicht mehr zueinanderpassende Kleider anziehen und warf Annie vor, sie einzuengen. Eines Donnerstags, als sie sich zum Ausgehen fertig machten, kam es zur Krise. Kath hatte vor dem Spiegel gestanden, doch plötzlich riss sie sich das wunderschöne gelbe Kleid vom Leib und warf es in die Ecke. Sie habe es satt, sagte sie, sie wolle nicht mehr die gleichen Sachen tragen.

Aber Annie kannte den eigentlichen Grund. Die Wahrheit

war, dass Kath dieses eine Mal weniger hübsch aussah als Annie, und das passte ihr nicht. Das gelbe Kleid stand ihr nicht mehr, es spannte an der Brust und der Hüfte, so als habe sie zugenommen. Allerdings hatte Annie das grüne Kleid schon an, und die Doyle-Schwestern mussten immer zusammenpassen. Also hatte Annie das gelbe Kleid vom Boden aufgehoben und zurück in den Schrank gehängt. »Okay, dann ziehe ich mich auch um«, sagte sie. »Ich weiß schon, wir können ja beide Jeans tragen. Und dazu ein Leinenhemd.« Sie hatte sich zu Kath umgewandt. »In Ordnung?«

Und sie waren ins Castle gegangen, als sei nichts geschehen, aber Annie wusste, dass Kath immer noch sauer war. Sie war sofort allein auf die Tanzfläche gegangen und hatte Annie an der Bar stehen lassen, um die Taschen zu beaufsichtigen. Sobald Kath zu tanzen anfing, hörten die Leute auf zu reden, drehten sich um und sahen ihr zu, und Annie tat dasselbe, denn wenn Kath tanzte, dann schien sie dem Lied unter die Haut zu schlüpfen. Sie schloss die Augen, wiegte sich, und mit jeder Bewegung und Drehung sank sie tiefer in die Musik ein – fort aus diesem Pub mit den klebrigen Teppichen und den lüsternen Männern und auch fort von Annie.

Erst als die Lichter angingen, schien Kath sich an Annie zu erinnern. Blinzelnd hatte sie sich nach ihrer Tasche umgesehen – ach, da war ja noch die Schwester, die sie wie ein schäbiges altes Kleidungsstück in der Ecke abgelegt hatte: etwas, das Kath nicht mehr so recht gefiel, das sie für den Heimweg aber noch brauchte.

Draußen in der kalten Nachtluft hatte Annie ein paar Dinge klarstellen müssen, und kurz bevor sie zu Hause waren, war Kath wieder neben ihr hergegangen, und sie hatten sich für den Weg den Hügel hinauf untergehakt. Jetzt brauchte Kath sie wieder, und das Theater um das Kleid und dann die Tatsache, dass Kath den ganzen Abend ohne Annie getanzt hatte, waren vergessen. »Tut mir leid«, flüsterte Kath. »Am Samstag ziehe ich das gelbe Kleid an, und du kannst das grüne tragen.«

Annie klappt das Album wieder zu. Sie ist sich nun doch nicht mehr so sicher, ob sie die Fotos mitnehmen will. Über Kath haben sie schon genug geredet, und es führt zu nichts, über die Zwistigkeiten zwischen den Schwestern zu sprechen. Außerdem geht es in dieser Geschichte nicht nur um Kath. Es ist Annies Geschichte, und dazu gehört leider auch Terry. Und wie es zu seinem unerfreulichen Ende kam. Annie streicht die Bettdecke glatt, nimmt das Notizbuch vom Nachtschränkchen und fängt an zu schreiben.

KAPITEL 22

Annie

Als Annie am darauffolgenden Samstag ins Café Leben kommt, fühlt sie sich wie im Fieber, als sei sie gar nicht richtig da. Mehrmals muss sie stehen bleiben und sich am Handlauf festhalten, um ihr Gleichgewicht wiederzufinden. Sie hat zu viel nachgedacht, das ist das Problem. Sich zu sehr mit den Erinnerungen beschäftigt.

Henrietta sitzt am üblichen Platz, Stifte und Papier ordentlich aufgereiht, und ihr Anblick, so gut organisiert und emsig, ist eine Wohltat. Annie hofft, dass Henrietta nicht wieder anfängt, Detektiv zu spielen und eine Fragenkanonade abzufeuern. Ihr fällt auf, dass Henriettas Haar irgendwie merkwürdig aussieht, es hat beinahe doppelt so viel Volumen wie sonst. Annie kneift die Augen zusammen. Es müsste ein wenig gezähmt werden, aber es ist ein Schritt in die richtige Richtung. Es hat Charakter.

»Fühlen Sie sich in der Lage, weiterzumachen?«, fragt Henrietta. »Haben Sie sich ein bestimmtes Thema vorgenommen? Falls die Zeit reicht, würde ich Ihnen auch gern etwas erzählen …«

Annie unterbricht sie. »Schon gut, Henrietta. Ich weiß, dass ich heute ziemlich schlimm aussehe. Hatte eine schlechte Nacht. Und ja, mir ist bewusst, dass die Zeit knapp wird. Tatsächlich habe ich etwas Bestimmtes im Sinn.«

Sie gibt Mia einen Wink – die wunderbare Mia, die sich für Stefan extra hübsch gemacht hat, der heute im Minibus auch so elegant daherkam. Er hat oben einen Termin beim Physiotherapeuten, aber Annie weiß, dass er ganz bald zurück im Café sein wird, um Mia zu sehen. Man muss ihn nicht daran erinnern, dass das Leben kurz ist und man das Beste daraus machen sollte, solange man noch kann. Anders als Henrietta, die allem Anschein nach das Leben an sich vorbeiziehen lässt.

»Henrietta, ich muss über Terrys Unfall reden. Es war ein scheußlicher, widerlicher Unfall eines widerlichen Mannes, und ich habe keine Ahnung, ob Sie solche Sachen normalerweise in die Bücher mit aufnehmen, aber es ist Teil meiner Geschichte, und deshalb muss ich davon erzählen. Es liegt ganz an Ihnen, was Sie damit anfangen. Ich will die Sache einfach loswerden.«

Henrietta blickt auf die Uhr und nickt. »Natürlich, Annie. Es ist wichtig, sich etwas von der Seele zu reden.« Sie tippt auf den roten Punkt und spricht deutlich ins Mikrofon. »Annie Doyle, heute ist der 4. Dezember, und dies ist Sitzung Nummer fünf Ihrer Lebensgeschichte.«

Annie sieht auf ihre gekritzelten Notizen, aber das meiste, was sie sagen will, hat sie im Kopf. Genau genommen ist es dort schon viel zu lange, und heute muss sie es endlich rauslassen.

»Terry und ich haben nicht oft Urlaub gemacht«, beginnt sie, »aber vor zwei Jahren überraschte er mich und sagte, er hätte für eine Woche einen fest stehenden Wohnwagen gebucht – in Cornwall. Ich war furchtbar aufgeregt. Als Kind war ich nämlich schon einmal in Cornwall gewesen. Das Dorf, in dem wir gewesen waren, hieß Porthawan, und ich fragte Terry, ob der Wohnwagen dort in der Nähe sei. Er lächelte merkwürdig und meinte: ›Vielleicht, vielleicht auch nicht.‹ Ich habe mich nicht getraut, noch mal nachzufragen, aber ich hoffte sehr, dass wir in der Nähe sein würden, denn ich hatte schöne Erinnerungen an diesen Ort.«

Dort hatten sie ihren Familienurlaub verbracht, als Annie vierzehn und Kath dreizehn war. Jeden Tag waren sie schwimmen gegangen und hatten Steine am Strand gesammelt und sie ordentlich aufgereiht, um zu sehen, wer die schönsten und rundesten gefunden hatte. Dad kaufte Fisch und Chips und jammerte ausnahmsweise nicht über den Preis, und Mum hatte kein Theater darum gemacht, dass sie die Kleider nicht schmutzig machen sollten. Der Urlaub war perfekt gewesen, aber darum geht es eigentlich nicht. Annie ist hier, um Henrietta von dem scheußlichen Unfall zu erzählen, der so viele Jahre später passierte – vor nicht viel mehr als zwei Jahren.

»Dann ging es los, Terry natürlich am Steuer. Aber die Fahrt war lang, und ich musste aufs Klo, als wir gerade erst auf der Autobahn waren. Mein Gott, er war so wütend. Es gab meilenweit keine Raststätte, also fuhr er auf den Randstreifen und sagte: ›Raus mit dir. Die Fotzen-Annie kann auch hinterm Busch pinkeln.‹«

Sie weiß noch, wie sie auf dem Beifahrersitz saß und gar nicht mehr aussteigen wollte. Wann immer ein anderes Auto oder ein Lastwagen an ihnen vorüberfuhr, wackelte das Auto. Terry hatte die Hand ausgestreckt, die Tür neben ihr aufgestoßen und Annie praktisch rausgeschubst. Sie erinnert sich an die Beschaffenheit der grauen metallenen Leitplanke, zerkratzt, schmutzig und mit großen Schrauben darin, und wie die vorbeirasenden Lastautos und Lieferwagen sie durch den Windstoß beinahe umwarfen.

»Ich stieg über die Leitplanke, dahinter waren Steine und

struppiges Gras. Aber ein Stück weiter vorn konnte ich einen Busch sehen, also kletterte ich hin, wie er mir aufgetragen hatte.«

Annie schließt die Augen. Bei dem, was jetzt kommt, sollte sie Henrietta besser nicht direkt ansehen.

»Ich ging also zu diesem stacheligen Busch und dachte: jetzt oder nie. Wahrscheinlich habe ich zu lange gebraucht, denn über das Getöse der Autos hinweg konnte ich Terry brüllen hören. ›Los, zack, zack!‹ Ich habe versucht, schneller zu pinkeln, und war fast fertig, als es einen unglaublichen Knall gab. Das Geräusch von zerfetztem Metall, kreischende Bremsen, noch ein Knall.«

Sie wagt einen Blick auf Henrietta. Der übliche teilnahmslose Blick in den grauen Augen ist fort, er ist etwas weitaus Sanfterem gewichen. Also macht sie weiter.

»Terry muss auf seiner Seite ausgestiegen sein, vielleicht wollte er mich zur Eile antreiben. Die Polizei hat gemeint, dass er den Lastwagen gar nicht kommen sehen konnte. Später stellte sich heraus, dass der Fahrer gerade telefonierte. Ich weiß nur, dass ich aufstand und gesehen habe, dass die Hälfte unseres Autos weg war, richtig abgeschoren. Und unser Gepäck war auf der ganzen Fahrbahn verstreut.«

Damals war ihr erster Gedanke gewesen: Oje, es wird schwierig, das alles wieder einzusammeln. Dann hatte sie bemerkt, dass sich neben den Koffern dunkle Reifenspuren über die Autobahn zogen. Und dass Terrys karierte Jacke mitten auf der Straße lag, seine Schuhe aber ganz woanders waren. Da hatte sie zu schreien angefangen und damit erst wieder aufgehört, als der Rettungswagen kam und ein netter Sanitäter ihre Hand nahm und ihr über die Leitplanke half.

»Die Autobahn war stundenlang gesperrt, also hatte Terry vermutlich eine ziemliche Schweinerei hinterlassen«, erzählt sie weiter. »Tatsache ist, dass ich danach einfach nur erleichtert war. Ich weiß, das ist falsch. Aber der Mann war fort, für immer, und weder ich noch jemand anders hatte Schuld, sondern es war sein eigener furchtbarer Jähzorn.«

Mit dem Kopf deutet sie auf das Aufnahmegerät, als Zeichen, dass sie fertig ist. Natürlich gäbe es da noch mehr zu erzählen, aber nichts, was für Henriettas Ohren bestimmt ist. Wie die beiden netten Polizistinnen sie zu Hause abgesetzt hatten, Annie die Vorhänge zugezogen und auf dem Sofa geschlafen hatte, weil sie es nicht ertragen hätte, ins Schlafzimmer zu gehen, wo sein Gestank noch in der Luft hing. Er war überall, in den Laken, den Kissen und den Hemdkragen. Ihre Angst war, dass er beim Aufwachen quicklebendig neben ihr liegen würde.

Dann kam die armselige Affäre seiner halbherzigen Beerdigung. Nev, Smithy, Wills und die anderen Kerle aus der Druckerei waren an ihr vorbeigezogen, alle um vieles älter als in ihrer Erinnerung. Kahlköpfig, die schwarzen Anzüge spannten über den Wampen, Haarbüschel in den Ohren. Sie alle rauchten, und ihre Gesichter hatten dieselbe graue Farbe. Sie schlugen die Augen nieder, als sie »Beileid« murmelten, weil sie wussten, was Annie all die Jahre durchlitten hatte – weil sie Terry gekannt hatten. Keiner von ihnen hatte je Anstalten gemacht, ihr zu helfen.

Annie bringt es nicht über sich, diese Dinge Henrietta gegenüber anzusprechen. Sie braucht auch nicht zu wissen, was einen Monat nach der Beerdigung geschah, als sie voller Zuversicht den Container mietete und beschloss, dass es Zeit war, nach vorn zu sehen. Alles hatte so gut angefangen – sie fühlte sich stark, als sie die braunen Möbel und die widerlichen Zeitschriften auf die Schubkarre packte, das wacklige Brett hinaufbugsierte und alles hineinkippte. Es war ein großartiges Gefühl gewesen, als der Lastwagen kam und den gelben Container in die Luft hievte. Weg damit, besser so, hatte sie gedacht.

Doch als sie sich zur Haustür umdrehte, wurde ihr schlagartig bewusst, dass sie unmöglich in dieses Haus zurückkehren konnte, dorthin, wo sie so viele Jahre in ständiger Angst zugebracht hatte. Ihr Körper widersetzte sich, wollte nichts tun, als sich auf das Bruchsteinpflaster zu werfen und zu heulen, zum Wahnsinn getrieben angesichts all der vergeudeten Jahre.

Was danach geschah, weiß sie nicht genau. Diesmal wickelten die Sanitäter sie in knisternde Silberfolie und schafften sie wie Schneewittchen für einen langen Schlaf ins Krankenhaus. Dort wurde sie jeden Morgen gewaschen und angezogen, doch sie durfte die Station nicht verlassen. Um drei Uhr kamen ein paar Besucher, die nach Handys und spitzen Gegenständen abgetastet wurden, aber Annie hatte niemanden, der sie besucht hätte. Auntie Rita, ihre Eltern, sie alle waren schon lange tot.

Sie war auf der geschlossenen Station, erklärte man ihr, *separiert,* und ihr gefiel dieses Wort. Sie malte sich aus, wie schön es wäre, genau das zu tun: das Leben in ordentliche kleine Portionen zu teilen, den schlechten Teil vom Rest zu separieren. Wenn es nur möglich wäre, würde sie ihre gesamte Ehe herausschneiden und dieses aufgeschwemmte kranke Etwas in den Ausguss schütten.

Das Zimmer der Therapeutin auf der Briar-Station war hellblau gestrichen, und die Frau hinter dem Schreibtisch kleidete sich sehr sorgfältig. Meistens trug sie ein schlichtes Kleid oder Oberteil, doch sie kombinierte es mit einem knalligen Tuch oder einer Brosche, um zu zeigen, dass sie sich zwar über ihr Äußeres Gedanken machte, aber nicht zu sehr.

»Diese Zeit gehört ganz Ihnen, Annie«, sagte sie. »Ich bin dazu da, Ihnen zuzuhören, wenn Sie reden möchten.«

Also machte Annie eine Bemerkung darüber, wie gut ihr das Seidentuch der Therapeutin gefiel. Daraufhin folgte Schweigen, und schließlich erzählte Annie der Frau ein paar Kleinigkeiten, aber nicht zu viel. Der Therapeutin zufolge war der Zusammenbruch vor dem Haus auf das traumatische Erlebnis zurückzuführen, dass sie Terrys Unfall mit angesehen hatte. Die Frau mit dem hübschen Tuch verstand nicht, dass es nicht das Geringste mit diesem zeitlupenartigen Moment zu tun hatte, in dem Terry einen Augenblick zuvor noch da gewesen und – schwups – im nächsten fort war. Immerhin hatte Annie einen derartigen Verlust schon einmal durchlebt.

Nein, es war nicht die Trauer, die sie vor dem Haus Nummer 53 im Chaucer Drive in die Knie gezwungen hatte, sondern die grimmige Erkenntnis, wie sinnlos ihr Leben gewesen war. Die langen Jahre in diesem Haus mit dem sich abschälenden holzgemaserten Vinyl und dem Wort »Willkommen« auf dem Fußabstreifer, das alles andere als das ausdrücken sollte.

Sie hatte der Therapeutin gegenüber also das eine oder andere fallen lassen, konnte aber nicht erkennen, inwiefern ihr das weiterhelfen sollte. Ja, mein Mann war ein mieser Kerl, bla, bla, ich Arme. Schnell durchschaute sie das Prinzip der Therapeutin, zu wiederholen, was Annie gesagt hatte, um sie zum Weiterreden zu bewegen. »Verstehe, es fiel Ihnen also schwer, zurück ins Haus zu gehen, Annie?«, oder: »Ich frage mich, ob Terrys Tod Sie in mancher Hinsicht an den Verlust Ihrer Schwester erinnerte.«

Bravo, die Frau mit dem Seidentuch hatte eine Medaille verdient.

Annie hatte den Eindruck, dass die Therapeutin ihr mit den Fragen Fallen stellen wollte, und sie fürchtete, nie mehr aus der Briar-Station herauszukommen, wenn sie nicht aufpasste und hineintrat. Womöglich wäre sie immer noch in der Klinik, anstatt hier zu sitzen, Tee zu trinken und selbst zu entscheiden, wie viel sie Henrietta erzählen wollte. Jener Henrietta, die zwar ein Seidentuch nicht von einem aus Polyacryl unterscheiden könnte, mit der es sich aber so viel einfacher reden lässt, weil sie ziemlich sicher ihre ganz eigenen Geheimnisse mit sich herumschleppt.

Jetzt und hier, im Café Leben, muss die Uhr weitergetickt haben, offensichtlich ist es bald zwölf, denn Annie sieht Stefan zur Theke kommen, wo ihn Mia mit einem breiten Grinsen erwartet. Bonnie steht schon wichtig an der Schiebetür und winkt mit vollem Körpereinsatz, was bedeutet, dass es Zeit zum Aufbruch ist.

Die arme Henrietta sitzt da und wartet, ob noch etwas

kommt. Vielleicht ist sie auch kurz davor, ein eigenes Geständnis abzulegen, denn stumm klappt ihr Mund auf und zu wie bei einem Fisch. Doch Annie hat entschieden, dass es genug für heute ist. Das Reden jede Woche hilft ihr, es ist ein gutes Gefühl, wenn die Worte aufsteigen und ihren Körper verlassen. Aber auch Annie hat ihre Grenzen – es gibt Orte, die sie noch nicht einmal um Henriettas willen aufsuchen kann.

Sie hat die wöchentlichen Gespräche schätzen gelernt, Henriettas graue Augen, die auf ihr ruhen, die Berührung ihrer Hand und die Tatsache, dass sie Annie wirklich zuhört. Wenn sie ihr aber jedes einzelne schmutzige Detail erzählt, wird dieses Mädchen sie niemals wieder an ihren Tisch lassen. Denn sie wird erkennen, was für ein Mensch Annie Doyle tatsächlich ist.

Nein, es ist das Beste, an dieser Stelle aufzuhören. So kann ihre unverhoffte Freundschaft noch ein wenig länger andauern.

KAPITEL 23

Henrietta

Nachdem Annie sich verabschiedet hat, bleibt Henrietta, den Blick ins Leere gerichtet, an ihrem Tisch im Café Leben sitzen. Für einen beiläufigen Betrachter mag es aussehen, als begutachte sie die Kuchenvitrine und versuche, sich für eines von Mias neuen Weihnachtsgebäcken zu entscheiden, einen Mince Pie oder ein Stück Stollen. Tatsächlich aber bemerkt sie die Kuchen gar nicht, sondern denkt an die morgendliche Sitzung.

Vage hatte sie auf eine Gelegenheit gehofft, Annie etwas von ihrer eigenen Geschichte zu erzählen, aber dann hatte Annie unvermutet in aller Ausführlichkeit über den vorzeitigen Tod ihres Ehemanns geredet. Und Henrietta weiß noch nicht, was sie davon halten soll.

Entgegen ihrer Gewohnheit drängt es Henrietta, mit jemandem darüber zu reden – jemandem wie Mia, um genau zu sein. Mia aber sitzt an einem Tisch in der entlegensten Ecke des Cafés und ist in ein Gespräch mit Stefan vertieft, der offensichtlich beschlossen hat, die Mitfahrgelegenheit im Minibus sausen zu lassen.

Sie hört Gelächter, dann sieht sie, wie Stefan die Hand ausstreckt und Mia eine Locke hinters Ohr streicht. Wie scheue Vögel neigen sie einander die Köpfe zu, bis sie sich beinahe berühren. Stefans Besuche im Café sind also nicht allein von einer Vorliebe für Tunnock's-Pralinen motiviert, denkt Henrietta.

Lächelnd wendet sie sich ab. Sie freut sich für die beiden, doch sie ist auch verblüfft. Wann, fragt sie sich, ist diese Romanze erblüht? Welche unsichtbaren Signale wurden ausgesendet, und wie hat die andere Seite sie erkannt und erwidert? Für Henrietta bleiben die Gesetze der Liebe ein Rätsel.

Eine scharfe Stimme unterbricht ihre Tagträume. »Ich hoffe, ich störe nicht?« Audrey steht in einem lachsfarbenen Hosenanzug und passenden Stöckelschuhen vor ihr. »Es tut mir leid, aber oben wartet ein Stapel Post auf Sie. Und einige E-Mails. Ein paar Beschwerden, aber auch ein Vorschlag. Sie werden schon sehen.« Sie wackelt mit den Fingern. »Ich muss jetzt los, die Pflicht ruft. Radio London will mich interviewen. Aber am Dienstag setzen wir uns zusammen, ja?«

Henrietta weiß, dass ihr Gesicht wieder den unbeteiligten Ausdruck angenommen hat, den sie bei Stress aufsetzt oder einfach auch nur dann, wenn ihr keine angemessene Antwort einfällt. Sie spürt, dass es wie eingefroren ist. Nur das kleine Zucken im linken Augenwinkel ist da.

»Das Mitarbeitergespräch. Sie wissen schon.«

Ja, das drohende Mitarbeitergespräch, in dem Audrey unweigerlich herausfinden wird, dass Henriettas erstes eigenes Lebensbuch ein mageres Bild abgibt. Die heutige Sitzung mit Annie war auch keine große Hilfe. Zwar hat sich eine Menge neues Material ergeben, aber es war nicht unbedingt das, worauf Henrietta gehofft hatte. So viele Unfälle und so wenig Zeit, denkt Henrietta, als sie den Aufzug hinauf ins Büro nimmt.

Schon beim Eintreten sieht sie, wovon Audrey gesprochen hat, denn auf dem Tisch liegen stapelweise Luftpolsterversandtaschen und Briefe, und der Posteingang im Computer ist voller neuer E-Mails. In letzter Zeit tut sich Ungewöhnliches im Projekt Lebensbuch, sie werden von Nachrichten und Briefen überschwemmt. Auslöser ist ein Interview, das Ryan Brooks einer beliebten Zeitschrift vor sechs Wochen gegeben hat. Henrietta kennt dieses Blatt namens *Grazia* nicht, aber ungefähr zur selben Zeit, als Ryan in der Tanzshow *Strictly Come Dancing* übers Parkett walzte, warb er in der Zeitschrift lautstark für das Projekt und ermunterte noch mehr Menschen, sich zu melden und ihre Geschichten zu erzählen.

Mia hat ihr die Ausgabe gezeigt, in der ein Foto von Ryan in seinem blauen Glitzeroverall war mit der Überschrift »Wie man Schmerz ins Positive wendet und warum Ryan Brooks deine Lebensgeschichte hören will«. Ryans Aufruf haben sie es zu verdanken, dass nun Autobiografien von Menschen hereinkommen, die keinen Zugang zu einer der Beratungsambulanzen haben, ihre Geschichte aber trotzdem zu einem Buch machen wollen. Zwangsläufig erinnern einige davon an den Stil von Kenton Hancock – bei einer war sogar ein Umschlagentwurf dabei, auf dem in großer Kursivschrift *Mes Mémoires* stand.

Zunächst sieht sie die E-Mails durch, verschickt Fragebogen und erklärt einem Herrn in Schottland, dass sie momentan leider nicht in der Lage sind, Hausbesuche zu machen.

Derzeit ist unser Team sehr klein, aber falls jemand aus Ihrer Familie Ihre Erzählungen aufnehmen und mir die Aufzeichnung und ein paar Fotos schicken könnte, dann würde ich mir alle Mühe geben, Ihnen ein Lebensbuch zusammenzustellen, schreibt sie.

Ein Hospiz in Deutschland möchte ein Zoom-Meeting aufsetzen, um über eine »Ausweitung der Marke« zu sprechen (diese E-Mail überlässt sie Audrey, das ist eindeutig ihr Bereich), und der Betreff einer weiteren, heimatnäheren Nachricht lautet »Beschwerde/Anregung«.

Lieber Ryan, die Lebensbücher sind in Ordnung, aber was halten Sie von Gedächtnisbüchern mit den Geschichten von Leuten, die gestorben sind, bevor sie Gelegenheit hatten, es selbst zu machen? Die Familie oder Freunde könnten sie nachträglich schreiben. Meine Mutter ist letztes Jahr relativ schnell gestorben, und um ehrlich zu sein, hatten wir gar keine Zeit, herumzusitzen, zu quatschen und ein Buch zu machen. Aber ich hätte trotzdem gern eines über sie. Es wäre schön, wenn Ihr Projekt diese Leistung mitaufnehmen könnte.
Freundliche Grüße, Cerys Meadows

Ein durchaus berechtigtes Argument, denkt Henrietta. Zu gegebener Zeit wird sie darauf antworten.

Als Nächstes öffnet sie eine gefütterte Versandtasche, die ebenfalls an Ryan adressiert ist. Mal ehrlich, glauben die Leute wirklich, dass er hier regelmäßig hereinschneit und sie bei der Schreibarbeit unterstützt? Im Umschlag sind ein Stoß maschinenbeschriebene Blätter, einige Fotos und zuletzt mehrere selbst gebastelte Geburtstagskarten, die ganz offensichtlich von einem Kind stammen.

Liebes Lebensbuch-Team, beginnt das Begleitschreiben.
Diese Geschichte wurde von meiner kürzlich verstorbenen Frau Jackie Taylor verfasst. Nachdem sie ihre Diagnose bekommen hatte, beschloss sie ein paar Sachen aufzuschreiben, in erster Linie für unsere Tochter Chloe, wenn sie älter ist. Aber als ich

von Ihrem Projekt erfahren habe, dachte ich, wie schön es wäre, Jackies Geschichte zu einem Buch zu machen.
Mit freundlichen Grüßen, Nathalie Mason

Schon bei Jackies ersten Zeilen merkt Henrietta, dass es kaum einen größeren Unterschied zu den Geschichten in Kenton-Hancock-Manier geben könnte.

Ich habe angefangen, meine Erinnerungen aufzuschreiben, um besser mit dem klarzukommen, was mir – und allen anderen – bevorsteht. Manche Menschen sterben zu früh, bei manchen zieht es sich zu lange hin. Ich wünschte, mir wäre mehr Zeit geblieben, aber es war trotzdem ein Leben, das ich ausgekostet habe, und unter den gegebenen Umständen bringe ich es zu einem runden Abschluss.
Chloe, mein Schatz, es tut mir leid, dass ich nicht da sein werde, wenn Du groß wirst, aber ich stelle mir Deine Zukunft vor und wie Du sie mit Deiner Mum erleben wirst. Gerade eben bin ich in Deinem Kinderzimmer gewesen, und Du lagst in ihre Arme geschmiegt da, und Ihr habt wunderbar zusammengepasst. Dieses Bild habe ich vor Augen, während ich das hier schreibe, und dort wird es immer sein.
Nathalie, ich weiß, wie schwer Du akzeptieren konntest, dass ich keine weiteren lebensverlängernden Behandlungen mehr wollte, doch ich finde nicht, dass ich einen Kampf verloren habe. Ich hasse dieses Gerede. Ich hatte Pech und habe eine unheilbare Krankheit bekommen, so einfach ist das, und da gibt es weder eine Gewinner- noch eine Verliererseite. Es geht um Zellen, nicht um Tapferkeit oder zu schlagende Schlachten.
Meinen Freunden und meiner Familie will ich sagen, dass Ihr Euch nicht sorgen sollt, wenn Ihr am Ende nicht da seid. Bitte plagt Euch nicht mit Schuldgefühlen. Ihr müsst wissen, dass ich mich immer geliebt gefühlt habe, von Euch allen und von mei-

nen lieben Freundinnen Abi, Jacinta und Claire. Ihr habt mich aufgefangen und mich zum Lachen gebracht, als ich es wirklich nötig hatte.
Nathalie, kümmere Dich um eine Therapie, denn Du wirst Jahre brauchen, um das zu verarbeiten. Anfangs wird es Dir so vorkommen, als habe sich ein riesiges Loch vor Dir aufgetan, aber nach und nach werden die Abbruchkanten weicher, und das Loch wird sich füllen. Mit der Zeit wirst Du nicht mehr ganz so oft hineinfallen, und irgendwann bist Du in der Lage, am Rand zu stehen und hinunterzusehen.
Vergesst nicht, dass die Trauer der Preis ist, den wir für die Liebe bezahlen. Seid gut zu Euch selbst – das erste Jahr wird besonders schwer sein. Und liebt Euch so sehr, wie ich Euch liebe.

Henriettas Kehle hat sich schmerzhaft zugeschnürt, und sie muss Jackies Geschichte für einen Moment zur Seite legen und sich sammeln. Das ist es, so sollte eine Lebensgeschichte sein, denkt sie: aufrichtig und von Herzen kommend. Egal, was Audrey und ihre Fragebogen und Leitfäden sagen. Henrietta muss Annies Lebensgeschichte anpacken, und sie muss sie so schreiben, dass sie aufrichtig klingt und von Herzen kommt. Das aber funktioniert nur, wenn Henrietta herausfindet, was mit Kath Doyle wirklich geschehen ist.

* * *

Das Castle Pub ist vom Oberdeck des 52er-Busses leicht auszumachen mit den bunten Lichterketten, die sich um das Schild winden, und den beiden kleinen Christbäumen rechts und links vom Eingang. Hierher also sind sie gegangen, denkt Henrietta, mit ihren aufeinander abgestimmten Kleidern und den aufwendigen Frisuren. Und hier hat Annie in einer regnerischen Dezembernacht zuerst nach ihrer Schwester gesucht, als diese nicht nach Hause kam.

Im Innern ist es dunkel, und es riecht nach verschüttetem Bier und dem miefigen Lappen, mit dem jemand den Tresen abwischt. Heutzutage macht das Pub nicht mehr den coolen, geschäftigen Eindruck, den Annie Doyle beschrieben hat.

»Einen Orangensaft, bitte.« Henrietta ist nicht in verschwenderischer Laune.

Der Mann an der Bar bückt sich, um eine Miniflasche hervorzuholen. Mit seinem klobigen Daumen wischt er den Staub vom Flaschenhals, macht sie auf und schenkt den Saft in ein Glas. Beide sehen zu, wie sich das fragwürdige Sediment am Boden absetzt.

»Eis, bitte, wenn das möglich ist«, sagt sie.

Ohne ein Wort hebt er den Deckel von einem Plastikeimer, klappert mit der Schaufel und bedeutet Henrietta, sich zu bedienen. Wäre sie nur zum Vergnügen hier und nicht in geschäftlicher Absicht, dann hätte Henrietta nicht schlecht Lust, eine Bewertung auf Tripadvisor zu schreiben. Sie ist noch dabei, im Geiste ein paar knackige Sätze zu formulieren (»Der Saft war warm, der Empfang weniger …«), als sie merkt, dass der Mann mit ihr redet.

»Es ist dort drüben«, sagt er.

Kurz meint sie, dass er von der Jukebox spricht, an der sie sich Annie und Kath beim Aussuchen ihrer Lieblingslieder ausgemalt hat. Aber die ist sicher schon lange nicht mehr da. »Wie bitte?«

»Das Foto. Dafür sind Sie doch gekommen, oder? Die Touristen kommen alle her, bestellen sich ein billiges Getränk und machen dann ein Selfie mit dem Bild.«

»Ich habe nicht die leiseste Ahnung, wovon Sie sprechen«, erwidert sie.

»Bowie. Juli 1973«, sagt er, als sei sie debil. »Der Abend, als er im Hammersmith Odeon spielte und sagte, es sei der letzte Auftritt von Ziggy Stardust. Aber es war nicht der letzte.«

»Aha.« Henrietta hat kein Interesse an popkulturellen Erkenntnissen.

»Nein. Denn hinterher kam er ja hierher. Der Laden wurde abgesperrt, und er hat ein Konzert gegeben – unplugged. Das war echt ein Ding.«

Natürlich hat Henrietta von David Bowie gehört, BBC4 hat erst vor Kurzem eine Dokumentation über ihn gesendet, also geht sie hin und sieht sich das Foto an. Es ist mit Schrauben an der Wand befestigt, und man sieht ihn mit seinen abstehenden Haaren und einem Glitzeroberteil. Von seinem Freund Ziggy ist allerdings nichts zu sehen.

Sie betrachtet die kleine Gruppe, die sich um Mr Bowie schart, aber ihr ist klar, dass sie weder Annie noch Kath darauf entdecken wird. Die beiden fingen erst ein Jahr später an, hierherzukommen, als Kath achtzehn wurde. Sie waren brave Mädchen, wie Annie immer wieder betont. Doch im Hintergrund ist ein Mann mit langen Koteletten und schulterlangem Haar zu erkennen, der dem Barmann auffallend ähnlich sieht.

»Mein Vater«, sagt eine Stimme hinter ihr. »Das ist die Frage, die immer als Nächstes kommt: Wie es sein kann, dass ich auf dem Foto bin.«

»Und lebt Ihr Vater noch?«, fragt Henrietta ohne große Hoffnung, nachdem sie ihre Arbeitstage in Gesellschaft von Menschen zubringt, deren Zeit abgelaufen ist.

»Als ich das letzte Mal nach ihm gesehen habe, schon. Er ist oben und schaut *Escape To the Chateau*. Ist seine Lieblingssendung. Er kommt bald runter, wenn Sie so lange warten wollen. Er erzählt gern von früher.«

* * *

Der Wirt des Castle heißt Reggie Cox, und sein Sohn hat nicht gelogen, er liebt es, über die alten Zeiten zu schwadronieren. Henrietta braucht eine Weile, um ihn von Bowie, Dylan und Van Morrison auf das Thema der Gäste zu lenken, die um das Jahr 1974 herkamen.

»Wenn Sie erlauben, würde ich Ihnen gern eine Frage über zwei Gäste aus dieser Zeit stellen«, sagt sie. Plötzlich nimmt Reggies Gesicht einen ausweichenden Ausdruck an, und er zieht heftig an seiner E-Zigarette. »Sie sind doch nicht von der Polizei, oder?«

»Nein. Ich bin Textredakteurin und Korrekturleserin. Und eine gescheiterte Bibliothekarin«, antwortet sie. »Die Leute, für die ich mich interessiere, heißen Annie und Kathleen Doyle. Vielleicht erinnern Sie sich an die beiden?«

Reggie lässt ein dröhnendes Lachen hören. »Das ist nun wirklich lange her. Natürlich erinnere ich mich. Mädchen wie die vergisst man nicht – sie waren umwerfend. Ganz besonders Kath. Klar, damals war ich im besten Alter.« Er versucht, den Bauch einzuziehen und die Brust herauszudrücken, doch die Wirkung ist nicht recht überzeugend. Pfeifend atmet er aus, und sein Oberkörper fällt wieder in sich zusammen. »Wie gesagt, früher.«

Als er von Annies Krankheit erfährt, wirkt er ehrlich betrübt. »Richten Sie ihr meine besten Grüße aus«, sagt er. »Die hatte wirklich ein hartes Leben. Erst hat sie die Schwester so jung verloren. Und dann hat sie geheiratet und ist von hier weggezogen. Mit diesem Terry hatte sie es bestimmt nicht leicht …« Er wendet sich um, schnipst den Kronkorken von einer neuen Flasche Orangensaft, schenkt die zweifelhafte Flüssigkeit in ein frisches Glas und schaufelt ein paar Eiswürfel hinein. »Geht aufs Haus. Freunde von Annie sind hier immer willkommen.«

Höflich nimmt Henrietta einen zaghaften Schluck. Es hat sie schon einige Mühe gekostet, das erste Glas auszutrinken. Selbst mit Eis würde sie das Getränk nicht unbedingt empfehlen.

»Ich recherchiere ein paar Hintergrunddetails für Annies Lebensgeschichte«, erklärt sie. »Natürlich darf da der Tod ihrer Schwester nicht fehlen. Ich habe mich gefragt, ob Sie sich an den fraglichen Abend erinnern, den 21. Dezember 1974.«

»Sie machen Witze, oder?« Reggie Cox wirft sich ein Geschirrtuch über die Schulter. »Das ist … wie lange? … fünfzig Jahre her. Ich war damals selbst noch ein Junge und bestimmt den ganzen Abend auf den Beinen. Der 21., sagen Sie? Kurz vor Weihnachten?«

»Genau, der Samstag davor. Annie weiß noch, dass sie an dem Abend hergekommen ist und nach Kath gesucht hat.«

»Ich kann mich ehrlich nicht erinnern«, erwidert er.

»Und was war mit der Polizei? Wissen Sie noch, ob sie damals hier waren und Fragen gestellt haben?«

»Das kann ich Ihnen sicher sagen: Weder ich noch mein Dad haben einen Mucks von denen gehört. Die Bullen waren hier nicht willkommen.«

»Wie bitte?«

»Entschuldigung. Nichts für ungut. Sie haben doch gesagt, dass Sie nicht von der Polizei sind?«

Henrietta nickt.

»Damals gab es Pubs, um die hat die Polizei einen Bogen gemacht – außer es gab einen guten Grund, wie eine Razzia. Und solche, in denen sie ihre eigenen Dinger gedreht haben.«

Henriettas Gesicht hat wohl wieder den unbeteiligten Ausdruck angenommen.

»Sie wissen schon, Spitzel treffen, Deals machen. In Pubs wie dem Admiral – dort haben die sich rumgetrieben. Das war gesteckt voll mit Dealern oder Dealern, die sich aufs Spitzeln verlegt hatten, und korrupten Bullen. So eine Art Info-Börse. Das Ding abzureißen war die beste Entscheidung, die der Bezirk je getroffen hat.«

»Sie meinen das Admiral oben an der Brücke?«, fragt Henrietta.

»Genau das. Hätte gedacht, dass das vor Ihrer Zeit war. Sie sind ganz sicher nicht von der Polizei?«

»Ja, ganz sicher.« Henrietta muss nachdenken. Diese Information erscheint ihr wichtig, aber das, was möglicherweise dahintersteckt, beunruhigt sie. Wenn es ein Ort war, an dem Hinweise gehandelt wurden und die Polizei Auskünfte bekam, dann sah sie womöglich im Austausch über andere Verbrechen hinweg.

»Das Admiral also«, sagt sie dann. »Und Sie wissen nicht zufällig, ob Aidan Doyle dort zum Trinken hinging?«

»Der Vater der Mädchen?« Reggie zuckt die Schultern. »Keine Ahnung. Ich war damals ein junger Kerl und er einer von den Alten. Ich weiß nur, dass mein Dad sagte, ich solle mich von dort fernhalten.«

»Ja, das habe ich auch gehört«, sagt Henrietta leise.

Die Bemerkung fällt erst später, als Reggie sie zur Schwingtür begleitet.

»Wirklich jammerschade, das mit Annie tut mir so leid. Damals waren die Doyle-Mädchen legendär, sie gaben echt ein tolles Paar ab.« Er lacht. »Die hielten wie Pech und Schwefel zusammen.« Henrietta lächelt auch, denn genau so hat sie sich die beiden vorgestellt.

Reggie hält ihr die Tür auf. »Natürlich haben sie auch wie die Kesselflicker aufeinander eingedroschen.«

»Was?«

Der Orangensaft im Mund schmeckt plötzlich sauer.

»Schauen Sie nicht so schockiert! Damals ging es nicht so politisch korrekt zu.« Reggie deutet auf den Gehsteig, der schwarz und rutschig ist, weil es zu regnen begonnen hat, während Henrietta im Pub saß. »Ja, doch. Hier draußen war das, gleich hier auf dem Gehsteig. Eines Abends gab es ein Riesengeschrei.«

»Ich nehme an, Sie wissen nicht, wann das war?« Henrietta hört sich reden, aber ihre Gedanken sind weit fort.

Reggie zieht an seiner Plastikzigarette und schüttelt den Kopf. »Halten Sie mich für ein Superhirn oder so?« Er will sich abwenden, bleibt dann aber stehen.

»Doch, ich weiß es, weil es ein ganz und gar merkwürdiger Abend war. Im Radio hatten sie von einer Autobombe in der

Oxford Street berichtet. Niemand wurde verletzt, aber meine Mutter war dort in der Gegend, um Weihnachtseinkäufe zu machen. Damals gab es noch keine Handys, also blieb uns nichts anderes übrig, als abzuwarten. Eine halbe Stunde später kam sie unversehrt nach Hause und wusste gar nicht, warum wir so ein Trara machten. Trotzdem blieb da irgendwie ein unheimliches Gefühl zurück. Ich denke, wir spürten, dass es gerade noch mal gut gegangen war, also beschloss mein Dad, ein bisschen früher zuzumachen. Die Leute wollten nicht gleich gehen und standen draußen noch ein bisschen herum, und das war, als die Doyle-Mädchen ihren Streit hatten. Sie hatten vielleicht einen über den Durst getrunken. Und wie es unter Schwestern halt ist ...«

Noch bevor sie an der Bushaltestelle ist, hat Henrietta das Datum auf dem Handy gefunden. Der Bombenanschlag vor dem Kaufhaus Selfridges in der Oxford Street war am Abend des 19. Dezember, einem Donnerstag. Zwei Tage bevor Kath Doyle ihre Kleider am Ufer des Grand Union Canal ablegte und nie wieder gesehen wurde.

KAPITEL 24

Annie

»Sie haben Glück, eben wurde ein Termin abgesagt«, sagt die Frau hinter der Theke des Friseurladens. »Ist vielleicht Ihre letzte Gelegenheit, vor Weihnachten noch einen Haarschnitt zu bekommen.«

Die letzte Gelegenheit für immer, denkt Annie, aber sie sagt es nicht. Heute Morgen beim Aufwachen hat sie beschlossen, dass ein neuer Haarschnitt nicht einfach nur eine nette Sache wäre, sondern dass sie ihn dringend nötig hat. Etwas Kurzes,

Glattes, wie die Frisuren, von denen sie in den späten Siebzigern geträumt hat, als sie überall im Fernsehen und den Zeitschriften zu sehen waren.

»Kriegen Sie einen Purdey Cut hin?«, fragt sie den jungen Kerl, der ihre schlaffen grauen Haare hochhebt und wieder fallen lässt, als sei da nichts zu machen. Er wirkt ratlos.

»So wie Joanna Lumley in *Mit Schirm, Charme und Melone*«, erklärt sie. »Oder einen Vidal-Sassoon-Bob? Der würde es auch tun. Davon haben Sie doch bestimmt schon gehört?« Der junge Mann sieht auf seinem Handy nach und fängt an zu schnippeln. Sie kann ihn aus allen Richtungen beim Schneiden und Kämmen beobachten, denn der Laden ähnelt eher einem Spiegelkabinett als einem Friseurgeschäft.

Wie merkwürdig, denkt sie, als sie zusieht, wie die federleichten Haarbüschel zu Boden fallen, dass sich der Geruch in Friseurläden über die Jahre kaum verändert hat. Alle paar Monate gönnten Kath und sie sich am Zahltag eine Runde Waschen und Legen. Nebeneinander saßen sie auf den roten Kunstledersitzen, während Pilar, die Friseurin, die riesigen Trockenhauben über ihnen herabsenkte, als wären sie unterwegs zu einer Weltraummission.

Wenn sie fertig waren, hievte Pilar die Hauben hoch, nahm die Lockenwickler heraus und fuhrwerkte mit einer überdimensionierten Dose Elnett-Haarspray herum, als wolle sie einen Schwarm Fliegen vertreiben. Das waren die schönsten Tage: Wenn Kath und sie den Lohn bekommen hatten und sich zum Ausgehen fertig machten, Schwestern und beste Freundinnen.

Plötzlich bricht das Gebläse des Föhns ab, und Annie ist zurück im Hier und Jetzt, in diesem Friseurladen, der sich so schrecklich wichtig nimmt, und starrt auf das verbrauchte Gesicht unter dem brandneuen Haarschnitt.

»Besser krieg ich's nicht hin«, sagt der junge Mann, fährt mit den Händen über den kurzen grauen Bob und zieht unter Annies Kinn die zwei spitzen Enden zusammen. Er wirkt skeptisch, und Annie ist sich jetzt auch nicht mehr so sicher. Vor vierzig Jahren hätte ihr das weitaus besser gestanden, doch damals hätte sie nie gewagt, so etwas auszuprobieren.

Auf dem Fußweg nach Hause kommt der Schmerz wieder hervorgekrochen, ein Knoten aus Übelkeit, der mit jedem Schritt straffer wird, und ihr fällt ein, dass sie den ganzen Tag nichts gegessen hat. Sie mag einen neuen Haarschnitt haben, aber es erinnert sie daran, dass alles unterhalb des Kopfes im Verfall begriffen ist. Sie versucht, den Schmerz zu ignorieren und sich stattdessen auf die überraschend kalte Luft am Nacken zu konzentrieren und darauf, dass die neue Frisur ihr das Gefühl gibt, dass ein Gewicht von ihr genommen wurde. Ja, genau auf dieses Gefühl hat sie es abgesehen.

Zu Hause geht Annie direkt ins Schlafzimmer. Sie will schlafen, aber natürlich liegen immer noch die Fotoalben auf dem Bett verstreut. Plötzlich wird in ihrem Innern ein Schalter umgelegt. Genug der Erinnerungen, denkt sie, sie hat es satt, die wunderschöne Kath und die pummelige Annie zu betrachten, und mit einer flinken Bewegung fegt sie die Alben auf den Boden. Auch der Stapel mit den losen Fotos, die sie auf die Seite gelegt hat, flattert hinunter, und das ist ärgerlich, denn sie muss sie auf Händen und Knien zusammensuchen, und Annie verflucht sich und ihre Launen. Was hast du nur mit deinem Leben angerichtet, Annie Doyle, denkt sie, hört auf, die Fotos einzusammeln, und bleibt einfach eine Weile so auf den Knien sitzen.

Von hier aus kann Annie sie beinahe sehen. Seit dem Einzug steht sie unter dem Bett, und immer noch versteckt sie sie – vermutlich die reine Macht der Gewohnheit. Es ist die Schuhschachtel mit Kaths Sachen, die sie so lange aufbewahrt hat. Im Chaucer Drive war sie ganz hinten im Küchenschrank versteckt, in einem größeren Karton, auf dem eine Magimix-Küchenmaschine abgebildet war, womit sichergestellt war, dass Terry niemals einen Blick hineinwerfen würde.

Sie wartete immer ab, bis Terry längere Zeit aus dem Haus war, erst dann erlaubte sie sich, die Schachtel herauszuholen. Manchmal riskierte sie einen Blick, wenn Terry nachmittags beim Golfen war, aber wirklich sicher war sie nur, wenn er auf einer seiner Geschäftsreisen war.

Doch selbst dann dosierte sie die Zeit, die sie mit diesen Habseligkeiten verbrachte. Wie armselig die Ausbeute von achtzehn Lebensjahren war. Annie hatte sie zusammen mit ein paar Kleidern von Kath aus der Dynevor Road mitgenommen und zwischen ihre Sachen gepackt, als sie am Hochzeitstag das Elternhaus verließ. Eine richtige Entscheidung, wenn man bedenkt, was mit allem anderen geschah.

Manchmal schmerzte es zu sehr, die Sachen anzusehen, hauptsächlich aber wollte sie die Schachtel nicht zu oft aufmachen, damit sich der Geruch nicht verflüchtigte. Mittlerweile ist nur mehr ein ganz schwacher Hauch davon übrig, aber wenn sie tief einatmet und die Augen schließt, kann sie ihn sich ins Gedächtnis rufen. Eine Mischung aus Rimmel-Lippenstift, Puder von Max Factor und den Resten in einem Flakon Charlie-Parfum. Und dazu ein weniger leicht zu identifizierender Duft. Das ist Kaths eigener Geruch.

All die winzigen Gegenstände in der Schachtel sind auf ihre ganz eigene Art besonders. Da ist natürlich Kaths Sammlung weißer Porzellanpferde, um die Annie sie immer beneidet hatte. Ein abgenutzter Lippenstift und eine Wimperntusche, die seit Jahrzehnten eingetrocknet und klumpig ist. Ein Schlüsselanhänger mit einem geflochtenen Lederband, den Auntie Rita ihr geschenkt hatte. Noch älter waren die Puppenkleider für die Sindy Doll: ein rot-blau gestreifter Pullover, ausgestellte Jeans und zwei winzige Gummipumps. Eine Haarbürste, in der noch ein Büschel von Kaths langem dunklem Haar hängt.

Sie muss die Schachtel jetzt zumachen, um den Geruch noch ein kleines bisschen länger zu bewahren. Die Vorstellung, dass es bald so gut wie nichts mehr geben wird, was an Kath Doyle erinnert, ist unerträglich. Aber dann denkt sie an das Buch, das Henrietta schreibt, und sie ist froh darüber.

Auf allen vieren krabbelt Annie zum Bett und klettert hinein. Sie muss ihre Kräfte schonen, denn am Samstag trifft sie Henrietta wieder, und dann will sie so lange wie möglich erzählen. Auf merkwürdige Weise korreliert das Verhältnis, in dem sich ihr Körper Woche für Woche schwerer anfühlt, ihr Geist aber ein wenig leichter. Das wöchentliche Gespräch mit Henrietta tut seinen Dienst. Doch wenn sie die Aufgabe zu Ende bringen will, dann muss Annie sich beeilen, denn ihr bleibt nur mehr sehr wenig Zeit.

KAPITEL 25

Henrietta

Wenn es ein Wort gibt, das Henrietta in Furcht und Schrecken versetzt, dann ist es das Wort »Mitarbeitergespräch«. So nannte der neue Bibliotheksleiter ihr erstes (und letztes) Treffen. Als man sie bei dem Petrochemieunternehmen feuerte, nannten sie es nicht Mitarbeitergespräch, sondern Abschlussbesprechung, und der Personalchef brachte einen speziellen Behälter mit, in dem sich schon Henriettas Habseligkeiten (ein Paar Crocs, ihre Brotdose und die Thermosflasche) befanden.

Das erste Mitarbeitergespräch, seit sie für das Lebensbuch-Projekt arbeitet, steht in fünfzehn Minuten an, Henriettas Herz pocht, und ihr Mund ist trocken. Dennoch ist diese Angst eine beinahe willkommene Ablenkung, weil sie für eine Weile alle Gedanken an Annie Doyle verdrängt. Seit ihrem heimlichen Besuch im Castle Pub gehen ihr die Worte von Reggie Cox nicht mehr aus dem Kopf, und diese Gedanken erfüllen sie mit Furcht.

Als er sagte, dass sich im Admiral die üblen Typen herumtrieben, hatte sich ein Puzzleteil ins Bild gefügt. Das Pub war nicht weit von der Dynevor Road entfernt, gut möglich, dass Aidan Doyle und seine üblen Freunde dort Stammgäste und somit verdächtig waren.

Aber dann hatte Reggie vom Streit der beiden Schwestern erzählt, gerade mal zwei Tage vor Kaths Tod. Nach all den einsamen Jahren in ihrem Elternhaus The Pines fehlt Henrietta die Expertise in Fragen von Geschwisterrivalitäten, oder wie weit sie führen mögen. Trotzdem kann sie dieses Verhalten nicht mit jener Annie vereinbaren, die sie kennt – oder zu kennen glaubt.

Ein Klingeln zeigt den Eingang einer E-Mail von Audrey auf dem Diensthandy an, die sie an die heutigen Tagesordnungspunkte des Mitarbeitergesprächs erinnern soll. Bis dahin sind es nur mehr zwölf Minuten.

1 Zeitmanagement, Hinweise und Tipps
2 Produktivitätsrate – nur ein kleiner Überblick :-)
3 Professionalität und Distanzwahrung

Als ihr noch fünf Minuten bleiben, kommt eine weitere E-Mail von Audrey herein, und schon bei der Betreffzeile dreht sich Henrietta der Magen um. Sie lautet: »Ihre Einmischung ist nicht erwünscht«. Wie es aussieht, wurde der Tagesordnung soeben ein weiterer Punkt hinzugefügt, diesmal ohne Smiley.

Oben in Audreys Arbeitszimmer nimmt Henrietta brav auf einem der weniger gemütlichen Plastikstühle Platz und sieht zu, wie Audrey sich abmüht, den Drehstuhl wieder auf die passende Höhe einzustellen; zischend fährt er hoch und runter, bis sie zufrieden ist.

»Also, Henrietta!«, ruft Audrey aus, als sei dieses Treffen ein unerwartetes freudiges Ereignis. »Fangen wir an!«

Henrietta bemüht sich, ihrem Gesicht einen freundlichen

Ausdruck zu geben, jenen, den sie den »erwartungsvoll dienstbeflissenen« getauft hat.

»Zunächst einmal, was meine letzte E-Mail angeht …« Audrey beugt sich über den Tisch, und ihre Augen wölben sich erschreckend unter den Brillengläsern.

»Ich wollte mich nicht einmischen«, platzt Henrietta heraus. »Es kam mir nur falsch vor, dass etwas so Bedeutendes ungeklärt bleibt. Ich war der Meinung, die Sache hätte eine gründlichere Recherche vor Ort verdient. Aber mir ist bewusst, dass ich im Rückstand bin, und ich werde mein Bestes tun, bis Weihnachten aufzuholen.«

Erst als ihr Blick auf den Schreibtisch fällt, wird ihr klar, worauf Audrey sich bezieht. Es geht nicht um ihre Internetrecherchen oder die Ausflüge durch halb London außerhalb der Dienstzeiten, sondern um Kenton Hancocks Lebensbuch.

Die letzte Seite ist aufgeschlagen, auf der Henrietta in Eigeninitiative ein Bild eingefügt hat, bevor sie es an die Druckerei weiterleitete.

Audrey zieht die Augenbrauen hoch, dann tippt sie weiter mit dem rosa Fingernagel auf den Stein des Anstoßes. Kenton und sein Freund blicken ihr, die Ferngläser um den Hals, mit strahlenden Gesichtern entgegen.

»Es war nicht nötig, Kentons Witwe an die enge Freundschaft zwischen ihrem Mann und Colin zu erinnern«, sagt sie. »Das Foto habe ich ganz bewusst weggelassen, weil es problematische Erinnerungen geweckt hat. Darum geht es in meinem Nachtrag zur heutigen Tagesordnung. Wenn Sie in Zukunft nicht autorisierte Veränderungen an den höchst erfolgreichen Leitlinien für unsere Lebensbücher vornehmen wollen, dann besprechen Sie das doch bitte mit mir.«

Erleichterung durchflutet Henrietta. Das Foto von Kenton ist in Einmischungsfragen ihre geringste Sorge.

Glücklicherweise geht Audrey bereits zu den Punkten Zeitmanagement und Produktivität über.

»Auch wenn wir eine sensible und auf jeden einzelnen Klienten abgestimmte Herangehensweise befürworten, möchte ich Sie doch fragen, wann Sie mit der Fertigstellung Ihres ersten Lebensbuchs rechnen.«

»Annie Doyles Lebensgeschichte wird innerhalb von sieben Sitzungen fertiggestellt sein. Rechtzeitig vor Weihnachten. Ganz sicher. Die Deadline steht.«

»Hervorragend. Könnten Sie mir auch eine Liste der nächsten Bücher zukommen lassen, einschließlich der erwarteten Abgabetermine?«

»Mach ich. Ich kümmere mich sofort darum.« Henrietta stellt fest, dass Mitarbeitergespräche weit einfacher sind, wenn man so tut, als sei alles in Ordnung, statt irgendetwas einzugestehen.

»Womit wir bei Punkt 3 der Tagesordnung sind: Professionalität und die Wahrung von Distanz.«

Henriettas Magen macht einen Satz. »Definitiv. Das ist meine Herangehensweise. Stets professionell.«

»Sie haben das Handbuch also gelesen?«

»Nun, größtenteils. Ich hatte ziemlich viel zu tun, muss ich dazusagen.«

»Denn mir ist schon aufgefallen, dass der Browser-Verlauf ziemlich … weitreichend ist. Möglicherweise ja ein wenig zu gründlich?«

»Gründlichkeit ist in der Tat einer meiner Wesenszüge«, antwortet Henrietta.

»Wir Menschen neigen von Natur aus zur Neugier. Aber im Projekt Lebensbuch müssen wir uns an ein klares Drehbuch halten. Unser Fragebogen ist erprobt und bewährt, und für das Buch selbst existieren vorgegebene Kapiteleinteilungen. Jugendjahre, Familienleben, persönliche Erfolge, Partnerschaft und Ehe sowie der Herbst des Lebens. Sie erinnern sich bestimmt. Damit wir nicht an jeder Abzweigung vom Weg abkommen.«

Henrietta denkt daran, dass der Fragebogen und die Kapiteleinteilung weder für Annie taugen noch für den Künstler Eric oder für Jackie, die sich ihr Buch als einen langen Abschiedsbrief vorgestellt hat. Sie möchte einwenden, dass sich das Leben von Menschen nicht so säuberlich in Kategorien pressen lässt, aber Audrey steht bereits auf, und das Mitarbeitergespräch scheint beendet.

»Aber diese Fragebogen …«, sagt Henrietta, »die sind Unsinn. Nicht jedes Leben läuft gleich ab. Ich finde, wir sollten sie nicht verwenden.«

Audreys Gesicht hat eine seltsame Färbung angenommen, die beinahe zu ihrem rosa Oberteil passt. »Nun, ich danke Ihnen für Ihre Meinung dazu, aber ich wäre Ihnen sehr verbunden, wenn Sie sich bis auf Weiteres an die Vorgaben hielten. Damit werden Sie sich leichter tun, Ihre Produktivität zu steigern, und vermeiden, dass es zu einer allzu privaten Angelegenheit wird.«

Sie hält Henrietta die Tür auf. »Was das Korrekturlesen angeht, das ist selbstverständlich tadellos«, fügt Audrey mit einem verkrampften Lächeln hinzu.

Henrietta nimmt den Aufzug ins Erdgeschoss und hängt im Café das Projekt-Schild bis zum nächsten Mal ab. Sie hatte noch nicht einmal Gelegenheit, Audrey zu fragen, ob sie das Laminiergerät im Büro benutzen darf. Anschließend packt sie einen Stapel ungenutzter Fragebogen zusammen; nutzlose Dinger, die dem Zweck in keiner Weise dienen.

Wie ein vertrauter Gefährte legt sich die Schwermut auf Henrietta nieder, und ihr Gesicht nimmt den üblichen unbeteiligten Ausdruck an. Kein Mensch hört ihr je zu. Ohne Umschweife fordert man sie dazu auf, sich nicht einzumischen und davon Abstand zu nehmen, die Fakten in den Büchern sorgfältig zu prüfen, und erwartet stattdessen von ihr, zügig reihenweise fiktive Geschichten in Kenton-Hancock-Manier zu produzieren.

Normalerweise hält Henrietta große Stücke auf Regeln, aber nur dann, wenn sie den Dingen Ordnung verleihen. In diesem Fall jedoch empfindet sie Audreys Regeln eher als Hindernis denn als Hilfe.

Die Geschichte, wie eine der Doyle-Schwestern zu Tode kam und die andere überlebte, muss erzählt werden. Möglich, dass Henrietta dabei die eine oder andere Regel verletzt hat, aber sie ist sich sicher, dass sie kurz davor ist, herauszufinden, was mit Kathleen Doyle geschehen ist. Allerdings ist sie nicht mehr ganz so sicher, ob sie die Antwort überhaupt wissen will.

KAPITEL 26

Henrietta

Es ist der Samstag der sechsten Sitzung mit Annie Doyle, und Henrietta steckt in der Zwickmühle. Einerseits freut sie sich auf das Wiedersehen mit Annie, sie hat sich sogar dabei ertappt, wie sie auf dem Weg zur Arbeit gelächelt hat, und wenn sie sich nicht sehr täuscht, hat der Busfahrer zurückgelächelt. Andererseits hat sie eine heikle Frage, die man nicht so einfach ins Gespräch einfließen lassen kann. »Ach, übrigens, waren Sie Ihrer Schwester gegenüber manchmal aggressiv und gewalttätig, Annie?« Nein, so funktioniert das nicht. Aber vielleicht wird alles klarer, wenn sie Annie erst einmal gegenübersitzt.

Die Erste, die um elf Uhr zur Tür hereinkommt, ist Bonnie, auf dem Kopf eine knallrote Weihnachtsmannmütze. Ihr folgt Stefan, doch Mia ist heute nicht im Café, also winkt er Henrietta und begibt sich durch das Foyer zu den Aufzügen. Dahinter kommt Nora, die Frau mit dem Kopftuch, die ebenfalls auf den Lift zusteuert.

Dann schließen sich die Schiebetüren.

Henrietta bemüht sich, ruhig zu atmen. Vielleicht ist Annie kurz draußen stehen geblieben, um sich zu sammeln. Die Tür geht wieder auf, und Henrietta hebt den Blick und setzt ihr freundlichstes Begrüßungslächeln auf. Doch es ist nur eine der Pflegerinnen, die aus der Pause kommt und ihr windzerzaustes Haar beim Vorübergehen wieder zu einem Pferdeschwanz bindet.

Bestimmt gibt es jede Menge Erklärungen, warum Annie heute nicht gekommen ist, versucht sich Henrietta einzureden. Womöglich hat sie verschlafen oder vergessen, dass Samstag ist. Oder sie wollte ein paar Weihnachtseinkäufe erledigen und hat versäumt, Henrietta Bescheid zu geben. Ja, sagt sie sich, es gibt viele gute Gründe. Aber leider kann sie sich nur einen vorstellen. Sie muss daran denken, wie quälend langsam Annie sich am vergangenen Samstag vorwärtsbewegt hat und dass sie kaum einen Bissen hinunterbekam. Für jemanden, der so krank ist wie Annie, ist eine Woche eine lange Zeit.

Henrietta blickt hinüber zur Cafétheke, aber natürlich ist Mia nicht da, und vor dem mürrischen Mike wartet eine lange Schlange mit Kunden. Vielleicht sollte sie Bonnie fragen, aber die ist einschließlich Weihnachtsmütze in den oberen Stockwerken verschwunden, wo die schwerwiegenden Angelegenheiten wie Behandlung, Rehabilitation und Palliativversorgung vonstattengehen. Dort oben wirken die Physiotherapeuten, Ärzte, Palliativpfleger und Sozialarbeiter, eine Welt, die weit entfernt ist von dem Geplauder, das an Henriettas Tisch im Café Leben stattfindet.

Henrietta ist klar, dass sie Bonnie nicht hinterherrennen wird. Umgeben vom Café-Lärm und der verbrauchten Luft spürt Henrietta, wie sich die vertraute ausdruckslose Maske auf ihr Gesicht legt, die sie schon durch die einsamen Schuljahre, die Universität und die Jobs, in denen niemand mit ihr sprach, begleitet hat. Hinter dieser Maske verbirgt sie die aufsteigende

Panik, denn sie weiß, dass sie wieder einmal versagt hat. Schlimmer noch, womöglich hat sie sogar eine Freundin verloren.

Eine Stunde später sieht Henrietta den weißen Pompon von Bonnies Mütze durchs Foyer wippen. Henrietta hat eben einen spontanen Termin angenommen, aber sie kann nicht anders, sie muss es versuchen.

»Entschuldigen Sie, ich bin sofort wieder da«, sagt sie, schiebt scharrend den Stuhl zurück und rennt vor die Tür, gerade noch rechtzeitig, um zu sehen, wie sich Bonnie auf den Beifahrersitz des Minibusses schwingt und den Sitzgurt anlegt. Es ist zu spät – Bonnie ist weg und hat Henrietta noch nicht einmal bemerkt; die bleibt auf der obersten Stufe zurück, wo der vom Wind aufgewirbelte Staub enge, grimmige Kreise zieht.

Zurück am Tisch entschuldigt sich Henrietta noch einmal und bemüht sich, die übliche Effizienz zu verkörpern, als sei nichts geschehen. Der Termin wurde unter dem Namen Elodie vereinbart; allerdings ist Elodie in Begleitung ihrer Mutter erschienen, und am Ende übernimmt hauptsächlich die Mutter das Reden und erklärt, dass Elodie eigene Vorstellungen davon hat, wie ihr Lebensbuch aussehen soll. »So wie Myspace früher war«, sagt sie. Offensichtlich ist Henriettas Miene verständnislos, denn sie versucht es anders: »Einfach nur eine Menge Fotos mit Bildunterschriften. So was gefällt Elodie.«

Die Mutter bricht ab, das Weiterreden fällt ihr schwer, und Elodie, die bislang aus dem Fenster gesehen hat, ergreift das Wort. »Schon klar, meine alte Facebook-Seite und die Instagram-Posts werden auch noch da sein, wo die Leute was schreiben können. Aber für meine Familie ist es schön, wenn sie etwas zum Anschauen haben, was ein bisschen altmodischer ist. Ein Buch ist halt etwas, was bleibt, verstehen Sie?«

Henrietta versteht sehr gut. Audrey wird das kein bisschen goutieren, aber sie fällt die Entscheidung, sich über die Vorgaben hinwegzusetzen und auf den Fragebogen und das standardisierte Format zu verzichten. Zumal Elodie in den Spalten über ihre berufliche Laufbahn und mit der Frage, ob beziehungsweise wie viele Kinder sie hat, nichts eintragen kann. Das arme Mädchen ist gerade mal fünfzehn.

Also bittet Henrietta Elodie, ihr die gewünschten Fotos und Bildunterschriften per E-Mail zu schicken. »Wenn du noch etwas Längeres in deinen eigenen Worten schreiben willst, dann kannst du das natürlich auch machen«, fügt sie an. Elodie und ihre Mutter wirken recht zufrieden mit dem Resultat. »Danke, dass Sie so nüchtern damit umgehen. Das hilft«, sagt die Mutter. »Ich habe diese einfühlsam geneigten Köpfe so satt. Dieses ewige Mitleid.«

Anschließend zeigt Henrietta Elodie und ihrer Mum ein paar Beispiele von Lebensbüchern, unter anderem das von Jackie, das gerade aus der Druckerei gekommen ist. Während sie zu dritt durch die Hochglanzseiten blättern, wird Henrietta von dem Gefühl übermannt, welch eine Vergeudung das ist. Jackie, Elodie, Annie – all diese Leben, die zu früh zu Ende gehen.

Egal, wie viel Audrey über professionelle Distanz doziert, Henrietta wird den Schein vermutlich nicht mehr lange wahren können. Plötzlich zittern ihre Lippen, und es fühlt sich so an, als habe sich eine Hand um ihr Herz gelegt und drücke es mit aller Kraft zusammen. Was für Fehler Annie Doyle in der Vergangenheit auch gemacht hat, Henrietta gegenüber war sie immer freundlich und respektvoll. Angenommen, sie hat ihre Schwester in jener Nacht gefunden, sie haben wieder gestritten, und es gab einen schrecklichen Unfall, dann hat Annie dafür mehr als genug gebüßt. Und ihre Zeit läuft ab.

Ist es denn so schlimm, wenn die Wahrheit über Kath im Verborgenen bleibt? Annie hatte recht, Henrietta wird sich mit der Lösung dieses Rätsels kein goldenes Abzeichen verdienen. Es gibt nur eines, was Henrietta sicher weiß: Sie will, dass es Annie jetzt und hier gut geht.

Da sitzt sie zwischen den schmutzigen Tellern und Tassen im

Café Leben und denkt nicht mehr an Kath Doyle, sondern an Annie. Sie macht sich Sorgen. Henrietta Lockwood weint zum ersten Mal seit dreiundzwanzig Jahren, und die unbeteiligte Maske ist nirgends zu sehen.

KAPITEL 27

Annie

Den Tag über ist Annie immer wieder eingedöst, und einerseits genießt sie das ständige Wegdämmern, andererseits bereitet es ihr Qualen, weil sie Angst davor hat, wohin sie die Träume tragen. In den vergangenen paar Wochen hat sie mehr über Kath geredet als in den Jahrzehnten davor zusammengenommen, vermutlich ist der alte Traum deshalb zurückgekehrt: der, in dem sie im Dunkeln unten am Kanal steht und versucht, die Dunkelheit wegzublinzeln und zu erkennen, was im Wasser ist; sie erträgt es nicht, nicht schon wieder.

Da ist der übliche nasskalte Geruch des glitschigen Treidelpfads, darüber hinaus aber noch die ranzige Fäulnis von altem Müll. Oder ist es der Gestank des grün angelaufenen Goldfischaquariums, das so dringend sauber gemacht werden sollte? Wo genau war das – im Kindergarten? Nein, Blödsinn, sie bringt alles durcheinander. Das war vorher, ganz woanders, in einer Schule mit abgesenkten Waschbecken und Toiletten, mit von den Wänden widerhallenden Geräuschen und Musik, die aus einem Zimmer am Ende des Flurs kam.

Jetzt aber spielt jemand scheußliche Musik, ein Gitarrensolo mit einer kreischenden Rückkoppelung. Sie will, dass es aufhört, aber es fängt immer wieder von Neuem an.

Sie taucht aus dem Dämmerschlaf auf, und der Lärm verwandelt sich in die Türglocke, es ist gar keine Gitarre. Der Geruch ist noch da, aber er stammt von ihrem eigenen Bettzeug, das sie seit Ewigkeiten nicht gewechselt hat.

Jetzt ist Annie wach. Ohne Zweifel klingelt jemand an ihrer Haustür, und zwar sehr beharrlich. Bonnie wird doch nicht zurückgekommen sein?

Heute Vormittag schaffte Annie es nicht aus dem Bett und verkroch sich unter der Bettdecke, um das Brummen des Minibusses, der vor dem Haus auf sie wartete, auszublenden. Sie hatte sich ausgemalt, wie Bonnie nervös geworden war, wie sich eine kleine Schlange von SUVs hinter dem Minibus angestaut hatte und gestresste Mütter das Steuer fest umklammerten, in Sorge, zu spät zur Ballettvorführung ihrer Kleinkinder, zum Pilates-Unterricht oder Kaffeeklatsch zu kommen.

Irgendwann war das Motorengeräusch etwas schwächer geworden und ganz verschwunden, und Annie hatte sich bereits in Sicherheit gewähnt. Doch dann war es schnurrend wie eine ungeliebte Katze zurückgekehrt. Der Fahrer hatte nur eine Runde um den Häuserblock gedreht. Also hatte Annie klein beigegeben, das Telefon abgenommen und Bonnie erklärt, dass sie unpässlich sei. »Ich bin auf dem Klo. Es wird noch eine Weile dauern«, hatte sie gesagt, und Bonnie hatte das Gespräch eilig beendet. Daraufhin hatte der Minibus endlich Gas gegeben und war ohne sie davongefahren.

Seitdem hat Annie sich kaum vom Fleck bewegt. Sie hat sich aufgesetzt, um das saure Sodbrennen in der Kehle zu lindern, während das Radio sie immer wieder in den Schlaf wiegte. Ziemlich sicher hat sie eben den Seewetterbericht gehört, aber ob das bedeutet, dass es kurz vor Sonnenaufgang oder später Nachmittag ist, kann sie nicht feststellen. *Fisher Bank, Deutsche Bucht, Nordost vier oder fünf, gelegentlich sechs,* die Worte seit der Kindheit unverändert.

Wieder klingelt es an der Tür, und erneut legt sich ein schmerzender Klammergriff um ihren Kopf. Annie streckt die

Beine aus dem Bett, wickelt sich den Morgenrock um den Leib und schleppt sich zur Gegensprechanlage an der Wohnungstür.

»Ja? Wer ist da?«

Einen Augenblick herrscht Schweigen, im Hintergrund hört Annie ein Taxi vorbeifahren und in größerer Entfernung das Heulen einer Sirene. Schließlich ertönt eine vertraute Stimme, allerdings klingt sie leicht verzerrt, so als habe die Person noch nie eine Gegensprechanlage benutzt und presse die Lippen ganz dicht ans Mikrofon.

»Hallo. Mein Name ist Henrietta Lockwood, ich arbeite für das Projekt Lebensbuch.«

Das ergibt keinen Sinn. Das Mädchen ist hier, vor ihrer Haustür. So soll Henrietta sie nicht sehen, sie ist noch nicht einmal angezogen. Der modrige Geruch ist ihr bis in die Diele gefolgt, kein gutes Zeichen.

»Oh, Henrietta, tut mir leid. Mir geht es nicht so gut.« Annie lässt den Hörer an dem gezwirbelten Kabel baumeln und schlurft zurück ins Schlafzimmer.

KAPITEL 28

Henrietta

Henrietta sieht, dass in Annies Wohnung Licht brennt. Von einem Nachbarn, der ihr die Stufen herunter entgegenkam, weiß Henrietta, welche Wohnung es ist. Er hatte etwas überrascht gewirkt, als sie ihn fragte, ob Annie noch am Leben sei.

»Ziemlich sicher schon. Ihr Radio weckt mich jeden Morgen. Wenn Sie mit ihr reden, sagen Sie ihr doch, dass ich kein so großer Fan des Seewetterberichts bin.«

Außerordentliche Erleichterung hatte sie überschwemmt,

und sie hatte das unnatürliche Bedürfnis verspürt, diesen Mann mit der Cordjacke und dem tief ins Gesicht gezogenen Hut zu umarmen. Natürlich hatte sie sich gebremst. Jetzt aber scheint etwas mit Annie Doyles Klingel nicht zu stimmen, oder aber sie hört schlecht.

Henrietta erinnerte sich an Annies Adresse von der ersten Sitzung, weil sie Annie mit ihrem altmodischen Londoner Akzent missverstanden hatte, als sie Ash Tree Court gesagt hatte. Annie hatte etwas pikiert gewirkt, als Henrietta gefragt hatte, ob die Leute im Ashtray Court alle Raucher seien. »Ich habe schon vor vielen Jahren aufgehört. Es hieß, das schicke sich nicht für eine Dame«, hatte Annie erwidert.

Tatsächlich quetscht sich das Haus, das sich Ash Tree Court nennt, zwischen zwei weitaus prächtigere viktorianische Bauten. Der moderne Wohnblock duckt sich, als schäme er sich für seine Gewöhnlichkeit. An einer Klingel steht eindeutig *A. Doyle,* also versucht es Henrietta ein letztes Mal. Wenn sie die Luft anhält, kann sie das Klingeln im Innern des Hauses sogar hören.

Als Annies körperlose Stimme aus der Gegensprechanlage kommt, zuckt Henrietta zusammen. Doch dann fasst sie sich und presst die Lippen ganz dicht an den Lautsprecher, als sie ihren Namen nennt.

Es ist gut, Annies Stimme zu hören, allerdings wirkt die weniger erfreut, Henrietta zu hören. Annie scheint weggegangen zu sein, aus der Sprechanlage dringen nur Rauschen und hin und wieder ein entferntes Klirren und Klappern. Vielleicht hat sie Annie mit ihrem außerplanmäßigen Besuch verschreckt. Sie beschließt, die Taktik zu ändern.

»Ich war in der Gegend und dachte, ich schaue mal vorbei«, sagt sie und ist recht zufrieden mit dieser Improvisation. Noch immer kommt keine Antwort. Das metallene Gitter der Sprechanlage an Henriettas Lippen ist kalt, und unter ihrem Atem beschlagen die Namensschilder.

»Annie?«

Minuten verstreichen. Hinter sich hört Henrietta Schritte und schweres Atmen, und sie dreht sich um, doch es ist nur eine vorbeijoggende Frau in Sportkleidung. Ein schwarzer BMW gleitet langsam und geschmeidig wie ein Hai über die Bodenschwellen.

Ohne Vorwarnung ertönt ein aggressives Summen an der Tür, ein Geräusch, das in ihrem Magen nachhallt. »Na los. Machen Sie … die Tür … auf«, sagt Annie Doyles Stimme, und Henrietta drückt sie auf.

Im Hausflur riecht es nach Desinfektionsmittel mit Kiefernduft. Auf einem niedrigen Tisch liegen vier Poststapel. Wartend steht Henrietta da und blickt auf die vier weißen Wohnungstüren. Links von ihr geht eine davon einen Spaltbreit auf. »Nun kommen Sie schon, trödeln Sie nicht da draußen herum«, sagt eine Stimme. Die Tür öffnet sich etwas weiter und gibt den Blick auf einen Ausschnitt von Annies bleichem Gesicht frei.

Henrietta ist sich bewusst, dass der Augenblick gekommen ist, ihrer Klientin die Befangenheit zu nehmen und diesen Hausbesuch herunterzuspielen. »Guten Abend. Ich bin gerade hier vorbeigekommen und dachte: ›Warum nicht Annie Doyle einen Besuch abstatten?‹« Annie hat sich allerdings schon wieder abgewandt und die Wohnungstür offen stehen lassen. Henrietta folgt ihr in die Diele und dann ins Wohnzimmer, das zur Straße weist und von dem aus die Vortreppe, auf der Henrietta die letzten zwanzig Minuten gestanden hat, deutlich zu sehen ist.

»Ja, das sagten Sie bereits«, brummt Annie. »Es ist unaufgeräumt. Ich habe keinen Besuch erwartet.«

Henrietta hingegen erscheint das Zimmer ausgesprochen ordentlich, geradezu spartanisch. Nur ein einfacher Esstisch aus geschrubbtem Kiefernholz, ein einzelner Stuhl und ein Sessel stehen da. An der Wand hängen zwei Bilder, und in einer Ecke ist ein Holzregal, doch die Regalbretter sind halb leer, so als sei Annie eben erst eingezogen.

Ihr fällt auf, dass Annie sich merkwürdig krumm auf den Sessel stützt, außerdem ist etwas Seltsames mit ihrem Haar geschehen. Der Haarschnitt erinnert an eine umgedrehte Dessertschüssel, im Nacken ist das Haar ganz kurz.

Annie zuckt zusammen und lässt sich in den Sessel plumpsen. »Ich sollte Ihnen etwas zu trinken anbieten, aber ich weiß gar nicht, was ich im Haus habe«, sagt sie, und ihre Stimme klingt noch schwächer als zuvor über die Sprechanlage. Auf ihrer Stirn liegt ein leichter Schweißfilm, und der seidene Morgenrock ist etwas aufgegangen und offenbart ein langes ausgeleiertes T-Shirt.

Hier ist ihre Chance, etwas Gutes zu tun, denkt Henrietta, und ohne Annie die Gelegenheit zum Widersprechen zu geben, nimmt sie die Dinge in die Hand. »In dem Fall ist es mir ein Vergnügen, uns eine Tasse Tee zu kochen«, sagt sie. »Die Küche ist da hinten?« Sie zeigt auf den Flur, und Annie hebt die Hand in einer Geste, die entweder »Bitte sehr, nur zu!« besagen soll oder aber bedeutet: »Geh weg und lass mich in Frieden.« Henrietta entscheidet sich für Ersteres.

»Milch? Zucker?«, ruft sie, während sie eine Tasse vom Abtropfgestell nimmt und eine zweite im hinteren Teil des Geschirrschranks findet. Sie hat das Gefühl, den Dreh rauszuhaben. Kein Wunder, dass Mia so viel Spaß daran hat, im Café herumzuwerkeln. Es gibt einem das Gefühl, nützlich zu sein.

Leider stellt sich heraus, dass Annie weder Milch noch Zucker im Haus hat, aber immerhin findet sich im Schrank eine Schachtel mit ein paar verstaubten Teebeuteln. Annie hat sich nicht vom Fleck gerührt, nimmt die dampfende Tasse mit beiden Händen entgegen und schmiegt sie an ihren Bauch.

Es scheint nicht der richtige Augenblick, Annie wegen des verpassten Termins heute Vormittag zur Rede zu stellen, und erst recht nicht, mit ihren Fragen loszulegen. Also blickt sie sich um und sucht nach etwas Unverfänglichem, über das sie plaudern können, beispielsweise ein Schmuckstück, das sie bewundern kann. Auf dem Gemälde an der Wand bilden geschwungene weiße und stahlblaue Pinselstriche eine Meerlandschaft, und dahinter ragen steile Klippen auf.

»Ich habe keine Ahnung, wo das ist«, sagt Annie, die ihrem Blick gefolgt ist. »Mir hat einfach … die Stimmung gefallen.« Wieder macht sie einen Wink, die flatternden Finger scheinen einen unausgesprochenen Gedanken oder einen vergangenen Moment fassen zu wollen, die sie nicht erreichen können. Die Hand legt sich wieder um die Tasse, und Annie nippt behutsam daran.

Dann sagt sie: »Wahrscheinlich dachten Sie, ich bin tot.« Der bittere Schwarztee scheint ihr ein wenig neue Kraft zu geben.

»Nein, selbstverständlich nicht.« Henrietta blickt auf ihre Büroschuhe hinunter und stellt die Füße artig nebeneinander, sodass die Schnürsenkel beider Schuhe auf gleicher Höhe sind. »Na ja, vielleicht ein bisschen. Ich habe mir ein wenig Sorgen gemacht.«

Wieder sieht sie sich im Zimmer um, betrachtet die Regale mit den Penguin-Taschenbüchern in der alten Ausstattung mit den orangefarbenen Umschlägen. Auf dem obersten Regalbrett sind Strandkiesel aufgereiht, jeder davon eine perfekte Kugel, und auf dem Kaminsims liegt etwas Nippes. Henrietta hat sich nie Gedanken über Inneneinrichtung gemacht, die meisten Dinge in ihrer Wohnung sind gebrauchte Sachen ihrer Eltern oder Möbelstücke von IKEA, aber hier in diesem Zimmer mit den weißen Wänden und der kargen Möblierung fühlt sie sich so ruhig wie schon lange nicht mehr. Ein aufgeräumtes Zimmer hat etwas für sich – und ihr kommt die Idee, dass so etwas möglicherweise als Gesprächsthema gelten könnte.

»Annie, Sie haben eine sehr schöne Wohnung. Leben Sie schon lange hier?«

»Seit zwei Jahren«, antwortet Annie. »Und danke. Ich mag sie auch, weil sie ganz mir gehört und ich alles habe, was ich brauche. Natürlich gehört sie mir nicht wirklich, ich wohne nur zur

Miete. Mein Arzt hat sie mir vermittelt oder die Sozialarbeiterin, irgendjemand von denen.« Sie blickt hinaus in die Dunkelheit hinter Henriettas Rücken.

»Sozialarbeiterin?«, fragt Henrietta vorsichtig und denkt an Annies Redefluss über ihren verstorbenen Mann, über Angst, Blut und verlorene Babys. Sie glaubt zu verstehen, aber sie ist sich nicht sicher.

»Ist Ash Tree Court dann so eine Art Frauenhaus?«

»Hä?« Stirnrunzelnd betrachtet Annie sie. »Wovon reden Sie? Nein, obwohl ich so was vor vielen Jahren hätte brauchen können. Nein, ich habe die Wohnung nach Terrys Unfall bekommen. Weil ich den Gedanken nicht ertragen konnte, wieder in dem Haus in Dollis Hill zu wohnen. Das ganze Braun …« Sie verstummt.

Henrietta war noch nie in Dollis Hill und mutmaßt, dass es eine ländliche Gegend ist, vielleicht mit einer Menge Brachland.

»Ich habe sein ganzes Zeug rausgeschmissen«, erzählt Annie und umfasst die Tasse so fest, dass die Fingerknöchel durchschimmern. »Ich wollte nichts davon behalten. Auch nicht meine alten Kleider. Ich wollte keinerlei Erinnerungsstücke an diese Zeit.«

Dann hält sie inne und sieht Henrietta in die Augen. »Sie haben dieses Aufnahmeding nicht dabei, oder? Das hier bleibt ganz unter uns?«

»Ja, natürlich. Ich bin als Freundin hier.« Henrietta spürt, wie ihr Gesicht heiß wird, als ihr das Wort »Freundin« entschlüpft, aber Annie scheint es nicht zu stören, jedenfalls redet sie weiter, schneller und wütender als je zuvor. Der Tee in ihrer Tasse schwappt herum, doch sie bemerkt es gar nicht.

»Ich habe alles in den gelben Container gekippt, doch plötzlich hatte ich Pudding in den Knien, wie meine Mum gesagt hätte. Als sie mich ins Krankenhaus geschafft haben, haben sie nicht Pudding in den Knien dazu gesagt, sondern Nervenzusammenbruch.«

Henrietta hat Schwierigkeiten, ihr zu folgen. »Ins Rosendale, meinen Sie?«

»Nein, nein, hören Sie doch zu. Das war vor zwei Jahren. Das war ein völlig anderes Krankenhaus, dort war ich auf der geschlossenen Station. Die hielten mich für plemplem, aber wenn Sie mich fragen, war ich seit Jahren nicht mehr so klar im Kopf gewesen. Egal, sie brachten mich auf die Briar-Station, und später hatten sie Mitleid und sagten, dass ich nicht in das Haus im Chaucer Drive zurückmüsste. Die Sozialarbeiterin zeigte mir die Wohnung hier, es war Liebe auf den ersten Blick. Ich wünschte nur, ich hätte sie früher gekriegt. Das hätte eine Menge Ärger erspart.«

»Da haben Sie wirklich Glück«, sagt Henrietta und ist froh, dass sie in dieser Frage einer Meinung sind.

Plötzlich beugt sich Annie nach vorn und setzt scheppernd die leere Tasse auf dem Tisch ab. »Glück? Sie denken, ich habe Glück? Sie klingen wie die Frau vom Wohnungsamt. Stimmt, in den vergangenen zwei Jahren bin ich aufgewacht, ohne mich wie ein Nervenbündel zu fühlen. Aber was ist mit dem Rest meines Lebens – warum konnte ich das nicht schon früher haben?«

»Es tut mir leid«, stottert Henrietta. Mit dieser Entwicklung einer Unterhaltung über Wohnungseinrichtung hat sie nicht gerechnet. Ihr fällt auf, dass der Tee kalt geworden ist, genau genommen ist es hier im Zimmer kalt. Sie beobachtet Annie, die sich mit der Hand über den Nacken fährt, wo die Haut so nackt und schutzlos ist, und möchte diese Frau in etwas Warmes, Tröstliches packen.

Was auch immer in jener Nacht im Jahr 1974 geschehen ist, Annie hat damals den wichtigsten Menschen ihres Lebens verloren, und es ist unübersehbar, dass sie seither trauert. Der Verlust ist überall in dieser kargen Wohnung zu spüren: in den Lücken zwischen den sorgfältig aufgereihten Kieselsteinen, in der einzelnen Tasse auf dem Abtropfgitter. Und er zieht sich durch alle Geschichten, die Annie ihr Woche für Woche erzählt hat. Annie hat jene Lebensgeschichte erzählt, die Gehör finden musste, und sie war mit dem Rätsel um den Tod der Schwester nicht zu Ende. Sie beinhaltet auch alles, was danach kam: ihre Einsamkeit, die Trauer, die schreckliche Ehe. Annie hat erzählt, nur hat Henrietta nicht richtig hingehört.

Indem sie das tat, war sie so viel mutiger als Henrietta, die ihr Leben lang nicht in der Lage war, jemandem etwas von sich preiszugeben. Letzte Woche war sie beinahe so weit, aber dann waren die Worte in ihrem Innern stecken geblieben. Henrietta spürt ein Zucken in der Kehle, als sie eine Entscheidung fällt. Annie hat ihr so viel von sich offenbart, jetzt möchte Henrietta sich revanchieren. Sie will Annie zu verstehen geben, dass sie mit ihrem Verlust nicht allein ist.

Also fängt sie an zu erklären, wie viel sie über Annie und ihre Schwester nachgedacht hat, möglicherweise ein wenig zu viel, weil Kaths Tod sie an ein Ereignis aus ihrer eigenen Kindheit erinnert hat. An ein Picknick, als Henrietta und ihre Freundin Esther neun Jahre alt waren und der kleine Christopher gerade mal vier. Wie die drei Kinder aufgeregt in das rote Auto geklettert waren und auf der heißen Rückbank gesessen hatten, Christopher in der Mitte zwischen den Mädchen.

»Als wir zum Strand kamen, aßen wir unsere Sandwiches, und dann legten sich meine Eltern in den Schatten eines ›Haus Win‹, das ist ein notdürftiger Bambusunterstand, den die Fischer zum Übernachten nutzen. Wir Kinder aber wollten alle schwimmen. Ich hatte meine Taucherbrille und den Schnorchel dabei und diesen orangefarbenen Schwimmreifen, mit dem man auf dem Wasser treiben konnte, sodass man die Fische unter der Oberfläche beobachten konnte. Annie, unter Wasser, das war eine völlig andere Welt. Da waren Korallen, winzige stahlblaue Fische, die von links nach rechts schossen, und orange Seesterne, die sich an die Felsen klammerten.«

Esther, Christopher und sie hatten sich mit Taucherbrille und

Schnorchel abgewechselt. Christopher hatte das noch nie ausprobiert, und er war so aufgeregt, dass er jedes Mal, wenn er etwas unter Wasser entdeckte, hochsprang. »Schaut mal!«, wollte er rufen, aber unter dem Schnorchel kam es gedämpft heraus wie ein Muhen. Die Mädchen lachten ihn aus, und auch er lachte und schluckte große Mengen Meerwasser, sodass sie noch mehr lachen mussten.

»Esther und ich wollten dann brustschwimmen üben, und ich überließ Christopher meine Taucherbrille und den orangefarbenen Schwimmreifen, um zu beweisen, wie großzügig ich war.« Das, was jetzt kommt, muss sie mit Bedacht erklären, denn Annie soll verstehen, dass sie angefangen hatte, sich über Christopher zu ärgern, weil er die Taucherbrille so lange in Beschlag nahm. Sie schwamm ein paarmal an ihm vorbei, aber er war immer noch dabei, die Unterwasserwelt zu beobachten, in der Hüfte gekrümmt, während der glänzende Plastikreifen auf den Wellen wippte und in der heißen Sonne blinkte.

»Ich schwamm noch einmal an ihm vorbei, und aus irgendeinem Grund gab ich ihm einen Schubs, nur ganz leicht, aus Spaß«, erzählt sie. »Aber es passierte nichts, außer dass Christopher und der Schwimmreifen wegdrifteten. Er bewegte seine Arme und Beine nicht, also packte ich ihn an den Schultern, schüttelte ihn und fing an, so laut ich konnte, zu brüllen.

Mein Vater wachte als Erster auf und kam platschend ins Wasser gerannt. Er zog Christopher auf den harten Kieselstrand und begann, auf seine Brust zu drücken. Es dauerte länger, bis meine Mutter dazukam, denn sie hatte den Badeanzug am Nacken aufgemacht.«

Noch heute hat Henrietta vor Augen, wie ihre Mutter mit den Füßen in die Flipflops schlüpfte, die Schnüre am Badeanzug zu einer Schleife band und dann herunterkam, um den kleinen, leblosen Körper zu betrachten, den der Vater schüttelte und bearbeitete, damit er wieder aufwachte.

»Der Arzt sagte uns später, dass Christopher zu lange im

Wasser gewesen war und dass wir ihm nicht mehr hätten helfen können. Etwa fünf Minuten zu lang. Jene fünf Minuten, in denen ich hin und her geschwommen war, mich dafür gerühmt hatte, wie großzügig ich Christopher gegenüber war, und schließlich etwas sauer geworden war, weil er die Taucherbrille nicht mehr hergab.«

Die ganze Zeit über hat Henrietta die Kordel ihrer Jacke erst in die eine Richtung gezwirbelt, dann wieder zurück. Sie wagt nicht, Annie anzusehen, weil sie Sorge hat, dass sich auf dem Gesicht der alten Frau Ekel abzeichnet. Aber dann blickt sie doch auf, und Annie sieht weder wütend noch angeekelt aus. Vielmehr wirkt sie überrascht.

»Also, damit ich es richtig verstehe«, sagt sie. »Esther und Christopher. Wer genau waren die?«

»Esther war meine beste Freundin«, erklärt Henrietta.

»Und Christopher war … ?«

»Christopher war mein kleiner Bruder.«

Das Aussprechen dieser Worte katapultiert Henrietta zurück in das auf Stelzen stehende Haus in Masura, unter dem der betonierte Carport war, wo Christopher auf seinem kleinen roten Feuerwehrauto wieder und wieder im Kreis herumfuhr. Von ihrem Haus aus konnte sie Esthers abends hell erleuchtetes Fenster sehen und hinüberwinken. Aber als sie an diesem Abend aus dem Krankenhaus kamen, waren rundum alle Fenster dunkel, sogar das von Esther.

»Kein Mensch kam uns an diesem Abend besuchen, und auch am nächsten Tag kam niemand. Schließlich klopfte der Priester, der die Missionsstation leitete, an unsere Tür. Er sagte, alles sei organisiert. Er hatte Flüge für uns gebucht und den Sarg direkt vom Krankenhaus zum Flughafen schicken lassen. Es sei das einzig Richtige, meinte er, dass die Lockwoods ihren kleinen Jungen nach Hause brachten und in der Heimaterde begruben. Aber mein Vater wollte nicht fortgehen. Er hörte nicht auf, von seiner ›Berufung‹ zu sprechen. Schließlich wurde der Priester sehr wütend. ›Was ist los mit Ihnen?‹, sagte er. ›Uns allen tut Ihr Verlust leid, aber Sie müssen nach Hause zurückkehren – und zwar heute noch. Das Flugzeug wartet. Sie müssen Ihren Sohn begraben. Und Ihre Tochter nach Hause bringen.‹ Da verstand mein Vater. Wir alle verstanden.«

Als das Auto aus den Toren der Missionsstation Richtung Flugplatz raste, starrten ihre Eltern strikt geradeaus. Sie konnten es nicht ertragen, Henrietta anzusehen, und in diesem Moment wurde ihr die unwiderlegbare Wahrheit klar. Die Verantwortung lag allein bei ihr. Denn ihre Eltern hatten geschlafen.

»Es war meine Schuld, verstehen Sie. Ich hatte Christopher gezeigt, wie er mit der viel zu großen Taucherbrille und dem Schnorchel umgehen musste, und ich hatte ihm auch den Schwimmreifen gegeben, der sein Gesicht unter Wasser hielt, als das Wasser in die Maske oder durch den Schnorchel sickerte. Ich hätte auf ihn aufpassen sollen.«

Sie erinnert sich, wie sie über die Piste gerannt waren und ihre Mutter Henrietta fest an der Hand gepackt und voller Hass hinter sich hergezogen hatte. Ein kleiner Sarg wurde in den dunklen Frachtraum verladen. Henriettas Eltern hatten ihren einzigen Sohn verloren, und die ganze Schuld lag bei Henrietta, der unbeholfenen, unfähigen Tochter. Der kindlichen Mörderin, die, so hatte der Priester gesagt, nach Hause geschickt werden musste.

»In England haben wir nie wieder darüber gesprochen«, sagt sie. »Mein Vater hatte hier und da Arbeit als Aushilfslehrer. Meine Mutter engagierte sich ehrenamtlich und buk eine Unmenge Kuchen. Wir brachten unser Leben in dem kalten, elenden Haus in Kent schweigend zu. Und jedes Mal, wenn ich dort bin, erinnert es mich daran, wie mein kleiner Bruder gestorben ist und dass ganz allein ich schuld daran bin.«

Annie beugt sich im Sessel nach vorn. »Was für eine schreckliche Tragödie.«

Henrietta wappnet sich. Sie rechnet damit, dass Annie ihr erklärt, wie unendlich dumm sie war.

Doch Annie sagt eine Weile lang gar nichts. Schließlich schüttelt sie ganz langsam den Kopf. »Henrietta, Ihnen ist schon klar, dass Sie nicht die geringste Schuld tragen?«

Hat Annie ihr denn überhaupt nicht zugehört? »Natürlich war es meine Schuld. Ich hatte die Verantwortung. Ich habe ihm die Taucherbrille gegeben und bin an ihm vorbeigeschwommen. Ich habe ihn nicht gerettet.«

Jetzt ist Annie verärgert, genau genommen zutiefst aufgebracht. »Henrietta, Sie waren neun Jahre alt. Ihre Eltern hatten die Verantwortung – sie hätten auf ihn aufpassen müssen.«

»Aber sie haben geschlafen.« Die Antwort ist kaum mehr als ein Flüstern, und wie ein dünner Faden legt sich die Angst um ihren Magen.

»Genau darum geht es. Sie wissen, dass ich keine eigenen Kinder habe, aber ich habe mich mein Leben lang um viele Kinder gekümmert. Und ich weiß, was die Aufgabe von Eltern ist: auf die Kinder aufzupassen. Und wenn doch etwas passiert, so wie es im Leben eben vorkommt, dann ist es die Pflicht der Eltern, ihr Kind zu trösten und dafür zu sorgen, dass es ihm besser geht. Zum Beispiel dann, wenn ein Unfall geschieht. Denn nichts anderes ist Ihrem armen Bruder passiert, es war ein Unfall. Der Priester hatte Ihnen sicher genau das sagen wollen: Geht nach Hause und kümmert euch um eure Tochter.«

So wie Annie es darstellt, klingt es beinahe überzeugend; Henrietta spürt, wie die Angst ihr Inneres noch straffer umspannt. Warum aber haben ihre Eltern sie dann all die Jahre in dem Glauben gelassen, es sei ihre Schuld?

Annie packt die Armlehnen und macht sich bereit, aus dem Sessel aufzustehen. »Für mich ist es zu spät, Hen. Ich werde nie erfahren, was meiner Schwester zugestoßen ist. Aber manchmal muss man die Dinge einfach auf sich beruhen lassen, um sich selbst zu schützen. Ich denke, Sie sollten aufhören, sich Vorwürfe wegen eines Unfalls zu machen, der so lange her ist und an dem Sie keinerlei Schuld hatten. Sie sollten Ihr eigenes Leben in Angriff nehmen.«

Annie ist aufgestanden, aber Henrietta will noch nicht gehen, nicht jetzt, wo diese ganzen verworrenen Geheimnisse ausgesprochen wurden. Ihr kommt eine Idee.

»Ich kann Sie jetzt hier nicht allein lassen. Sie haben doch nicht einmal etwas zu essen im Haus. Wie wär's, wenn ich Sie ins Café ausführe?«

Annie zieht die Augenbrauen hoch und lächelt dann. »Ich glaube, da kenne ich genau den richtigen Ort. Warten Sie einen Moment, ich muss mir nur etwas Anständiges anziehen.«

KAPITEL 29

Henrietta

Wie sich herausstellt, unterscheidet sich Annies Vorstellung von anständiger Bekleidung ganz erheblich von dem, was Henrietta darunter versteht. Statt sich des T-Shirts und der Leggings zu entledigen, die aussehen, als seien sie ihr Schlafanzug, fügt Annie dem Ensemble einfach ein voluminöses Strickkleid hinzu. Dazu zieht sie die spitz zulaufenden knöchelhohen Stiefel mit den Schnallen an und eine Jacke im Militärstil, die jede Menge Klappen und Taschen hat. Sie wirft einen Blick in den Spiegel im Flur und richtet sich auf. »Also gut, Henrietta Lockwood, wollen wir?«

Auf dem Fußweg vor dem Haus nimmt Annie Henriettas Arm, und die verlangsamt den Schritt, sodass sie nebeneinanderher gehen können. Henrietta kann nicht umhin zu denken, dass Annie davon profitieren würde, sich zweckmäßigeres Schuhwerk zuzulegen, aber immerhin scheint etwas von ihrer Kraft zurückzukehren.

Offenbar sind sie auf dem Weg zu Emirs Café, das, wie Annie genervt erklärt, etwas ganz anderes ist als McDonald's, Nando's oder auch Greggs. Und sie hat recht, es ist ein winziges Lokal gleich um die Ecke, das von außen an eine heruntergekommene Arbeiterkneipe erinnert. Doch als Annie die Tür aufschiebt, schlägt ihnen ein wunderbarer Duft nach scharfen Gewürzen, frischen Kräutern und Zimt entgegen, und Henrietta merkt, wie hungrig sie ist.

Sie hält sich im Hintergrund und ist überrascht, dass man diese merkwürdig gekleidete Frau wie eine alte Freundin begrüßt. Sie werden an den besten Tisch gleich am Fenster geführt, und prompt taucht eine schmale silberne Teekanne auf. Emir, ein Mann mit funkelnden Augen, Schnurrbart und einem bereitwilligen Lächeln, schenkt ihnen höchstpersönlich ein, wobei er die Kanne hoch über den Gläsern hält. Henrietta ist besorgt, dass er etwas verspritzt oder sie verbrüht, aber er füllt die Gläser, ohne dass ein Tropfen danebengeht. »Es ist eine Freude, Sie zu sehen, Annie«, sagt er und verbeugt sich leicht.

Man tischt ihnen eine beständige Folge von Speisen auf, ohne dass sie darum gebeten oder auch nur eine Speisekarte gesehen hätten. Kleine Teigtaschen mit krümeliger Käse- und Kräuterfüllung, Knoblauchjoghurt und körniges Hummus, einen Salat, der mit juwelengleichen Granatapfelkernen und winzigen gehackten Kräutern gesprenkelt ist. Der Salat hat nur sehr wenig mit den klobigen Eisbergsalaten gemein, die Henrietta als Beilage zu den Thunfischdosen oder hart gekochten Eiern kauft.

»Pfefferminztee – das ist genau das Richtige«, sagt Annie, die allenfalls ein Häppchen der von Emir dargebotenen Speisen isst, aber jede Menge Tee trinkt, der ebenfalls ständig nachgereicht wird. »Beruhigt den Magen.«

Henrietta kann sich nicht vorstellen, dass sie jemals den Mut aufbrächte, in ein solches Café zu gehen, aber Annie erzählt, dass sie grundsätzlich gerne neue Lokale ausprobiert. »Als ich zurück ins Viertel gezogen bin, habe ich es mir zur Aufgabe gemacht, jeden Tag einen neuen Laden oder ein Café auszuprobieren, sogar die richtig versnobten. So habe ich ein Delikatessengeschäft entdeckt, in dem man wunderbare Oliven bekommt, und einen Kurzwarenladen, der Bordüren und Bänder als Meterware verkauft.« Sie rührt mehr Zucker in den ohnehin unerträglich süßen Tee. »Dann ist da natürlich noch der Portobello Market.« Annie erzählt Henrietta von ihren Ausflügen dorthin, und wie sie versucht, die »miesen Kleiderjahre« wettzumachen.

»Da gibt es eine Frau namens Chantal, die hat einen Stand gleich an der Straßenüberführung und legt Sachen für mich zur Seite, wenn sie was in meiner Größe sieht. Dort habe ich auch die Stiefel her.« Sie streckt einen Fuß unter dem Tisch hervor und wackelt damit stolz hin und her. »Heutzutage nennt man das *vintage,* aber ich habe das alles an anderen Leuten gesehen, konnte es mir aber nie kaufen. Wie gesagt, ich hole die verlorenen Jahre nach.«

Dieser Markt klingt ganz anders als die paar Stände vor dem Poundland Discounter in Henriettas Stadtviertel, an denen sie heruntergesetzte Hundeleckerli und hin und wieder ein neues Sweatshirt kauft.

An Freitagen, erklärt Annie, bekommt man die besten Sachen. Da hat sie auch die »original französische Baskenmütze« gefunden und ein geblümtes Sommerkleid von Courrèges, unter das sie einen schwarzen Rollkragenpullover zieht. »Hat ja wenig Sinn für mich, auf den Sommer zu warten«, sagt sie, und in ihrer Stimme schwingt Bitterkeit mit.

Emir bringt ihnen einen letzten Teller voller winziger Köstlichkeiten, die honiggetränkt und mit Sesam ummantelt sind. Henrietta sorgt sich, dass die Finger klebrig werden, aber Annie schiebt ihr den Teller mit dem Gebäck hin. »Nur zu – lecken Sie sich hinterher einfach die Finger ab!« Die Süßigkeiten sind mit gehaltvollen Brocken grüner Paste gefüllt, offenbar aus Pistazien, und schmecken himmlisch.

»Sie leben also auch allein?«, fragt Annie, als die Mahlzeit sich zu guter Letzt dem Ende nähert.

»Na ja, mit Dave, das ist mein Hund«, sagt Henrietta und zieht erschrocken die Luft ein, als ihr einfällt, dass es längst Zeit für Daves Abendessen ist. Sie holt das Handy heraus und schreibt mit honigverklebten Fingern eine Nachricht an die Frau von oben.

Liebe Melissa, ich bin zu Besuch bei einer Freundin. Wären Sie so nett und würden Dave füttern und ihn für sein Geschäft in den Garten lassen? Mit freundlichen Grüßen, Henrietta Lockwood.

Unter der Nachricht erscheint eine Reihe von Punkten, die anzeigen, dass die Frau von oben die Nachricht liest. Einen Augenblick später ist die Antwort da.

Klar, kein Problem. Mach ich gleich. Ist immer nett, Dave zu sehen. Mx

Zunächst wurde aus Melissa Mel, und nun ist sie nur mehr M – es freut Henrietta sehr, dass ihre Freundschaft von Tag zu Tag ungezwungener wird.

Emir bringt die Rechnung, die erstaunlich niedrig ist in Anbetracht all dessen, was sie bekommen haben, doch er will keinen Penny mehr annehmen. »Es war mir eine Freude, meine Damen. Ein vorgezogenes Weihnachtsgeschenk«, sagt er und legt die Handflächen zusammen.

Es ist ein Jammer, die warme und gesellige Atmosphäre in Emirs Café zu verlassen, wo es mittlerweile lärmiger und geschäftiger geworden ist. Erst als sie draußen sind und Henrietta die lange Schlange wartender Gäste sieht, wird ihr klar, dass es ein ziemlich angesagtes Lokal sein muss.

Ein paar Frauen in der Warteschlange, die immer wieder

Schlucke aus ihren Bierflaschen nehmen, haben unverkennbar große Mühe aufgewendet, um zerzaust und doch chic auszusehen. Zwei von ihnen haben das Haar kompliziert nach oben gebunden, eine Dritte hat einen perfekt geschnittenen schwarzen Bob und trägt einen kobaltblauen Mantel.

Henrietta streckt Annie den Arm hin, doch die ist plötzlich nicht mehr neben ihr. Stattdessen ist sie bei den extravaganten Geschöpfen stehen geblieben, die ihrerseits Gefallen an Annie gefunden haben. »O mein Gott! Ihre Jacke ist der Wahnsinn!«, sagt eine und streicht über die glitzernden Manschetten. »Echt retro! Voll cool.« Dann blickt sie Henrietta an, die sich noch damit abmüht, die Arme in den Dufflecoat zu stecken. »O mein Gott!« Sie deutet auf Henriettas Eisbären-Sweatshirt. »Was für ein Kitsch! Ich liebe das.« Und mit diesen Worten verschwinden sie in Emirs Café, noch bevor Henrietta ihnen erklären kann, wo sie den Pullover herhat, falls sie sich einen ähnlichen kaufen wollen. Besser hat sie 19,99 Pfund nie investiert, denkt Henrietta.

Annie besteht darauf, Henrietta an der Bushaltestelle Gesellschaft zu leisten. Hin und wieder stampft sie mit den Stiefeln auf, um sich warm zu halten, wobei die Schnallen und Fransen feierlich klimpern. Henrietta sehnt den Bus herbei – der Gesundheit der alten Frau ist es sicher nicht zuträglich, hier draußen in der Kälte zu stehen –, aber Annie scheint es nicht eilig zu haben, nach Hause zu kommen.

»Diese Mädchen, die sich so herausgeputzt hatten – genauso waren Kath und ich damals«, sagt Annie.

»Was die Mode angeht, meinen Sie?« Henrietta späht blinzelnd einem Bus entgegen, der sich nähert, aber es ist die falsche Nummer.

»Ja, die Mode, die Musik, alles. Das Ausgehen am Abend.« Annies Stimme ist leiser geworden, als habe der Spaziergang und das Essen sie ausgelaugt. »Manchmal muss ich daran denken, was ich anders machen würde, wenn ich noch einmal die Gelegenheit hätte …«

Die Bushaltestelle befindet sich vor einem riesigen viktorianischen Haus, und Annie blickt an der symmetrischen weißen Fassade hoch. »Diese Häuser waren alle mal Mietwohnungen – Familien, Künstler, Musiker, alle möglichen Leute haben hier eng zusammengelebt. Mick Jagger hat gleich um die Ecke einen Film gedreht, und dieser Maler – wie heißt er noch? –, Hockney, der war auch hier.«

Für Henrietta klingt dieses Arrangement ganz furchtbar, wie die schlimmste Studenten-WG, die man sich nur vorstellen kann. Einmal war sie zu Semesterende unbeabsichtigt auf einer Party in so einem Haus gelandet. Sie hatte gedacht, es gäbe ein gesetztes Essen und ein paar nette Reden, aber als sie die Treppe zur Haustür hinaufging, erbrach sich ein Mädchen aus einem Fenster, und drinnen wurde alles noch schlimmer. Ein paar Männer vom Ruderklub tranken abwechselnd aus einem meterhohen trichterförmigen Bierglas, und ein Paar auf dem Sofa schien sich bekleidet am Geschlechtsverkehr zu versuchen. Henrietta hatte eiligst den Rückzug angetreten.

»Manchmal habe ich mir vorgestellt, dass Kath und ich uns eine Wohnung hätten teilen können, wenn die Dinge anders gelaufen wären. Damals wusste ich das nicht, in meiner Vorstellung war heiraten die einzige Möglichkeit, von zu Hause fortzukommen. Dumm von mir. Aber so machten es Mädchen wie wir. Sie warteten darauf, dass ein Mann zu ihrer Rettung auftauchte. Auf Gedeih und Verderb.«

Annie zieht ein riesiges rotes Seidentaschentuch aus ihrer Tasche, so eines, wie man es sich bei Oscar Wilde vorstellen würde, und wischt sich die Nase.

Ein weiterer Bus taucht auf, dahinter gleich ein zweiter, und Annie winkt mit ihrem Taschentuch, damit er auch stehen bleibt. »Da ist er, sie kommen immer gleich nacheinander.«

»Danke, Annie. Das war ein ausgesprochen geselliger Abend, und ich freue mich darauf, Sie nächsten Samstag im Café wiederzusehen.«

»Es war mir eine Freude. Es ist gut, dass Sie Dinge unternehmen, Hen. Sie sollten sich nicht zu Hause verkriechen, denn das kann zur Gewohnheit werden. Ich finde, es ist an der Zeit, dass Sie sich ins Leben stürzen.«

Ruckelnd schließen sich die Bustüren, und Henrietta legt die Karte auf das Lesegerät und geht dann eilig ans hintere Ende des Busses, um möglichst noch einen letzten Blick auf ihre Freundin zu werfen, eine ältere Frau, die sich im Dunkeln humpelnd auf den Weg nach Hause macht.

KAPITEL 30

Henrietta

In der darauffolgenden Woche achtet Henrietta in besonderem Maße auf die Einhaltung ihrer Alltagsroutine, denn was sie dringend braucht, ist Stabilität.

Sie hat es getan – sie hat Annie von Christopher erzählt, und bislang ist nichts Schreckliches passiert. Der Blitz hat nicht eingeschlagen, Gott hat nicht vom Himmel herab mit dem Finger auf die böse Henrietta gedeutet, die Mörderin und Lebenszerstörerin. Was sie aber am allermeisten aus der Fassung gebracht hat, war Annies Reaktion auf ihr Geständnis: »Es war nicht Ihre Schuld.«

In der Wohnung sieht alles so aus wie immer, trotzdem hat sie das beunruhigende Gefühl, dass sich eine grundlegende Achse in ihrem Weltbild verschoben hat und alles aus dem Ruder zu laufen droht. Wenn sie zu schnell vom Sofa aufsteht, kippt der Boden in die Schräge, und ihre dumpfen Schritte in der Wohnung klingen plötzlich übertrieben laut. Ich habe den Halt verloren, denkt sie, während sie Daves Futter ins Schälchen kippt. Mir fehlt die Orientierung. Sie stolpert und hält sich an einem Türgriff fest.

Am Sonntag war sie sich unsicher gewesen, ob sie das Mittagessen in The Pines überstehen würde, aber sie fuhr trotzdem hin. Brav saß sie da, kaute auf dem Fleisch herum und aß die verkochten Karotten, doch sie schmeckte gar nichts, denn sie konnte an nichts denken als an das erdrückende Schweigen, das wie ein Wummern in der Luft hing. Einmal musste sie sogar das Besteck ablegen und presste die Hände auf die Ohren, aber es machte keinen Unterschied. Nichts konnte das Schweigen durchdringen, weder das Messerkratzen auf dem besudelten Teller ihres Vaters noch das leise Klirren, wenn die Mutter das Sherryglas absetzte. Niemand außer Henrietta schien es wahrzunehmen, für sie aber war es ohrenbetäubend.

Sie wollte den Apfelauflauf wegschieben und fragen, warum nirgends im Haus Fotos von Christopher hingen. Warum hatte das Fotoalbum oben im Gästezimmer Lücken? Und warum habt ihr euch zum Schlafen in den Schatten gelegt, während euer vierjähriger Sohn, der noch nicht einmal schwimmen konnte, im Wasser war?

Henrietta war fünf Jahre alt gewesen, als Christopher auf die Welt kam, also muss sie eine ganze Menge Erinnerungen angesammelt haben. Doch irgendwie haben die langen Jahre des Schweigens sie abgetragen, ihnen die Farben und Klänge genommen. Wenn sie sich sehr anstrengt, dann tauchen manche Dinge wieder auf, doch sind es eher Empfindungen als Bilder.

Sein weiches Haar. Eine kleine klebrige Hand, die sich an ihre klammert. Sein rotes Feuerwehrauto, mit dem er im Kreis fährt und lachend – tröt, tröt – die Hupe drückt. Wie sie die Seiten eines Buchs umblättert und ihm in der schweren Nachmittagshitze eine Geschichte vorliest. Nicht eine der biblischen Geschichten, die ihre Eltern bevorzugten, sondern eine über den Hund Hairy Maclary und eine andere über einen Regenbogenfisch, der seine Schuppen an alle Freunde verschenkt, bis er keine mehr hat. »Noch mal den Regenbogenfisch!«, hatte er gesagt. Während sie las, trank er seine Milch, und sie spürte, wie sein Kopf immer schwerer wurde.

Und dann, endlich, erinnert sie sich an seine Stimme. Etta, so hatte er sie genannt, Etta. Weil ihr Name zu lang gewesen war, als er sprechen lernte.

Henrietta beging am Sonntag nicht den Fehler, über diese Dinge zu reden. Stattdessen verkündete sie, dass sie früher aufbrechen müsse. »Noch vor dem Kaffee?« Ihre Mutter musterte sie argwöhnisch. »Bestimmt wirst du krank. Dann mach dich auf die Socken, wir wollen hier keine Londoner Keime.«

Montag und Dienstag verstreichen wie im Nebel. Sie denkt fast gar nicht an das Rätsel um Kath Doyles Tod. Selbst Henrietta Lockwood kann sich nur einem Ertrinkungstod auf einmal widmen.

Am Mittwoch rufen ihre Eltern an.

Wenn möglich versucht Henrietta während der Telefonate mit den Eltern etwas im Haushalt zu erledigen, zum Beispiel abzuspülen, die Schränke zu wischen oder ein Sandwich zu schmieren. Auf diese Weise bleibt sie gedanklich an der Oberfläche und verhakt sich nicht so leicht an der unvermeidlichen Kritik, die in jedem Gespräch mitschwingt. Ihre Mutter will Henrietta daran erinnern, wie rücksichtslos es von ihr war, beim Dekorieren der Adventskerzen nicht mitzuhelfen. »Die arme Mrs Battersby, ihre Finger waren ganz wund, richtig wund, weil sie die Nelken alle ganz allein reindrücken musste«, schreit sie in den Hörer.

Wenn Edmund und Victoria Lockwood telefonieren, dann stellen sie das Telefon nicht auf laut, sondern stehen dicht nebeneinander, und die Mutter brüllt ihre Kommentare.

Schließlich macht Henrietta etwas Kühnes. Sie hält den Hörer dicht ans Spülbecken, rührt im Wasser und schreit: »Tut mir leid, die Verbindung bricht ab.« Es funktioniert. Dann sitzt sie sehr lange bei Dave und streichelt ihm so lange über den Kopf, bis sie sich beruhigt hat.

* * *

Am Donnerstag fühlt sich Henriettas Welt nicht mehr ganz so verschwommen an, aber sie hält es für das Beste, bei ihrer Schicht in der Rosendale-Ambulanz nicht aufzufallen. Sie möchte Audrey möglichst aus dem Weg gehen. Zum einen hat sie mit dem Abend in Emirs Café wahrscheinlich noch ein paar mehr Regeln aus dem Projektleitfaden gebrochen, und zweitens weiß sie, dass Audrey ein Update zu Annies Lebensbuch erwartet.

Bis Weihnachten bleibt ihnen nur mehr ein Samstag, und es gibt nicht die geringste Chance, dass Henrietta die Frist einhält. Um ehrlich zu sein, weiß sie überhaupt nicht, was sie mit Annies traurigen Geschichten anfangen soll, ganz zu schweigen von der zugrunde liegenden überlebensgroße Frage, die weiterhin ungeklärt ist.

Natürlich hätte Audrey die Sache viel schneller vorangetrieben und die Lücken ignoriert, damit bis Weihnachten alles hübsch und ordentlich erledigt wäre. Aber in den vielen Stunden im Café Leben hat Henrietta gelernt, dass die Gesprächspausen, die Momente, in denen die Menschen verstummen, genauso wichtig sind wie die Worte, die sie aussprechen.

Als sie ankommt, ist der Weg zu ihrem Tisch durch zwei Kartons versperrt, die bis oben hin voll sind mit Lametta und glitzernden Christbaumkugeln. Der Grund für die Kartons (die sicher einer Reihe von Gesundheits- und Sicherheitsvorschriften widersprechen) ist ein riesiger Christbaum, der bereit zur Dekoration in der Ecke des Cafés steht.

Das alles geht auf Mia zurück, die außerdem eine ganz spezielle Schachtel auf den Tresen gestellt hat. Sie ist mit Geschenkpapier beklebt und mit einem Schild versehen, auf dem steht: »Christbaumkugeln für den Erinnerungsbaum – bitte bedienen Sie sich!« Henrietta wirft einen Blick hinein. In der Schachtel sind viele bunte Blätter in Form von Christbaumkugeln, die oben mit einem Geschenkband versehen sind.

»Das ist hier Tradition, Hen«, erklärt Mia. »Jeder Besucher kann eine Erinnerung aufschreiben an jemanden, den er liebt, und an den Baum hängen. Egal, ob er lebt oder tot ist, ganz wie man will.« Um den Stein ins Rollen zu bringen, nimmt Mia ein rosa Papier, und Henrietta sieht ihr zu, wie sie schreibt: *Brice, der Abend, an dem wir uns kennengelernt haben. Du wirst mir immer fehlen. Mia xxx.*

Mia greift ein weiteres Mal in die Schachtel und zieht noch ein Blatt heraus, diesmal in Grün. *Stefan, du versüßt mir den Kaffeeklatsch. Mia x.*

»Weil ich hier arbeite, darf ich ausnahmsweise zwei aufhängen«, sagt Mia augenzwinkernd. »Na, schreiben Sie auch was, Hen? Na los.«

Es wäre unhöflich, abzulehnen, also wählt Henrietta eine blaue Christbaumkugel aus und nimmt das Blatt mit an ihren Tisch in der Ecke. Sie muss klein schreiben, damit der Text daraufpasst. *Dave, ich habe mich insgeheim gefreut, als du Mutters Lobelie ausgegraben hast. Danke, dass du mir Gesellschaft leistest.*

In einem Augenblick, als Mia nicht hinsieht, geht sie noch einmal zu der Schachtel und holt sich ein weiteres Papier, diesmal in einem hübschen strahlenden Rot. Darauf schreibt sie: *Christopher. Wie ich dir Geschichten vorgelesen habe. In ewiger Liebe, Hx.* Sie muss sich beeilen, damit sie es sich nicht anders überlegt, also geht sie zurück zum Tresen und legt beide auf den Stapel mit den fertigen Kugelanhängern, den an Dave obenauf.

Garry – »mit zwei R« – ist ihr erster Termin an diesem Vormittag. Er trägt einen dunkelblauen Rollkragenpullover, und seine Hosen haben derart scharfe Bügelfalten, dass sie sogar im

Sitzen von den Beinen abstehen. Garry hat als Coach ein Vermögen gemacht und bekommt seit einem Jahr Chemotherapie. »Ich versuche, die Hoffnung nicht zu verlieren, aber man weiß ja nie, was kommt«, sagt er. »Ich habe mir überlegt, ich mache das Lebensbuch lieber jetzt, solange es mir gut geht. Wenn es dann so weit ist, dann ist alles ruckzuck fertig.« Er schlägt sich mit der Faust auf den Oberschenkel.

Garry hat sogar den Fragebogen gewissenhaft ausgefüllt. »Hier steht alles, was die Schulzeit, Jahreszahlen und die Familie angeht«, sagt er und reicht ihn ihr in einer Klarsichthülle über den Tisch. Seine Augen sind unnatürlich grün – ziemlich sicher trägt er Kontaktlinsen –, wirken aber trotzdem sehr einnehmend. »Es gibt ein paar Dinge, die ich in diesem Buch sagen will – die ich schon vor langer Zeit hätte sagen sollen. Hauptsächlich, dass ich mich entschuldigen will. Bei einer ganzen Reihe von Leuten.«

»Wäre es nicht besser, das persönlich zu machen?« Henrietta sieht sich Garrys Klarsichthülle an. Anders als Annie hat er viele Fotos mitgebracht. Sie rutschen in der Folie hin und her, und Henrietta sieht eine Fußballmannschaft, ein Hochzeitsfoto, zwei Kinder an einem blauen Pool.

»Ich wüsste gar nicht, wo ich anfangen sollte«, antwortet Garry. »Es geht nicht um meine Familie, sondern um Fremde. Ich habe Leute betrogen, jahrelang. In den Siebzigern habe ich damit angefangen, Versicherungspolicen zu verkaufen, die nicht existierten. Dann bin ich in das Geschäft mit Doppelverglasungen eingestiegen. Wenn nötig, haben wir die halbe Nacht in irgendwelchen Wohnzimmern gesessen, um einen Deal abzuschließen. In den Neunzigern waren Teilnutzungsrechte der große Hype, ich war viel in Spanien und Portugal, hatte ein schönes Leben. Ich habe den Namen meiner Firma so oft geändert, dass ich zur Erinnerung morgens auf meine Visitenkarte schauen musste. Dann kam das Internet, und ich dachte, das war's, keiner machte mehr Geschäfte von Angesicht zu Angesicht. Aber dann erkannte ich die Möglichkeit, mich zu verändern, und wurde Online-Lebenscoach.«

Henrietta spürt, wie sich die unbeteiligte Maske auf ihr Gesicht legt – ihre Lippen die übliche dünne Linie und die Augen weit aufgerissen und ausdrucksleer. »Es ist nicht meine Aufgabe zu urteilen, Garry. Jeder von uns hat in der Vergangenheit fragwürdige Entscheidungen getroffen.«

»Die Leute haben sich bei mir registriert, weil sie dachten, ich könnte ihr Leben verändern. Alles, was sie bekamen, war ein inspirierender Spruch pro Tag, einen Monat lang. So Sachen wie: *Pack es an! Du schaffst das! Heute ist ein neuer Tag.* An der Tankstelle kaufte ich mir für neunundneunzig Pence ein Buch mit Sprüchen und verlangte tausend Pfund für meinen Kurs. Bevor ihnen klar wurde, was los war, hatte ich den Namen der Firma geändert, die Website gelöscht und war über alle Berge.«

Ungeachtet seiner dubiosen Vergangenheit schüttelt ihm Henrietta am Ende der Sitzung die Hand.

»Ich komme im Januar wieder, aber Sie drucken das Buch doch nicht, bevor ich unter der Erde bin, meine Liebe?«

Henrietta gibt ihm ihr Wort.

»Sie schaffen das!«, sagt Garry und weicht behände einem Karton mit Lametta aus.

Nach der Sitzung mit Garry ist der Terminkalender leer, also geht Henrietta hinüber, um Mia beim Dekorieren des Christbaums zuzusehen. Die nimmt ihre Aufgabe sehr ernst; wann immer sie ein neues Stück aufgehängt hat, tritt sie einen Schritt zurück, um ihr Werk zu begutachten. Ganz zum Schluss hängt sie ihre und Henriettas Christbaumkugeln aus Papier an die oberen Äste.

Henrietta räuspert sich. »Brice war Ihr Verlobter, oder?«

»Ja, es ist drei Jahre her, dass er gestorben ist.« Mia rückt eine der silbernen Girlanden zurecht. »Manche Leute sagen, es wird leichter mit der Zeit, aber ich denke, man gewöhnt sich einfach daran. Der Kummer vergeht nicht, man passt sein Leben um ihn herum an. Aber ich will ehrlich sein: Weihnachten ist schon sehr hart.«

»Diese Jahreszeit ist oft sehr aufgeladen mit Gefühlen«, stimmt ihr Henrietta zu.

»Wie ist es bei Ihnen, Hen? Haben Sie auch jemanden verloren?«

Henrietta sinnt darüber nach, was Mia durchgemacht hat und dass sie in der Ambulanz arbeiten wollte, weil die Leute hier »verstehen«, und dann denkt Henrietta, wie schön es wäre, wenn die Leute auch sie »verstehen« würden. Sie holt tief Luft, zählt bis zehn, und dann spricht sie es aus.

»Ja, mein Bruder starb, als er noch ganz klein war«, antwortet sie.

»Das tut mir sehr leid.«

»Es ist dreiundzwanzig Jahre her, er war damals vier, und ich war neun. Aber ich denke jeden Tag an ihn.«

»Natürlich tun Sie das«, antwortet Mia. »Aber es ist schön, dass Sie über ihn reden und die Erinnerung an ihn wachhalten. Es wird sicher guttun, an Weihnachten gemeinsam mit Ihren Eltern an ihn zu denken.«

Das ist so weit entfernt vom tatsächlichen Leben in The Pines, dass Henrietta gar nicht weiß, was sie darauf sagen soll, aber die Antwort bleibt ihr erspart, weil Stefan in diesem Augenblick hereinkommt und auf sie zusteuert.

»Meine beiden Lieblingsdamen!«, sagt er.

Henrietta runzelt die Stirn, denn heute ist nicht Samstag, und Stefan kommt immer samstags, doch der scheint ihre Verwirrung richtig zu deuten. »Ich weiß schon, dass heute nicht mein üblicher Tag ist, Hen«, erklärt er. »Ich hole Mia zum Mittagessen ab. Sie arbeitet zu viel, macht nie eine Pause.«

»Wie aufmerksam von Ihnen«, erwidert Henrietta, und könnte sie zwinkern, wäre jetzt der richtige Moment, doch als sie es das letzte Mal versuchte, wurde sie gefragt, ob sie etwas im Auge habe.

Nun, da sie sich an seinen Goldzahn, den schimmernden Schädel und seine übertrieben ungezwungene Art gewöhnt hat, empfindet sie Stefans Gesellschaft als überraschend angenehm. Er erwähnt, dass er darüber nachdenkt, ein Lebensbuch zu machen, aber er braucht dafür keinen Fragebogen. Er hat den Kopf voller Geschichten, und wenn er Lust bekommt, ein Buch zu machen, dann wird er kommen und einfach reden – so klappt das für ihn am besten.

»Der Fragebogen wirkt in der Tat etwas unpersönlich«, räumt Henrietta ein. »Aber Audrey meint, dass er als chronologischer Rahmen sehr nützlich ist.«

Bei diesen Worten zieht Stefan die Mütze vom Kopf, fährt sich mit der Hand über die Glatze und grinst sie an. »Ach, Hen. Meiner Meinung nach wird Chronologie überschätzt. Eines habe ich in den letzten paar Jahren gelernt: Was wirklich zählt, ist das Hier und Jetzt, nicht, was früher war.«

Jetzt aber öffnen sich die Aufzugtüren, und Audrey kommt heraus, in einen prächtigen zuckerwattefarbenen Mantel gehüllt. Mia und Stefan tauschen einen kurzen Blick und machen sich auf den Weg. Die Glastür am Eingang schließt sich hinter ihnen, gerade als Audrey Henrietta erreicht, die nun allein neben dem Christbaum steht.

»Oh. Wohin hat es Mia denn so eilig?«, fragt sie.

»Hm, zum Mittagessen.«

»Aha. Wie auch immer. Ich wollte Ihnen sagen, dass es jetzt feststeht: Mein Kurs nächste Woche findet statt.«

Henrietta durchforstet ihr Gehirn, versucht sich ins Gedächtnis zu rufen, ob es eine Notiz, eine E-Mail oder eine Unterhaltung dazu gab, aber sie hat keine Ahnung, wovon die Rede ist.

»Darüber, wie man einen Podcast produziert«, sagt Audrey. »Dann können wir im neuen Jahr selbst einen starten. Ich habe mir gedacht, wir könnten ihn ›Café-Gespräche‹ nennen.«

Henrietta nickt enthusiastisch. Je mehr Projekte Audrey am

Laufen hat, desto eher vergisst sie Henriettas herannahende Deadline.

»Ach, eine Sache noch …«

Henrietta rutscht das Herz in die Hose.

»Ich würde liebend gern einen Blick in Ihr erstes Lebensbuch werfen, bevor es in die Druckerei geht. Es müsste ja mittlerweile fast fertig sein?«

»Kein Problem. Am Samstag ist Annies siebte und letzte Sitzung. Wir müssen noch ein paar letzte Einzelheiten klären, dann kann ich Ihnen den Link schicken.«

Das wird sie nicht tun. Und im neuen Jahr wird sie auch nicht mehr an diesem Tisch im Café Leben sitzen. Was schade ist, denn sie mag ihren Job. Doch sobald Audrey herausfindet, dass Henrietta nicht einmal einen einfachen Terminplan einhalten kann, wird sie ihr kündigen. Schon jetzt kann sie sich lebhaft die reuige Fahrt nach Tunbridge Wells ausmalen, um den Eltern die Nachricht zu überbringen. Wie ihr Vater enttäuscht den Kopf über seine dumme Tochter schütteln wird, die noch nie in der Lage war, Unheil abzuwenden, egal, ob mit neun oder mit zweiunddreißig.

Audrey wendet sich zum Gehen.

»Vergessen Sie Ihre Christbaumkugel nicht«, sagt Henrietta.

»Wie bitte?«

»Die Papierkugeln von Mia. Jeder schreibt eine schöne Erinnerung an einen geliebten Menschen auf.«

Mit abwesendem Blick nestelt Audrey am Verschluss ihrer Handtasche.

»Sie könnten sie auch laminieren, wenn Ihnen das lieber ist.«

Audrey schenkt Henrietta einen durchdringenden Blick und steuert mit klackernden Absätzen zur Tür hinaus.

KAPITEL 31

Annie

Der Gedanke begann als unregelmäßiges Summen an der Peripherie ihres Gehirns, jetzt aber steckt er im Kopf fest wie eine eingesperrte Fliege im Marmeladenglas. Er wird immer lauter und wütender werden, und es gibt nur eine Möglichkeit, den Deckel zu lüften und ihn freizulassen: Sie muss mit Henrietta reden.

Sie hatte sich ehrlich bemüht, heute Vormittag rechtzeitig für Bonnies Minibus fertig zu sein, aber alles war so schwierig und bleiern gewesen, sie hatte es einfach nicht geschafft. Selbst ans Telefon zu gehen und mit Bonnie zu reden war unendlich mühsam gewesen, und nun ist der Minibus längst fort. Und mit ihm auch die letzte Gelegenheit, Henrietta zu sehen.

Es hatte Annie überrumpelt, als die junge Frau letzten Samstag plötzlich vor der Tür stand. Sie hatte von einem Picknick in irgendeinem fernen Land erzählt und von ihrem kleinen Bruder, der ertrunken war. Nur weil Henriettas Eltern, die ganz furchtbar zu sein scheinen, nicht auf ihn aufgepasst hatten.

Die ganze Woche über hat Annie darüber gegrübelt, dass Henrietta sich ihr anvertraut hat, und sie fühlt sich zutiefst schäbig, weil sie im Gegenzug nicht ganz aufrichtig war. Sie muss Henrietta aufsuchen und ihr das letzte Detail über den Unfall erzählen, darüber, was tatsächlich geschehen ist. Dann kann Henrietta entscheiden, ob sie es ins Buch schreibt oder für sich behält, das ist Annie im Grunde gleich. Sie will es einfach nur los sein.

Henriettas traurige Geschichte über ihren Bruder war eine Mahnung daran, was passiert, wenn man etwas verschweigt: Es geht nicht weg, sondern durchseucht alles und vergiftet das ganze Leben.

Annie weiß nicht, ob Henrietta am Samstagnachmittag überhaupt noch im Café Leben sein wird, aber sie muss sie dringend sprechen. Daran führt kein Weg vorbei. Sie muss sich allein auf den Weg ins Zentrum machen. Diesmal zieht sie sich ihren Lieblingsmantel an, den aus orangerotem Bouclé mit den klobigen Knöpfen und einem Kragen, der den Hals angenehm wärmt. Sie wählt ihren besten, knalligsten Lippenstift und versucht, eine schöne Linie um den Mund zu ziehen, aber sie gerät jedes Mal schief. Egal, immerhin hat sie sich Mühe gegeben.

Die vielen Schnallen an den Stiefeln sind heute zu viel Fummelei, die Hände wollen einfach nicht so, wie sie sollen. Also gibt sie sich mit den marokkanischen Pantoffeln zufrieden, die mit den aufgenähten Pailletten, die gemütlich, wenn auch ein wenig ausgeleiert sind.

Am Ende der Straße wirft sie einen Blick nach links, dorthin, wo die Straße zu der eisernen Brücke über den Kanal führt, wo sie früher an freien Nachmittagen ihre Spaziergänge machte. Nur um zu schauen, hatte sie sich gesagt, um die Hoffnung nicht zu verlieren. Im heißen Sommer 1976 war der Wasserstand so tief gefallen, dass die Umrisse von allen möglichen weggeworfenen Gegenständen an der Oberfläche auftauchten: die Räder von Kinderwagen, Auspuffrohre. Die Rückenlehne eines weißen Ledersofas, die Annie einen schrecklichen Augenblick lang für etwas anderes gehalten hatte.

Sie erzählte Terry nichts von diesen nachmittäglichen Ausflügen, hier ging es um ihren ganz eigenen Schmerz. Meistens lief sie die Strecke von Ladbroke Grove bis Wormwood Scrubs, manchmal auch in die andere Richtung nach Paddington. In die eine Richtung führte der Weg parallel zu den Bahngleisen an der hohen Mauer des Kensal-Green-Friedhofs und danach am Gefängnis entlang. In der anderen Richtung ragte der fremdartige Schatten des neuen Hochhauses Trellick Tower auf, und dann kam das St Mary's Hospital mit dem runden Kamin des Krematoriums. So oder so, wohin sie auch sah, überall war der Tod. Beinahe beneidete sie die Familien, die mit gesenkten

Köpfen auf dem Friedhof standen. Für Annie und ihre Eltern hatte es keinen Sarg gegeben, auf den sie Erde werfen konnten, und es gab keinen Grabstein, den sie aufsuchen konnten.

Statt nach links zu gehen, wendet sie sich heute nach rechts in Richtung Bahnhof. Mit den paillettenbesetzten Pantoffeln fällt ihr das Gehen schwer, bei jedem Schritt muss sie die Zehen festkrallen. Doch natürlich sind nicht die Schuhe das eigentliche Problem, sondern der grelle, schneidende Schmerz, der sie daran erinnert, dass in ihrem Innern etwas ganz schrecklich schiefläuft.

Als sie in die U-Bahn steigt, ist sie kaum mehr in der Lage, Luft zu holen, und so beschämt sie einen langbeinigen jungen Kerl mit der Aufforderung, seinen Platz zu räumen. Er hat sich auf zwei Klappsitzen breitgemacht und scrollt auf dem Handy durch Fotos von Mädchen, wischt einmal nach rechts und noch einmal, wieder und wieder, bis Annie beschließt, dass es ihr reicht. »Junger Mann, ich bin unheilbar krank und auf dem Weg ins Krebszentrum. Ich möchte mich gerne hinsetzen.« Wie von der Tarantel gestochen springt der Junge auf, und über den Waggon legt sich betroffenes Schweigen.

Während der Zug vorwärtsrattert, betrachtet Annie ihre funkelnden Pantoffeln, die vorn an den spitzen Enden etwas aufgerissen sind. Es ist so ungerecht, dass Annie ausgerechnet in dem Moment, in dem sie ihr Leben auf die Reihe kriegt, schon aufs Ende zurast, der allerletzten Haltestelle entgegen.

Sie ist froh, dass sie den Mantel trägt, den sie sich gegönnt hat, weil ihr die Farbe so gut gefallen hat. Das rostrote Orange erinnert sie an die schönen Seiten von Herbst und Winter, die nichts mit all der Schuld und Trauer zu tun haben, die mit der Weihnachtszeit hereinbrechen.

Annie mag es, mit dem Mantel aus der Menge herauszustechen, etwas, das sie nach der Hochzeit und Kathys Tod nicht mehr gemacht hat. Sie hofft, dass die Leute über sie sagen: »Nicht schlecht für ihr Alter« oder »Ein bisschen exzentrisch«, aber daran gibt es nichts auszusetzen, denn es gleicht die vielen Jahre der Unsichtbarkeit aus.

Der Zug wird langsamer, und sie macht sich bereit, so elegant wie möglich auf den Bahnsteig zu treten. Sie ignoriert den scharfen Schmerz, der sich wie schwerer Sirup vom Rücken bis zu den Beinen hinunterzieht, so wie damals das Blut, als sie im Kindergarten die Geschichte von der Raupe Nimmersatt vorlas.

Der Zug macht einen kleinen Ruck, als er zum Stehen kommt, und Annie fällt auf, dass sie jetzt, wo sie darüber nachdenkt, ihre Beine nicht mehr spürt. Stattdessen konzentriert sich alles auf den Kopf, um den herum der Druck immer stärker wird, als drehe jemand einen Schraubstock fester und fester.

Sie setzt einen Fuß auf den Bahnsteig, blickt zur Treppe und fragt sich, wie viele Stufen es wohl sein mögen und warum man den Wegweiser zum Aufzug nicht an einer vernünftigen Stelle angebracht hat. Plötzlich verschließen sich beide Ohren, die Beine knicken weg wie nasser Karton, und vor ihren Augen ist nur mehr ein mattes Schwarz.

KAPITEL 32

Henrietta

Am Samstagnachmittag sitzt Henrietta an Audreys Computer und stochert lustlos in einem Mince Pie. Auf der Tastatur sind Krümel, aber sie ist zu träge, um sie fortzuwischen. Genau genommen will sie diesen Kuchen gar nicht essen – Mia hat ihn ihr heute Vormittag gebracht, als Henrietta ganz allein an ihrem Tisch im Café Leben saß.

Denn mit beängstigender Zwangsläufigkeit waren um elf Uhr die Glastüren aufgegangen, und niemand außer Bonnie war hereingekommen. Kein Stefan, keine Nora und vor allem keine Annie.

»Ich habe traurige Nachrichten.« Bonnies rundes Gesicht glänzte. Dann hatte sie schnell hinzugefügt: »Keine Angst, Annie geht es gut. Sie fühlt sich nur etwas schwach. Sie entschuldigt sich.« Dann hatte Bonnie die Weihnachtsmütze abgesetzt und gedankenverloren an dem weißen Bommel gezupft. »Hey, bestimmt ist sie im neuen Jahr wieder da.«

Henrietta hatte gespürt, wie in ihrem Innern etwas nachgab. Sie malte sich Annie in dem Wohnzimmer mit den aufgereihten runden Kieselsteinen und dem Gemälde an der Wand aus, in ihrem unzweckmäßigen Seidenmorgenmantel oder einem der grotesken Kleider. Dann versuchte sie sich vorzustellen, dass Annie dort noch zwei weitere Wochen saß, doch es gelang ihr beim besten Willen nicht.

Also ist sie auf der Flucht vor den Weihnachtsliedern, die im Café in Endlosschleife abgespielt werden, nach oben gegangen und hat sich an Audreys Computer gesetzt. Beschämt erinnert sie sich an den taktlosen Enthusiasmus, mit dem sie noch vor wenigen Wochen Zeitungsartikel über Kathleen Doyles Verschwinden ausfindig gemacht und sich für eine Art Detektivin gehalten hat.

Als sie Annie von Christopher erzählte, hatte die ausschließlich mit Mitgefühl und Zuspruch reagiert. Was aber hat Henrietta im Gegenzug getan? Sie hat hinter Annies Rücken spioniert und in einem tragischen Todesfall herumgestochert, der sie nichts angeht.

Es war das eine Wort gewesen – »ertrunken« –, und Henrietta hatte sich prompt darauf gestürzt, hatte sich alle möglichen schrecklichen Dinge ausgemalt und eingeredet, ganz außerordentlich tüchtig zu sein, und war doch bloß übergriffig gewesen. Während sie eigentlich versucht hatte, einen ganz anderen Tod aufzuarbeiten.

Sie tippt die Maus an, und der Bildschirm erwacht zum Leben. Ein Haufen neuer E-Mails wartet darauf, durchgesehen zu werden: Leute wollen ihre Lebensgeschichten einschicken oder zusätzliche Fotos in Nachdrucke einfügen. Eine Frau, die eine Interessengemeinschaft in Birmingham vertritt, regt an, Bücher auch in anderen Sprachen als Englisch drucken zu lassen, und ein Mann aus Manchester bietet an, Videos zu drehen, die sich für manche Menschen womöglich besser eignen als Bücher. Beides sind gute Ideen, und Henrietta wird zu gegebener Zeit darauf antworten.

Am oberen Bildschirmrand entdeckt sie eine Reihe von Tabs, die aufgeräumt gehören. Ganz offensichtlich hat Audrey aus dem gemütlichen Drehstuhl heraus einige Weihnachtseinkäufe erledigt. Henrietta klickt auf einen Tab nach dem anderen und stellt fest, dass jemand von Audrey ein Paar Thermosocken zu erwarten hat und ein anderer Angehöriger mit einem rosa Gegenstand in Hasenform rechnen kann, der aussieht, als könne man sich den Nacken damit massieren.

Die letzten Tabs aber stammen nicht von Audrey. Es sind die Homepage der Kanal- und Flussaufsicht und die Studie mit der Berechnung, wie lange man in offenen Gewässern überleben kann. Henrietta wird von Scham überschwemmt. Es war nicht so, dass Audrey sie ausspioniert hat – Henrietta hatte die Indizien deutlich sichtbar hinterlassen.

Gerade als sie die Seiten schließen will, springt ihr ein hübsches Bild ins Auge. Darauf ist eine Familie auf einem Hausboot zu sehen, die eine beeindruckende Schleuse bewältigt. Als Henrietta Annie das erste Mal fragte, ob der Kanal ausgebaggert wurde, hatte sie die skandinavischen Krimis vor Augen, in denen ständig irgendwelche Taucher auf der Suche nach aufgeschwemmten Leichen Netze in Seen auswerfen. Hat man die einmal gefunden, werden sie aus dem Wasser geborgen, mal sind sie in Draht gewickelt, mal fehlt ihnen ein Körperteil.

Wenn sie jetzt darüber nachdenkt, dann bräuchte es bei einem so seichten Gewässer wie dem Grand Union Canal gar keine großen Baggerarbeiten. Jede Leiche würde irgendwann einmal an eine Schleuse getrieben, und die Polizei würde alarmiert, und selbst ein so nachlässiger Polizist wie DCI Williams hätte darauf reagieren müssen.

Emsig flattern ihre Finger über die Tastatur, gehen hierhin und dahin, als Henrietta Dinge nachschlägt und Fakten recherchiert. Plötzlich scheint die Tatsache, dass niemals eine Leiche gefunden wurde, weitaus bedeutender als Aidan Doyles zwielichtiger Charakter, Annies Streit mit der Schwester oder die ungeklärten Stunden am Abend des 21. Dezember.

Wieder betrachtet sie die Tabelle mit den Zeiten, die man im Wasser überleben kann. Hatte das Wasser eine Temperatur um die null Grad, dann waren Kaths Chancen sehr gering – nach spätestens zwanzig Minuten hätte sie einen Herzstillstand erlitten. War das Wasser hingegen nicht ganz so kalt, dann konnte ein Mensch laut Tabelle bis zu dreißig Minuten überleben, bevor die inneren Organe aufhörten zu funktionieren.

Demzufolge ist der ausschlaggebende Faktor das Wetter in jener Dezembernacht 1974. Leider besitzt der nationale Wetterdienst kein historisches Archiv, doch es gibt eine praktische FAQ-Rubrik unter dem Titel *Wussten Sie schon? … Der königliche Staatsverlag HMSO besitzt Aufzeichnungen über das Wetter in jedem einzelnen Monat der vergangenen Jahrzehnte.*

Nein, das wusste Henrietta nicht. Ein paar Klicks später allerdings weiß sie, dass es im Jahr 1974 keinerlei Hoffnung auf eine weiße Weihnacht gegeben hatte. Tatsächlich war der Dezember ein außergewöhnlich feuchter Monat mit viel, viel Regen gewesen. Besonders interessant ist, dass der Monat auch ungewöhnlich mild war, im Durchschnitt extrem laue zwölf bis sechzehn Grad, der wärmste Dezember seit 1868. Womit das Wasser im Grand Union Canal zwar nicht gerade angenehm, aber deutlich über null gewesen sein dürfte. Wider besseres Wissen keimt in Henrietta leise Hoffnung auf.

Womöglich bedarf ihre Theorie einigen Aufwands, doch das

kümmert sie nicht. Henrietta ist sich ihrer Schwächen nur zu bewusst, aber niemand kann ihr absprechen, dass sie methodisch ist. Sie geht ins Zeitungsarchiv und fängt an, diverse Namenskombinationen einzutippen: Kath Doyle, Kathleen Doyle, K Doyle und dazu unterschiedliche Daten – allesamt *nach* dem Dezember 1974.

Sie sitzt an Audreys Schreibtisch, tippt, tippt, prüft. Als sie im Jahr 1977 angelangt ist, hat sie zweiundfünfzig Erwähnungen von Frauen namens Kathleen, Kath oder K Doyle in der britischen Presse gefunden. Es gibt zahlreiche Einträge über Grabsteine in Irland und eine Reihe von Todesanzeigen, aber keine davon ist relevant. Da ist der Bericht über eine amerikanische Schauspielerin, die sich im Londoner Nachtleben herumtreibt, und die Meldung über eine Schülerin aus Scarborough, die einen Gedichtwettbewerb gewonnen hat. Eine Kathleen Doyle wurde 1978 in Durham wegen Betrugs angeklagt, aber sie ist zu alt, also sucht Henrietta weiter.

Gegen vier Uhr lässt ihre Aufmerksamkeit nach, und sie beschließt, einen letzten Versuch zu unternehmen. Da entdeckt sie einen kurzen Artikel aus dem *South Wales Guardian* von 1979 über einen Bauantrag, einen Acker in einen Campingplatz umzuwandeln. Einer der beiden Antragsteller ist eine Kathleen Doyle. Mittlerweile ist Henrietta bewusst, wie geläufig der Name ist, aber der zweite Name springt ihr aus dem gedrängten grauen Druckbild ins Auge, weil er ungewöhnlich ist. Sie betrachtet die Jahreszahlen und Daten, rechnet kurz nach. Es ist zwar unwahrscheinlich, aber nicht unmöglich. Zeichnet sich ein Detektiv nicht genau dadurch aus, dass er einem Bauchgefühl nachgibt, das ihn womöglich ans Ziel führt?

Mit den beiden Namen führt sie eine neue Suche im Archiv des *South Wales Guardian* durch und entdeckt einen Folgebericht einschließlich Foto, auf dem die beiden Antragsteller Jeronimo Jones und Kathleen Doyle mitten auf ihrem Acker stehen.

Henrietta ruft Sharon Sharpes allerersten Bericht in der *Ken-*

sington News & Post auf, wechselt zwischen beiden Fotos hin und her, inspiziert sie gründlich. Die walisische Kathleen hat längeres Haar und trägt Schlaghosen und ein gebatiktes T-Shirt. Ihr Freund Jeronimo hat eine Perlenkette um den Hals und ein Lächeln im Gesicht, das nahelegt, dass er sich eine beträchtliche Menge Marihuana einverleibt hat.

Sie kneift die Augen zusammen, sieht von einer Kathleen zur anderen. Die beiden Frauen sehen sich nicht unbedingt ähnlich. Allerdings sehen sie sich auch nicht unähnlich. Wieder gibt sie beide Namen bei Google ein und fügt als Suchbegriffe »Brecon« und »Bauernhof« hinzu, und Seiten über Seiten aus weitaus neuerer Zeit rollen über ihren Bildschirm. Jedoch taucht in diesen neueren Ergebnissen nur mehr Jeronimo Jones auf, eine Kathleen Doyle wird nicht mehr erwähnt.

Für Mr Jones war der ursprüngliche Bauantrag der Beginn von etwas bedeutend Größerem, denn heutzutage leitet er sein eigenes Unternehmen namens Sanctuary Inc., das Urlaube und spirituelle Aufenthalte in Wales anbietet. Auf der Website von Sanctuary sind reihenweise sepiafarbene Fotos von Menschen, die sich seelenbereichernden Aktivitäten hingeben: um Feuerstellen herumsitzen, über Hügel wandern. Im Anbau seines Bauernhauses bietet er Yoga- und Meditationskurse an, die Gäste wohnen wahlweise in rustikalen Hütten, der ehemaligen Scheune oder in auf der Wiese aufgeschlagenen Jurten.

Es gibt auch ein stimmungsvolles Bild von Jeronimo, auf dem er als weiß gewandete Silhouette vor Sonnenuntergang auf einem Felsen steht. Darunter steht: *Kommen Sie und entspannen Sie mit uns. Entdecken Sie Ihren Zufluchtsort – hier können Sie einfach nur SEIN.*

Es ist einen Versuch wert. Henrietta nimmt das Handy und tippt die Nummer ein.

Die gehauchte Stimme einer Frau. »Hallo, mein Name ist Willow. Wie können wir Ihnen behilflich sein?«

»Könnte ich bitte Mr Jones sprechen?«

»Ah, ja. Genau genommen eher nicht. Er ist dabei, die Gäste unserer Evergreen-Einkehrtage zu begrüßen ...« Die Frau verstummt, sie scheint das Interesse verloren zu haben.

So entschieden wie möglich erwidert Henrietta: »Ich muss dringend mit ihm sprechen. Ich werde warten.« Sie kritzelt auf Audreys rosa Notizblock herum, spitzes, wildes Gekrakel, denn Henrietta war selten so angespannt wie jetzt. Sie spürt, dass sie kurz davor ist, etwas Aufregendes, Hoffnungsvolles aufzudecken.

»Hallo?« Endlich ertönt eine Männerstimme am anderen Ende. »Hier spricht Jeronimo. Wie kann ich Ihnen behilflich sein?«

»Mr Jones? Guten Tag, mein Name ist Henrietta Lockwood, ich arbeite für das Projekt Lebensbuch in London. Wir helfen Menschen, ihre Lebensgeschichte zu erzählen, denn jeder Mensch hat eine.«

»Sehr schön. Sie sollten im neuen Jahr noch einmal anrufen und sich an die Veranstaltungs...«, fängt er an. Aber Henrietta ist noch nicht fertig.

»Mr Jones, ich bin nicht an einer Veranstaltung interessiert. Ich muss mit Ihnen sprechen. Es geht um jemanden, den Sie Ende 1974 oder Anfang 1975 möglicherweise gekannt haben. Ich wollte Sie nach einer Ms Kathleen Doyle fragen. Mr Jones? Hallo?« Die Leitung ist tot.

Henrietta reibt sich die Augen, sieht sich das verschwommene Bild im *South Wales Guardian* noch einmal an. Sie starrt noch immer auf den Bildschirm, als ein Klopfen an der Tür sie aufschrecken lässt. Es ist Mia aus dem Café.

»Da sind Sie ja, Hen. Ich habe Sie überall gesucht«, sagt sie. »Es tut mir leid, es geht um Annie. Man hat sie hergebracht, und sie hat nach Ihnen gefragt.«

KAPITEL 33

Annie

Als Annie zu Bewusstsein kommt, sagt ihr das vertraute Piep-piep-piep, wo sie ist. An ihrem Arm hängt ein Tropf, und auf dem großen viereckigen Pflaster in der Armbeuge ist ein dunkler Blutfleck. Es ist ein anderes Zimmer als beim letzten Mal, es ist kleiner, aber es hat Blick auf den Garten. Ist das ein gutes oder ein schlechtes Zeichen? Darüber ist sich Annie nicht im Klaren. Jedenfalls sieht sie ein paar kahle Äste in den leblosen grauen Himmel ragen.

Der Schmerz ist weg, das muss mit dem Tropf zu tun haben, aber gleichzeitig sind sämtliche Glieder unendlich schwer, und sie hat das Gefühl, dass sie nie wieder in der Lage sein wird, sie zu bewegen. Außerdem regt sich das Bett unter ihr, ein sanft mahlendes Getriebe sitzt tief im Innern der Matratze. Das letzte Mal hat sie nachgefragt, deshalb weiß sie, dass es verhindern soll, dass sie sich wund liegt.

Unvermeidlich fallen ihr die Augen wieder zu. Jemand anderes ist dafür zuständig, sich um sie zu kümmern, und es ist angenehm, sich dem zu fügen. Irgendjemand hat sie fürs Bett hergerichtet, denn sie trägt einen Krankenhauskittel, der ihr die wohlgeformten Proportionen eines schlaffen Luftballons verleiht. Beinahe muss sie lachen. Terry immerhin würde das gutheißen.

Pfleger kommen und gehen. Einer von ihnen weckt sie, um ihr zu erklären, wie sie das Rad an dem kleinen Kästchen bedienen muss, das Schmerzmittel durch einen der vielen Schläuche pumpt, die aus ihrem Körper heraus- und in ihn hineinführen. Aber immer wenn sie die Augen zumacht, ist es wieder da und bedrängt sie von allen Seiten. Der Schlick, der bittere, stinkende Schlamm. Der Gedanke an die Würmer und die kaputten Gegenstände, die seit so vielen Jahren mit Kath auf dem Kanalgrund liegen.

Als Annie das nächste Mal wach wird, hört sie ein Geräusch, das ihr vor Freude beinahe die Tränen in die Augen treibt: das Rattern des Servierwagens. Schon kommt Mia um die Ecke, stellt den Wagen ab und tritt geradewegs zu Annie ans Bett, um ihr zu helfen, sich mit einem Berg Kissen im Rücken aufzusetzen. Mias Hände sind wunderbar kühl und sanft, und Annie wird bewusst, dass schon sehr lange niemand mehr sie so berührt hat.

»Ich habe Henrietta Bescheid gegeben, dass Sie hier sind«, sagt sie.

Da erinnert sich Annie: Das war ihr Plan, als sie in ihrem orangefarbenen Mantel aufbrach, den man wer weiß wo deponiert hat. Sie wollte für eine letzte Sitzung herkommen, bevor es zu spät war. Ihr war klar geworden, dass sie es Henrietta gegenüber nicht so belassen durfte, ohne ihr das letzte grausige Detail zu offenbaren. Immerhin hatte sie es so weit gebracht, sie hatte Henrietta so viele Geheimnisse anvertraut, warum sollte sie ihr nicht alles beichten – die ganze Wahrheit und nichts als die Wahrheit.

Als Annie Henrietta vor sechs Wochen das erste Mal begegnete, sah sie in ihr nichts als ein Mittel zum Zweck. Sie wollte, dass das Gewicht der Vergangenheit nicht zu schwer auf ihr lastete, wenn sie aus dem Leben schied. Mit jeder Woche aber hatten sich die Dinge verändert. Henrietta hörte zu und machte sich Notizen, doch sie urteilte nie. Sie gab Annie das Gefühl, dass ihre Worte Bedeutung hatten – dass Annies Leben Bedeutung besessen hatte.

Henrietta hatte sie sogar zu Hause besucht, obwohl offensichtlich war, dass sie außer zur Arbeit kaum jemals irgendwohin ging. Und sie hatte auf ihre eigene unangemessene und überbordende Art versucht herauszufinden, was Kath damals tatsächlich zugestoßen war.

Für Annie ist Henrietta nicht mehr die Redakteurin des Lebensbuch-Projekts. Sie ist eine Freundin. Und zu Freunden muss man ehrlich sein.

»Ah, das ist gut«, sagt sie und atmet aus. »Es gibt da etwas, was ich richtigstellen muss.«

***

Es ist beinahe dunkel, als Annie das nächste Mal wach wird, und sie weiß ganz sicher, dass sie Henrietta etwas erzählen wollte, die jetzt hier an ihrem Bett sitzt. Aber Annie wollen die richtigen Worte nicht einfallen, immer wieder entgleiten sie ihr und trollen sich über die Bettdecke, über die weißen Lakenberge davon. Diese Laken erinnern so sehr an weiße Klippen mit schroffen Kuppen, Tälern und flachen Buchten, in die der Ozean schwappt, und plötzlich kehren Annies Gedanken zurück vom Meer, das sie so deutlich vor Augen hat, und ihr fällt ein, worüber sie sprechen wollte. Warum sie heute Mittag in diesen albernen Glitzerpantoffeln aufgebrochen ist.

»Henrietta«, sagt sie. »Ich muss Ihnen was sagen. Über den Unfall.«

»Annie, das ist alles nicht so wichtig. Ich bin mir nicht zu hundert Prozent sicher, aber langsam frage ich mich, ob es diesen Unfall überhaupt gab …«, meint Henrietta. »Und falls doch, war er möglicherweise nicht tödlich.«

Diese Begriffsstutzigkeit kann Annie jetzt wirklich nicht gebrauchen – natürlich war er tödlich.

»Komm her«, sagt sie, und Henrietta beugt sich vor und legt ihr Ohr so dicht an Annies Gesicht, dass Henriettas krauses Haar sie an der Nase kitzelt. Sie riecht das Shampoo des Mädchens – irgendwas Naturbelassenes ohne Schnickschnack. Es erinnert sie an die Zitronenseife, die ihre Mum immer kaufte: gelbe, penetrant riechende Brocken, die man kaum zum Schäumen brachte und mit denen jeder Tag begann.

Aber sie driftet schon wieder ab, sie muss zurück ans Ufer

steuern und aussprechen, wofür sie hergekommen ist. Es ein für alle Mal loswerden. Der Unfall.

»Das, was ich Ihnen von Terrys Tod erzählt habe, stimmt nicht ganz«, sagt sie. »Ich habe ihn kommen sehen.«

»Zerbrechen Sie sich nicht den Kopf, Annie. Sein Unfall schien sich doch schon lange angebahnt zu haben.«

»Nein, ich meine den Lastwagen. Ich habe ihn kommen sehen. Terry war aus dem Auto gestiegen. Er sah in meine Richtung und brüllte, die ganze Zeit brüllte er. Immer war er so wütend. Und ich habe den Mund aufgemacht, wollte rufen: Geh zur Seite, geh aus dem Weg. Die Zeit hätte gereicht. Aber dann … kam einfach nichts heraus, und ich schaute bloß zu. Ich schaute zu, wie der Lastwagen ihn überfuhr. Dann war es zu spät. Henrietta, ich habe ihn umgebracht.«

Lange herrscht Schweigen, oder aber sie ist wieder eingeschlafen, denn Henriettas Stimme rüttelt sie wach.

»Sie haben ihn nicht umgebracht«, sagt sie ganz langsam. »Sie haben ihn nur nicht gerettet.«

»Ja.«

»Und darüber bin ich froh. Denn Sie haben sich selbst gerettet.«

Und dann spürt Annie etwas sehr Merkwürdiges, den Hauch eines Kusses auf der Stirn. Diesmal weiß sie, dass sie der Müdigkeit nachgeben darf, dass nichts passieren wird.

Bevor Annie wegsackt, sieht sie noch, dass Henrietta sich über einen Stapel kleiner rosa Notizzettel beugt. Sie murmelt Namen und Wörter vor sich hin, als suche sie nach etwas Bestimmtem, nach einem Teil eines endlosen Puzzles.

Nur wenige Minuten oder auch Tage später zerrt Henriettas Stimme sie aus dem schwarzen, schweren Schlaf.

»Annie, ich weiß, das klingt theatralisch, aber es gibt da etwas, das ich herausfinden muss. Doch ich komme wieder, und Sie müssen auf mich warten. Bitte.«

Annie fragt sich, ob Henrietta zum Getränkeautomaten will

oder irgendwohin weiter weg. Wie auch immer, es ist ein schönes Gefühl, dass sich jemand um sie sorgt. Sie streckt die Hand aus und ist überrascht, als Henrietta sie fest packt.

KAPITEL 34

Henrietta

Zu Hause hat jemand eine Weihnachtskarte unter der Wohnungstür durchgeschoben. Sie stammt von ihrer Nachbarin Melissa, und auf der Vorderseite ist eine Schneelandschaft abgebildet. Der Text lautet: *Für Henrietta und Dave. Frohe Weihnachten. Ich bin bis Neujahr verreist, aber vielleicht trinken wir danach mal ein Glas Wein? Liebe Grüße, Melissa x.*

Es ist wie die Botschaft aus einer anderen Welt, in der die Menschen nicht in Krankenhausbetten im Sterben liegen und tödliche Autounfälle beschreiben. Doch Henrietta freut sich darüber und nimmt sich vor, so bald wie möglich in geeigneter Weise zu antworten.

Zunächst aber muss sie etwas erledigen. Jetzt, wo sie Annie im Bett liegen gesehen und der Beichte ihres letzten dunklen Geheimnisses gelauscht hat, ist es wichtiger denn je, das Vorhaben durchzuziehen. Sie klappt den Laptop auf und sucht nach der Adresse von Sanctuary Inc. in Brecon.

Erst zwei scharf formulierte E-Mails und drei Nachrichten auf dem Anrufbeantworter später ruft Jeronimo Jones zurück, und es stellt sich heraus, dass er weit weniger Zen ist, als seine Homepage vermuten lässt. Henriettas Einschätzung zufolge grenzt sein Verhalten an Paranoia, unablässig redet er davon, dass er die »negative Energie« von damals nicht wieder in sein Leben lassen darf, und fragt sie mehrmals ausgerechnet, ob sie früher ein Hells Angel war. Henrietta muss ihm versichern, dass sie in den 1970ern noch nicht einmal geboren war und nie im Leben auf einem Motorrad gesessen hat, bevor er sich einverstanden erklärt, ihre Fragen zu beantworten. Henrietta nimmt den Stift in die Hand, bereit, sich Notizen zu machen.

»Die Anfänge von Sanctuary gehen zurück auf den Januar 1975, als ich mit einer Gruppe Gleichgesinnter beschloss, mich aus der Mehrheitsgesellschaft zurückzuziehen und eine eigene Gemeinschaft zu gründen«, beginnt Jeronimo.

Henrietta hat den deutlichen Eindruck, dass Mr Jones diese Geschichte schon viele Male vor weitaus größerem Publikum erzählt hat. Doch die ersten Camper und die Bands, die an einem legendären Wochenende ohne Bezahlung auf der Wiese spielten, interessieren sie nicht. Für sie ist nur eine Person von Interesse.

»Tut mir leid, wenn ich Sie unterbreche, Mr Jones«, sagt sie. »Aber können Sie bitte klarstellen, ob Sie jemals eine Kathleen Doyle aus London kannten?«

Es herrscht Schweigen, und Henrietta fürchtet schon, dass er erneut einfach aufgelegt hat. Dann aber fängt er an zu sprechen, anfangs ganz leise.

»Kathleen war eine gute Seele«, sagt er.

Henrietta hält die Luft an und drückt den Hörer noch fester ans Ohr, um ja nichts zu verpassen.

»Sie kam per Zufall zu uns«, fährt Jeronimo fort. »Das Schicksal hat sie zu uns geführt, wenn Sie so wollen.«

Das alles ist Henrietta zu verworren, ihr fehlt die Muße für so etwas. »Könnten Sie sich vielleicht etwas klarer ausdrücken?«, bittet sie gereizt.

Und so erzählt ihr Jeronimo alles, woran er sich erinnert, seit seiner allerersten Begegnung mit Kathleen Doyle.

»Im Dezember 1974 spielten wir einen Gig in der Fulham Palace Road, es war der Samstag vor Weihnachten. Wenn ich

›wir‹ sage, dann trifft es das nicht ganz, ich war nicht in der Band, sondern fuhr nur den Transporter. Wie auch immer, das Konzert war ein Desaster. Die Londoner Musikszene hatte sich seit dem letzten Konzert im The Greyhound verändert, eine Horde Punks stürmte die Bühne. Sie kickten ein Loch in das Schlagzeug von Mitch, spuckten und grölten ›Hippies raus‹. Man kann also sagen, dass in dieser Nacht wenig Liebe, Frieden und Harmonie herrschte.«

Henrietta beißt sich auf die Lippen und betet, dass er endlich zur Sache kommt.

»Eigentlich sollten wir in einem besetzten Haus in Earl's Court übernachten«, sagt Jeronimo, »aber es war total verdreckt, also beschlossen wir, die Nacht durchzufahren. Ich hatte die Band über Weihnachten zu mir nach Wales eingeladen, hatte gesagt, sie könnten bleiben, solange sie wollten, ein paar neue Songs schreiben und im Sommer auf Festivaltournee gehen. Es regnete aus Kübeln, und weil Chrissie damit beschäftigt war, eine Kassette im Kassettenrekorder zurückzuspulen, statt die Straßenkarte im Auge zu behalten, nahm ich an einem großen Kreisel die falsche Ausfahrt. Eigentlich hätten wir nach Westen zur M4 fahren sollen, tatsächlich aber führte uns die Straße nach Norden. Ich fuhr weiter und dachte, dass wir schon noch auf einen Wegweiser stoßen würden. Andy bemerkte sie als Erster. Wir hatten gerade irgendeine Brücke überquert, und da stand sie am Straßenrand, sie stand einfach nur da, wie benommen oder unter Schock. Also, wir hatten ja schon eine Menge Typen gesehen, die bekifft waren oder auf einem Trip oder hackedicht, aber das hier war was anderes. Es war dunkel, aber Pam fiel auf, dass sie total durchnässt war und nichts außer einer Unterhose und Strumpfhosen anhatte, weder Schuhe noch eine Jacke. Wir sprachen sie an, fragten, ob alles in Ordnung war. Sie sah zu uns herüber, aber irgendwie schien sie gar nicht richtig da zu sein. Da war so eine Leere, verstehen Sie? Sie war wie … zerbrochen.«

»Was haben Sie gemacht?«, fragt Henrietta.

»Ich habe am Straßenrand angehalten, und Pam wickelte sie in einen Poncho. Eine Weile saßen wir so mit ihr da. Sie war völlig durchgefroren und zitterte, war in einem echt üblen Zustand. Sie war durchnässt, aber das lag nicht nur am Regen. Sie roch komisch, irgendwie erdig, und in ihrem Haar klebte Schlamm. Sie konnte oder wollte uns noch nicht einmal ihren Namen sagen. Andy hatte es eilig weiterzufahren, aber wir konnten sie dort unmöglich zurücklassen, sie wäre erfroren. Und wir wussten nicht, wohin wir sie sonst bringen sollten, damals traute niemand den Bullen. Also nahmen wir sie mit. Wir dachten, wenn sie erst mal von ihrem Trip runterkäme, dann könnte sie uns ja sagen, was sie machen wollte.«

»Und hat sie das?«

»Na ja, es dauerte eine Weile«, sagt Jeronimo. »Und sie hat mir nie erzählt, wie es dazu kam, dass sie damals in der Nacht völlig durchnässt und erfroren am Straßenrand stand, als wäre sie geradewegs von den Toten auferstanden. Aber so kam es, dass Kath mit mir in Wales lebte. Sie kam Weihnachten zu mir und blieb fünf wunderbare Jahre. Sie war meine große Liebe, meine Muse. Aber irgendwann holte die Vergangenheit sie ein, und da wurde es haarig.«

»Und diese Kathleen Doyle stammte wirklich aus Westlondon?« Henrietta möchte ganz sichergehen.

»Sie hat nie irgendwas über ihre Familie erzählt. Aber dann kamen ein paar Biker, die waren definitiv aus London, aus Shepherd's Bush, glaube ich. Eine Weile übernahmen die hier quasi das Kommando, und einer von ihnen hörte nicht auf, Fragen über Kath zu stellen. Ich war damals schwach, wusste nicht, wie ich die Typen loswerden sollte, also haute Kath eines Nachts einfach ab. Mit ihrer kleinen Tochter.«

Henrietta hat sich die ganze Zeit Notizen gemacht, jetzt aber hält sie inne.

»Eine kleine Tochter?«, wiederholt sie zaghaft.

»Ja, ich habe sie beide geliebt. Ich habe sogar einen Song über sie geschrieben. *The Image of Her Mother.* War ein ziemlicher Hit in der Folkmusic-Szene.«

»Heißt das …?«

»Na ja, doch.« Er lacht mit gekünstelter Bescheidenheit. »Auf besonderen Wunsch spiele ich es noch.«

»Nein, nein«, unterbricht Henrietta sein selbstgefälliges Gerede. »Kath hatte ein Baby?«

»Ach, klar. Ja, es war ein wunderschönes kleines Mädchen. Wir feierten eine Taufzeremonie. Und für Kath gab es auf unserer Wiese eine Zeremonie zur Umbenennung. Kath wollte wiedergeboren werden, also nannte sie sich Clover Meadows.«

»Und dann haute sie ab, sagen Sie? Sind Sie in Kontakt geblieben?«

»Wie mein alter Kumpel Sting sagen würde: *If You Love Somebody, Set Them Free.*«

Aber vielleicht spürt Jeronimo ihren zunehmenden Missmut, jedenfalls sagt er dann etwas Nützlicheres. »Es hieß, sie sei nach Cornwall gegangen.«

Als das Gespräch beendet ist und Henrietta ihren Stift ablegt, sind zwei Dinge klar. Erstens: Sie hat unabsichtlich Audreys rosa Notizblock aus dem Büro mitgehen lassen. Und zweitens: Was auch immer in jener milden Dezembernacht 1974 geschehen ist, Kath Doyle hat überlebt.

Dave liegt auf dem Sofa, macht ein Auge auf und mustert sie misstrauisch, doch er wird noch eine Weile auf seinen Spaziergang warten müssen. Henrietta setzt sich wieder an den Laptop und tippt den Namen ein, den Jeronimo genannt hat: »Clover Meadows« und dazu »Cornwall«. Zunächst findet sie nur einen Campingplatz in der Nähe von Newquay und ein Gartencenter gleich hinter der Grenze zu Devon. Aber dann sucht sie im Handelsregister und entdeckt jemanden namens C. Meadows, der oder die in einem Dorf namens Porthawan ein Einzelhandelsunternehmen führt. Das erinnert erstaunlich an den Ort, in dem Annie und ihre Familie Urlaub gemacht haben, als sie ein Kind war. Das kann unmöglich Zufall sein, oder?

Das Geschäft hat keine Homepage, nur einen Festnetzanschluss, und als Henrietta anruft, informiert sie eine Automatenstimme, dass die Nummer nicht länger vergeben ist. Henrietta geht auf Street View. Nach einigen Fehlstarts, die ihr Ansichten des leeren Himmels oder des Rinnsteins bescheren, navigiert sie schließlich durch die Straßen eines hübschen Hafenstädtchens. Da ist er: ein heruntergekommener Laden, an dessen Fassade in verblichenen Buchstaben das Wort *Seachange* steht. Wenn Henrietta sich nicht täuscht, dann nennt man die Gebilde aus Zweigen und Federn, die in der Schaufensterauslage liegen, Traumfänger.

Das Bild von Annie im Krankenbett will ihr nicht aus dem Kopf gehen. Alles ist so verworren, und Henrietta möchte die Dinge so gerne in Ordnung bringen und Annies ertrunkene Schwester von den Toten auferstehen lassen, solange noch Zeit ist. Es ist eine verrückte Idee, womöglich die verrückteste, die sie je hatte. Doch wenn sie sich beeilt, schafft sie es rechtzeitig zum Nachtzug nach Penzance.

Henrietta holt den Rucksack heraus und packt eine bequeme Hose, einen Satz Wechselunterwäsche (eine lange Unterhose, die warm hält) und ihren Zweitlieblingspullover ein (den mit dem Pinguin vorn drauf). Nachdem Melissa über Weihnachten nicht da ist, stellt sich nicht die Frage, Dave zu Hause zu lassen, also packt sie die Wasserschüssel, seinen Futternapf, seine liebsten Leberleckerlis und etwas Hundefutter dazu. Sie legt ihm die Neonhundejacke mit der unmissverständlichsten Botschaft an: ABSTAND HALTEN – NICHT ZUTRAULICH.

Vom Verstand her weiß sie, dass die Lage außerordentlich traurig ist, aber sie kann sich nicht helfen, sie ist aufgeregt, weil sie, Henrietta Lockwood, einmal im Leben etwas Waghalsiges unternimmt. Ohne Zweifel ist sie drauf und dran, gegen eine ganze Reihe weiterer Regeln aus dem Leitfaden des Lebensbuch-Projekts zu verstoßen, aber sie will es nicht anders. Sie wird etwas Wichtiges tun, für jemanden, den sie sehr gernhat.

***

Da es das Wochenende vor Weihnachten ist, kostet die Fahrkarte eine astronomische Summe, und es ist auch kein Platz mehr im Schlafwagen frei. Immerhin gelingt es ihr, einen Sitzplatz zu reservieren. »Es heißt, dass man dort auch einigermaßen schlafen kann. Wenn man genug getrunken hat …«, erklärt ihr der Mann am Schalter lakonisch.

Als sie allerdings aus dem Bahnhof Paddington ausfahren, wird offensichtlich, dass außer ihr kein Mensch im Zug die Absicht hat zu schlafen. Jeder einzelne Passagier ihres Waggons scheint fest entschlossen, sich so schnell wie nur möglich zu betrinken. Sixpacks mit Dosen werden aus Supermarkttüten geholt, das Geschenkpapier von Flaschen gerissen, Korken knallen. Eine Frau mit einer blinkenden Lichterkette und einer lila Federboa um den Hals trinkt Prosecco direkt aus der Flasche, und am Nebentisch grölt eine Gruppe junger Männer Fußballlieder. Alle paar Minuten öffnet jemand mit einem feuchten »Pfftt« eine Dose. Es wird gerülpst, gelacht und geflucht. Irgendjemand hat einen Lautsprecher dabei, und als der Zug in Reading einfährt, ist Henrietta bereits genauestens darüber unterrichtet, was Mariah Carey sich zu Weihnachten wünscht.

Sie seufzt. Das wird ihr eine Lehre sein, denkt sie, das hat sie von ihrer Impulsivität. Sie hält Dave dicht an ihrer Seite und stellt sich darauf ein, den Rest dieser langen, unüberlegten Reise zu ertragen. Doch bis Exeter leert sich der Waggon immer mehr. Die Fußballfans steigen um, die Frau mit der Lichterkette ist eingeschlafen, und jedes Mal, wenn sie ausatmet, wippt ihre Federboa.

Henrietta wagt immer noch nicht, sich zu bewegen, nicht etwa wegen der schlafenden Trinker ringsum, sondern weil sie angestrengt darum bemüht ist, Daves unerwartete Gemütsruhe nicht zu stören. Erstaunlicherweise hat er nicht den leisesten Mucks von sich gegeben, seit sie den Zug bestiegen haben. Und Henrietta war so damit beschäftigt gewesen, zum Bahnhof zu rasen, den richtigen Bahnsteig ausfindig zu machen und ihren Platz zu suchen, dass sie sein aggressives antisoziales Wesen völlig vergessen hatte.

Glücklicherweise befinden sich weder Hunde, Fahrräder noch Jogger im Waggon, und vor einer Weile ist Dave von sich aus von ihrem Schoß gerutscht und hat sich, den Bauch nach unten und die graue Schnauze auf den Pfoten, mitten im Gang ausgestreckt. Das Ruckeln des Zugs und die Wärme, die vom Boden aufsteigt, scheinen ihn zu beruhigen. Genau genommen hat Henrietta ihn nie zuvor so entspannt erlebt. Vielleicht hat Dave seine ganz eigene verborgene Geschichte, ein Leben, bevor er im Tierheim landete, das viele glückliche Stunden an Bord eines Schnellzugs beinhaltete.

Endlich schläft auch Henrietta ein bisschen, was nur gut ist, denn dieser Cornwall-Nachtexpress rast gar nicht die Nacht durch. Irgendwann fährt er auf ein Abstellgleis. Mit so etwas hat Henrietta in ihrem romantischen Szenario von der pfeilschnellen Zugfahrt durch die frostklare Nacht nicht gerechnet. Als sie aufwacht, kann sie vor dem Fenster die dunklen Umrisse von ein paar Güterwaggons ausmachen, während um sie herum fremde Menschen in ungemütlich gekrümmten Haltungen dösen.

Als sich der Zug endlich wieder in Bewegung setzt, hat Henrietta Nackenschmerzen und einen bitteren Geschmack im Mund. Sie ist sich weiterhin unsicher, wie klug diese Reise ist, aber immerhin wirkt Dave glücklicher denn je. Das Leben steckt voller Überraschungen, denkt sie, als sie die Stufen auf den leeren, windigen Bahnsteig von St Austell hinabsteigt.

KAPITEL 35

Henrietta

Dave ist nicht besonders erfreut darüber, aus dem warmen Zug in die Kälte hinausgeschleift zu werden. Kräftig schüttelt er die Ohren, pinkelt an einen Laternenpfahl und blickt Henrietta fragend an: Was nun? Gute Frage, denkt sie. Es ist gerade mal sieben Uhr morgens, und auf dem Parkplatz vor dem Bahnhof steht ein einzelnes Taxi, hinter dem Steuer ein dicker Mann, dessen Kinn auf der Brust ruht. Henrietta klopft an die Fensterscheibe und macht klugerweise einen Schritt zurück, als er sie herunterkurbelt. Eine dichte Schwade aus Schweiß, Zigarettendunst und abgestandenen Fürzen quillt heraus.

»Sind Sie frei?« Sie bedeckt ihren Mund mit der Hand.

Der Fahrer rutscht auf dem Sitz herum, verlagert sein Gewicht von einer Pobacke auf die andere. Er nimmt die Brille ab und reibt sich die Augen. »Schon möglich«, sagt er schließlich.

»Ich würde gern nach Porthawan fahren, etwa sechs Meilen von hier«, meint Henrietta. »Angesichts des Zustands Ihres Fahrzeugs gehe ich davon aus, dass Sie nichts dagegen haben, einen Hund zu befördern.«

Dave und sie sitzen auf der Rückbank, während das Taxi in der Morgendämmerung an den geschlossenen Läden in der Hauptstraße von St Austell vorbeigleitet. Etwas später erreichen sie eine Hügelkuppe, und vor ihnen liegt stahlgrau, mit weißen Wellenrippen das Meer. Der Himmel darüber hellt sich gerade auf und nimmt ein tiefes, kräftiges Blau an.

»Das ist ja wunderschön«, sagt Henrietta. Der Taxifahrer ist kein gesprächiger Typ, aber sie lässt sich davon nicht beirren. »Ich war noch nie hier in der Gegend. Die Küste von Kent ist mir eher vertraut. Und die von Papua-Neuguinea.« Sie betrachtet die dicken Falten im Nacken des Fahrers und muss erkennen, dass dies nicht die gelungenste Gesprächseröffnung war.

»Ich suche einen Laden namens Seachange«, macht sie einen letzten Versuch, und jetzt dreht ihr der Fahrer den Kopf halb zu.

»Ah. Cerys ist echt okay«, sagt er. »Ist früher Taxi gefahren, bis Clover Krebs bekommen hat. Schrecklich, dass sie die Mutter so plötzlich verloren hat. Muss ungefähr ein Jahr her sein.«

Das Auto macht einen Schwenk nach links, dann nach rechts, als es der sich windenden Straße mit der hohen Hecke folgt. Henrietta lässt diese Information sacken. Sie kommt ihr vor wie etwas Körperliches, das sie inspizieren muss, etwas Hartes und Gewichtiges.

Sie stellt sich Annie vor, die zwischen den gestärkten Laken liegt und auf Nachricht wartet, und wieder muss sie eine Hand auf den Mund legen. Nicht wegen des schlechten Geruchs im Taxi, sondern um ein Schluchzen zu unterdrücken, weil alles so traurig und vergebens ist.

Es ist zu spät. Kath Doyle, die Frau, der sie auf der Spur war, ist tot. Die verschollene Frau mit dem langen dunklen Haar, die Henrietta imaginiert hat, seit sie ihren Namen das erste Mal hörte, existiert nicht mehr. In den vergangenen sechs Wochen hat Henrietta der Frau eine vollständige Persönlichkeit zugeschrieben. Ihr ist bewusst, wie dumm das ist, aber es kommt ihr so vor, als habe sie Kath gekannt.

Nach dem Gespräch mit Jeronimo hatte sie sich vorgestellt, wie sie der Frau begegnet, sie nach London bringt und mit Annie zusammenführt.

Jetzt aber wird nichts davon wahr werden. Sie hat Kath nicht etwa um Haaresbreite, sondern um ein ganzes Jahr verpasst.

Um den steilen Hang hinunterzufahren, schaltet der Fahrer in einen anderen Gang, und Henrietta zwingt sich, an etwas anderes zu denken, was er erwähnt hat: nämlich, dass die Tochter noch hier ist. Immerhin hat Annie eine Nichte. Da war noch etwas, was er gesagt hat, das am Rande ihres Bewusstseins lauert, aber sie ist wie benommen vor Müdigkeit, und der Gedanke trudelt außer Reichweite.

* * *

Der Taxifahrer lässt sie am Hafen aussteigen, deutet aber auf die Gasse, in der das Geschäft liegt. Henrietta hält es für das Beste, bis acht Uhr auf einer Bank vor dem Fisch-und-Chips-Laden zu warten, was ihr angemessener erscheint, um mit einer lebensverändernden Nachricht vor der Tür einer Fremden zu stehen.

Der Laden liegt zwischen zwei weiß gestrichenen Häuschen, aber Henrietta ist sich zunächst unsicher, ob sie an der richtigen Adresse ist, denn er sieht ganz anders aus als auf Street View: viel heruntergekommener, und auf dem Schild steht »Seacha«. Kurz fragt sie sich, ob es ein kornischer Begriff ist, aber dann wird ihr klar, dass die Buchstaben bloß abgeblättert sind. Die Traumfänger sind noch im Schaufenster, aber sie wirken ausgeblichen und verstaubt. Seachange scheint nicht gerade zu florieren.

Dave schüttelt noch einmal die Ohren und gähnt, und Henrietta weiß, dass sie die Sache nicht länger aufschieben kann. Etwas so Praktisches wie eine Türglocke existiert nicht, also klopft sie mit den kalten Fingerknöcheln an die Tür. Im Innern bewegt sich ein Schatten, eine zierliche Gestalt.

Die Tür geht auf, und ihr gegenüber steht eine kleine Frau mit kurz geschorenem Haar, die in eine Art Pferdedecke gewickelt ist. Henrietta hat sich nicht überlegt, was sie sagen will, doch die Frau wirkt nicht im Geringsten überrascht von ihrem Besuch.

»Falls Sie Schulden eintreiben wollen: Es ist nichts da«, sagt sie und zieht die Decke enger um sich. »Sie sind nicht die Erste, und Sie werden nicht die Letzte sein, aber meine Mum ist nicht mehr. Der Laden ist pleite, ich habe nichts. Sie können sich also gleich verpissen.«

Mit einer solchen Begrüßung hat sie nicht gerechnet.

»Hallo. Mein Name ist Henrietta Lockwood, und ich arbeite für das Projekt Lebensbuch in London.«

»Wow.« Die Frau mit der Pferdedecke reißt die Augen auf. »Das nennt man Einsatz. Meine Idee muss Ihnen wirklich gefallen.«

Und irgendwo im Dunst ihrer Müdigkeit merkt Henrietta, wie etwas mit einem Klacken einrastet. Diese Frau hat ihr eine E-Mail geschrieben, weil sie ein Gedächtnisbuch machen wollte. Sie ist die Frau, die ihre Mutter vor einem Jahr verloren hat.

»Ah. Sie müssen Cerys sein. Cerys Meadows. Darf ich reinkommen?«

Cerys seufzt und macht die Tür weiter auf. »Bitte, nur zu.«

* * *

Cerys ist eine gesprächige Person, aber das kommt Henrietta durchaus gelegen, denn sie muss ihre Gedanken ordnen. Leider erklärt ihr Cerys, dass sie keinen Kaffee im Haus hat, nur Himbeertee, und so kauert Henrietta auf dem Rand eines orangefarbenen Sitzsacks, während Cerys das Wasser aufsetzt. Die Bestuhlung ist unkonventionell, doch als Henrietta den Blick schweifen lässt, stellt sie fest, dass in diesem Haus nichts konventionell ist. An den Wänden der Wohnung, die über dem Laden liegt, hängen indische Tücher, es stapeln sich Berge von Kissen, die mit kleinen Spiegeln bestickt sind, und jede Oberfläche ist mit zerlesenen Taschenbüchern, angeschlagenen Tassen und schmutzigen Tellern belegt. Dave ist glücklich, denn tief in den Ritzen eines Flickenteppichs hat er einen üppigen Krümelvorrat ausgemacht.

»Mensch, ich freue mich, dass Ihnen meine Idee gefällt. Aber leider habe ich mit dem Gedächtnisbuch an meine Mum noch nicht einmal angefangen«, ruft Cerys aus der Küche. »Die Zeit danach, wenn man jemanden verloren hat, ist nicht so einfach.

Das sagt einem keiner. Dass Trauer wie eine Art Wahn ist. In der einen Minute feuerst du E-Mails über deine tolle Idee raus, und einen Augenblick später schaffst du es nicht einmal mehr aus dem Bett.«

Henrietta überlegt, wie sie Cerys klarmachen soll, dass ihre Idee eines Gedächtnisbuchs zweifellos gut ist, aber keine Dreihundertmeilenreise rechtfertigt, um sie sechs Tage vor Weihnachten persönlich aufzusuchen. »Genau genommen bin ich nicht wegen der Idee mit dem Gedächtnisbuch hier. Ich wollte Sie über eine Angehörige informieren, die Ihnen nicht bekannt sein dürfte. Die Sache besitzt eine gewisse Dringlichkeit.«

Cerys steht im Türrahmen zur Küche und stützt die Hände in die Hüfte. Als sie antwortet, ist ihre Stimme kühl und ausdruckslos. »Nein, da täuschen Sie sich. Ich habe keine Familie. Sie sind falsch informiert.«

Sie redet schnell und barsch, und Dave, der spürt, dass die Stimmung umschlägt, hebt zu seinem tiefen, kehligen Knurren an.

»Tut mir leid, das ist ein etwas wunder Punkt«, sagt Cerys. »Aber wie gesagt, Sie täuschen sich. Mein Vater spielt keine Rolle, und meine Mum hatte seit der Kindheit keinen Kontakt zu ihrer Familie. Sie ist in einem Heim in Wales aufgewachsen.«

Henriette ist sich bewusst, dass Diplomatie nicht zu ihren Stärken gehört. Also beschließt sie, einfach mit der Sprache herauszurücken.

»Cerys, Ihre Mutter ist nicht in einem Heim aufgewachsen. Und auch nicht in Wales. Sie stammte aus der Dynevor Road in Westlondon, und sie hatte eine Mutter, einen Vater und eine Schwester. Ihre Schwester Annie war elf Monate älter als sie, die beiden standen sich sehr nahe. 1974 hatte Ihre Mutter einen Unfall und kam nach Wales. Mit einem Mann namens Jeronimo.«

»Jeronimo«, wiederholt Cerys, als sage ihr der Name etwas.

»Ihre Mutter zog dann mit Ihnen nach Cornwall. Die Familie ging die ganze Zeit davon aus, dass sie tot sei. Ihre Großeltern sind schon vor einer Weile gestorben, aber Ihre Tante lebt noch. Sie hat nie aufgehört, an ihre Schwester zu denken. Und ich glaube, sie würde Sie gerne kennenlernen.«

Cerys fährt sich mit den Händen über das kurz geschorene stachelige Haar und geht im Zimmer auf und ab.

Henrietta redet weiter. »Annie ist sehr krank. Wenn Sie sie kennenlernen wollen, müssen wir so schnell wie möglich zurück nach London. Genau genommen noch heute.«

Abrupt bleibt Cerys stehen. »Ich weiß noch nicht einmal, wer Sie sind. Womöglich denken Sie sich das alles bloß aus. Vielleicht sind Sie völlig durchgeknallt, Sie und Ihr Hund.«

Sie macht einen Schritt auf Henrietta zu, die langsam, aber sicher ihren Halt auf dem Sitzsack verliert und mit dem Po immer weiter Richtung Boden rutscht.

»Wenn Sie wirklich so viel wissen, wie hieß dann meine Mum, he? Sagen Sie mir das.«

Henriettas Hintern ist mit einem sanften Rums auf dem Boden angelangt. »Als sie in Wales lebte, gab sie sich den Namen Clover Meadows. In einer Art Taufzeremonie – auf einer Wiese, wie der Name nahelegt. Ihr Geburtsname aber war Kathleen Doyle. Alle nannten sie Kath.«

Cerys dreht sich um, geht aus dem Zimmer und schlägt die Schlafzimmertür hinter sich zu. Dave und Henrietta sehen einander an, unsicher, was sie jetzt tun sollen.

Schließlich kommt Henrietta auf die Beine. Es sollte sie eigentlich nicht überraschen, dass sie die Sache vermasselt hat, so wie immer. Sie sollte sich auf den Weg machen, irgendwo im Dorf einen Kaffee organisieren und dann ein Taxi zurück zum Bahnhof nehmen.

Die Schlafzimmertür geht auf, und Cerys kommt heraus. Sie trägt einen Trainingsanzug und hat eine Sporttasche über der Schulter.

»Okay, dann mal los. Ich habe Clive angerufen, den Taxifahrer. Er holt uns in fünf Minuten vor dem Haus ab.«

KAPITEL 36

Henrietta

Zurück am Bahnhof von St Austell tippt Henrietta die PIN ihrer Kreditkarte in den Fahrkartenautomaten und muss feststellen, dass die Eisenbahngesellschaft Great Western Railway recht gut an diesen Geschehnissen verdient. Auf dem Boden in der Nähe hat sich ein übergewichtiger Labrador niedergelassen, also hält sie Dave an der kurzen Leine und stellt sich auf das übliche Sperrfeuer aus Bellen und Knurren ein. Doch Dave nimmt kaum Notiz von dem anderen Hund. Er streckt die Schnauze in die Luft, fast scheint er den herannahenden Zug zu erschnuppern.

Als sie sich an einem Tisch im Ruhewagen A gegenübersitzen, denkt Henrietta darüber nach, dass sie und Cerys ein ungewöhnliches Paar abgeben. Die eine robust und kräftig, in praktischen Hosen und ihrem Zweitlieblingssweatshirt, auf dem ein Pinguin abgebildet ist. Die andere eher ein schlaksiges Kind mit kurz geschorenem Haar, riesigen Augen und dünnen Ärmchen, die aus einer altmodischen Nike-Trainingsjacke herausragen. Nur ein besonders aufmerksamer Beobachter (Henrietta) würde die kleine Wölbung unter dem weiten Oberteil von Cerys ausmachen, unter dem sie ihre Schwangerschaft versteckt. Eingelullt vom regelmäßigen Rattern des Zugs schläft Dave tief und fest am Boden zwischen ihnen.

Weil sie es beim Aufbruch so eilig hatte, hat Henrietta nichts zu lesen dabei, aber Cerys ist besser gerüstet. Seit sie aus Porthawan losgefahren sind, hat sie Kopfhörer im Ohr. Außerdem hat sie einen abgegriffenen Krimi dabei, auf dessen Umschlag ein riesiger glänzender Dolch zu sehen ist. »Mit einem Buch ist man nie allein, würde meine Mum sagen«, meint sie. Aber schon bald darauf nimmt sie die Hörer aus den Ohren und legt das Buch aufgeklappt auf dem Tisch ab.

»Ich pack das nicht«, sagt Cerys, »ich pack das wirklich nicht. Mein Leben lang hat mir meine Mum erzählt, dass sie in Wales geboren wurde und ihr Vater sie als Teenager aus dem Haus gejagt hat. Eine Zeit lang war sie in einem Heim, dann lernte sie Jeronimo kennen und lebte eine Weile in einer Kommune. Irgendwann gab es negative Schwingungen in der Kommune, und wir zogen hierher nach Cornwall. Immer wenn ich meine Mutter nach ihrer Familie gefragt habe, hat sie mich abgewimmelt. Meine Mum war … verletzlich, würde man wohl sagen, also habe ich aufgehört zu fragen. Ich wollte es ihr mit meinen Fragen nicht noch schwerer machen.«

Henrietta denkt daran, wie Jeronimo erzählt hat, dass Kath wie von den Toten auferstanden mit Schlick und Wasserpflanzen, klappernden Zähnen und ausgekühlt bis auf die Knochen am Straßenrand stand. Sie erinnert sich an das, was sie über Kaths Elternhaus und die möglichen Gründe weiß, weshalb sie sich in dieser Dezembernacht zur Flucht entschieden haben könnte. Und inwiefern diese Gründe möglicherweise mit der Person zu tun hatten, die sie am Kanal traf, und warum sie im Wasser landete.

»Vielleicht fiel es Ihrer Mutter schwer, über die Vergangenheit zu reden. Manchmal braucht es Zeit, bis die Dinge ausgesprochen werden können.«

Cerys zieht eine Schnute wie ein schmollender Teenager. »Na ja, ganz offensichtlich wurde da nichts ausgesprochen. Nie. Und jetzt ist Mum nicht mehr da und hat mich in dem Glauben gelassen, dass ich keine Familie habe.«

Weil ihr keine Antwort darauf einfällt, schweigt Henrietta. Aber Cerys gerät nun richtig in Fahrt.

»Und überhaupt, was ist mit dieser verschollenen Familie? Was hat sie davon abgehalten, nach mir zu suchen?«

Henrietta denkt daran, wie es der Familie Doyle nach Kaths Verschwinden erging. Annie, die in eine gewalttätige Ehe flüchtete. Die Mutter Deidre, die sich im Bett verkroch und nie mehr von dem Schock erholte, und der Vater Aidan, der so niedergeschmettert war, dass er jede Erinnerung an Kath – einschließlich Annie – aus seinem Leben verbannte.

»Als Ihre Mutter verschwand, ist die Familie daran zugrunde gegangen – so hat es Annie beschrieben. Sie dachten, Kath sei tot, und sie alle gaben sich auf – jeder auf seine Art.«

Cerys wendet den Kopf ab, und beide sehen aus dem Fenster auf die nasskalte Landschaft mit den gepflügten Feldern und die tief hängende Nebelbank, die die Hügel dahinter ausradiert. Langsam lichtet sich der Nebel, und die Felder weichen morastigen Sandbänken. An einem öden Küstenstreifen ragt die Silhouette eines gestrandeten Boots heraus, dessen bloßgelegter Rumpf an ein nacktes Gerippe erinnert.

»Wie ist sie denn so, meine Tante Annie?«, fragt Cerys.

Henrietta wägt ihre Worte sorgfältig ab. »Annie ist eine bemerkenswerte Frau. Sie hatte sehr viel Pech im Leben, doch sie ist auf bewundernswerte Weise damit fertiggeworden. Ich bin stolz darauf, Annie beim Erzählen ihrer Geschichte zu unterstützen. Genau genommen«, sie hält kurz inne, »bin ich stolz darauf, sie eine Freundin zu nennen.«

»Sie klingt ein bisschen wie meine Mum: beschissenes Leben, starke Frau. Meine Mutter hat es hart getroffen, und sie hat ein paar Fehler gemacht. Zum Beispiel hatte sie nicht gerade den besten Männergeschmack.«

Henrietta nickt. Das überrascht sie nicht wirklich. »Und Ihr Vater? Sie haben gesagt, Sie hätten keinen Kontakt?

»Ha.« Cerys' Lachen klingt eher wie ein Bellen, und Dave blickt kurz auf, bevor er wieder auf den Boden zurücksinkt. »Je weniger man über ihn spricht, desto besser. Jeronimo Jones hat sich nie die Mühe gemacht, mit mir oder Mum in Verbindung zu bleiben. ›Jeronimo interessiert sich nur für Jeronimo‹, sagte Mum immer. Nachdem er mich nicht sehen wollte, als ich klein war, habe ich auch nicht versucht, ihn ausfindig zu machen, als Mum starb. Ich habe generell nicht viele ihrer alten Freunde kontaktiert …« Sie verstummt. »Es war nicht einfach damals. Die Trauerfeier organisieren und so.«

»Ich kann mir vorstellen, dass es eine außerordentlich belastende Zeit war«, sagt Henrietta. Sie beschließt, unerwähnt zu lassen, dass sie erst gestern mit Jeronimo Jones gesprochen und er in der Tat einen auffallend egozentrischen Eindruck auf sie gemacht hat.

Cerys blickt sie etwas befremdet an. »Wissen Sie eigentlich, dass Sie beim Reden so klingen, als ob Sie aus einer Broschüre vorlesen würden?«

»Man hat es mir gegenüber schon erwähnt«, erwidert Henrietta leicht verschnupft.

»Jedenfalls dachte ich, ich spar mir das vertrauliche Gespräch mit Jeronimo.« Cerys zieht den Reißverschluss ihrer Trainingsjacke bis ganz nach oben und steckt das Kinn hinein. »Ich habe die Nase voll von den leeren Phrasen. Alle in der Stadt sagen, wie leid es ihnen tut. Und dann fragen sie, was ich mit dem Laden vorhabe, dabei meinen sie eigentlich, was ich mit den ganzen Schulden vorhabe, in denen ich bis zum Hals stecke.«

Zugegeben, Seachange hat einen etwas desolaten Eindruck auf Henrietta gemacht.

»Ihre Mutter hatte also ein eigenes Geschäft?«, sagt sie stattdessen.

»Ja, sie hat den Laden eröffnet, als ich zehn Jahre alt war, und es lief ganz gut, auch wenn ich keine Ahnung habe, wie. Heutzutage aber gibt es keine große Nachfrage mehr nach Schlaghosen und Wasserpfeifen, noch nicht einmal in Cornwall. In den letzten paar Jahren ist der Laden völlig den Bach runtergegangen. Ich finde keine Rechnungsbücher, und ich konnte Mum vor ihrem Tod nicht mehr nach den Geldangelegenheiten fragen. Es ging alles so schnell …«

Henrietta sucht in ihrer Handtasche nach einem Taschentuch.

»Entschuldigung. Das sind die Hormone …«, sagt Cerys. »Außerdem vermisse ich sie. Es tut immer noch so weh.«

Henrietta ist erleichtert, als der Servierwagen ruckelnd den Gang entlangkommt, und sie macht sich daran, Daves Schwanz aus dem Weg zu schieben, den Geldbeutel herauszukramen und schließlich eine Tasse Kaffee und einen Snack zu kaufen. Sie ist kurz davor zu sagen, dass Trauer der Preis ist, den wir für die Liebe zahlen, doch obwohl es stimmt, klingt es wie aus einer Broschüre des Lebensbuch-Projekts, also lässt sie es bleiben. Stattdessen reißt sie die Verpackung des KitKat-Riegels auf, teilt ihn in der Mitte und schiebt eine Hälfte über den Tisch.

»Oh, gute Wahl. Danke«, sagt Cerys. »Und danke, dass Sie den ganzen weiten Weg hierhergekommen sind. Annie muss Ihnen wirklich viel bedeuten.«

KAPITEL 37

Cerys

Henrietta hat ihr versprochen, sie anzurufen, sobald man ihnen erlaubt, Annie noch einmal auf der Station zu besuchen. Cerys hatte mit ihr auf dem Flur gewartet, solange es irgendwie ging, aber schließlich konnte sie nicht anders, sie musste aufstehen und sich bewegen. Es ist kaum ein Jahr her, dass ihre Mutter gestorben ist, und schon wieder sitzt sie in einem Krankenhaus, atmet dieselbe von Desinfektionsmitteln geschwängerte Luft ein und soll das alles noch einmal durchmachen. Das ist ihr zu viel geworden. »Ich brauch eine Pause, bin bald wieder da«, hatte sie Henrietta erklärt.

Und jetzt macht sie das, was sie tut, wenn ihr alles über den Kopf wächst: Sie geht spazieren. Sie will sich nicht zu weit vom

Krankenhaus entfernen, und so läuft sie immer wieder um denselben Häuserblock. Die Turnschuhe klatschen auf den dunklen, nassen Asphalt. Es ist nicht wie zu Hause, wo ein salziger Hauch vom Meer in der Luft hängt oder der erdige Geruch von den Lehmhügeln. Hier gibt es nur harte Oberflächen, und die Menschen gehen mit ausdruckslosen Gesichtern ihren Geschäften an diesem Montag vor Weihnachten nach.

Als Cerys jünger war, wäre ihr nie in den Sinn gekommen, eine Wanderung zu unternehmen. So etwas machten nur die Touristen, jene silberhaarigen Ehepaare in grellen Jacken, die mit ihren Wanderstöcken an dem Geschäft vorbeiklapperten und in Plastik eingeschweißte Karten studierten.

Doch von dem Moment an, als sie erfuhr, dass sie schwanger war, hatte Cerys den ständigen Drang, in Bewegung zu bleiben, eine nervöse Energie trieb sie an. Jeden Tag zog sie auf dem Küstenpfad los, beinahe genoss sie den Schmerz in den Beinen, weil er ihr bewies, dass ihr Körper funktionierte, seine Pflicht erfüllte und sauerstoffreiches Blut in den kleinen Zellhaufen pumpte, der in ihrem Innern Gestalt annahm. Ihr gefiel die Vorstellung, dass zwei Herzen in ihrem Körper schlugen: ihr eigenes regelmäßiges Pochen und daneben der winzige Gefährte, schneller und hektischer, wild entschlossen, am Leben zu bleiben.

Sobald sie auf dem Weg oben an den Klippen war, konnte sie besser nachdenken – oder *nicht* denken, wenn ihr der Sinn danach stand. Sie mochte es, dass die Geräusche rundherum sich veränderten, je nachdem, ob der Pfad dem Meer zugewandt war oder in eine Senke führte. An ausgesetzten Stellen wurde der Klang der vor und zurück geschobenen Strandkiesel zu einem ohrenbetäubenden Brausen, und der Wind blies ihr ins Gesicht und übertönte alles andere. Dann bog sie um eine Ecke, und mit einem Mal verstummte die Welt, als habe jemand den Lautstärkeregler auf null gestellt.

Auf den stillen Abschnitten forschte sie in ihrem Innern

nach, spürte ihren Gefühlen über das Baby nach, das in ihr heranwuchs, und die Entscheidung, die sie immer noch treffen könnte. Sie ist sich ziemlich sicher, dass sie die richtige Entscheidung getroffen hat – immerhin hat ihre Mum es nicht anders gemacht und kam auch zurecht. Zumindest meistens. Außerdem war ihre Mutter zum Zeitpunkt ihrer Schwangerschaft um einiges jünger gewesen als Cerys. Sie war damals gerade mal achtzehn.

Jetzt aber ist Cerys nicht in Porthawan, sondern mitten in London, und hier kann man nirgends hingehen, wenn man allein sein will, damit sich die Gedanken formieren können und dann langsam wieder besänftigen. Überall sind Menschen, und wenn man wagt, etwas langsamer zu werden, dann rücken sie von hinten auf und zischeln oder schimpfen, dass du ihnen im Weg bist.

Der gestrige Tag fühlt sich schon jetzt unwirklich an: Sie waren am Bahnhof Paddington ausgestiegen, mitten hinein in den Lärm und die Hektik, und hatten direkt die U-Bahn zum Krankenhaus genommen. Die Besuchszeit war vorbei, aber Henrietta gelang es, sie beide für ein paar Minuten ins Zimmer zu schleusen.

Und da hatte diese dünne kleine Frau namens Annie gelegen, die ihre Familie war – endlich echte Familie. Sie schlief, aber als Cerys ihr Gesicht sah, versetzte es ihr einen Schlag in den Magen, denn Annie ähnelte so sehr ihrer Mum.

Es war nett von Henrietta, sie auf der Couch übernachten zu lassen, aber sie hatte kaum geschlafen, weil in ihrem Kopf ein wirres Chaos herrschte. Außerdem rochen die Sofakissen nach fleischigen Hundeleckerlis, das machte die Sache nicht leichter.

Also wird Cerys einfach weiter durch die Straßen dieses irrsinnig reichen Londoner Stadtviertels marschieren, bis um zwei Uhr die Besucher eingelassen werden. Sie kommt am Tor eines kleinen Parks vorbei, aber er besteht aus lauter schwarzen Geländern und asphaltierten Wegen, aus allen Richtungen schießen Kinder auf Rollern herbei, und ganz offensichtlich ist dort nirgends Platz, um sich einfach nur hinzusetzen und nachzudenken. Sie geht weiter, passiert eine riesige Marks-&-Spencer-Filiale, einmal, zweimal, dreimal, und jedes Mal dröhnt Weihnachtsmusik heraus. Und jedes Mal macht es sie rasender.

Sie verkraftet nicht noch einen Tod, noch dazu den eines Menschen, dem sie gerade erst begegnet ist und der doch seit ihrer Geburt ein Teil ihres Lebens hätte sein sollen. Sie ist wütend, dass ihre Mutter das zugelassen hat, dass sie über die Vergangenheit gelogen und Cerys die Familie vorenthalten hat.

Cerys war immer davon ausgegangen, dass ihre Wurzeln in Wales liegen. Unzählige Male hatte man sie gefragt, warum sie einen walisischen Namen habe, wo sie doch aus Cornwall stamme. War das so schwer zu verstehen? Sie hatten in Wales gelebt, bis Cerys fünf Jahre alt war. Ihre Erinnerungen an das Leben in der Kommune sind lückenhaft wie ein ruckelnder Film. Jeronimo mit dem langen Haar und der blauen Latzhose, an dessen Unterlippe immer eine schlaffe Selbstgedrehte hing. Die Erinnerung an das Schaf, das er als Haustier hielt, ist deutlicher: Es folgte ihm überallhin, sogar ins Haus, rempelte die kleine Cerys zur Seite und hinterließ kleine Häufchen auf dem Steinboden des Bauernhauses.

»Jeronimo hat mich aufgenommen«, sagte ihre Mutter immer, »als ich nirgendwo sonst hingehen konnte.«

Jetzt aber stellt sich heraus, dass sie Familie hatte, Eltern und eine Schwester namens Annie. Es schmerzt Cerys, dass sie ihre Tante nie kennenlernen wird, die ehrlich gesagt ziemlich cool klingt. Was war denn nur passiert, dass Mum selbst Jahre später nicht nach Hause zurückkonnte? Das ergibt alles überhaupt keinen Sinn.

In diesem Augenblick ist die Vorstellung, zurück in dieses Krankenzimmer zu gehen und zuzusehen, wie der Tod schleichend immer näher rückt, einfach zu viel. Im Krankenhaus in Cornwall vor knapp einem Jahr hatte sie die Pflegerin ständig gefragt: »Wie lange noch? Sagen Sie mir doch, wie lange es noch dauert, bis sie stirbt!« Doch keiner ließ sich zu einer Aussage verleiten, bei jedem Menschen sei es anders, hieß es. Nachdem Cerys es nun aber schon einmal erlebt hat, ist sie sich ziemlich sicher, die Zeichen selbst zu erkennen. Sie weiß, dass Annie auf dem Weg ist.

Sie hatte die ganze Nacht am Bett ihrer Mutter gesessen, ihre Hand gehalten und versucht, das Geräusch des immer schwerer gehenden Atems auszublenden. Nach ein paar Stunden hatte es geradezu hypnotisierend gewirkt: das hörbare Einsaugen der Luft, dann das grauenhafte Rasseln, wenn die Luft wieder herauskam. Irgendwann war ihre Atmung zu einem Heulen geworden, ein Geräusch, das Cerys nie zuvor gehört hatte: ein animalisches Klagen, wie ein Urschrei. Nun, da Clover keine Worte mehr zur Verfügung standen, schien es die einzige Möglichkeit zu sagen: »Ich bin da, ich bin noch da.«

Cerys war in Panik geraten und hatte Hilfe geholt. »Ich glaube, sie hat Schmerzen. Sie versucht zu schreien – können Sie ihr nichts geben?« Doch die Pflegerin blieb unbeeindruckt. »Sie bekommt Morphium, Liebes. Keine Sorge, sie spürt gar nichts.« Sie stand neben Cerys am Fußende des Bettes und deutete auf Clover. »Schauen Sie sich das Gesicht Ihrer Mutter an, es ist ganz ruhig. Sie wirkt sehr friedlich.«

Cerys war sich nicht so sicher, denn das tiefe, gurgelnde Geräusch hörte nicht auf und klang kein bisschen friedlich, aber sie wollte daran glauben. Während Cerys in diesem stickigen Zimmer saß und zusah, wie sich die Brust ihrer Mutter hob und senkte, schien sie selbst zwischen zwei Welten festzustecken. Einerseits wollte sie, dass ihre Mum weiteratmete, andererseits aber sehnte sie sich voller Schuldgefühle danach, dass der Atem langsamer würde und endlich aufhörte, denn das Ende war unvermeidlich. Es war nur eine Frage der Zeit.

Die Uhrzeiger wanderten im Kreis. Zwei Schichten Pfleger kamen herein, um Clover umzubetten. Sie schickten Cerys für eine Weile aus dem Zimmer, und sie ahnte, dass es etwas mit Körperflüssigkeiten zu tun hatte. Dann, als die schwache Wintersonne aufgegangen war, hatten sie Cerys mit ihrer Mutter allein gelassen, und es war eine schreckliche Erleichterung gewesen, als Clovers Atmung endlich nachließ. Das Schreien wurde zum Seufzen. Die Pausen dazwischen wurden länger. Und irgendwann kamen keine Atemzüge mehr.

Cerys hatte sich vorgebeugt, ihrer Mutter übers Haar gestrichen und sie auf die Wange geküsst. Es erschreckte sie, dass Clovers Haut bereits auszukühlen begann. Der Unterkiefer war heruntergeklappt und legte die untere Zahnreihe bloß. In diesem Moment war ihr bewusst geworden, dass Clover nicht mehr dort lag. In diesem Krankenbett war nur mehr ein kleiner schmaler Körper aus Knochen, Zähnen und erkaltendem Blut.

Sie hat niemandem von dieser Erfahrung erzählt, und sie weiß nicht, ob sie es jemals tun wird. Dieses ganze Sterben bereitet ihr solchen Kummer, und das ist nicht gut. Sie spürt, wie sich die Trauer in ihrem Innern wieder zusammenballt, und das ist ihrem Baby gegenüber unfair, es hat nicht verdient, dass all dieser Schmerz in seinen kleinen Körper sickert, bevor es auch nur seinen ersten Atemzug getan hat.

Ein viertes Mal kommt sie an Marks & Spencer vorbei, und ein Musikstück, dem man zu dieser Jahreszeit nicht entkommen kann, dringt heraus – George Michael singt über Weihnachten letztes Jahr und trifft sie bis ins Mark. Sie will nicht hier auf der Straße weinen, wo jeder sie sehen kann, deshalb stellt sie sich vors Schaufenster, bis der Moment vorübergeht.

In der Auslage liegen Geschenkattrappen, hoch türmen sich verpackte und mit Schleifen verzierte Schachteln, und die Fensterscheibe ist über und über mit großen weißen Schneeflocken beklebt. Ihre Mum und sie hatten früher auch Schneeflocken zur Dekoration gebastelt, aber die sahen nicht so perfekt aus wie diese hier. Sie schnitten sie aus den Seiten des kostenlosen Anzeigenblatts aus und klebten sie ans Fenster, als sie noch im

Dachgeschosszimmer bei Bessie wohnten, bevor Mum den Laden kaufte.

Selbst als sie kein Geld hatten, hatte Mum immer Wert darauf gelegt, dass am Fußende von Cerys' Bett ein Weihnachtsstrumpf hing. Mal war er mit Trödel befüllt, den Mum aus dem Wohlfahrtsladen hatte – Stofftiere, denen ein Auge fehlte, oder einmal ein winziges weißes Porzellanpferdchen –, mal mit etwas Nützlichem wie einem neuen Dosenöffner.

Cerys weiß, dass ihre Kindheit das war, was die Lehrer »chaotisch« nannten. Es war nicht immer genug zu essen im Haus, und wenn doch, hatte ihre Mutter nicht immer dafür bezahlt. Dazu kam ihr schlechtes Händchen bei der Wahl ihrer männlichen Freunde. Jeronimo, der Vater, der nie für sie da war. Danach Vic (»Sag Onkel Vic zu mir«), ein protziger Typ mit protzigem Auto. Er hatte Mum dabei geholfen, das Geschäft aufzubauen, und das ließ er sie nie vergessen. Wenn man am wenigsten mit ihm rechnete, stand er plötzlich vor der Tür und machte Clover so fahrig und nervös, dass sie schroff und angespannt war.

Dann tauchte Roy auf, und es wurde leichter, als hätten alle aufgehört, die Luft anzuhalten. Ohne Vorwarnung aber war er wieder fort, und Vic kam wieder ins Spiel mit seinen Koteletten und den kalten blauen Augen, die ihre Mum auf Schritt und Tritt verfolgten. Ja, Clover hatte ein paar schlechte Entscheidungen getroffen, aber Cerys wusste immer, dass sie selbst nicht dazu zählte. »Cerys, du und ich, wir sind ein Team«, sagte sie immer. »Wie Schwestern.«

KAPITEL 38

Annie

Hinter ihr liegt eine »gute Nacht«, wie es die Pfleger nennen, was wohl bedeutet, dass sie ein bisschen geschlafen hat. Als ihr Mia in aller Frühe eine Tasse Tee bringt, will es ihr beinahe so vorkommen, als könnte es ewig so weitergehen, als könnte sie in diesem sanften, benommenen Schwebezustand verharren, aufwachen, einen Schluck Tee trinken oder einen Löffel Eiscreme essen und wieder wegdämmern. Aber dann hebt sie das Laken an und sieht, dass ihre Glieder aufgebläht sind wie Ballons und die Haut eine fast leuchtende gelbe Farbe angenommen hat. Aha, die Leber gibt jetzt also den Geist auf.

Als Annie das nächste Mal wach wird, ist Henrietta da, die wunderbare Henrietta ist zurück vom Getränkeautomaten. Und sie erzählt ihr eine ganz und gar seltsame Geschichte. Annie bemüht sich sehr, zuzuhören, aber die Namen und Daten stimmen alle nicht, das Damals und das Heute vermischen sich. Sie redet von jemandem, der Jeronimo heißt, was für ein alberner Name, so jemanden kennt sie bestimmt nicht, und Annie ist drauf und dran, sich tiefer in die samtene Wärme sinken zu lassen, als Kaths Name fällt.

Sie muss sich konzentrieren, genau hinhören, aber das alles ergibt keinen Sinn.

»Kath ist 1974 nicht gestorben. Sie konnte sich rechtzeitig aus dem Wasser retten. Dann kam eine Folkmusic-Gruppe in einem Bus vorbei, und sie nahmen Kath mit nach Wales. Sie war völlig durchnässt, sogar das Haar war vom Schlamm verklebt.«

Annie kann den Schlamm schmecken und riechen. Seit jener Nacht ist er da, als Echo dessen, was sie im tiefsten Innern immer wusste, wogegen ihre Schwester ankämpfen musste. »Schlick«, will sie sagen, aber es kommt nur ein lang gezogenes Schsch… heraus.

»Jeronimo leitete die Kommune, und er liebte Ihre Schwester. Sie bekamen ein Baby, und Kath gab sich selbst einen neuen Namen. Dann ging sie auch von dort weg und fing in Cornwall noch einmal neu an.«

Die Medikamente machen alles wunderbar sanft und leicht, aber es fällt Annie schwer, die vorbeischwebenden Worte zu erhaschen.

»Neuer Name«, versucht sie zu sagen, aber sie kommt nicht weiter als »Nnn«.

Henrietta muss langsamer reden, sie soll noch einmal von vorn anfangen, denn Annie hört die Wörter »Kath« und »Baby« und »Cornwall« und will sie festhalten. Mühsam macht sie die Augen auf.

»Ich bin dort gewesen, Annie. Es tut mir so leid, für Kath war ich leider zu spät dran. Aber ich habe ihre Tochter gefunden.«

Gelobt sei diese Henrietta mit ihrer Hartnäckigkeit, ihrer merkwürdigen Art, Zuneigung zu zeigen, und dass sie einfach nicht lockerlässt. Was für eine wunderbare Geschichte erzählt sie ihr da: davon, dass Kath fortgelaufen ist und in Cornwall gelebt hat. Das ist vollkommen plausibel, denn sie kann sich Kath dort so gut vorstellen. Genau wie in ihrem schönsten gemeinsamen Urlaub. Als sie Kath die sommersprossigen, brauner werdenden Schultern eingecremt hat. Kaths feste, warme Hände, die dasselbe für Annie machten.

Die Kiesel, die sie am Strand sammelten und in zwei Reihen nebeneinanderlegten. Von der Ferne hatten die Steine – genau wie Kath und Annie – identisch ausgesehen, aus der Nähe aber waren sie ganz unterschiedlich. Das Salz in der Luft. Die zu grelle Sonne. Kreisende Möwen. Der unwirklich blaue Himmel. Als Annie daran denkt, dass Kath all die Jahre ein solches Leben gelebt hat, lächelt sie und schließt die Augen.

Mia ist da, als Annie das nächste Mal aufwacht, und redet von einer besonderen Besucherin, die um zwei Uhr kommen wird. Annie sollte versuchen, so lange wach zu bleiben. Aber dann nennt Mia einen walisischen Namen, der ihr nichts sagt, und Annie lässt zu, dass er fortgleitet, und gibt dem Schlaf wieder nach.

So gut wie jetzt war ihr Schlaf noch nie: Er ist so blank und sauber wie die Laken, die jemand um sie herum feststeckt, und ebenso glatt und geschmeidig. Annie hat mehr als genug Albträume in ihrem Leben gehabt. Oft beginnen sie damit, dass sie einen dunklen Treidelpfad entlanggeht. Sie weiß, dass sie achtgeben muss, weil der Boden glitschig und schlammig ist. Egal, wie sehr sie sich vorsieht, irgendwann rutscht sie unvermeidlich aus und fährt aus dem Schlaf hoch, bevor sie auf der Wasseroberfläche auftrifft.

In einem anderen Traum ist sie bereits im Wasser, etwas hat sich in ihrem Haar verfangen und zieht sie schnell und entschlossen hinunter, und ihr Mund ist vom Schlamm verschlossen. Denn in ihrer Vorstellung ist es Kath damals genau so ergangen, und dieses Bild hat sie all die Jahre nicht aus dem Kopf bekommen, egal, ob sie wach war oder schlief: Wie Kath dagegen angekämpft haben muss, als der Schlamm sie hinabzog und sich das schwarze Wasser über ihrem Kopf schloss.

Aber nein, jetzt fällt ihr wieder ein, dass Henrietta erzählt hat, dass alles ganz anders war. Kath ist gar nicht am Grund des Kanals gelandet als ein Häufchen aus aufgedunsenen Gliedmaßen und ausgebleichter Haut, das immer tiefer in den Schlick sank. Es stimmt, irgendwann war sie im Wasser, kein Mensch weiß, warum. Aber wichtig ist, dass Kath klug genug war, herauszuklettern und sich eine neue Chance zu geben. Sie ist entkommen. Und darüber ist Annie froh.

Wieder wacht Annie auf, und diesmal fühlt sich die Luft anders an: sie ist dichter, aber noch weicher. Sie kann verstehen, warum Menschen Drogen nehmen – es macht alles so einfach. Wie gerne würde sie einen Schluck Saft trinken, aber sie bringt die Worte nicht heraus.

Sch-sch, hört sie die Strumpfhosen einer Pflegerin aneinanderreiben, eine Tür knarrt, Stimmen, und jemand, der etwas in eine Kladde schreibt. Sie reden davon, dass heute der 21. Dezember ist. Natürlich, denkt Annie. Es ist die Wintersonnenwende, die längste Nacht und gleichzeitig der Wendepunkt, denn von nun an werden die Tage länger und heller. Allerdings nicht für Annie.

Etwas später – vielleicht sind es Minuten, vielleicht auch Stunden – macht sie die Augen auf, und Kath sitzt an ihrem Bett, was eine schöne Überraschung ist. »Du bist also gekommen, um mich zu verabschieden«, versucht Annie zu sagen, aber es kommt nur das »V« heraus. Sie macht einen neuen Versuch. Sie will sagen: »Geh mit mir ans Wasser, hinunter an den Strand.« Denn jetzt kommt es ihr so vor, als mache sie langsame Schritte ins Meer. Das warme Wasser plätschert an ihren Bauch, bald wird es ihr bis zur Brust reichen, und dann muss sie einen kleinen Sprung machen und anfangen zu schwimmen.

Merkwürdig ist, dass diese Person zwar aussieht wie Kath, gleichzeitig aber auch nicht, und das verwirrt Annie, aber es ist nicht schlimm. Sie hat sehr kurzes Haar, es steht ihr, und sie weint. Annie will nicht, dass sie weint, denn sie ist froh, dass diese Kath-oder-auch-nicht-Kath bei ihr ist und weiterleben kann, auch wenn Annie es an diesem dunkelsten Tag nicht tun wird. Sie hat nie aufgehört, an Kath zu denken, sie zu vermissen, und nun, endlich, ist sie zurückgekommen.

Annie lässt sich unter die Wellen gleiten. Dieses Wasser hat nichts mit dem gemein, das sie jahrelang in den Albträumen heimgesucht hat. Es ist nicht schwarz und faulig wie der Kanal. Es ist das Meer, das Wasser ist warm und blau und funkelnd. Also schwimmt sie, japst nach Luft und versucht durchzuhalten, bis sie einen Ort zum Ausruhen findet. Aber es ist keiner zu sehen, also macht sie weiter, atmet ein und aus, versucht, den Kopf über Wasser zu halten.

Doch dann wird ihr klar, dass es keine Rolle spielt, denn sie kann unter Wasser wunderbar atmen. Warum wusste sie das nicht schon früher? Sie lässt sich im klaren Wasser bis auf den sandigen Grund sinken und merkt, dass es hier unten gar nicht nötig ist zu atmen, und so hört sie auf.

KAPITEL 39

Henrietta

Audrey hat ihr empfohlen, sich, wenn nötig, ein paar Tage freizunehmen. Sie hat Henrietta eine E-Mail geschrieben und ihr erklärt, dass Trauer ein unvermeidlicher Teil dieser Arbeit ist und dass das Projekt Lebensbuch sich zugutehält, ein verständnisvoller Arbeitgeber zu sein. Außerdem hat sie Henrietta dazu beglückwünscht, Annies verschollene Angehörige rechtzeitig ausfindig gemacht zu haben, sodass sie noch Abschied nehmen konnte. »Das ist genau die Art Engagement, zu der wir unsere Mitarbeiter ermuntern wollen«, hatte sie gesagt.

Henrietta hat beschlossen, nicht zu erwähnen, dass viele Stunden Recherche, ein heikles Telefonat mit einem Mann in Wales und eine Sechshundertmeilenreise nach Cornwall und zurück nötig waren, um Annies Nichte aufzuspüren. »Ach, das war gar nichts. Ich habe sie einfach im Internet gefunden«, hatte sie Audrey erklärt.

Es ist zwei Tage her, dass Henrietta und Cerys an jenem schrecklichen Nachmittag dabei zusahen, wie das Leben aus Annies Körper wich. Henrietta hatte zuvor darüber gelesen, denn sie ist gern vorbereitet, und hatte erwartet, etwas Bedeutsamem, Spirituellem beizuwohnen. Ein Temperaturabfall vielleicht oder ein schwebendes Licht über Annies Bett, das anzeigte, dass ihre Seele entschwand. Aber sie muss auf recht abenteuerlichen Websites gelandet sein, denn als Annies Leben zu Ende ging, war der Moment alles andere als gewichtig. Es gab weder ein musikalisches Crescendo noch Harfen und Engel. Eben war Annie noch da, schwächer werdend, aber definitiv noch ein Mensch. Und im nächsten Moment, mit einem Ausatmen, verflüchtigte sich ihr gesamtes Annie-Sein einfach. Henrietta erfuhr keinerlei spirituelle Erkenntnis, sondern lediglich eine niederschmetternde Abwesenheit.

Sie wünschte, sie könnte von sich behaupten, die professionelle Etikette gewahrt zu haben, aber das hatte sie nicht. Laut und mit offenem Mund hatte sie geschluchzt, und schließlich hatte Cerys die Dinge in die Hand genommen und Henrietta ins Angehörigenzimmer geleitet. Dann hatte sie ihr Tee und Kuchen gebracht, und als Henrietta das Bakewell-Törtchen gesehen hatte, war es von vorn losgegangen. Annie würde nie mehr wiederkommen.

Seitdem war Cerys bei Henrietta, heute Vormittag aber sitzen sie wieder in der Rosendale-Ambulanz und warten – ausgerechnet im Café Leben. Mittags haben sie oben einen Termin mit der Stationsschwester, um die ärztliche Bescheinigung und eine Tasche mit Annies Habseligkeiten abzuholen.

Mia ist heute nirgends zu sehen, offenbar hat sie über Weihnachten Urlaub, stattdessen hat der mürrische Mike Dienst.

»Es ist ungewohnt, Sie ganz ohne Formulare, Aufnahmegerät und Thermoskanne zu sehen«, sagt er zu Henrietta.

Sie versucht, sich ein Lächeln abzuringen. Doch er hat recht, tatsächlich fühlt sie sich hier etwas verloren ohne ihre Unterlagen und das laminierte Schild. Und ohne Annie.

»Sie haben bestimmt von Mia und Stefan gehört.« Auf Mikes Gesicht liegt ein breites Grinsen – genau genommen wirkt er alles andere als mürrisch. »Sie feiern Weihnachten zu zweit – ein romantischer Kurzurlaub in Schottland. Und danach, für Silvester, besuchen sie Stefans Familie.«

»Das ist schön«, antwortet Henrietta unbestimmt. Kurz

denkt sie: »Das muss ich Annie erzählen«, bevor es ihr wieder einfällt. Stattdessen erklärt sie Cerys: »Annie hat sich sehr gut mit Mia verstanden. Sie war eine gute Freundin von ihr.«

Cerys nickt. Heute trägt sie ein unförmiges Fußballtrikot; breitbeinig sitzt sie da und säubert ihre Fingernägel mit einer Broschüre mit Tipps zum Verfassen eines Testaments. Der runde Bauch ist unter dem Oberteil kaum zu erkennen, aber Henrietta geht davon aus, dass sie schon darüber reden wird, wenn die Zeit reif ist.

»Wollen wir die Sache hinter uns bringen?« Henrietta steht als Erste auf, und die beiden begeben sich zum Aufzug.

Der offizielle Teil ist unkompliziert, und als die Stationsschwester ihnen ein Informationsheft über Beerdigungsformalitäten aushändigt, steckt Cerys es eilig ein. »Da bin ich mittlerweile Profi drin«, sagt sie. Die große Plastiktüte mit Annies persönlichen Dingen ist eine schwierigere Angelegenheit.

Es ist nicht viel drin, denn Mia zufolge hatte Annie nur kurz in die Rosendale-Ambulanz gewollt, um mit Henrietta zu reden. Das Kleid, das sie anhatte, ist in der Tüte, und ein Wollmantel. Außerdem finden sich darin eine alte Ledergeldbörse, die Fahrkarte und die Wohnungsschlüssel. Zu guter Letzt ist da ein Paar paillettenbestickter Pantoffeln mit abgelaufenen Sohlen, die noch feucht sind vom Londoner Straßenpflaster. »Größe 5«, sagt Cerys und betrachtet sie zärtlich, dreht und wendet sie und berührt die Stellen, die von Annies Füßen geformt wurden. »Genau wie Mum.«

Als sie draußen vor der Rosendale-Ambulanz auf den Stufen stehen, holt Cerys die Schlüssel aus der Plastiktüte. »Na los. Kann nicht schaden, oder?« Anstatt also nach links zum Bus zurück zu Henrietta zu gehen, wenden sie sich nach rechts und nehmen die U-Bahn zu Annies Wohnung.

Das dumpfe Rumpeln und Rattern der Waggons ist derart laut, dass es unmöglich ist, sich im Zug zu unterhalten. Nicht zum ersten Mal denkt Henrietta, dass Cerys eigentlich eine

Fremde ist, und doch haben sie den größten Teil der vergangenen vier Tage gemeinsam verbracht und sind ganz gut miteinander ausgekommen. Ihr gefällt die nüchterne Art von Cerys: Sie sagt, was sie denkt, und dadurch erübrigen sich Spekulationen über zwischenmenschliche Wechselwirkungen. In ihrer Gesellschaft ist Henrietta entspannt. Na ja, sie ist eben Annies Nichte.

Der ruckelnde Zug ruft ihr ins Gedächtnis, dass Dave seit der Rückkehr aus Cornwall viel umgänglicher ist, so als habe die Reise ihn an ein anderes Leben und ein anderes Verhalten erinnert. Gestern hat Henrietta den Stadtplan studiert und eine neue Spazierroute herausgesucht, ein Fußweg, der an der Bahnlinie entlangführt, dort, wo die überirdischen Züge Richtung London Bridge langsamer werden und auf das Signal zur Weiterfahrt warten. Dave und sie hatten eine ganze Stunde dort gestanden und durch den Maschendrahtzaun die Züge beobachtet. Dave war verzückt, er hatte sogar mit dem Schwanz gewedelt. Henrietta hatte das derart beflügelt, dass sie beim Anblick eines Spaziergängers, der in der Ferne mit seinem Hund unterwegs war, gewinkt und gerufen hatte: »Hallo! Das ist Dave! Er liebt Züge!« Sie wird die Umgangsformen unter Hundebesitzern schon noch lernen.

Als sie mit Cerys zu Annies Wohnung geht, ist Henrietta in der merkwürdigen Position zu wissen, wo sie hinmüssen, während Cerys, deren Familie aus diesem Viertel stammt, nie zuvor hier gewesen ist. »Annie hat mir erzählt, dass die Gegend früher sehr arm war und jetzt furchtbar reich ist«, sagt Henrietta, als sie eine Reihe pastellfarbener Häuser passieren.

Cerys ist ungewöhnlich still, als müsse sie das alles erst langsam begreifen. »Dann ist meine Mum hier wohl oft entlanggelaufen. Annie auch. Und meine Großeltern.«

»Ja, deine Mutter ist ganz in der Nähe in einem Reihenhaus in der Dynevor Road aufgewachsen. Leider existiert es nicht mehr. Ich habe recherchiert, die ganze Straße wurde in den

1980ern dem Erdboden gleichgemacht. Jetzt steht dort ein Fitnesscenter mit Wellnessbereich.«

Sie biegen um eine Ecke und stehen vor Ash Tree Court. Cerys holt den Schlüsselbund heraus, aber keine von beiden möchte den ersten Schritt machen.

»Das wird seltsam«, sagt Henrietta. »Ich kann noch immer nicht glauben, dass sie nicht mehr da ist.«

»Das geht eine ganze Weile so, dass einem der Verstand Streiche spielt«, antwortet Cerys.

Es ist an der Zeit, dass sie stark ist – für sie beide, beschließt Henrietta. »Es ist die Erdgeschosswohnung, zur Straße hin. Ich gehe voraus.«

KAPITEL 40

Cerys

Sie hätte gedacht, nichts könnte die Ereignisse der vergangenen paar Tage toppen, aber es ist ein total verrücktes Gefühl, nun in der Wohnung ihrer Tante zu stehen. Sie hat noch nie einen Fuß in dieses Haus gesetzt, trotzdem ist alles irgendwie vertraut. An der Wand hängt ein Bild von einem Strand, an dem nichts Ungewöhnliches ist, aber die Farbe der Klippen und die Perspektive erinnern Cerys an zu Hause.

Auf dem Kaminsims ist eine spärliche Sammlung von Gegenständen, dieselbe Art Dinge, die auch ihre Mutter gesammelt hat. Eine winzige Spielzeugfigur, die mit ausgestrecktem Arm winkt. Das Bruchstück eines chinesischen Porzellantellers, dessen Kanten abgegriffen und blank gewetzt sind. Eine Pillendose mit goldenen Ringelblumen. Dann dreht sie sich um und bemerkt die Strandkiesel, die in einer Reihe, angefangen bei einer winzigen, erbsengroßen Kugel bis hin zu einem Stein in der Größe eines Golfballs, angeordnet sind. Alle sind graue und perfekte runde Kugeln, und für Cerys ergibt das alles absolut Sinn, denn ihre Mutter hatte exakt solche Steine im Schlafzimmer.

Es klingelt in ihren Ohren, und ihr wird schwummrig, sie muss sich hinsetzen, und zwar schnell, also lässt sie sich in den einzigen Sessel plumpsen. Als sie den Kopf dreht, haftet sogar dem Kissen an ihrer Wange ein vertrauter Geruch an.

»Das ist ein bisschen so wie bei meiner Mum«, bringt sie heraus. »Nur tausendmal ordentlicher.«

Henrietta schweigt und wartet einfach ab. Cerys mag das an Henrietta, dass sie nicht ständig quasselt und Pseudounterhaltungen führt. So etwas kann Cerys nicht ausstehen.

Sie steht wieder auf, späht in den Flur und geht dann in die Küche. »Wow. Alles ist so sauber und aufgeräumt. Ich frage mich, ob Annie und Mum sich als Kinder ein Zimmer geteilt haben. Wenn ja, muss es Annie zur Weißglut getrieben haben. Meine Mutter war furchtbar unordentlich.«

»Annie ist erst vor zwei Jahren hierhergezogen. Ich glaube, es sollte ein Neuanfang sein.«

Seit Henrietta in ihrem Pinguinpullover, mit ihrem gestörten Hund und ihrer Beharrlichkeit in Porthawan aufgeschlagen war, hatte Cerys kaum mehr an die Idee mit dem Gedächtnisbuch gedacht. Jetzt, wo sie sich hier umsieht, hat sie das deutliche Gefühl, dass sie in dieser Wohnung eine Menge Hinweise auf die Geschichte ihrer Mutter finden wird.

Worüber sie noch nicht nachdenken kann, sind die Lücken: warum ihr die Mutter die Familie vorenthalten und warum sie über ihre Herkunft gelogen hat. Wann immer sie an diesen offenen Fragen rührt, schnürt es ihr die Kehle zu, und ihr Herz schlägt schneller. Wie gerne würde sie ihre Mutter herbeizaubern und ihr die Wut entgegenschreien: »Wie konntest du nur? Du hast mir so viel verheimlicht. Und dann hast du mich allein gelassen.«

Später finden Henrietta und sie die Notizbücher und die Fotos. Auf dem Boden neben Annies Bett liegt ein kleines Buch, das Henrietta von den Sitzungen im Café Leben wiedererkennt. Auf dem Nachtschränkchen sind einige Fotoalben und ganz oben ein kleiner Stapel Fotos, die aussortiert wurden.

»Dann hat sie also doch ein paar gefunden«, stellt Henrietta leise fest.

Zuerst sieht sich Cerys die losen Bilder an, die ihre Tante für das Lebensbuch ausgewählt haben muss. Noch nie hat sie Fotos aus der Jugend ihrer Mutter gesehen, aber da ist sie und führt ein Leben, von dem Cerys nichts wusste. Immer hatte Mum ihr vorgegaukelt, dass sie in Wales aufgewachsen war, nun aber steht sie vierzehnjährig im weißen Konfirmationskleid vor einer grauen Londoner Kirche, mit einer Mum, einem Dad und einer Schwester, die genauso aussieht wie sie.

Ein anderes Bild steckt in einem Umschlag, lächelnd steht Mum neben einem Fahrrad, das sie am Lenker festhält. Dann gibt es noch ein paar Fotos, auf denen die beiden Schwestern an einem Strand sitzen, und Cerys erkennt ihn sofort. Er ist in der Nähe von Porthawan, das muss der Grund sein, warum Clover mit ihr dorthin zog. Ein Ort, den Mum mit glücklichen Zeiten verband.

Henrietta entdeckt noch ein weiteres Album mit Bildern aus dem Kindergarten, in dem Annie arbeitete. Es gibt ein paar niedliche Fotos, auf denen Annie von kleinen Kindern umgeben ist, die sie ganz offensichtlich anhimmeln, und gemeinsam suchen sie die schönsten für das Lebensbuch aus.

Darunter liegen zwei kleinere Plastikbücher, die Art Mäppchen, die man in der Drogerie früher kostenlos für jede Fotobestellung bekam. Cerys schlägt eines auf, sieht einen verschwommenen blauen Himmel und dann ein Gesicht, das ihr Herz stocken lässt. Abrupt klappt sie es zu, denn das alles ergibt überhaupt keinen Sinn.

Sie macht es wieder auf, vielleicht hat sie sich das nur eingebildet. Auf dem Bild ist ein Auto, ebenjenes, das früher an Freitagabenden vor dem Laden mit einem tiefen, regelmäßigen Brummen zum Stehen kam. Wenn der Motor erstarb und die Autotür zufiel, wusste Cerys, dass es Zeit war, ihrer Mum einen Gutenachtkuss zu geben und in ihr Zimmer zu gehen. Der Mann, der sich auf diesem Bild über die Motorhaube beugt und sie poliert, ist Vic.

Sie blättert weiter. Auf der nächsten Seite ist ein Foto von Annie am Kai in Brighton, die ihre Augen mit der Hand beschattet, und auch da steht Vic neben ihr. Er trägt sogar die Lederjacke, die nach Rauch stank und in den Armbeugen knarzte, und Cerys atmet schneller, weil sie ihn hier im Raum beinahe spüren kann, eine schwarz aufgeladene Kraft.

Unfähig, sich zu rühren, bleibt sie auf dem Bett sitzen, und nach einer Weile kommt Henrietta und nimmt ihr behutsam das Plastikmäppchen aus der Hand.

»Das ist Vic.« Mehr bringt Cerys nicht heraus.

»Vic?« Henrietta runzelt die Stirn und blickt auf das Foto hinunter. Sie blättert durch das Mäppchen. »Ach so, du meinst wohl Terry.« Sie klappt eine Seite nach der anderen um und redet mehr oder weniger mit sich selbst, als habe sie Cerys ganz vergessen. »Wobei, es stimmt schon, Annie hat erzählt, dass die Männer in der Druckerei alle den Nachnamen als Spitznamen verwendet haben. Brian Neville war Nev, Ian Smith war Smithy …«

Langsam klappt sie das Fotomäppchen zu. »Vermutlich hast du recht. Terry Vickerson wurde wahrscheinlich Vic genannt.«

Henrietta macht eine Pause. »Aber ich verstehe das nicht. Woher kanntest du Terry?«, fragt sie.

»Ich kannte Vic«, antwortet Cerys. »Er war der Freund meiner Mum. Sie hat ihn den Auf-immer-und-ewig-Mann genannt. Weil sie es nie schaffte, ihn loszuwerden.«

KAPITEL 41

Henrietta

Normalerweise verbringt Henrietta den Weihnachtstag im Schoß ihrer Familie, doch dieses Jahr ist es anders. Statt eines Kirchenbesuchs am Vormittag und des anschließenden Austauschs enttäuschender Geschenke hat sie mit Dave auf dem Sofa gesessen und ist im Kopf alles durchgegangen, was sie über Terry Vickerson weiß. Wie er Annie das Leben jahrzehntelang zur Hölle machte und ihr dann, als er irgendwie herausfand, dass die Schwester lebte, diese Information verschwieg und Annie die letzte Chance auf Glück vorenthielt.

Er war Handelsvertreter einer Druckerei gewesen, so viel hatte Annie ihr erzählt, und Cerys sagte, dass ihn die Arbeit auch nach Cornwall geführt hatte. »Das erste Mal kam er in unsere Gegend, um Geschäfte mit der Druckerei in St Austell zu machen, da war ich vielleicht zehn. Von da an kam er regelmäßig. Anfangs einmal im Monat, danach ein- oder zweimal im Jahr. Es machte ihm Spaß, Mum auf Zack zu halten. Aber vor ungefähr zwei Jahren hörten die Besuche auf.«

Was Henriettas Eltern angeht, so hat sie gestern dort angerufen und ihnen erklärt, dass sie dieses Jahr zu Weihnachten nicht nach Hause käme. Zunächst wurde ihre Ankündigung mit Schweigen quittiert. Dann hörte sie ihre Mutter am anderen Ende der Leitung zischen: »Sag ihr, sie muss. Ich habe die Pute schon gekauft.«

Henrietta hatte versucht zu erklären, dass sie ihre Freundin Annie verloren hatte und Cerys an Weihnachten ganz allein in London sei, doch ihr Vater hatte sie unterbrochen. »Mir ist nicht klar, inwiefern dich dieses elende Familiendrama davon abhält, deinen eigenen Verpflichtungen nachzukommen.«

Einen Augenblick lang erwog Henrietta zu erwidern, dass

ihr Annie Doyle in der kurzen Zeit ihrer Bekanntschaft mehr Wärme entgegengebracht hatte als ihre Eltern in zweiunddreißig Jahren, beschloss dann aber, dieses Gespräch für ein andermal aufzuheben. Als ihr Vater ohne einen Abschiedsgruß auflegte, empfand sie die Stille in der Leitung wie eine Befreiung.

Cerys hatte nach dem Besuch in Annies Wohnung beschlossen, ein paar Tage dort zu bleiben. Sie meinte, sie brauche Zeit, um über all das nachzudenken. »Ich finde es gar nicht gruselig, hier zu sein«, hatte sie Henrietta am Telefon erklärt. »Ich habe das Gefühl, dass ich Annie auf diese Weise ein bisschen kennenlerne. Und in gewisser Hinsicht auch meine Mum – Annie war ein Teil ihres Lebens, von dem ich überhaupt nichts wusste.«

Heute Mittag aber wird Cerys ein Taxi nehmen und zum gemeinsamen Weihnachtsessen herkommen. Nachdem Henrietta Cerys nicht für jemanden hält, der besonderen Wert auf Traditionen legt, entscheidet sie sich für eine einfache Mahlzeit: Toast mit Baked Beans und zur Nachspeise Milchreis aus der Dose.

»Das schmeckt köstlich«, sagt Cerys, als sie beim Dessert angelangt sind. »Das habe ich schon seit Jahren nicht mehr gegessen.«

Henrietta findet auch, dass es ganz wunderbar schmeckt. Möglicherweise aber liegt das auch an der Tatsache, dass sie bereits den größten Teil einer Flasche Rotwein getrunken hat, den Cerys mitgebracht hat.

In Anbetracht der Umstände haben sie vereinbart, sich nichts zu schenken, für Dave allerdings hat Henrietta eine Ausnahme gemacht und eine extra Leberwurst unter den Sofakissen versteckt, die er erschnuppern kann. »Der ist froh, dass er sein Bett wieder hat«, stellt Cerys fest.

Henrietta hat außerdem vor, Melissa von oben ein Geschenk zu besorgen, um ihr für die Male zu danken, die sie sich um Dave gekümmert hat. Der Stand vor dem Poundland Discounter wird erst im Januar wieder da sein, also hat sie noch Zeit, sich endgültig zu entscheiden, doch sie tendiert zu dem Sweatshirt mit dem Pandabären vorn drauf. Sie kann gar nicht erwarten, Melissas Gesicht zu sehen, wenn sie es auspackt.

Als Henrietta und Cerys mit dem Essen fertig sind, gehen sie mit Dave spazieren. Heute fahren keine Züge, aber Dave wirkt ganz zufrieden damit, dazustehen und auf die Bahngleise zu schauen, die in der kalten Wintersonne schimmern.

»Böse, einfach nur böse, daran muss ich dauernd denken«, sagt Cerys, und Henrietta weiß, von wem die Rede ist. »Vic muss sie beide im Dunkeln gelassen haben. Und er ist ganz bestimmt tot, sagst du?«

»Ja, ich fürchte, Terry Vickerson hat vor zwei Jahren ein ziemlich unschöner Tod auf der M3 ereilt. Sein eigener Fehler, muss man dazusagen. Seltsamerweise war er mit Annie auf dem Weg nach Cornwall, um eine Woche Urlaub im Wohnwagen zu machen. Ich würde mir gern vorstellen, dass er Annie endlich mit deiner Mutter zusammenbringen wollte. Aber das werden wir nie erfahren.«

In kleinen kreisenden Bewegungen reibt Cerys über ihren Bauch, als wolle sie sich selbst und ihr Baby beruhigen. »Es ist eine schöne Vorstellung, aber du kanntest Vic nicht. Er war der Typ, der seine Frau im Wohnwagen oben an der Straße sitzen lässt, während er alle paar Tage hier bei meiner Mum vorbeischaut, und dann wieder heimfährt, ohne dass eine der beiden die leiseste Ahnung hat. Das hätte ihm einen Heidenspaß gemacht. Kontrolle war ihm das Wichtigste.«

»Und du hattest keine Ahnung, wer er war?«

»Nein, überhaupt nicht. Ich wusste nicht einmal, dass er aus London kam. Ich war von Bristol ausgegangen, weil er dort Kontakte hatte. Ich meine, ich habe schon vermutet, dass er zu Hause eine Ehefrau hatte und dass die Sache mit meiner Mutter nebenherlief. Doch ich hatte keinen Schimmer, um wen es sich handelte …« Ihre Stimme wird eisiger. »Aber natürlich muss es meine Mutter geahnt haben. Wie kann man der eigenen Schwester so was antun …?«

Henrietta wird langsam klar, dass die Dinge selten so waren, wie sie von außen scheinen mochten, wenn Terry Vickerson die Finger im Spiel hatte.

»Versuch, deine Mutter nicht vorschnell zu verurteilen. Vielleicht war es nicht so einfach.«

»Glaub mir, mit meiner Mum war es nie einfach. Ihr Leben war das reinste Chaos. Aber ich steige nicht dahinter, wie die beiden sich wiederbegegnet sind und warum sie mit ihm zusammenkam.« Cerys schiebt die Hände in die Taschen ihrer Jogginghose.

»Wie gesagt, es fing an, als ich ungefähr zehn war. Meine Mutter machte gerade eine harte Zeit durch, wir hatten kein Geld. Plötzlich tauchte dieser Vic auf, kam jedes Wochenende, führte uns zum Essen aus, kaufte Mum Geschenke. Äußerlich betrachtet wurde das Leben leichter. Wir zogen aus Bessies Zimmer aus, kauften den Laden und die Wohnung darüber. Aber warum er? Es war nie das, was man eine glückliche Beziehung nennt.«

Auch Henrietta hat ein paar unbeantwortete Fragen. Sie versteht nicht, warum Kath keine Möglichkeit gefunden hat, Annie wissen zu lassen, dass sie noch lebte. Und auch wenn Kath in jener Nacht im Jahr 1974 definitiv im Kanal war, ist es Henrietta noch immer ein Rätsel, wie und warum es dazu kam. Diese Frage geistert ihr weiter durch den Kopf.

»Meinst du, jemand von den alten Freunden deiner Mutter könnte helfen, diese Fragen zu beantworten?«, sagt sie. »Vielleicht gibt es ja eine ganz unschuldige Erklärung – dass sie und Terry Vickerson sich all die Jahre später zufällig begegneten und die Liebe ihren Lauf nahm.«

Cerys streicht sich über das stoppelige Haar, und jetzt sieht Henrietta, dass es an den Wurzeln mit grauen Strähnen durchsetzt ist. »Mum und Vic – ich weiß nicht, wie man so was nennen soll, aber Liebe war es nie. Er war eher wie eine Krankheit, ein Infekt, der ständig wiederkehrte.«

Die beiden drehen um und machen sich auf den Rückweg zu Henriettas Wohnung.

»Vielleicht könnte ich versuchen, ein paar Leute ausfindig zu machen«, sagt Cerys nach einer Weile. »Zwar waren viele Freunde meiner Mutter Rumtreiber und haben sich durchgeschnorrt, aber manche waren schon ganz in Ordnung. Allerdings habe ich keine Ahnung, wo ich mit der Suche anfangen soll. Von vielen weiß ich noch nicht einmal die Nachnamen. Vermutlich kommt man beim Googeln nicht weit, wenn man ›Bessie, Sexarbeiterin im Ruhestand‹ eingibt oder ›Bristol Roy, Nebenberuf: Dealer‹.«

Unwillkürlich durchzuckt Henrietta ein aufgeregtes Flattern. »Das mag zwar nicht die beste Ausgangsbasis sein«, sagt sie langsam, »aber es gibt Mittel und Wege, solche Dinge herauszufinden.«

Cerys zieht eine Augenbraue hoch.

»Ich will nicht prahlen«, meint Henrietta, »doch ich habe einige Erfahrung mit Hintergrundrecherchen.«

Eine Stunde später sitzen die beiden Frauen nebeneinander auf dem Teppich am Gaskamin, vor sich Henriettas Laptop. Dave, gesättigt von einem Übermaß an Weihnachtsleckerlis, liegt in einer ausgesprochen unschicklichen Haltung, alle viere von sich gestreckt, auf dem Sofa.

»Ich kannte ihn nur unter dem Namen Bristol Roy, aber ich habe so eine Ahnung, dass er Roy Irgendwas mit ›D‹ hieß«, meint Cerys. »Er beschaffte Ware für den Laden. Ich glaube, er dealte auch ein bisschen, aber er sagte immer, dass er damit aufhören und Töpfer werden wolle. Allerdings wette ich, dass er es nie so weit gebracht hat. Wahrscheinlich ist er schon seit Ewigkeiten tot.«

Henrietta googelt Roy, Töpfer und Bristol, aber Cerys hat recht, es kommt nichts dabei heraus. Dann versucht sie es mit

Royston, Leroy, Elroy und Delroy, aber sie hat weiterhin kein Glück. Cerys gähnt und streckt sich auf dem Boden aus. »Nicht jedermanns Vorstellung von Rätselspaß am Weihnachtstag«, meint sie, doch Henrietta hört nicht hin. Sie hat die Mitgliederliste der Töpfervereinigung gefunden und durchforstet alle Nachnamen, die mit »D« anfangen.

Cerys liegt auf dem Rücken und hat die Hände auf ihren leicht gewölbten Bauch gelegt. »Wenn Roy Ware für den Laden brachte, dann ließ er immer ein paar seiner selbst getöpferten Krüge da, doch wir wurden sie nie los. Der arme Roy, er gab sein Bestes, aber er kriegte die Henkel nie richtig hin. ›Jeder Depp kann eine Tasse töpfern, das Schwierige ist der Henkel‹, sagte er immer.«

Henrietta schiebt ihr den Laptop hin. »Könnte er der Richtige sein?« In der Liste wird ein Roy Dovey aufgeführt, der in Bristol einen Laden namens The Potter's Wheel besitzt. Blinzelnd betrachtet Cerys das Foto mit den zwei Tassen und einer Teekanne. »Diese klobigen Henkel kenne ich!« Sie lächelt breit. »Henrietta, du bist unschlagbar.«

Cerys hat ein Taxi geordert, das sie zurück zu Annies Wohnung bringen soll, und gemeinsam warten sie draußen darauf. Übermorgen will sie nach Cornwall fahren und dann rechtzeitig zu Annies Trauerfeier nach London zurückkommen. »Ich überlege gerade, auf der Heimreise einen Umweg zu machen«, erzählt sie Henrietta, als sie auf der Türschwelle steht. »Einen Abstecher nach Bristol. Sehen, was ich rausfinden kann.« Sie klopft auf das Handy in ihrer Tasche. »Ich halte dich auf dem Laufenden.«

Ach ja, denkt Henrietta. Annies Trauerfeier. Sie hat eine Liste der Leute aus dem Café Leben aufgestellt, die bestimmt kommen wollen: Mia und Stefan natürlich, Nora, der mürrische Mike, Bonnie und Audrey. Vielleicht unternimmt sie noch einmal eine Fahrt nach Westlondon, um Reggie aus dem Pub und dem Cafébesitzer Emir Bescheid zu geben. Wenn sie dann noch den Mut aufbringt, wird sie zur Portobello Road gehen und eine Frau namens Chantal aufsuchen, die einen Verkaufsstand in der Nähe der Straßenüberführung hat.

»Du könntest doch auch jemanden zur Trauerfeier mitbringen«, sagt sie zu Cerys. »Deinen Freund vielleicht?«

Cerys wendet den Blick ab und betrachtet die gegenüberliegende Häuserreihe, als habe sie soeben ein lebhaftes Interesse an der Vorortarchitektur der Dreißigerjahre entwickelt. »Ja«, erwidert sie schließlich. »Es ist ein bisschen kompliziert. Aber du hast recht, ich muss das klären.«

»Wann ist es denn so weit?«, fragt Henrietta.

»Wow, dir entgeht echt nichts!« Cerys lacht. »In meinem Alter ist das schon eine Überraschung, es war auch nicht wirklich geplant. Also der Termin ist im Frühling.«

Kameradschaftlich schweigend stehen sie nebeneinander. Ihr Atem bildet Wölkchen in der kalten Winterluft. »Dann musst du zu Besuch kommen. Wollen wir das als Deadline für die Bücher festlegen? Du schreibst dein Lebensbuch von Annie, und ich mache mich, je nachdem, wie ich mit Roy weiterkomme, an das Gedächtnisbuch für Mum. Es gibt noch ein paar Sachen, über die ich mir klar werden muss, aber ein Buch wäre auf jeden Fall was Schönes, das man dem Baby zeigen kann, wenn es größer wird. Nicht dasselbe wie eine echte Großmutter, aber immerhin besser als nichts.«

Henrietta ist definitiv niemand, der andere Menschen umarmt, das war sie nie. Heute aber, als das Taxi auf der Straße näher tuckert, streckt sie die Arme aus und zieht Cerys an sich. Anschließend blickt sie dem Taxi nach, und trotz der Kälte spürt sie, wie sich in ihrem Inneren Wärme ausbreitet. Cornwall im Frühling, das ist etwas, worauf sie sich freuen kann.

KAPITEL 42

Cerys

Die Zugfahrt nach Westen kommt Cerys viel länger und öder vor als die Reise mit Henrietta in die Gegenrichtung vor sechs Tagen. Irgendwie vermisst sie diese korpulente Frau schon jetzt, die aus einer anderen Epoche zu stammen scheint, mit ihrer unverblümten Art, den merkwürdigen Klamotten und dem übellaunigen Hund. Sie muss noch eine Menge über Mode und gesunde Ernährung lernen, aber ganz offensichtlich war sie Annie eine gute Freundin.

Am Bahnhof von Paddington hat sie das Ticket umgetauscht, um den Umweg über Bristol zu machen. »Planänderung«, hatte sie dem Mann am Schalter erklärt. »Oh, das kostet Sie extra«, hatte er genüsslich erwidert. Diese Londoner Art wird sie ganz bestimmt nicht vermissen.

Ihre Reisetasche liegt auf dem benachbarten Sitz. Cerys hat sich erlaubt, ein paar Kleider aus Annies Schrank einzupacken. Sie glaubt nicht, dass ihre Tante etwas dagegen hätte. Genau genommen klingt sie eher so, als hätte es ihr gefallen, wenn jemand an ihnen Freude hatte. Es ist irgendwie tröstlich, die Arme in die Ärmel zu stecken und den Stoff auf der Haut zu spüren, so wie Annie es getan hat.

Der Overall ist megacool, und das gestreifte Hemdblusenkleid mit den ausladenden Ärmeln kann sie als Umstandskleid gut gebrauchen. Ihr Lieblingsstück aber ist ein kurzes gelbes Kleid, das ganz hinten im Schrank versteckt war und wirkt, als sei es kaum getragen worden. Sie weiß nicht recht, warum, eigentlich ist es gar nicht ihr Stil, außerdem spannt es ein bisschen an ihrem runder werdenden Bauch. Aber sie liebt es trotzdem.

***

Das Potter's Wheel liegt in einer Seitenstraße, neben einem Falafelimbiss und gegenüber von einem Laden mit Vintage-Kleidern, und als Cerys die Tür aufzieht, klingelt ein Glöckchen. Sie ähnelt der Türglocke, die hin und wieder bei Seachange erklang, so sehr, dass es Cerys ein wenig aus der Fassung bringt, und sie ist noch immer etwas durcheinander, als ein gebeugter Mann im hinteren Teil des Ladens aus dem Keller heraufkommt. Er reibt die Hände aneinander, denn im Raum herrscht eisige Kälte.

»Tut mir leid, ist ein bisschen frisch hier«, sagt er, doch noch vor dem ersten Wort weiß sie, dass es Roy ist. Es liegt an seiner Haltung, leicht nach vorn gebeugt wie ein Leibeigener aus früheren Zeiten. Vermutlich lagert unten im Keller der Ton, denn sie nimmt den erdigen Geruch wahr.

»Ist wegen dem Ton«, spiegelt er ihren Gedanken.

»So bleibt er schön kühl«, sagt sie und wendet ihm endlich ihr Gesicht zu. Für eine Millisekunde erstarrt das Lächeln auf seinem Gesicht. »Entschuldigung«, stottert er. »Sie sind jemandem, den ich mal kannte, wie aus dem Gesicht geschnitten.« Er starrt sie weiter an, lässt ihren Anblick auf sich wirken.

Cerys nimmt die Hände aus der Tasche und fährt sich über das Gesicht.

»Ich bin Cerys«, sagt sie. »Clovers Tochter.«

Roy erwidert gar nichts, sondern nimmt ihre Hände und hält sie fest in seinen, die um so vieles größer, rauer und trockener sind. In die Linien auf den Handflächen und unter den Fingernägeln ist roter Lehmstaub eingebettet. Entsetzt bemerkt Cerys, wie ihm Tränen in die Augen treten. »Das bist du. Wie geht's deiner Mum? Und wie geht es dir?«

Cerys wird wieder leicht schwummrig, ein Zeichen, dass sie schnellstens etwas essen muss, und so setzt sie sich auf einen durchgesessenen Stuhl und sieht Roy dabei zu, wie er dünne Sojamilch in zwei Tassen Tee schenkt. Eine davon reicht er Cerys, und sie schiebt den Mittelfinger zwischen Henkel und

Tasse, aber es klappt nur gerade so. Beide lächeln und denken dasselbe. »Die Henkel sind immer noch knifflig«, sagt er.

Schließlich muss Cerys ihm von Clovers Tod erzählen.

»O nein, o nein«, sagt Roy und schaukelt auf seinem Stuhl vor und zurück. »So schnell. Wie schrecklich.«

»Ja, genau. Das war es, ist es immer noch.« Cerys ist froh, mit jemandem darüber zu reden, der nicht versucht, ihren Schmerz mit Plattitüden fortzuwischen. Dann erklärt sie ihm, warum sie da ist. »Die Sache ist, dass ich erst jetzt ein paar Dinge über Mum herausgefunden habe. Dass sie eine Familie in London hatte. Und dass Vic … nun ja, dass er die Familie kannte.«

»O Mann … Vic. Den Namen habe ich schon eine ganze Weile nicht mehr gehört«, sagt Roy und kaut auf seiner Unterlippe. »Treibt der sich immer noch rum?«

»Nein, ist vor zwei Jahren gestorben. Hatte anscheinend einen fiesen Unfall.«

Roy lässt die Schultern sinken und atmet hörbar aus. »Na ja, ich kann nicht behaupten, dass es mir leidtut. Wäre er nicht gewesen, dann hätte es mit deiner Mutter und mir vielleicht geklappt.«

Cerys spürt, wie ihr die Tränen kommen, als sie sich vorstellt, wie das Leben hätte verlaufen können, wäre Roy nicht so plötzlich verschwunden – damals, als nichts als ein paar krumme Tassen von ihm zurückblieben. Wenn er Vic nicht das Feld überlassen hätte.

Plötzlich ist das schwummrige Gefühl wieder da – die Hebamme hat ihr erklärt, es liegt am niedrigen Blutdruck –, und Cerys muss den Kopf zwischen die Beine legen. Als sie wieder aufsieht, legt Roy Musik auf, und Cerys wird in die Vergangenheit zurückkatapultiert, zu den alten Liedern von Simon & Garfunkel, Roy Harper und Bob Dylan.

»Deine Mutter hat Dylan geliebt«, sagt er und wippt mit dem Kopf auf und ab, was zu seiner Zeit wohl als Tanzen durchging. »Sie wollte 1987 mit mir nach Glastonbury fahren. Eure ehemalige Vermieterin Bessie sollte dich babysitten. Aber dann tauchte Vic auf, einer seiner Überraschungsbesuche.« Das Wippen hört auf, und Roy wirkt plötzlich düster. »Ja, er hat uns eine ordentliche Überraschung bereitet.«

Dunkel erinnert Cerys sich an das Geräusch von zerbrechendem Glas und Geschrei, das Weinen ihrer Mutter. Sie wartet ab, dass Roy weiterredet.

»Ich habe deine Mum kennengelernt, als ich für Vic gearbeitet habe, und habe mich in sie verliebt. Aber dann fand Vic heraus, dass wir uns nahegekommen waren. Ich hätte zu deiner Mutter stehen sollen, doch ich war lange genug Vics Kuli gewesen, um zu wissen, wozu er fähig war, wenn ihm jemand in die Quere kam. Ich schäme mich dafür, aber ich bin nach Bristol abgehauen, so wie er es von mir verlangt hat.«

Cerys erinnert sich daran, wie Roy die erste Ware für Seachange brachte. Sie war damals zehn Jahre alt und fand es ungeheuer aufregend, dass ihre Mum einen richtigen Laden aufmachte. Mit einem Rums hatte er den schweren Sack mit Perlen auf der Theke abgesetzt und ihnen Kartons mit Räucherkerzen gegeben, die in grünes Papier eingewickelt waren. Vic war auch da, sah zu und rauchte eine Zigarette nach der anderen. »Roy ist im Import-Export-Geschäft«, sagte er immer wieder und lachte, als sei das ein toller Witz.

»Ich dachte, du warst einfach ein Kumpel von Vic, der Waren für Mums Laden besorgte. Ich wusste nicht, dass du für ihn gearbeitet hast.«

»Doch, leider. Mein Job war, für Vic Speed und Hasch in Devon und Cornwall zu vertreiben, und ich brachte immer ein paar Kisten Hippiezeug mit, damit alles glaubwürdig wirkte. Ich war Vics Mann im Westen, und ich machte, was er sagte.«

Cerys hatte zwar geahnt, dass Roy im Nebenerwerb dealte, aber nicht, dass Vic die Geschäfte führte. Ihr war immer gesagt worden, dass er in der Druckerbranche arbeitete.

Roy fährt fort. »Die Sache war, als Vic in den Westen expandierte, brauchte er ein Geschäft, bei dem die Bücher nicht so genau in Augenschein genommen werden würden, damit er sein Geld waschen konnte. Er konnte sein Glück kaum fassen, als er deiner Mum über den Weg lief, die damals schon in Porthawan lebte.«

»War Seachange also immer nur ein Deckmantel für seine Geschäfte?« Cerys muss daran denken, wie ihre Mum jeden Sommer von Neuem eine Ladung luftiger Oberteile draußen an den Kleiderständer hängte und zu Saisonende unverkauft und von der Sonne ausgebleicht wieder herunternahm. Trotzdem hatte der Laden irgendwie Gewinn gemacht.

Als Cerys aufbricht, muss sie Roy das Versprechen geben, in Kontakt zu bleiben, doch beim Hinausgehen hört sie dasselbe Klingeln der Türglocke, und diesmal macht es sie einfach nur wütend. Sie fühlt sich so dumm.

Ihre Mutter hatte viele Fehler im Leben gemacht, aber für den Laden hatte Cerys sie immer bewundert. Dabei war er die ganze Zeit nichts als Tarnung für Vics schmutzige Geschäfte gewesen. Warum aber hatte sie das gemacht, ausgerechnet für Vic? Warum hatte sie, als er sie gefunden hatte und ihr Versteck aufgeflogen war, nicht einfach ihren ganzen Hippiequatsch eingepackt und war nach Hause gefahren?

Cerys muss noch tiefer in der Vergangenheit graben, um herauszufinden, wie es kam, dass Vic ihrer Mum in Porthawan »über den Weg« lief, und warum sie sein Spiel mitspielte. Und sie weiß genau, mit wem sie reden muss.

Als sie wieder im Zug sitzt, schreibt sie Henrietta eine Nachricht. *Tust du mir noch einen Gefallen? Ich muss unsere ehemalige Vermieterin finden, falls sie noch lebt. Ich weiß nur, dass sie Bessie Hardy hieß und Mitte der Achtziger aus Porthawan wegzog.*

Innerhalb von einer Stunde präsentiert ihr Henrietta die Information, die sie braucht: *Bessie nennt sich jetzt Liz Hardy und ist eine angesehene Zwergschnauzerzüchterin. Natürlich gibt der Züchterverein die Adresse nicht heraus, aber sieh dir das mal an.*

Als Nächstes schickt Henrietta einen Link zu einem Newsletter, den der kornische Frauenverein herausgibt, für den Bessie/Liz vor ein paar Jahren den Damen aus dem Dorf St Agnes einen Vortrag über das Züchten von Rassehunden gehalten hat. Es gibt ein Foto in ihrem Vorgarten, auf dem sie von den Damen aus dem Ort umringt wird, und Cerys erkennt Bessie auf Anhieb. Sie hat dieses Funkeln in den Augen, als wolle sie gleich die Pointe eines Witzes erzählen. Wichtiger aber ist das Namensschild am Haus, das hinter ihrer linken Schulter zu erkennen ist.

Henrietta, du bist ein Genie, schreibt sie zurück.

Auf dem Smartphone ruft Cerys eine Landkarte auf. Wenn sie am nächsten Halt aussteigt und einen Überlandbus erwischt, ist sie noch vor Dunkelheit in St Agnes.

* * *

Bessie alias Liz Hardy wohnt am Ortsrand von St Agnes in einem Haus, das genauso unscheinbar ist wie all die anderen Bungalows aus den Fünfzigerjahren in der Straße. Es trägt den ebenso nichtssagenden Namen Eventide, und auf der Milchglasscheibe in der Haustür ist ein Aufkleber mit der Aufschrift »Bitte keine Werbung«. Ein hübscher Witz, denkt Cerys, wenn man vor Augen hat, welchen Beruf Bessie früher ausübte.

Als Cerys und Clover im oberen Stockwerk von Bessies hohem windschiefem Haus gewohnt hatten, brachte Bessie die Abende damit zu, Kuschelrock zu hören, einen Satinmorgenmantel zu tragen und Stammkunden zu empfangen, die in schweren Stiefeln die Treppe hinaufstampften und dann zum Bump-bump der Musik irgendwelche Sachen machten. »Ist da eine Party?«, fragte Cerys ihre Mutter. »Keine, wie wir sie mögen«, antwortete Mum und strich ihr so lange übers Haar, bis sie wieder eingeschlafen war.

Als Bessie die Tür aufmacht, wirkt sie kleiner als in Cerys'

Erinnerung, und ihre Haare haben einen unnatürlichen lila Farbton. Mit finsterem Blick mustert sie Cerys von oben bis unten. »Wenn Sie mich wegen dem Welpen angerufen haben, dann müssen Sie sich auf die Warteliste setzen lassen.«

Wie aufs Stichwort kommen zwei schnuppernde und schnaubende Schnauzen mit üppigen grau melierten Schnurrbärten hinter Bessies beigefarbener Hose hervor. Bessie scheucht sie zurück ins Haus, und erst als sie sich wieder umdreht, zeichnet sich Erkennen auf ihrem Gesicht ab. »Na, sag mal, meine Fresse. Wenn das nicht Clovers Mädchen ist. Hab ich recht?«, fragt sie.

Bessie macht die Tür auf, um sie hereinzulassen, schreit aber im selben Moment: »Bett!«, was Cerys irritiert. Allerdings sind damit die beiden Hunde gemeint, die kurz in die Knie gehen und den beiden Frauen dann in die Küche folgen. Ausnahmsweise leuchtet Cerys der Vorteil von Haustieren ein, weil sie Gesprächsstoff bieten.

Bessie bückt sich zur dickeren der beiden hinunter, die hochschwanger ist. Cerys tätschelt dem schlankeren Rüden den Kopf. »Braver Hund«, bemüht sie sich.

»Du hattest es noch nie so mit Small Talk«, sagt Bessie lachend, das Lachen wird zu einem rollenden Husten, und sie presst sich die Hand an die Brust. »Wollen wir einen Tee trinken?« Sie befüllt den Wasserkessel und nimmt zwei identische beigefarbene Tassen von einem Tassenständer.

Normalerweise neigt Cerys nicht zu Nervosität, dieses Haus aber macht sie nervös. Alles ist in Taupe- oder Cremetönen gehalten, von dem Teppich in der Diele über die Wände bis zu den Bodenfliesen und Küchenschränken.

»Du hast ein hübsches Haus, Bessie«, sagt sie. »Ich hoffe, es macht nichts, dass ich einfach so hereinschneie.«

Wahrscheinlich macht es Bessie etwas aus, aber nicht so viel, dass sie Cerys hinauswirft. »Was anderes als früher«, sagt sie und lässt ihr röchelndes Lachen wieder hören. »Aber das Haus und alles, was da vor sich ging, wollen wir besser vergessen.

Wobei es heute ein Vermögen wert wäre. Ich sehe ja, für wie viel die Ferienwohnungen am Hafen im Sommer weggehen.«

Als sie ins Wohnzimmer hinüberwechseln, setzt sich Bessie auf ein Veloursofa (in einem Farbton, den manch einer vielleicht Champagner nennen würde) und bedeutet Cerys, sich in einem Sessel niederzulassen (der farblich eher an ein helles Bier erinnert). Rundum glänzen die staubfreien Oberflächen, als habe Meister Proper eben erst das Haus verlassen.

Douglas und Darcy, denn so heißen die Hunde, haben sich in ihre Kunstfellhundebetten sinken lassen; wie ein gestrandeter Wal liegt Darcy auf der Seite, sodass ihr aufgeblähter Bauch in die Höhe ragt. Unter der Haut regt sich etwas – vielleicht eine Pfote oder die Spitze einer kleinen Schnauze –, und Cerys wendet eilig den Blick ab.

Bessie streicht sich den Kragen ihrer Bluse glatt und tastet nach dem goldenen Anhänger an ihrem Hals. »Nun denn. Das mit deiner Mum tut mir leid. Die Frau, die bei euch gegenüber putzt, hat's mir erzählt.«

Cerys pustet auf den brühheißen Tee. »Danke, Bessie. Tut mir leid, dass ich mich wegen Mums Trauerfeier nicht gemeldet habe. Wir haben die Sache klein gehalten.«

Sie sagt »wir«, tatsächlich aber hatte Cerys alles allein organisiert, hastig und vom Kummer wie benommen. Der Trauerredner war einverstanden gewesen, am Ende Mums Lieblings-CD von Bob Dylan abzuspielen. Cerys hatte sich einigermaßen zusammenreißen können, bis sie an dem unendlich kleinen Weidensarg vorbeigegangen war und Bob nicht aufhörte zu fragen: *How does it feel? To be on your own …*

Bessie lehnt sich im Sofa zurück, und das pflaumenfarbene Haar breitet sich wie ein Heiligenschein auf dem Velours aus. »Ist schon okay. Man muss die Vergangenheit ruhen lassen, ich denke, keiner von uns will zu sehr an die alten Zeiten erinnert werden.«

Doch das ist nicht, was Cerys hören will. »Die Sache ist«,

fängt sie an, »im Grunde will ich das schon. Ich habe gerade erst ein paar Dinge über meine Mutter herausgefunden. Ich habe ihre Schwester gesehen. Meine Tante …« Sie merkt, wie ihre Stimme brüchig wird. »In London.«

Sie macht eine Pause, damit diese Information ankommt. »Bessie, ich muss einfach wissen, wie es dazu kam, dass wir hier in Cornwall gelandet sind. Und warum Mum bei ihm gelandet ist … bei Vic.« Sie hat einen scheußlichen Geschmack im Mund, wenn sie nur seinen Namen ausspricht.

»Ach, Cerys.« Bessie schüttelt den Kopf. »Das alles ist so lange her. Ich weiß wirklich nicht, ob …«

Cerys ist klar, dass Bessie in der nächsten Minute aufstehen und sie aus ihrem blitzsauberen Bungalow geleiten wird, weil sie von der Vergangenheit, die sie unter großen Mühen hinter sich gelassen hat, nicht beschmutzt werden will. Also schlägt sie eine andere Richtung ein. »Ach, Bessie. Weißt du noch, wie du meine Mutter kennengelernt hast?« Es ist eine besondere Lieblingsgeschichte, die Cerys viele Male gehört hat, sowohl von ihrer Mutter als auch von Bessie.

»Oh, na klar!« Bessie klatscht mit den Händen auf ihre beigen Oberschenkel. »Zum ersten Mal bin ich deiner Mum im Waschsalon begegnet. Sie war da, um sich aufzuwärmen, und sah zu, wie die Wäsche von jemand anderem in dem großen Trockner herumwirbelte. Ich war mit meiner Bettwäsche da.« Bessie bricht in ein kehliges Lachen aus, und diesmal stimmt auch Cerys ein.

»Es war traurig, wie sie so dasaß, eingewickelt in eine alte Pferdedecke. Und du, so ein mageres Ding, hast dich mit reingekuschelt.«

Die Scham versetzt Cerys einen kleinen Stich. »Es war ein Poncho«, sagt sie. »Keine Pferdedecke. Ein Poncho.«

»Ja, das hat Clover auch immer gesagt. Aber das Teil hat auf jeden Fall nach Pferd gestunken.«

»Eher nach Schaf«, meint Cerys. »Nach einem ganz bestimmten. Jeronimo hatte eins als Haustier.« Wieder pustet sie auf den Tee. »Wir waren wohl gerade aus Wales gekommen. Es war echt nett von dir, uns aufzunehmen.«

»Was hätte ich denn machen sollen? Deine Mutter hatte kein Geld, keine Familie, an die sie sich wenden konnte.«

»Doch, Bessie, die hatte sie. Aber sie ist eines Nachts abgehauen, wurde Hippie und lebte in einer Kommune. Dann, als ich fünf war, wurde ihr das zu langweilig, und sie zog hierher. Und fünf Jahre später, statt sich wie ein erwachsener Mensch zu benehmen und zu ihrer Familie – zu meiner Familie – zurückzukehren, ließ sie sich mit dem Ehemann ihrer Schwester ein. Was zum Teufel sollte das?«

»Deine Mutter hat sich nicht direkt mit Vic *eingelassen*«, erwidert Bessie langsam. »So war es nicht.«

»Na ja, aber anscheinend hat ihr die Sache ganz gut in den Kram gepasst. Immerhin hat sie dabei einen Laden rausgeschlagen. Und sie hat zugelassen, dass er jahrelang immer wieder zu Besuch kam – jahrzehntelang.«

Bessie meidet ihren Blick. Sie betrachtet die Armlehne am Sofa, streicht mit der Hand über den Velours, vor und zurück, und sieht zu, wie er mal hell und mal dunkel wird. Endlich hebt sie den Kopf.

»Cerys, Liebes, du siehst das falsch. Deine Mum hat mir ein paar Sachen im Vertrauen erzählt, Sachen, die du nie erfahren solltest.«

»Ich weiß von der Geldwäsche, wenn du das meinst.«

»Das war erst später. Als deine Mum hier unten Vic zum ersten Mal in die Arme lief, war das nicht ihre Absicht gewesen«, sagt Bessie vorsichtig. »Er hatte nach ihr gesucht.«

Bessie holt tief Luft, bevor sie fortfährt. »Deine Mutter war aus Wales hierhergekommen, um unterzutauchen, sie wollte nicht gefunden werden. Aber ihre Tarnung flog auf, als man sie beim Ladendiebstahl erwischte.«

Cerys erinnert sich an das beschämende Gefühl, wenn sie im

Buggy sitzen musste, obwohl sie längst zu alt dafür war, weil sich die Haube wie eine Ziehharmonika zurückschieben ließ und ein praktisches Versteck abgab. Auf den Ausflügen in den Supermarkt sah Cerys die bunten Packungen mit Keksen und Nudeln, und wundersamerweise – tada! – tauchten manche aus den Falten der Haube auf, wenn sie zu Hause waren.

Der magische Kinderwagen verlor seine Zauberkräfte an einem verhängnisvollen Nachmittag bei Tesco, als die Ladendetektivin ihnen schwer atmend hinterherrannte und den Buggy am Griff packte, um sie zu bremsen. Cerys kann sich nicht mehr daran erinnern, wie sie auf der Polizeiwache in der Fore Street waren, aber sie muss dabei gewesen sein. Vielleicht führte jemand sie in ein anderes Zimmer und gab ihr etwas zu spielen, oder man ließ sie eingequetscht in dem viel zu kleinen Buggy sitzen. Immerhin war er ein Beweisstück.

»Aber sie kam doch mit einer Strafe davon«, wendet Cerys zaghaft ein.

»Das war gar nicht das eigentliche Problem. Als deine Mutter ihren Namen angeben sollte, ließen die Polizisten sich nicht darauf ein. Was für ein ausgedachter Hippiename sollte das sein, Clover Meadows, sie wollten ihren echten Namen. Ihr blieb keine Wahl, sie musste ihnen den Namen nennen, den sie schon seit Jahren nicht mehr benutzt hatte – Kathleen Doyle. Du hast recht, sie kam mit einer Strafe davon, aber die Geschichte landete in der Zeitung. Nur eine winzige Meldung unter den Gerichtsverhandlungen, doch das genügte. Vic war auf Geschäftsreise in Cornwall, in der Druckerei von St Austell – ausnahmsweise mal in offizieller Mission –, und bekam die Lokalzeitung in die Finger. Er las sich immer die Gerichtsfälle durch, um ein neues Revier für sein anderes Geschäft auszukundschaften – seine Drogendeals. Es war einfach nur Pech, dass der Name deiner Mutter an jenem Freitag drinstand. Danach war es nicht mehr schwer, sie bei mir ausfindig zu machen.«

Eine Erinnerung blitzt vor Cerys' Augen auf. »Da war was, in der Nacht, als Vic uns gefunden hat.« Jemand hämmerte an die Haustür, und ihre Mum hob sie hoch und rannte ins Badezimmer. Dann sahen sie beide zu, wie der Schlüssel im Schloss rüttelte.

»Aber warum ist sie danach, als die Tarnung aufgeflogen war, nicht nach Hause zurückgekehrt?«

»Das kann ich nicht genau sagen«, erwidert Bessie vage. »Ich weiß, dass ihr Dad kein einfacher Zeitgenosse war. Aber das müsstest du Vic fragen.«

Cerys schlingt sich die Arme um den Oberkörper. Plötzlich ist sie sehr müde. »Dafür ist es zu spät. Vic ist tot, und meine Tante auch. Es gibt niemanden mehr, den ich fragen kann.«

Jetzt steht Bessie auf, und Cerys fürchtet, dass ihre Zeit um ist. Doch Bessie geht zur Kommode und kramt in einer Schublade, bis sie eine Schachtel Zigaretten findet.

»Eigentlich sollte ich das nicht, das weiß ich. Aber hin und wieder werde ich schwach.« Sie rüttelt am Griff der Kunststofftür zur Terrasse, bis sie aufgeht, zündet sich eine Zigarette an und lässt einen Rauchfaden herausströmen. In Bessies Garten gibt es nicht viel zu bewundern, er besteht aus Betonplatten, ein paar schütteren Topfpflanzen und einigen ordentlich platzierten Hundewürsten.

Bessie steht in der Tür, nimmt ein paar tiefe Züge, dann dreht sie sich um und schenkt Cerys einen ernsten Blick. »Du sagst, Vic ist tot – bist du ganz sicher?«

»Ja. Ein Autounfall vor zwei Jahren.«

Bessie nimmt einen letzten Zug und lässt die Zigarettenkippe in einen Blumentopf fallen. Kein Wunder, dass ihr Garten nicht gedeiht, denkt Cerys.

Nach einigem Fuhrwerken an der Terrassentür kehrt Bessie zum Sofa zurück. Sie räuspert sich. »Cerys, es gab ein paar Dinge, die du nicht wissen solltest, zumindest nicht, solange Vic am Leben war. So wollte es deine Mutter. Aber jetzt, wo er nicht mehr ist … ist es an der Zeit, dass du die Wahrheit erfährst.«

Cerys spürt, wie sich Unbehagen in ihr regt. Plötzlich hat sie den Drang, aus Bessies creme- und taupefarbenem Bungalow hinauszumarschieren und nie mehr wiederzukommen. Aber sie weiß, dass sie hören muss, was jetzt kommt.

»Als deine Mutter mit achtzehn nach Wales abhaute, hatte sie nicht vor, Hippie zu werden. Sie wollte noch nicht einmal weg von ihrer Familie. Sie rannte vor Vic weg.«

»Aber warum?« Langsam wird Cerys ärgerlich. »Willst du damit sagen, dass sie schon damals eine Affäre mit ihm hatte? Mit dem Freund ihrer Schwester?«

Jetzt schleicht sich auch in Bessies Stimme Ärger. »Nein, Cerys. Das war keine Affäre. Noch nicht einmal ein einmaliger Seitensprung. Er kam an einem Sonntagvormittag vorbei, und deine Mum war allein daheim. Er vergewaltigte sie auf dem Wohnzimmersofa, und danach saß er grinsend und lachend mit der ganzen Familie beim Sonntagsessen. Sie war damals achtzehn, sie war noch nie mit einem Jungen zusammen gewesen. Und sie wurde schwanger.«

Cerys schluckt die Übelkeit hinunter, die diesmal nichts mit ihrer eigenen Schwangerschaft zu tun hat. Sie hat das schreckliche Gefühl, dass sie die Antwort bereits kennt, aber sie muss es sicher wissen.

»Mit mir.«

»Ja, mit dir. Am Samstag vor Weihnachten verabredete sie sich mit Vic, um es ihm zu sagen. In einem Pub, The Admiral hieß es, glaube ich. Nachdem sie ihm die Sache erzählt hatte, schlug er vor, einen Spaziergang am Kanal zu machen. Du weißt ja, Clover war eine Träumerin. Wahrscheinlich dachte sie, dass er romantisch sein wollte, ihr womöglich einen Antrag machen würde. Aber als sie am Wasser waren, schlug die Stimmung um. Er sagte, sie sollte sich umdrehen und sich ausziehen. Sie hatte Angst, also tat sie, was er von ihr verlangte, und legte die Kleider so langsam wie möglich zusammen. Sie dachte, er wollte Sex, aber es kam ihr komisch vor, und sie hörte auf, aber da war es zu spät. Sie stand immer noch mit dem Gesicht zum Wasser, als er ihr von hinten einen Tritt gegen die Beine gab und sie in den Kanal fiel.«

Mit beiden Händen bedeckt Cerys ihren Mund. Viel zu plastisch hat sie die Szene vor Augen.

»Deine Mutter dachte immer noch, dass es irgendein übler Scherz war, und watete zu ihm zurück. Er bückte sich tief hinunter, legte sich fast auf den Boden und streckte ihr die Hand entgegen. Sie rechnete damit, dass er sie hinaufzieht, doch er drückte ihren Kopf bloß wieder unters Wasser. Aber deine Mum war nicht dumm, und sie war körperlich fit. Also kam sie nicht noch einmal an die Oberfläche, um Luft zu holen, sondern duckte sich so tief hinunter wie möglich und blieb dort unten im Schlamm. Sie hielt sich an irgendwas fest – ich glaube, sie sagte, es war ein Kinderwagen. Dann kroch sie, so weit sie konnte, am Grund des Kanals entlang, bevor sie zum Luftholen hochkam. Es regnete stark, so konnte man sie nicht sehen, und sie ging geduckt weiter durchs Wasser und hielt sich an irgendwelchen Pflanzen oder Schrott fest, bis sie auf der anderen Seite angelangt war.«

Cerys denkt daran, wie sie an sonnigen Tagen am Strand waren. Aufrecht und steif saß ihre Mutter auf einem Handtuch und sah Cerys beim Planschen in den Wellen zu, aber sie ging nie selbst hinein, nicht einmal mit den Füßen.

»Das hat sie gut gemacht«, sagt Cerys.

»Ja. Der Regen und die Dunkelheit gaben ihr Deckung, und sie kletterte ein paar Stufen hoch und fand ein trockenes Versteck. Es war eine Stelle, an der Obdachlose schliefen, erzählte sie mir. Aber nach einer Weile wurde ihr klar, dass sie sich bewegen musste, um sich aufzuwärmen, und so landete sie an der Straße. Und dort hat Jeronimo sie dann aufgegabelt.«

»Sie war schwanger, deswegen konnte sie nicht nach Hause zu ihren Eltern.« Langsam fängt Cerys an zu verstehen.

»Was noch schwerer wog: Dort hätte auch Vic auf sie gewartet. Also rannte sie fort. Sie tauchte in Wales unter, bis ein paar

Motorradtypen aus London aufkreuzten. Einer von ihnen stellte zu viele Fragen, und sie vermutete, dass er Vic kannte. Also rannte sie noch einmal fort und kam hierher. Dachte, dass es schön für dich wäre, am Meer aufzuwachsen.«

Fest reibt sich Cerys die Augen.

»Als Vic deine Mum aufspürte, war sie panisch. Aber er war die Freundlichkeit selbst. Er meinte, wenn sie ihm einen Gefallen täte, würde er ihr verzeihen, dass sie mit seinem ungeborenen Kind abgehauen sei. Vic besorgte ihr falsche Papiere, damit sie den Laden – und die Buchhaltung – unter dem Namen Clover Meadows betreiben konnte. Danach traute sich deine Mutter nie mehr, die Stadt zu verlassen. Vic sagte, es wäre ohnehin zwecklos. Er behauptete, ihre Familie in London hätte sich schon gedacht, dass sie schwanger geworden war, und sich schon vor Jahren von ihr losgesagt. Mittlerweile seien er und Annie glücklich verheiratet, falls sie also jemals versuchen würde, ihre Schwester zu kontaktieren … nun, er riet ihr davon ab. Der Verrat würde sie umbringen und auch, dass sie ein Baby von ihm hatte, während Annie immer nur Fehlgeburten hatte. Selbst wenn deine Mutter das Risiko eingegangen wäre, wusste sie, dass Vic sie aufgestöbert hätte, kaum dass sie einen Fuß nach London gesetzt hätte. Sie war ihm einmal entwischt, aber den Fehler würde er kein zweites Mal machen. Beim nächsten Mal hätte er Clover – und dich – endgültig aus der Welt geschafft. Also hielt sie es für das Beste, seine Besuche zu erdulden, um ihn bei Laune zu halten. Sie hat das alles nur gemacht – den Laden, die Geldwäsche –, um dich zu beschützen, Cerys. Und sie blieb in Porthawan, um ihre Schwester vor der Wahrheit zu beschützen.«

Als Bessie Cerys zur Tür bringt, stehen sie beide unter dem Vordach und wissen nicht recht, wie sie sich verabschieden sollen. »Solltest du mal auf der Suche nach einem Zwergschnauzerwelpen sein: Also ich habe einen ganz guten Ruf als Züchterin«, sagt Bessie ohne die leiseste Ironie.

»Du hast schon recht, Bessie, ich bin nicht so der Hundetyp«, sagt Cerys und macht ein paar Schritte. »Aber danke, wirklich. Dass du uns damals aufgenommen hast.«

Bessie steht an der Haustür ihres cremeweißen Bungalows und hält Darcy wie ein riesiges schnurrbärtiges Baby im Arm. »Jemand musste sich doch um euch kümmern, Liebes. Wahrscheinlich denkst du, dass alles ziemlich beschissen war, aber unter den Umständen hat Clover getan, was sie konnte.«

Schnell macht sich Cerys auf den Weg, bevor ihr die Tränen kommen.

Auf der gesamten Busfahrt nach Hause denkt sie darüber nach, dass Vic ihrer Mutter dabei geholfen hat, ihren Namen zu Clover Meadows zu ändern. Sicher hat er es als nette Geste verkauft, während es tatsächlich sein Geniestreich war. Auf diese Weise hatte er jede Spur von Kathleen Doyle endgültig verwischt, damit niemand jemals nach ihr suchen könnte.

Und dann denkt Cerys an Henrietta, der man die Detektivin so gar nicht ansah und die in der Woche vor Weihnachten in Dufflecoat und Pinguinpullover vor ihrer Tür gestanden hatte, mit der Absicht, Kathleen Doyle fast fünfzig Jahre nach ihrem Verschwinden aufzuspüren. Es hatte eine Weile gedauert, aber mit jemandem wie Henrietta Lockwood hatte Vic nicht gerechnet.

KAPITEL 43

Henrietta

Henrietta ist ziemlich stolz darauf, wie es ihr gelang, Bessie Hardy ausfindig zu machen. Sie hat Cerys die Einzelheiten nicht erzählt, aber Henrietta musste eine Betty, eine Bess, eine Elizabeth und eine Liza Hardy in unterschiedlichen Teilen des Landes anrufen, bevor sie der Richtigen auf die Spur kam. Gelobt sei die Gewissenhaftigkeit des Frauenvereins von St Agnes, kann sie nur sagen.

Die Rückkehr ins Café Leben nach der Weihnachtspause war nicht so schlimm wie erwartet. Mia, der mürrische Mike und sogar Audrey sind seither ganz wunderbar gewesen. Sie hätte nie gedacht, dass man so viele Tassen Tee und Bakewell-Törtchen verzehren kann. Dennoch konnte sie um elf Uhr bei ihrer ersten Samstagsschicht nicht anders, als in der Erwartung, dass Annie durch die Tür käme, aufzusehen.

Es war auch traurig, Annies Lebensbuch allein fertigzustellen. Wenn sie Annies Stimme auf dem Aufnahmegerät lauschte, so klar und wahrhaftig, schloss sie die Augen. Denn dann konnte sie sich fast einreden, dass Annie neben ihr säße, einen Keks in den Tee tunkte und etwas wunderbar Unpraktisches mit ausladenden Ärmeln oder klimpernden Schnallen trüge. Wenn Henrietta schließlich die Augen wieder aufmachte, traf sie die schmerzhafte Erkenntnis von Neuem, dass Annie endgültig fort war. Aber in gewisser Weise fühlte sie sich ihr näher denn je.

Eine Sache macht die Arbeit ein bisschen leichter – nämlich, dass sie einen Begleiter an ihrer Seite hat: Dave. Einstweilen muss er sich noch an die täglichen Abläufe in der Rosendale-Ambulanz gewöhnen, bald aber beginnt sein offizielles Training als Therapiehund. Henrietta hatte nur hie und da eine Andeutung fallen lassen und Mia um dasselbe gebeten. Als Audrey ankündigte, dass sie darüber nachdenke, einen betriebseigenen Hund zur Begleitung der Patienten anzuschaffen, beglückwünschten beide sie zu dieser großartigen Idee, und Mia erwähnte in einem Nebensatz, dass Henrietta einen ältlichen Hund habe, der möglicherweise den Anforderungen entsprach. Die Tatsache, dass Dave auf diese Weise an Dienstagen, Donnerstagen und Samstagen nicht mehr allein zu Hause bleiben muss, spielt natürlich keine Rolle.

Bislang macht sich Dave in seiner neuen Rolle fernab von der Betriebsamkeit der Welt da draußen überraschend gut. Es ist eher unwahrscheinlich, hier drin auf andere Hunde zu treffen, und außer Stefan ist niemand besonders energiegeladen, der überwiegende Teil der Patienten in der Rosendale-Ambulanz bewegt sich selten schnell genug, um Dave zu beunruhigen. Tatsächlich hat Dave echte Karrierechancen – insbesondere jetzt, wo das Problem mit seinen Ausdünstungen (aus Ohren und Drüsen, wie sich herausstellte) behoben ist.

Auch Henrietta will im neuen Jahr ein neues Kapitel in ihrem Leben aufschlagen. Den Anfang will sie mit etwas machen, was sie schon sehr lange aufgeschoben hat – um genau zu sein dreiundzwanzig Jahre lang: einen Brief an Ms Esther Wame in Masura, Papua-Neuguinea schreiben. Wie Henrietta ermittelt hat, ist Esther gegenwärtig Schulleiterin an der Highschool von Masura, und ganz offensichtlich macht sie ihre Sache hervorragend. Sie wird oft in der überregionalen Zeitung zitiert, und ihr Vortrag »Wie wir aus dem Schatten des Kolonialismus treten« hat auf der letzten Pazifischen Bildungskonferenz viel positive Resonanz erfahren.

Henrietta möchte ihr schreiben, wie leid ihr tut, was Esther an jenem Nachmittag erleben musste, als sie beide gerade mal neun Jahre alt waren. Sie will ihr sagen, dass sie Esthers Freundschaft nie vergessen hat und dass sie versucht, an die schönen gemeinsamen Momente vor jenem schrecklichen Tag zu denken, an dem Christopher starb. Und das nur, weil seine Eltern lieber ein Nickerchen hielten, statt auf ihren vierjährigen Sohn aufzupassen, der den Regenbogenfisch der Salomonsee sehen wollte.

Es ist Mittag – Zeit, das Federmäppchen, den Notizblock und das Handy zusammenzupacken und das laminierte Schild abzuhängen. Und heute Abend, wenn sie nach Hause kommt, setzt sie sich an diesen Brief.

KAPITEL 44

Cerys

Der Baumarkt von St Austell macht im Januar einen Ausverkauf, und Cerys fährt schon die ganze Woche hin und her, um das Material zu besorgen, das sie für die Ladenrenovierung braucht. Sie hat große Pläne für Seachange, einschließlich einer neuen, erbaulicheren Einnahmequelle.

Sie geht gerade am Hafen entlang, in jeder Hand eine Dose Lackfarbe, als sie ihn sieht. Noch bevor der Verstand ihn registriert, macht ihr Magen einen kurzen schwindelerregenden Satz. Laurence Hughes ist vor seinem Café und schichtet Sandsäcke vor der Tür auf, um sich gegen den angekündigten Sturm zu wappnen. Früher war Laurence Buchhalter in Wilmslow, weil er aber etwas Neues machen wollte, kaufte er Anfang des letzten Sommers das Beachside Café, und die Leute standen für die Krabbenbrötchen, Eiscreme und Scones Schlange bis vor die Tür.

Er hat sie noch nicht bemerkt, doch er unterbricht das Säckeschleppen, um einen Anruf auf dem Handy entgegenzunehmen. Der Wind trägt seine Stimme herüber, offensichtlich redet er mit Samantha, seiner Frau. Samantha trägt perfekt sitzende Jeans und weiße, gebügelte Hemden, lässt sich die blonden Strähnchen in Falmouth machen und geht freitags zum Pilates in den Gemeindesaal der Methodisten, um zu zeigen, dass sie sich in die Dorfgemeinschaft integriert.

»Der Fischstand ist gar nicht da, Sam. Ich habe dir doch gesagt, dass der nur im Sommer da ist. Ja, okay, ich fahre auf dem Rückweg im Supermarkt vorbei«, sagt Laurence. »Und ja, Dill, falls es welchen gibt, ich weiß.« Sein Seufzen wird vom Wind herübergetragen.

»Rüstest du dich für den Sturm, Laurie?«, ruft sie.

Laurence Hughes fährt herum, als habe sie ihn bei etwas weitaus Verruchterem ertappt. »Ach, Cerys. Ja, so ist es«, sagt er. »Ich will nicht, dass der Laden überflutet wird.«

Laurence ist auf so beruhigende Art normal, mit seinem ordentlichen Haarschnitt, der Barbourjacke und dem stets bis oben zugeknöpften Polohemd. Ihn trennen Welten von all den Dingen, die immer noch in Cerys' Kopf durcheinanderwirbeln: die Begegnung mit Annie und gleich darauf ihr Tod, die Besuche bei Roy und bei Bessie. Laurence Hughes hat seine Kindheit ganz bestimmt nicht damit zugebracht, zum Aufwärmen in Waschsalons zu gehen, ein Komplize beim Ladendiebstahl zu sein oder unbeabsichtigt Drogengeld zu waschen.

»Also. Laurie«, sagt sie schließlich. »Hast du Lust auf einen Kaffee, wenn du hier fertig bist?«

»Hm, klar.« Laurence wirkt nervöser denn je und schiebt mit dem Finger seine Brille nach oben.

Cerys geht weiter und schlenkert die Farbtöpfe hin und her. »Kein Stress, Laurie«, ruft sie ihm zu. »Nur ein Kaffee.«

Laurence Hughes hatte nie Buchhalter sein wollen, zumindest hat er das Cerys bei ihrer ersten Begegnung erzählt. Das war im August, beim Pubquiz im The Ship gehörten sie zum selben Team, und Cerys' Wissen in Sachen Pop der Achtzigerjahre erwies sich als unbezahlbar. Tina Turners echter Name?

Anna Mae Bullock. Madonnas erster Nummer-eins-Hit in England? *Into the Groove,* 1985.

Nachdem sie die gewonnene Sektflasche aufgemacht hatten und irgendjemand anfing, Tequila-Shots auszugeben, wurde die Sache schmuddelig. Cerys und Laurence landeten in ihrer Wohnung, in dem Doppelbett, das immer noch nach ihrer Mutter roch, aber jemanden neben sich zu haben, half Cerys dabei, den Verlustschmerz wenigstens für einen Augenblick zu vergessen.

Laurence scheint wohl immer noch etwas für sie übrigzuhaben, denn als er eine Viertelstunde später vor der Tür steht, hat er ihnen zwei Kaffee in wiederverwertbaren Bambusbechern mitgebracht. »Mensch, lange nicht gesehen«, meint er.

»Ja, ich war verreist«, sagt Cerys. Sie hebt den Deckel vom Becher, schnuppert am Kaffee und stellt ihn auf die Seite. Die Schwangerschaft hat ihr das Zeug verleidet. Dann erzählt sie ihm, wie sie Weihnachten verbracht und ihre Tante das erste Mal gesehen hat – »sie war Teil meiner Familie, Laurence, richtige Familie« –, und über Vic und die perverse Macht, die er über ihre Mutter und über Annie hatte.

»Er ist vor zwei Jahren gestorben. Ironischerweise war er mit Annie auf dem Weg nach Cornwall, um hier Urlaub zu machen. Aber wir werden nie erfahren, was er für Pläne hatte, falls überhaupt.«

Laurence sitzt auf dem rutschigen Sitzsack und bemüht sich, nicht den Halt zu verlieren. »Was für ein Pech! Es stand in seiner Macht, deine Mutter und ihre Schwester wieder zusammenzubringen.«

Einen Augenblick denkt Cerys über diese Möglichkeit nach und stellt sich vor, wie anders das letzte Lebensjahr ihrer Mum hätte sein können. Dann schüttelt sie den Kopf.

»Die Macht hatte er. Aber er hatte kein Interesse daran, sie wieder zusammenzubringen.« Sie denkt daran, dass Vic ihrer Mum erzählt hatte, die Familie hätte sich von ihr losgesagt. Wie er Roy in die Flucht getrieben hatte und dass auch Bessie die Stadt ziemlich unvermittelt verlassen hatte, genau zu dem Zeitpunkt, als Clover eine Freundin hätte brauchen können. »Er hatte mehr Talent darin, Menschen auseinanderzubringen als zusammen.«

»Wie schade. Und auch so traurig für dich. Stimmt schon, meine Familie treibt mich manchmal in den Wahnsinn, aber ohne sie will ich auch nicht sein. Deswegen hätte ich so gern Kinder. Aber Samantha lässt nicht mit sich reden.« Wieder fingert Laurence nervös an seiner Brille herum.

Cerys räuspert sich. Ihr wird bewusst, dass sie schon die ganze Zeit in sanften kreisenden Bewegungen ihren Bauch streichelt. Sie trägt das witzige gelbe Kleid, das sie bei Annie gefunden hat, und unter dem seidenen Innenfutter spürt sie wieder dieses Flattern. Wie ein Flügelschlag, als wolle ihr das Baby winken.

»Ja, genau darüber wollte ich reden«, sagt sie. »In den letzten beiden Wochen ist mir klar geworden, wie wichtig es ist, zu wissen, wo man herkommt.«

Laurence nickt höflich, als halte sie einen TED Talk. Sie sollte die Sache angehen.

»Weißt du, ich kann meinem Baby keine große Familie bieten, aber ich will, dass sie weiß, wer ihr Vater ist. Selbst dann, wenn er nicht immer da ist.«

Auf Laurence Hughes' Gesicht gehen seltsame Dinge vor, es scheint gleichzeitig zu erstarren und zu schmelzen. Aber sie muss es jetzt zu Ende bringen.

»Laurie, ich bin schwanger.«

Laurence starrt sie an, dann wandert sein Blick hinunter auf ihren Bauch. Langsam schiebt sie den Saum des Kleids nach oben, um ihm die perfekte Rundung und die zartbraune Linie, die sich vom Nabel abwärts bildet, zu zeigen.

Laurence sagt noch immer kein Wort, also redet Cerys weiter.

»Wie auch immer, es ist nicht so, dass ich mit dir zusammen sein will oder so, aber sie soll auf keinen Fall mit dem Gefühl aufwachsen, dass sie das schuldbeladene Geheimnis von irgendwem ist. Oder wie ich denken, sie weiß, wer ihr Vater ist, dabei stimmt es gar nicht.« Cerys merkt, wie ihre Stimme hart wird. »Sie hat was Besseres verdient.«

»In Ordnung«, sagt Laurence endlich. »Es ist vielleicht nicht ideal, was Samantha angeht, aber das ist mein Problem.« Auf der Suche nach den richtigen Worten huscht sein Blick herum. »Ich werde dich unterstützen. Es wird schon werden.«

Cerys atmet aus. Fürs Erste genügt ihr das völlig.

Laurence bleibt den restlichen Nachmittag und Abend bei ihr, bevor er sich auf den Heimweg macht, um mit Samantha zu reden. »Zwischen uns läuft es schon lange nicht mehr richtig gut, und so ein Umzug nach Cornwall schafft die Probleme auch nicht aus der Welt.«

»Das kannst du laut sagen«, sagt Cerys mit einem warmen Lächeln.

»Ich ruf dich gleich morgen früh an.« Laurence wendet sich zum Gehen und hält dann noch einmal inne. »Äh, Cerys. Das Baby – du hast gesagt ›sie‹. Es ist also ein Mädchen?«

»Nicht offiziell.« Cerys blickt auf ihren straff gewölbten Bauch. »Aber ich habe das irgendwie im Gefühl. Immerhin komme ich aus einer Familie mit Mädchen.«

Sie sieht ihm hinterher, als er die gepflasterte Straße hinuntertappt. Das ist schön, denkt sie, als er sich ein Mal und dann ein zweites Mal umdreht und ihr zuwinkt, bevor er um die Ecke biegt. Laurence Hughes ist ein guter Mensch.

VIER MONATE SPÄTER

KAPITEL 45

Henrietta

Ohne Zweifel nimmt jemand am Bahnhof von Bodmin Parkway seine Aufgabe, die Rabatten mit Frühlingsblumen zu bepflanzen, ausgesprochen ernst. Von ihrem Fensterplatz aus sieht Henrietta alle möglichen gelben Blüten in Töpfen und auf dem Grünstreifen am Bahnsteig. Von keiner der Blumen kennt sie den Namen, aber sie weiß, dass sie sie vor nicht allzu langer Zeit nicht einmal wahrgenommen hätte. Oder falls doch, hätte sie darüber gespottet, dass jemand seine Zeit mit einer so sinnlosen Beschäftigung verschwendet, denn der alten Henrietta Lockwood wäre alles, was irgendwie mit Vergnügen, Freude oder einem Hauch Risiko verbunden war, ein Gräuel gewesen.

Und doch ist sie hier, an Bord des 10-Uhr-04-Zugs von London Paddington nach Penzance, und freut sich auf ihr neues Abenteuer. Ein weiterer Traditionsbruch ist, dass sie ihre Thermosflasche nicht dabeihat, sondern sich ganz verschwenderisch eine große Tasse Earl Grey im Speisewagen gegönnt hat. »Möchten Sie ein KitKat zum Tee?« Aber sicher. Und eine Packung Käse-Zwiebel-Chips, die sie sich mit Dave teilen wird, der im Augenblick fröhlich auf dem Waggonboden ausgestreckt liegt und glückselig jede Vibration des Zugs in seine alten Knochen aufsaugt. Seine neue Hundejacke steht ihm. Sie hat eine beruhigende hellblaue Farbe, und die Beschriftung lautet THERAPIEHUND IN AUSBILDUNG.

Bis zum Bahnhof von St Austell sind es nur noch zwei Stationen, und Henrietta ist vor Aufregung ganz aufgedreht. Auf dem Boden neben Dave steht ein großer Rucksack. Außer ein paar winzigen Babykleidern, denen sie einfach nicht widerstehen konnte, ist eine lange Pappröhre mit Annies Asche darin – wie es aussieht, gehen selbst Urnen mit der Zeit.

Cerys und sie haben noch nicht endgültig entschieden, wo sie die Asche der beiden Schwestern verteilen wollen, aber es eilt nicht. Cerys sagt, dass die Urne ihrer Mutter schon über ein Jahr im Küchenregal steht, weil sie einfach nicht wusste, was sie damit anstellen sollte. Aber Henrietta rechnet damit, dass sie eines Abends, wenn es sich richtig anfühlt, zu zweit an den Strand in der Nähe – den mit den runden Kieseln – hinuntergehen und die Asche aus beiden Urnen zusammen verstreuen werden.

Der Rucksack enthält außerdem zwei große gebundene Bücher, eines dunkelgrün, das andere ockerfarben. Das grüne ist Annies Lebensgeschichte, und Henrietta ist sehr zufrieden mit dem Ergebnis. Sogar Audrey war beeindruckt. »Das erste Buch ist immer etwas Besonderes«, hatte sie gönnerhaft gesagt, und noch im November hätte Henrietta gereizt auf diese Bemerkung reagiert.

Das gelbe Gedächtnisbuch für Clover ist ganz anders. Den ganzen Januar und Februar über war Cerys unterwegs auf der Suche nach Leuten, die ihre Mutter gekannt hatten, und sie hatte eine Menge Geschichten und Fotos zusammengetragen. Sie redete noch einmal mit Roy und mit Bessie und hatte sogar ein Vieraugengespräch mit Jeronimo, der einige großartige Bilder von Cerys und ihrer Mum aus den frühen Tagen der Kommune ausgegraben hatte. Ein paar aus der Londoner Kindheit kamen auch noch dazu, und das Ergebnis ist ein wunderschönes buntes Album. Es ist etwas Besonderes, das Cerys ihrem Baby zeigen kann, wenn es alt genug ist.

In beiden Büchern wird indirekt auf Terry Vickerson Bezug genommen, sein Name aber nicht erwähnt. Dieses Privileg hat er nicht verdient.

Alle, die auf Annies Trauerfeier waren, haben ein Exemplar ihrer Lebensgeschichte bekommen, und sowohl Bessie und Roy als auch Jeronimo haben das Gedächtnisbuch für Clover bestellt. Jeronimo erweist sich als ein ziemlich gerissener Geschäftsmann. Mit Audrey führt er bereits Gespräche über eine Zusammenarbeit, bei der das Lebensbuch-Projekt Workshops zur Trauerarbeit in seinen Jurten abhalten soll, und Audrey macht sich Gedanken über die Finanzierung.

Die beste Nachricht aber ist, dass Cerys in einem Monat ihr Baby erwartet. »Du wirst dich also nützlich machen müssen, wenn du hier bist. Im Laden aushelfen, wenn du magst«, hat Cerys ihr am Telefon erklärt. Sie telefonieren zweimal die Woche, und Henrietta genießt diese Gespräche sehr. Sie hält Cerys auf dem neuesten Stand über Daves Gesundheit, Audreys Outfits und berichtet ihr, dass Mias und Stefans Beziehung jetzt »exklusiv« ist, was immer das heißen soll. »Du bist wirklich komisch«, sagt Cerys, und Henrietta versteht nicht immer, warum, aber sie weiß, dass Cerys es nett meint, also macht es ihr nicht viel aus.

Seit Cerys Seachange zu einem auf kornisches Kunsthandwerk spezialisierten Laden umgewandelt hat, läuft das Geschäft sehr gut: handgewebte Decken aus Portscatho, Getöpfertes aus Fowey, in Newlyn geschnitzte Holzlöffel. Cerys wurde sogar für die Wochenendbeilage interviewt, wo man sie als Pionierin der Wiederentdeckung des kornischen Kunsthandwerks feierte. Henrietta gegenüber spielt Cerys den Erfolg herunter. »Ich habe mir einfach auf Etsy angeschaut, was sich gut verkauft. Raus mit den Traumfängern, herein mit den geschnitzten Löffeln, Ettie«, hatte sie lachend erzählt.

So nennt Cerys sie jetzt: Ettie. Sie sagte, sie sei immer ein bisschen über den Namen Henrietta gestolpert und dass ihr eine Namensänderung ja vielleicht ganz guttäte. »Sei eine Ettie. Das ist ein wunderschöner Name«, hatte sie ihr nahegelegt.

Ihren Eltern hat Henrietta noch nichts davon erzählt, und sie weiß auch nicht, ob sie es jemals tun wird. Offiziell machen Dave und sie hier unten Urlaub, aber als Audrey Henriettas (und Daves) Vertrag verlängerte, erteilte sie ihr auch den Auftrag, ein paar Gespräche über die Einrichtung einer Außenstelle des Projekts Lebensbuch in Cornwall zu führen. Sollte das klappen, dann wird sie eine ganze Weile nicht mehr zum Sonntagsessen in The Pines müssen.

Der Zug fährt in den Bahnhof ein, und Dave hechelt schon aufgeregt. Den Rucksack in der einen, die Leine in der anderen Hand, steigt Ettie Lockwood die Stufen hinunter in die Frühlingssonne.

EINIGE WORTE DES DANKS

An erster Stelle gilt meine Liebe und mein Dank Alastair, der an mich geglaubt und unzählige Entwürfe dieses Buchs gelesen hat, sowie Tom und Martha – ich liebe euch sehr!

Meiner Agentin Hayley Steed von der Madeleine Milburn Literary Agency kann ich nicht genug danken. Ohne dich wäre es nie so weit gekommen. Ich habe so viel gelernt und weiß mich glücklich zu schätzen, dich an meiner Seite zu haben. Danke an Liane-Louise Smith, Georgina Simmonds und Valentina Paulmichl, die Henrietta und Annie den Lesern im Ausland bekannt gemacht haben, und Madeleine Milburn, Giles Milburn, Georgia McVeigh und Elinor Davies für ihre freundliche Unterstützung in unterschiedlichen Stadien der Arbeit.

Ewig dankbar bin ich Leodora Darlington bei Amazon Publishing. Schon bei unserer ersten Begegnung war mir klar, dass du mein Buch verstehst und es bei dir in den besten Händen ist. Mein Dank gilt auch dem Lektor David Downing – danke für deine Kompetenz, deinen Zuspruch und deine gute Laune – und dem gesamten Team von Amazon Publishing.

Beim Droemer Verlag in Deutschland bin ich Julia Cremer ungemein dankbar, die eine so sensible und klare Vorstellung von diesem Buch hatte, dem gesamten Team einschließlich Carola Bambach und Sabine Schröder für die Gestaltung des wunderschönen Umschlags sowie Maria Hochsieder für ihre einfühlsame Übersetzung.

Meinen Freundinnen Jane Cussen und Caroline Smith danke, dass ihr meine Erstleserinnen wart, und für eure Unterstützung und Freundschaft. Danke Alison, Susy, Rachael, Sharon, meinem Bruder Nick und seiner Partnerin Sarah. Eure Freundschaft ist mir sehr viel wert.

Den Autorenkollegen von Debut 2023, denen ich auf Twitter begegnet bin, möchte ich sagen: Ihr seid toll, und ich bin so froh, dass wir uns haben.

EINIGE WORTE ÜBER DAS SCHREIBEN

Nun, vermutlich ahnt ihr, dass ich das Trauern aus erster Hand kenne. Im Jahr 2014 verlor ich meine Mutter und 2018 eine enge Freundin. Wenn auch du um jemanden trauerst, dann fühle dich von mir umarmt – ich hoffe, neben den schweren Tagen hast du auch gute Tage.

Dieses Buch widme ich meiner Mum, und ich wünschte, sie könnte es lesen. Tatsache ist aber auch, dass ich es vermutlich gar nicht geschrieben hätte, wenn wir sie nicht so plötzlich verloren hätten. Und damit meine ich nicht nur die Thematik. Die Trauer hat mich gelehrt, dass das Leben kurz ist, wenn ich also meinen lebenslangen Traum, einen Roman zu schreiben, verwirklichen wollte, dann sollte ich es besser angehen.

Ein früher Vertrauensbeweis war, als ich auf die Longlist des Bath Novel Awards kam. Allen aufstrebenden Schriftstellern kann ich nur empfehlen, an diesem oder ähnlichen Wettbewerben teilzunehmen. Ich danke Caroline Ambrose für die Ausrichtung des Wettbewerbs und dem unbekannten Juror, der mich für die Longlist ausgewählt hat. Wer auch immer du bist, ich bin dir mindestens einen Drink schuldig.

EINIGE WORTE ÜBER WORTE

Der innige Brief von Jackie aus Kapitel 23 basiert auf einem Brief von Caroline Griffiths, die sich 2018 darauf vorbereitete, Abschied zu nehmen, und mich bat, ihre Worte an die Familie durchzusehen. Mein aufrichtiger Dank geht an Tony, Phoebe und Miles, die mir erlaubt haben, Carolines bewegende Worte zu zitieren. Sie war eine so gute und kluge Freundin.

EINIGE WORTE ÜBER FAKTEN

Samstags fährt der Cornwall-Nachtexpress nicht, aber für Henrietta tut er es doch. Außerdem beschloss ich, COVID nicht zu erwähnen, weil es sich erstens um eine fiktive Geschichte handelt und weil ich zweitens der Meinung war, dass Annie auch so schon genug Kummer hätte.

EINIGE WORTE ÜBER DAS TRAUERN

Den Pflegern und Ärzten des staatlichen Gesundheitswesens, die auf Krebsstationen oder im Palliativbereich arbeiten: Euer Mitgefühl und Einsatz zählen, an jedem einzelnen Tag. Danke.

EINIGE WORTE ZU DAVE, DEM HUND

Das letzte Wort gilt Lottie, unserem Mischling aus Windhund und Terrier, die das Vorbild für Dave war. Leider sind Zugreisen im wahren Leben kein Heilmittel für nervöse, leicht erregbare Hunde. Egal, wir lieben dich so, wie du bist, Lottie!

Falls jemand Lust hat zu chatten: Unter @joleevers bin ich (weit öfter, als ich sollte) auf Instagram und Twitter zu finden.

IM GESPRÄCH MIT JO LEEVERS

1. Was hat Dich zu *Café Leben* inspiriert?

Vor einigen Jahren erkrankte meine Mutter an Krebs und musste ins Krankenhaus. Bei meinen Besuchen verbrachten wir viel Zeit im Krankenhauscafé, wo wir Tasse um Tasse schlechten Kaffee tranken und zu viel und zu süßen Kuchen aßen. Mir wurde bewusst, dass die Menschen um uns herum ähnlich schwierige Erfahrungen machten, je nachdem, welche Nachricht ihnen überbracht worden war. Sie fühlten vielleicht Trauer oder Angst, Erleichterung oder Hoffnung.

Leider blieben meiner Mutter nur vier kurze Wochen zwischen der Diagnose und dem Tag, an dem sie verstarb. Davor war ich immer davon ausgegangen, dass wir uns irgendwann zusammen hinsetzen würden und sie mir ihre Lebensgeschichte erzählen würde – Dinge, die sie schon mal nebenbei erwähnt hatte, aber auch solche, die ich nun niemals mehr hören werde.

Und so entstand die Ursprungsidee von *Café Leben* – Menschen die Möglichkeit zu geben, ihre Geschichte mit ihren eigenen Worten zu erzählen, um selbst Frieden zu schließen und um den Liebsten ein Geschenk zu hinterlassen. Mich faszinierte der Gedanke, wie wir der Welt eine bestimmte Version von uns selbst präsentieren und wie wir gewisse Dinge verstecken. Dies führte mich zu der Frage, was wohl passieren würde, wenn jemand seine Lebensgeschichte erzählt und eine unaufgeklärte Straftat ans Tageslicht kommt …

2. Annie und Henrietta sind sehr unterschiedlich – war eine der Frauen einfacher zu beschreiben?

Ich denke, Annie fiel mir anfangs leichter. Das lag teilweise daran, dass Henrietta ihr wahres Ich mit großer Sorgfalt vor der Welt versteckt, und teilweise daran, dass Annie einige skurrile Eigenschaften mit meiner Mutter teilt. Wie Annie liebte es meine Mutter, mit ihrer Kleidung zu beeindrucken. Aber im Gegensatz zu Annie konnte meine Mutter ihre Liebe für Mode ausleben, und sie hatte einen liebevollen Ehemann und Familie. Mir war bewusst, dass viele Frauen der Generation meiner Mutter, die die Frauenbewegung der 1970er erlebt hatten, sich selbst in keinem Maße befreit fühlten. Sie verfügten nicht über die nötige Bildung oder Herkunft, um auf der Welle der politischen Veränderung mitzureiten, und ich kann mir gut vorstellen, wie frustrierend das Gefühl gewesen sein muss, dass das Leben an einem vorbeizieht.

Im Laufe der Geschichte und mit jedem Schritt, den Henrietta sich in die Welt hinauswagte, spürte ich, wie sie mir mehr ans Herz wuchs. Es fühlte sich so an, als seien wir beide auf einer Reise, an deren Ende die Entdeckung von Henriettas wahrer Persönlichkeit stand.

3. Wie viel steckt von Dir selbst in Deinen Figuren?

Haha, jeder, der mich kennt, weiß, dass ich eine schlecht erzogene Hündin namens Lottie habe, die Henriettas Hund Dave sehr ähnlich ist. Henriettas Spaziergänge durch einsame Straßen mit ihrem hitzigen Hund sind mir also vertraut.

Ich würde sagen, dass jedem der Hauptcharaktere ein kleiner Kern von mir innewohnt, der sozusagen der Startpunkt für die Figurenentwicklung war. Irgendwann haben die beiden Frauenfiguren natürlich begonnen, ein eigenständiges Leben zu führen. Wenn man einen Roman schreibt, wird man auf unvergleichliche Weise daran erinnert, wie unser Gehirn Informationen und

Vorkommnisse aufnimmt; nicht nur selbst Erlebtes, sondern auch das von anderen. Diese Erinnerungen sind irgendwo verschlossen, und wenn du beginnst zu schreiben, drängen sie an die Oberfläche. Dieser Prozess ist hoch spannend.

4. *Café Leben* ist Dein Debütroman. Hast Du schon immer davon geträumt, einen Roman zu schreiben und zu veröffentlichen?

Um ehrlich zu sein, war das ein lebenslanger Wunsch, aber erst in meinen Fünfzigern habe ich gewagt, ihn anzugehen. Verrückt, ich weiß. Meine Mutter hat immer allen erzählt, dass ich bereits mit vier Jahren lesen konnte (der mütterliche Stolz hat da sicherlich ein wenig übertrieben). Aber ich war schon immer eine unersättliche Leserin. Ich habe Englisch studiert, bevor ich angefangen habe, für diverse Magazine zu schreiben. Damals war es für mich angenehmer, Texte von anderen zu überarbeiten, als selbst zu schreiben. Als meine Mutter starb, war es wie ein Weckruf. Ich begriff, dass das Leben kurz ist und ich nie wissen würde, ob ich einen Roman schreiben kann, wenn ich es nicht jetzt versuchte.

5. Sterben gehört zum Leben. Was meinst Du, sollten wir offener und häufiger darüber sprechen? Oder müssten wir besser aufs Sterben vorbereitet sein – sofern dies möglich ist?

Das ist eine schwierige Frage. Ich dachte immer, dass ich ein offener Mensch bin, aber als ich erst meine Mutter und kurz darauf eine enge Freundin an den Krebs verlor, wurde mir klar, wie schlecht ich darauf vorbereitet war, einen Menschen in den Tod zu begleiten oder dabei zusehen zu müssen. Palliativpfleger machen einen unglaublichen Job und unterstützen Menschen am Ende ihres Lebens auf unermessliche Weise (ich muss hier nicht erwähnen, dass die Palliativpfleger selbstverständlich sensibler sind als Henrietta und ihre Chefin Audrey!). Aber wir treffen sie meistens am Ende des Weges – im Krankenhaus oder Hospiz.

Für manche von uns wäre es vielleicht hilfreich, sich frühzeitig, solange man noch gesund ist, damit auseinanderzusetzen, was einmal kommen wird. Beispielsweise kann man eine Art »Sterbeplan« schreiben – das ist wie ein Geburtsplan, bei dem Schwangere im Vorfeld aufschreiben, was sie sich für die Geburt wünschen und was nicht. Es könnte den Tod enttabuisieren und die zahlreichen Entscheidungen, die die Hinterbliebenen treffen müssen, erleichtern. Aber ich bin sicher, dass dieses Vorgehen nicht jedermanns Sache ist, und es sollte auch keinen Druck geben, das zu machen. Wie das Sprichwort sagt, ist das einzig Sichere im Leben der Tod, aber in den westlichen Kulturen tun wir uns immer noch sehr schwer, darüber zu sprechen.

6. Welchen Moment würdest Du in Deinem persönlichen Lebensbuch besonders herausstellen?

Ich denke, es wäre eine Mischung aus den typischen Momenten, bei denen man vorher schon ahnt, dass sie besonders werden – meine Hochzeit oder die Geburt meiner beiden Kinder –, gepaart mit unerwarteten Momenten, zufälligen Begebenheiten, die vielleicht nicht wichtig erscheinen, aber für immer präsent bleiben. Da wäre zum Beispiel ein sonniger Sonntag, den meine Mutter mit mir und meinem Bruder, als wir klein waren, in einem Park verbrachte. Wir entdeckten einen Kirschbaum, der voller reifer, schwerer Früchte war. Ohne groß nachzudenken, begann meine Mutter, die Früchte in einem weißen Baumwollsonnenhut einzusammeln, den sie gerade erst gekauft hatte. Ich liebe dieses Bild von dem weißen Hut, der für uns randvoll gefüllt ist mit überreifen, dunkelroten Früchten. Der Hut war natürlich ruiniert – die Flecken gingen nie mehr raus –, aber ich bin dankbar, dass meine Mutter diesen Moment mit uns ausgekostet hat.

Ich erinnere mich auch sehr gerne an die Urlaube mit meinem Mann und unseren Kindern, als sie noch klein waren. Jedes Jahr an Ostern fuhren wir an denselben Strand in Cornwall, die Tage waren lang und sonnig, und die Kinder surften, bauten Sandburgen oder lasen – je nachdem, wie alt sie waren. Wir fahren immer noch an diesen Strand, er ist eine besondere gemeinsame Erinnerung.

7. In Deinem Roman geht es auch um verpasste Chancen. Wenn man einen geliebten Menschen verliert, kennen viele das Gefühl, nicht genug Zeit miteinander verbracht und nicht genug geredet zu haben. Der Alltag hat uns oft so fest im Griff, dass es schwierig ist, den Blick für das Wesentliche nicht zu verlieren. Hast Du für Dich einen Weg gefunden, den Alltag bewusster zu leben?

Das ist so wahr; die Geschäftigkeit des Alltags macht es schwer, sich auf das wirklich Wichtige zu fokussieren, und das ist, Zeit mit den Menschen zu verbringen, die wir lieben, und sicherzugehen, dass sie wissen, dass sie geliebt werden.

Mir fiel es früher schwer, die Arbeit Arbeit sein zu lassen (ich hoffe, ich habe mich gebessert), aber mittlerweile versuche ich zu priorisieren. Dabei hilft mir die sogenannte Fünf-Jahres-Regel – wenn ich beispielsweise vor der Entscheidung stehe, ob ich im Job etwas fertig mache/das Bad putze oder einen Nachmittag mit meiner Tochter verbringe, dann stelle ich mir folgende Frage: Wenn ich in fünf Jahren auf diesen Tag zurückblicke, was wird dann wichtig sein? Ich brauche wohl nicht zu erwähnen, dass das Bad oft erst am nächsten Tag geputzt wird.

8. Woran glaubst Du?

Ich glaube daran, dass man Menschen so behandeln sollte, wie man selbst behandelt werden möchte. Ich glaube an keinen

Gott, aber ich glaube, dass es etwas wie Karma in der Welt gibt, eine natürliche Balance, und dass Du Gutes ernten wirst, wenn Du das tust, von dem Du tief im Herzen weißt, dass es gut ist. Klar, wenn man den Blick weitet, lässt sich nicht leugnen, dass die Welt in einem ziemlich schrecklichen Durcheinander ist und dass guten Menschen grundlos Schlimmes widerfährt. Aber der Versuch, wenn auch nur auf kleiner Ebene, Gerechtigkeit und Balance zu leben, kann nicht schlecht sein, denke ich.

9. Möchtest Du Deinen Lesern etwas mitteilen?

Ich möchte mich bedanken, dass Du Dir die Zeit genommen hast, um mein Buch zu lesen. Ich liebe es, mich auf Social-Media-Plattformen auszutauschen (vor allem, wenn ich eigentlich mein zweites Buch schreiben sollte!), also melde Dich gerne über @joleevers, wenn Du über *Café Leben,* eigene Erfahrungen oder einfach nur so plaudern willst. Ich verschicke auch Newsletter, für die Du Dich gerne auf joleevers.com anmelden kannst.

Und falls Du wie Henrietta und Annie das Gefühl hast, eine zweite Chance im Leben zu brauchen, dann überlege, wie Du Dir Deine Zukunft wünschst, schreibe es auf und breche das Ganze herunter auf kleine, machbare Schritte, mit denen Du Deinem Ziel näher kommst. Auch wenn es am Ende nicht genau so klappt, wie Du es Dir ausgemalt hast, kann ich nur sagen, dass es immer gut ist, die Veränderung anzunehmen. Es kann beängstigend sein, aber wer nicht wagt, der nicht gewinnt. Ich wünsche Dir viel Glück, wenn Du all deinen Mut zusammennimmst und das Leben um eine zweite, dritte oder sogar vierte Chance bittest!